D0949350

ISABEL ALLENDE
EVA LUNA

Traduzione di Angelo Morino

Feltrinelli

Titolo dell'opera originale
EVA LUNA
© 1987 by Isabel Allende

Traduzione dallo spagnolo di
ANGELO MORINO

© Giangiacomo Feltrinelli Editore Milano
Prima edizione ne "I Narratori" aprile 1988
Prima edizione nell'"Universale Economica" maggio 1989
Quarantatreesima edizione marzo 2003

ISBN 88-07-81076-X

www.feltrinelli.it
Libri in uscita, interviste, reading,
commenti e percorsi di lettura.
Aggiornamenti quotidiani

Disse allora a Sheherazade: "Sorella, Allah sia con te, raccontaci una storia che ci faccia trascorrere la notte..."

(Da *Le mille e una notte*)

UNO

Mi chiamo Eva, che vuole dire vita, secondo un libro che mia madre consultò per scegliermi il nome. Sono nata nell'ultima stanza di una casa buia e sono cresciuta fra mobili antichi, libri in latino e mummie, ma questo non mi ha resa malinconica, perché sono venuta al mondo con un soffio di foresta nella memoria. Mio padre, un indiano dagli occhi gialli, veniva dal luogo in cui si uniscono cento fiumi, odorava di bosco e non guardava mai direttamente il cielo, perché era cresciuto sotto la cupola degli alberi e la luce gli sembrava indecorosa. Consuelo, mia madre, aveva trascorso l'infanzia in una regione incantata, dove per secoli gli avventurieri hanno cercato la città di oro puro vista dai conquistatori spagnoli allorché si affacciarono sugli abissi della loro ambizione. Quel paesaggio aveva lasciato in lei una traccia che in qualche modo riuscì a trasmettermi.

I missionari raccolsero Consuelo quando non sapeva ancora camminare, era solo una marmocchia nuda e coperta di fango e di escrementi, che era arrivata sgattaiolando lungo il ponte dell'imbarcadero come un minuscolo Giona vomitato da una balena di acqua dolce. Mentre la lavavano, constatarono senz'ombra di dubbio che era femmina, cosa che suscitò in loro una certa confusione, ma ormai c'era e non si poteva buttarla nel fiume, sicché le misero un pannolino per nasconderle le vergogne, le spremettero qualche goccia di limone negli occhi per guarirle l'infezione che le impediva di aprirli e la battezzarono col primo nome femminile che venne loro in mente. La educarono poi senza cercare

9

spiegazioni sulla sua origine e senza troppe ansie, sicuri che se la Divina Provvidenza l'aveva tenuta in vita finché loro non l'avevano trovata, avrebbe continuato a vegliare sulla sua integrità fisica e spirituale, o, nel peggiore dei casi, se la sarebbe portata in cielo insieme ad altri innocenti. Consuelo crebbe senza un ruolo fisso nella severa gerarchia della Missione. Non era esattamente una domestica, non apparteneva al rango degli indiani della scuola e quando aveva chiesto quale dei sacerdoti era suo padre, si era beccata un ceffone per la sua insolenza. Mi raccontò che era stata abbandonata su una barca alla deriva da un navigatore olandese, ma questa è sicuramente una leggenda che si era inventata in seguito per liberarsi dall'assillo delle mie domande. Credo che in realtà non sapesse nulla dei suoi genitori né di come fosse finita in quel luogo.

La Missione era una piccola oasi in mezzo a una vegetazione voluttuosa, che cresce avviluppata su se stessa, dalla riva del fiume fino alla base delle monumentali torri geologiche, alte contro il firmamento come errori di Dio. Lì il tempo si è contratto e le distanze ingannano l'occhio umano, inducendo in errore il viaggiatore. L'aria, umida e densa, odora spesso di fiori, erbe, sudore di uomini e fiato di animali. Il caldo è opprimente, senza il sollievo di una brezza, e arroventa le pietre e il sangue nelle vene. All'imbrunire il cielo si riempie di zanzare fosforescenti, le cui punture provocano incubi interminabili, e di notte si sentono nitidamente i pigolii degli uccelli, le grida delle scimmie e lo strepito lontano delle cascate, che nascono in alto sui monti ed esplodono giù con un fragore di guerra. Il modesto edificio, di paglia e fango, con una torretta di tronchi incrociati e una campana che chiamava alla messa si reggeva, come tutte le capanne, su pali piantati nel fango di un fiume dalle acque opalescenti i cui limiti sfumano nel riverbero della luce. Le abitazioni sembravano galleggiare alla deriva fra canoe silenziose, immondizia, cadaveri di cani e di ratti, inspiegabili fiori bianchi.

Era facile notare Consuelo anche da lontano, per via dei lunghi capelli rossi come una fiamma nel verde eterno di quella natura. I suoi compagni di giochi erano alcuni piccoli indiani dal ventre prominente, un pappagallo sfacciato che recitava il Padrenostro intercalandovi parolacce e una scimmia incatenata alla gamba di un tavolo, che lei liberava ogni tanto perché andasse a fidanzarsi nel bosco, ma che tornava sempre a spulciarsi nello stesso posto. In quel periodo già si aggiravano da quelle parti i protestanti, che distribuivano bibbie, predicavano contro il Vaticano e trasportavano sui carri, sotto il sole e la pioggia, i pianoforti che avrebbero accompagnato gli inni dei convertiti nelle cerimonie pubbliche. I sacerdoti cattolici si impegnavano a fondo per battere quella concorrenza, sicché badavano poco a Consuelo e lei sopravviveva bruciata dal sole, mal nutrita con yucca e pesce, infestata di parassiti, punta dalle zanzare, libera come un uccello. Doveva solo aiutare nelle faccende domestiche, assistere ai servizi religiosi e a qualche lezione di lettura, di aritmetica e di catechismo, e poi era libera di scorrazzare tra flora e fauna, con la mente piena di immagini, di odori, colori e sapori, di racconti arrivati dalla frontiera e di miti trascinati giù dal fiume.

Aveva dodici anni quando conobbe l'uomo delle galline, un portoghese cotto dall'intemperie, duro e secco di fuori, colmo di risate dentro. Le sue galline andavano in giro a divorare ogni oggetto luccicante che si parasse loro dinnanzi, e poi il padrone le sgozzava con una coltellata e ne ricavava qualche granello d'oro, insufficiente per arricchirlo, ma sufficiente per nutrire le sue illusioni. Un mattino, il portoghese scorse quella ragazzina dalla pelle bianca con un incendio in testa, la sottana tirata su e le gambe immerse nel pantano e pensò di essere in preda a un ennesimo attacco di febbre quartana. Lanciò un fischio di stupore, che avrebbe fatto partire a razzo un cavallo. Il richiamo solcò lo spazio, lei sollevò il viso, i loro sguardi si incrociarono ed entrambi sorrisero nello stesso modo. Da quel giorno cominciarono a vedersi spesso, lui per contemplarla come abbagliato e lei per imparare a cantare canzoni portoghesi.

– Andiamo a raccogliere oro – disse un giorno l'uomo.

Si addentrarono nel bosco fino a perdere di vista la campana della Missione, penetrando nel folto attraverso sentieri che solo lui distingueva. Cercarono le galline per tutto il giorno, chiamandole con finti chicchirichì e catturandole al volo quando le scorgevano tra il fogliame. Poi, mentre lei le teneva strette fra le ginocchia, lui apriva loro il gozzo con un taglio preciso e ci infilava le dita per estrarne le pepite. Quelle che non morirono, furono ricucite con ago e filo perché continuassero a essere utili al loro proprietario, le altre furono messe in un sacco per venderle al villaggio o usarle come esca, mentre le piume dovevano essere bruciate, perché portavano sfortuna e attaccavano la pipita. All'imbrunire, Consuelo ritornò alla missione con i capelli arruffati, felice e macchiata di sangue. Salutò il suo amico, dalla barca si arrampicò su per la scala penzolante dalla terrazza, finché il suo naso urtò contro i quattro sandali puzzolenti dei due frati dell'Estremadura, che l'aspettavano a braccia conserte con una terribile espressione di ripudio sul volto.

– È ormai tempo che tu parta per la città – le dissero.

A nulla valsero le suppliche. Non le permisero neppure di portarsi via la scimmia o il pappagallo, due compagni inadeguati alla nuova vita che l'aspettava. La fecero partire insieme a cinque ragazzine indigene, tutte legate per le caviglie perché non potessero saltare giù dalla piroga e scomparire nel fiume. Il portoghese si congedò da Consuelo senza toccarla, con un lungo sguardo, lasciandole in ricordo un pezzo d'oro a forma di mola, attraversato da una cordicella. Lei l'avrebbe portato appeso al collo per quasi tutta la vita, finché non avrebbe trovato a chi darlo come pegno d'amore. Lui la vide per l'ultima volta, vestita col suo grembiule di percalle stinto e un cappello di paglia calcato fin sulle orecchie, scalza e triste, mentre lo salutava con la mano.

Il viaggio iniziò in canoa lungo gli affluenti del fiume in un panorama demenziale, poi a dorso di mulo attraverso altipiani diruti dove di notte i pensieri si raggelavano e infine in camion attraverso umide pianure, boschi di banani selvatici e ananas nani, sentieri di sabbia e di sale, ma nulla stupì la ragazzina, perché chi ha aperto gli occhi nel territorio più allucinante del mondo, perde la facoltà di stupirsi. Nel corso di quel lungo tragitto pianse tutte le sue lacrime, senza tenerne in serbo neppure una per le tristezze future. Una volta esaurito il pianto, chiuse la bocca, decisa ormai ad aprirla solo per rispondere all'indispensabile. Raggiunsero la capitale parecchi giorni dopo e i frati condussero le terrorizzate fanciulle nel convento delle Hermanitas de la Caridad. Là, una monaca aprì la porta di ferro con una chiave da secondino e le guidò in un cortile vasto e ombroso, circondato da porticati, nel cui centro si levava una fontana di mattonelle dipinte dove bevevano colombe, tordi e colibrì. Parecchie ragazze in uniforme grigia, sedute in cerchio all'ombra, cucivano fodere di trapunte con aghi curvi o intrecciavano canestri di vimini.

– Nella preghiera e nella fatica troverete sollievo ai vostri peccati. Non sono venuto per guarire i sani, ma per badare agli infermi. Il pastore più si rallegra quando rintraccia la pecorella smarrita, che dinnanzi a tutto il suo gregge riunito. Parola di Dio, lodato sia il suo Santo Nome, amen – o qualcosa del genere, recitò la monaca con le mani nascoste sotto le pieghe dell'abito.

Consuelo non capì il significato di quella tiritera né vi badò, perché era esausta e oppressa da una sensazione di clausura. Non si era mai trovata fra quattro mura e guardando in alto e vedendo il cielo ridotto a un quadrilatero, pensò che sarebbe morta asfissiata. Quando la separarono dalle sue compagne di viaggio e la portarono nello studio della Madre Superiora, non immaginò che fosse per via della sua pelle e dei suoi occhi chiari. Le Hermanitas de la Caridad non avevano accolto da molti anni una creatura come lei, ma solo ragazzine di origini miste provenienti dai quartieri più poveri o indiane portate dai missionari a viva forza.

– Chi erano i tuoi genitori?
– Non lo so.
– Quando sei nata?
– L'anno della cometa.

Già allora Consuelo suppliva con circonlocuzioni poetiche alle informazioni che le mancavano. Allorché aveva udito parlare per la prima volta della cometa, aveva deciso di prenderla come data di nascita. Durante la sua infanzia qualcuno le aveva raccontato che in quella circostanza il mondo aveva atteso il prodigio celeste con terrore. Si presumeva che sarebbe sorta come un drago di fuoco e che entrando in contatto con l'atmosfera terrestre, la sua coda avrebbe circondato il pianeta di gas velenosi e che un caldo di lava fusa avrebbe messo fine a ogni forma di vita umana. Talune persone si erano suicidate per non morire arse, talaltre avevano preferito stordirsi in abboffate, ciucche e fornicazioni dell'ultima ora. Persino il Benefattore si era impressionato vedendo il cielo farsi verde e apprendendo che per influenza della cometa i capelli dei mulatti sarebbero divenuti lisci e quelli dei cinesi crespi. Ordinò di liberare certi oppositori, imprigionati da così tanto tempo che ormai avevano già dimenticato la luce del sole, anche se alcuni conservavano intatto il germe della rivolta ed erano pronti a trasmetterlo alle generazioni future. Consuelo era stata sedotta dall'idea di nascere fra tanto terrore, malgrado si dicesse che i nati in quell'epoca erano orribili e tali sarebbero rimasti anche quando la cometa si fosse dileguata come una palla di ghiaccio e polvere siderale.

– Per prima cosa bisognerà eliminare questa coda di Satana – decise la Madre Superiora, soppesando fra le mani la treccia di rame brunito che penzolava lungo la schiena della nuova interna. Diede l'ordine di tagliarle la zazzera e di lavarle la testa con una mistura di lisciva e Aureolina Onirem per liquidare i pidocchi e attenuare l'insolenza del colore, sicché le cadde metà dei capelli e il resto acquistò una sfumatura argillosa, più consona all'immagine e ai fini dell'istituzione religiosa, che non il fiammeggiante manto originale.

In quel luogo Consuelo trascorse tre anni col freddo nel corpo e nell'anima, imbronciata e solitaria, senza credere che il misero sole nel cortile fosse lo stesso che cuoceva la foresta dove aveva lasciato la sua casa. Lì non entravano gli schiamazzi profani né la prosperità nazionale, iniziata quando qualcuno scavò un pozzo e invece di acqua ne uscì uno schizzo nero, denso e fetido, come escrementi di dinosauro. La patria stava seduta sopra un mare di petrolio. La cosa scrollò un poco il torpore della dittatura, in quanto accrebbe la fortuna del tiranno e dei suoi familiari, e diminuì ulteriormente quella degli altri. Nella città si vide qualche progresso e nei campi petroliferi il contatto con robusti capisquadra venuti dal nord fece vacillare le vecchie tradizioni e una brezza di modernità sollevò le sottane delle donne, ma nel convento delle Hermanitas de la Caridad nulla di tutto questo importava. La vita cominciava alle quattro del mattino con le prime orazioni; la giornata trascorreva secondo un ordine immutabile e finiva con i rintocchi delle sei, ora dell'atto di dolore per purificare lo spirito e prepararsi all'eventualità della morte, poiché la notte poteva essere un viaggio senza ritorno. Lunghi silenzi, corridoi dalle piastrelle incerate, odore di incenso e di gigli, sussurro di preghiere, panche di legno scuro, bianche pareti senza addobbi. Dio era una presenza totalitaria. A parte le suore e un paio di domestiche, nel vasto edificio di mattoni e tegole vivevano solo sedici ragazze, per lo più orfane o abbandonate, che imparavano a portare le scarpe, a mangiare con la forchetta e a sbrigare certe incombenze domestiche elementari, per poter in seguito essere assunte come umili serve a ore, in quanto non ritenute buone ad altro. Consuelo si distingueva dalle compagne per il suo aspetto, e le monache, convinte che non fosse un caso bensì un segno della buona volontà divina, badarono a coltivare la sua fede nella speranza che decidesse di prendere il velo e di servire la Chiesa, ma tutti i loro sforzi si logorarono dinnanzi al rifiuto istintivo della ragazzina. Lei provò a mettercela tutta, ma non riuscì mai ad accettare quel dio tirannico predicato dalle religiose, preferiva una divinità più allegra, più materna e più comprensiva.

– Quella è la Santissima Vergine Maria – le spiegavano.

– È lei Dio?

– No, è la madre di Dio.

– Sì, ma chi comanda in cielo, Dio o sua mamma?

– Taci, scervellata, taci e prega. Chiedi al Signore di illuminarti – le consigliavano.

Consuelo si sedeva nella cappella a guardare l'altare dominato da un Cristo di un realismo terrificante e tentava di recitare il rosario, ma ben presto si smarriva in avventure interminabili dove i ricordi della foresta si alternavano con i personaggi delle Sacre Scritture, ognuno col suo fardello di passioni, vendette, martirî e miracoli. Coglieva tutto con avidità, le parole rituali della messa, i sermoni della domenica, le letture pie, i rumori della notte, il vento fra le colonne del chiostro, l'espressione bonaria dei santi e degli anacoreti nelle nicchie della chiesa. Imparò a rimanere quieta e conservò la sua smisurata riserva di favole come un tesoro nascosto finché io non le diedi la possibilità di sciogliere quel torrente di parole che portava con sé.

Così a lungo rimaneva Consuelo immobile nella cappella, con le mani giunte e una placidità da ruminante, che nel convento si sparse la voce che era benedetta e che aveva visioni celestiali; ma la Madre Superiora, una catalana pratica e meno incline delle altre monache della congregazione a credere nei miracoli, si accorse che non si trattava di santità, ma piuttosto di una distrazione inguaribile. Visto che la ragazza non dimostrava entusiasmo neppure per cucire trapunte, confezionare ostie o intrecciare cesti, considerò conclusa la sua formazione e la sistemò a servizio in casa di un medico straniero, il Professor Jones. La condusse per mano fino a una dimora che sorgeva un po' decrepita, ma ancora splendida nella sua architettura francese, ai limiti della città, ai piedi di un colle che ora le autorità hanno trasformato in Parco Nazionale. La prima impressione che Consuelo ebbe di quell'uomo fu tanto forte che per mesi ne ebbe paura. Lo vide entrare nel salotto con un grembiule da macellaio e uno strano strumento metallico in mano. Non le salutò, si sbarazzò della monaca con quattro frasi incomprensibili e mandò lei con un grugnito in cucina senza neppure degnarla di uno sguardo, tutto assorto nei suoi progetti. Consuelo, invece, lo osservò attentamente, perché non aveva mai visto un individuo così minaccioso, ma non poté fare a meno di notare che era bello come un'immagine di Gesù, tutto d'oro, con la stessa barba bionda da principe e con gli occhi di un colore incredibile.

L'unico padrone che Consuelo avrebbe avuto in vita sua aveva trascorso anni a mettere a punto un sistema per conservare i morti, di cui alla fine si portò il segreto nella tomba, con gran sollievo dell'umanità. Studiava anche una cura per il cancro, in quanto aveva notato che questa malattia è poco frequente nelle zone infestate dal paludismo e aveva naturalmente dedotto che era possibile recare conforto alle vittime di questo male esponendole alle punture delle zanzare dei pantani. Con la stessa logica, faceva esperimenti picchiando sulla testa di idioti per nascita o per vocazione, perché aveva letto sulla "Gaceta del Galeno" che, in seguito a un trauma cerebrale, una persona si era trasformata in un genio. Era un antisocialista risoluto. Aveva calcolato che se fossero state equamente suddivise le ricchezze del mondo, a ogni abitante del pianeta sarebbero spettati meno di trentacinque centavos, e ne aveva dedotto che le rivoluzioni erano inutili. Aveva un aspetto sano e robusto, pativa di costante malumore e possedeva le conoscenze di un saggio e le scaltrezze di un sacrestano. Il suo metodo di imbalsamazione era di una semplicità ammirevole, come lo sono quasi tutte le grandi invenzioni. Non si trattava di togliere le viscere, vuotare il cranio, immergere il corpo in formaldeide e riempirlo di catrame e stoppa, per infine renderlo incartapecorito come un chicco di uva passa e con occhi esterrefatti di vetro dipinto. Semplicemente estraeva il sangue dal cadavere ancora fresco e lo sostituiva con un liquido che lo conservava come se fosse vivo. La pelle, sebbene pallida e fredda, non si deteriorava, i capelli rimanevano saldi e in certi casi perfino le unghie restavano al loro posto e continuavano a crescere. Forse l'unico inconveniente era un certo odore acre e penetrante, ma col tempo i familiari si abituavano. In quel periodo pochi pazienti si prestavano di spontanea volontà alle punture di insetti curativi o alle capocciate per aumentare l'intelligenza, ma il suo prestigio di imbalsamatore aveva varcato l'oceano e spesso andavano a trovarlo scienziati europei o commercianti nordamericani avidi di sottrargli la sua formula. Se ne ripartivano sempre a mani vuote. Il caso più celebre – che diffuse la sua fama nel mondo – fu quello di un noto avvocato della città, che da vivo aveva avuto tendenze liberali e che il Benefattore aveva fatto uccidere all'uscita della prima della zarzuela *La Paloma* al Teatro Municipale. Il corpo ancora caldo era stato portato al Professor Jones crivellato di pallottole, ma col viso intatto. Il professore, sebbene avesse considerato la vittima suo nemico ideologico – lui infatti era un fautore dei regimi totalitari e diffidava della democrazia, che gli sembrava volgare e troppo simile al socialismo –, si diede da fare per conservarne il corpo, e ci riuscì tanto bene che la famiglia mise il morto seduto nella biblioteca, col vestito più bello addosso e una penna nella mano destra. Così rimase per decenni, protetto dalle tarme e dalla polvere, a ricordo della brutalità del dittatore, che non osò intervenire, perché una cosa è prendersela con i vivi e un'altra, assai diversa, scagliarsi contro i defunti.

Una volta che Consuelo fu riuscita a superare lo spavento iniziale ed ebbe capito che il grembiule da beccaio e l'odore da sepolcro del suo padrone erano particolari trascurabili e che in realtà si trattava di una persona accomodante, vulnerabile e talvolta persino simpatica, si sentì a suo agio in quella casa, che le sembrava un paradiso in confronto al convento. Lì nessuno si svegliava all'alba per recitare il rosario a buon pro dell'umanità, né era necessario inginocchiarsi sopra una manciata di piselli secchi per riscattare col proprio dolore le colpe altrui. Come nell'antico edificio delle Hermanitas de la Caridad, anche in quella casa circolavano discreti fantasmi, notati da tutti meno che dal Professor Jones, il quale si intestardiva a negarli perché carenti di basi scientifiche. Sebbene dovesse svolgere le incombenze più pesanti, la ragazzina trovava tempo per le sue fantasticherie, senza che nessuno la infastidisse interpretando i suoi silenzi come virtù miracolose. Era forte, non si lagnava mai e obbediva senza fare domande come le avevano insegnato le suore. A parte raccogliere la spazzatura, lavare e stirare, pulire le latrine, immagazzinare quotidianamente il ghiaccio che veniva portato a dorso di asino, protetto in strati di sale grosso, aiutava il Professor Jones a preparare la sua mistura in grossi boccali da farmacia, si occupava dei corpi, toglieva loro la polvere e ne sbloccava le articolazioni, li vestiva, li pettinava e ne coloriva le guance con belletto. Il saggio si sentiva a suo agio con quella domestica. Prima del suo arrivo lavorava da solo, nel più assoluto segreto, ma col tempo si abituò alla presenza di Consuelo e le permise di aiutarlo nel laboratorio, pensando che quella bimba silenziosa non rappresentasse nessun pericolo. Sicuro di averla sempre vicina quando ne aveva bisogno, si toglieva la giacca e il cappello e senza guardarsi alle spalle li lasciava cadere perché lei li prendesse al volo prima che toccassero terra, e dato che non sbagliava mai cominciò a fidarsi di lei ciecamente. Fu così che, a parte l'inventore, Consuelo divenne l'unica persona in possesso della formula meravigliosa, ma quella conoscenza non le servì a nulla, in quanto l'idea di tradire il suo padrone e di venderne il segreto non le passò mai per la mente. Detestava manipolare cadaveri e non capiva il motivo di imbalsamarli. Se fosse stata una cosa utile, la natura l'avrebbe prevista e non avrebbe permesso che i cadaveri si decomponessero, pensava lei. Comunque, al termine della sua vita trovò una spiegazione a quella antica smania dell'umanità di voler conservare i defunti, perché scoprì che con i loro corpi a portata di mano, è più facile ricordarli.

Trascorsero molti anni tranquilli per Consuelo. Non le interessava quello che succedeva fuori, perché dal chiostro delle monache era passata alla casa del Professor Jones. Lì c'era una radio per tenersi al corrente delle notizie, ma di rado veniva accesa, si ascoltavano solo i dischi di opere che il padrone metteva sul grammofono nuovo di zecca. Non arrivavano neppure i giornali, solo riviste scientifiche, perché il saggio era indifferente a quanto accadeva nel paese o nel mondo, e si interessava molto più alle conoscenze astratte, ai computi della storia o ai pronostici di un futuro ipotetico, che alle volgari emergenze del presente. La casa era un immenso labirinto di libri. Lungo le pareti erano accatastati dal suolo sino al soffitto volumi scuri, odorosi del cuoio delle rilegature, morbidi al tatto, scricchiolanti, con i titoli e i tagli dorati, i fogli traslucidi, i delicati caratteri. Tutte le opere del pensiero universale si trovavano su quegli scaffali, collocate senza un ordine apparente, sebbene il Professore ricordasse con esattezza l'ubicazione di ognuna. Le opere di Shakespeare stavano accanto al *Capitale*, le massime di Confucio si affiancavano alla *Vita delle foche*, le mappe di antichi navigatori riposavano vicino a romanzi gotici e a poesia dell'India. Consuelo passava parecchie ore della giornata a pulire i libri. Quando aveva finito con l'ultimo scaffale bisognava ricominciare dal primo, ma era questa la parte migliore del suo lavoro. Li prendeva con delicatezza, ne toglieva la polvere accarezzandoli e ne voltava le pagine per immergersi qualche minuto nel particolare mondo di ognuno. Imparò a conoscerli e a individuarli sui ripiani. Non osò mai chiederli in prestito, e così li prendeva di soppiatto, se li portava nella sua camera, li leggeva di notte e il giorno dopo li risistemava al loro posto.

Consuelo ignorò molti sconvolgimenti, catastrofi o progressi della sua epoca, ma seppe tutto delle sommosse studentesche nel paese, perché esplosero mentre il Professor Jones passava per il centro della città e per poco non venne ammazzato dalle guardie a cavallo. Toccò a lei mettergli impiastri sui lividi e nutrirlo con brodo e birra dentro un biberòn, finché non gli si furono rinsaldati i denti traballanti. Il dottore era uscito per comprare certi prodotti indispensabili ai suoi esperimenti, senza ricordarsi che era Carnevale, una festa licenziosa che ogni anno lasciava una scia di feriti e di morti, sebbene quella volta le risse fra ubriachi fossero passate in secondo piano dinnanzi all'impatto di altri eventi che scossero le coscienze assopite. Jones stava attraversando la strada, quando scoppiò il tafferuglio. In realtà, i problemi erano cominciati due giorni prima, quando gli universitari avevano eletto una regina di bellezza con la prima votazione democratica del paese. Dopo averla incoronata e dopo avere pronunciato discorsi ampollosi, nel corso dei quali qualcuno parlò troppo e si discusse di libertà e di sovranità, i giovani avevano deciso di sfilare. Non si era mai visto nulla di simile, la polizia ci mise quarantott'ore a reagire e lo fece proprio nel momento in cui il Professor Jones usciva da una farmacia con i suoi boccali e le sue polverine. Vide avanzare al galoppo le guardie, con i manganelli in resta, e non si spostò dalla loro traiettoria né affrettò il passo, perché era distratto dal pensiero di qualche sua formula chimica e tutto quel bailamme gli sembrava di pessimo gusto. Riprese i sensi su una barella diretta all'ospedale dei poveri e riuscì a balbettare che cambiassero direzione e lo portassero a casa sua, tenendosi insieme i denti con una mano per evitare che rotolassero in strada. Mentre lui si riprendeva sprofondato fra i guanciali, la polizia arrestava i capi della rivolta e li metteva in gattabuia senza però picchiarli, perché fra di loro c'erano alcuni figli delle famiglie più facoltose. La loro detenzione produsse un'ondata di solidarietà e il giorno dopo decine di ragazzi si presentarono nelle carceri e nelle caserme per offrirsi come detenuti volontari. Li rinchiusero nelle celle a mano a mano che arrivavano ma pochi giorni dopo furono costretti a liberarli perché non sapevano più dove metterli e il clamore delle madri cominciava a disturbare la digestione del Benefattore.

Mesi dopo, quando la dentatura del Professor Jones si era ormai rinsaldata e lui cominciava a riprendersi anche dalle ammaccature morali, gli studenti ricominciarono i tafferugli, questa volta con la complicità di alcuni giovani ufficiali. Il Ministro della

Guerra soffocò la sommossa in sette ore e quelli che riuscirono a salvarsi andarono in esilio, dove rimasero per sette anni, fino alla morte del Signore della Patria, che si permise il lusso di morire tranquillamente nel suo letto e non appeso a un lampione della piazza, come gli auguravano i suoi nemici e come temeva l'ambasciatore statunitense.

Con la scomparsa dell'anziano dittatore e con la fine di quel lungo regime, il Professor Jones fu sul punto di imbarcarsi per ritornare in Europa, convinto – come tanti altri – che il paese sarebbe irrimediabilmente sprofondato nel caos. Da parte loro, i ministri dello stato, atterriti dinanzi all'eventualità di una rivolta popolare, si riunirono in gran fretta e qualcuno propose di chiamare il dottore, pensando che se il cadavere del Cid Campeador legato sul suo destriero era riuscito a combattere i mori, non c'era motivo che il Presidente Vitalizio non continuasse a governare, imbalsamato sul suo seggio di tiranno. Il saggio si presentò accompagnato da Consuelo, che gli reggeva la valigetta e osservava impassibile le case dai tetti rossi, i tram, gli uomini con le paglie e le scarpe bicolori, la singolare mistura di lusso e scialo del Palazzo. Durante i mesi di agonia del dittatore si erano allentate le misure di sicurezza e nelle ore successive alla sua morte regnava la massima confusione: nessuno fermò il dottore e la sua domestica. Percorsero corridoi e saloni ed entrarono infine nella stanza dove giaceva quell'uomo possente – padre di un centinaio di bastardi, padrone della vita e della morte dei suoi sudditi e proprietario di una fortuna inaudita – in camicia da notte, con guanti di capretto e inzuppato della propria orina. Fuori tremavano i membri del suo seguito e alcune concubine, mentre i ministri non sapevano se fuggire all'estero o rimanere a vedere se la mummia del Benefattore sarebbe riuscita a reggere ancora i destini della patria. Il Professor Jones si fermò accanto al cadavere osservandolo con interesse da entomologo.

– È vero che lei può conservare i morti, dottore? – domandò un uomo massiccio con baffi simili a quelli del dittatore.

– Mmm...

– Allora le consiglio di non farlo, perché adesso tocca governare a me, che sono suo fratello, dello stesso lignaggio e dello stesso sangue – lo minacciò l'altro mostrando un formidabile pistolone infilato nella cintura.

Il Ministro della Guerra apparve in quell'istante e prendendo lo scienziato per un braccio lo condusse da parte per parlargli a quattr'occhi.

– Non starà pensando di imbalsamarci il Presidente...

– Mmm...

– Le conviene non intromettersi in questa faccenda, perché adesso tocca comandare a me, che ho l'Esercito in pugno.

Sconcertato, il Professore uscì dal Palazzo seguito da Consuelo. Non seppe mai chi, né perché l'aveva chiamato. Se ne andò, borbottando che non c'era verso di capire quei popoli tropicali e che la cosa migliore era ritornare nella sua beneamata città di origine, che lui non avrebbe mai dovuto lasciare, dove vigevano le leggi della logica e dell'urbanità.

Il Ministro della Guerra si assunse l'incarico del governo senza sapere esattamente cosa fare, in quanto era sempre rimasto sotto la sferza del Benefattore e non rammentava di avere preso una sola iniziativa in tutta la sua carriera. Ci furono momenti di incertezza, perché la popolazione rifiutò di credere che il Presidente Vitalicio fosse davvero morto e pensò che il vecchio esposto in quella bara faraonica fosse una soverchieria, un ennesimo trucco dello stregone per turlupinare i suoi detrattori. La gente si rinchiuse in casa, senza il coraggio di cacciare fuori il naso, finché la Guardia non entrò nelle abitazioni per farla uscire a suon di botte e non la costrinse a mettersi in fila per rendere l'estremo omaggio al Signore, che cominciava già a puzzare fra le candele di cera vergine e i gigli spediti in aereo dalla Florida. Vedendo i magnifici funerali presieduti da diversi dignitari della Chiesa con i loro fronzoli da grande cerimonia, la popolazione si convinse infine che al tiranno era venuta a mancare l'immortalità e uscì a fare festa. Il paese si destò da un lungo torpore e si liberò in poche ore dalla sensazione di malinconia e di stanchezza che sembrava opprimerlo. La gente cominciò a sognare una timida libertà. Gridarono, ballarono, tirarono pietre, infransero finestre, saccheggiarono perfino alcune residenze dei favoriti del regime e bruciarono la lunga Packard nera dall'inconfondibile clacson, in cui girava il Benefattore seminando paura al suo passaggio. Allora il Ministro della Guerra, vincendo il proprio sconcerto, si sedette sul seggio presidenziale, impartì l'ordine di rappacificare gli animi fra una pallottola e l'altra e subito si rivolse per radio alla popolazione annunciando un nuovo ordine. A poco a poco ritornò la calma. Le carceri vennero svuotate dei vecchi detenuti politici per lasciare posto ad altri che stavano arrivando e iniziò un governo più progressista che promise di portare la nazione nel secolo ventesimo, progetto non stravagante, considerando che era già in ritardo di tre decenni. In quel deserto politico cominciarono a emergere i primi partiti, si organizzò un Parlamento e ci fu un rifiorire di idee e di proposte.

Il giorno in cui seppellirono l'avvocato, la sua mummia preferita, il Professor Jones ebbe un accesso di rabbia che culminò con un'emorragia cerebrale. Per intervento delle autorità, che non gradivano la vista di morti del precedente regime, i familiari del celebre martire della tirannia gli fecero un funerale grandioso, malgrado la generale impressione di seppellire un vivo, dato che era sempre in ottime condizioni. Jones tentò in ogni modo di impedire che la sua opera d'arte finisse in un mausoleo, ma tutto fu inutile. Si piazzò con le braccia spalancate sulla soglia del cimitero, cercando di sbarrare il passaggio alla carrozza nera che trasportava il feretro di mogano con borchie d'argento, ma il cocchiere proseguì imperterrito e avrebbe schiacciato il dottore senza il minimo rispetto se questi non si fosse scostato. Quando la nicchia fu chiusa, l'imbalsamatore cadde fulminato dallo sdegno, con metà del corpo rigida e l'altra metà in preda a convulsioni. Con quella sepoltura, scomparve dietro una lapide di marmo la testimonianza più probante che esisteva una formula capace di vincere la decomposizione a tempo indeterminato.

Furono questi i soli eventi di rilievo degli anni in cui Consuelo servì in casa del Professor Jones. Gli unici cambiamenti che le procurò il passaggio dalla dittatura alla democrazia, furono il permesso di andare di tanto in tanto al cinema per vedere i film di Carlos Gardel, un tempo vietati alle signorine, e il fatto che, dopo l'accesso di rabbia, il suo padrone si era trasformato in un invalido a cui doveva badare come a un bambino. Le sue incombenze mutarono di poco, fino a quel giorno di luglio in cui il giardiniere fu morso da una vipera. Era un indiano alto, forte, dai lineamenti dolci, ma con un'espressione ermetica e taciturna, con il quale non aveva mai scambiato più di dieci frasi, per quanto lui solesse aiutarla con i cadaveri, i cancerosi e gli idioti. Tirava su i pazienti come se fossero stati piume, se li caricava in spalla e saliva a passi rapidi la scala del laboratorio, senza mostrare nessuna curiosità.

– Il giardiniere è stato morso da una surucucú – annunciò Consuelo al Professor Jones.

– Quando sarà morto, portamelo – ordinò lo scienziato con

la sua bocca storta, preparandosi a farne una mummia indigena fissa nella posizione di potare le siepi da mettere come decorazione in giardino. In quegli anni era ormai abbastanza vecchio e cominciava ad avere deliri da artista, sognava di raffigurare tutti i mestieri, formando così un museo personale di statue umane.

Per la prima volta nella sua silenziosa esistenza, Consuelo disobbedì a un ordine e prese un'iniziativa. Con l'aiuto della cuoca trascinò l'indiano nella sua stanza nell'ultimo cortile e lo adagiò sul suo pagliericcio, perché le sembrava un peccato vederlo trasformato in addobbo per soddisfare un capriccio del padrone e anche perché in talune circostanze, lei aveva provato un'inspiegabile inquietudine vedendo le mani di quell'uomo, grandi, brune, forti, che curavano le piante con singolare delicatezza. Gli pulì la ferita con acqua e sapone, gli fece due tagli profondi col coltello che serviva ad ammazzare le galline e continuò a lungo a succhiargli il sangue avvelenato e a sputarlo in un recipiente. Fra un succhio e l'altro si sciacquava la bocca con aceto, per non morire anche lei. Subito dopo lo avvolse in panni inzuppati di trementina, lo purgò con decotti di erbe, gli applicò ragnatele sulla ferita e permise che la cuoca accendesse candele davanti ai santi, per quanto lei non avesse fede in tali mezzi. Quando il malato cominciò a pisciare sangue, sottrasse il Sandalo Sol dal gabinetto del Professore, rimedio infallibile per le flussioni delle vie urinarie, ma nonostante ogni suo sforzo, la gamba iniziò a decomporsi e l'uomo ad agonizzare lucido e silenzioso, senza lagnarsi una sola volta. Consuelo notò che, dimenticando il panico dinanzi alla morte, l'asfissia e il dolore, il giardiniere reagiva con entusiasmo quando lei gli massaggiava il corpo o gli applicava cataplasmi. Quest'inattesa erezione riuscì a commuovere il suo cuore di vergine matura e quando lui la prese per un braccio e la guardò supplichevole, lei capì che era giunto il momento di giustificare il suo nome e consolarlo di una simile sventura. Inoltre rifletté che durante i suoi trenta e più anni di esistenza non aveva conosciuto il piacere e non l'aveva cercato, convinta che fosse una faccenda riservata ai protagonisti del cinema. Decise di prendersi quel piacere e intanto di offrirlo anche al malato, che sarebbe forse partito più contento per l'altro mondo.

Ho conosciuto così a fondo mia madre, da poter immaginare la cerimonia che segue, sebbene lei non mi abbia fornito tutti i dettagli. Non aveva pudori inutili e rispondeva sempre alle mie domande con la massima chiarezza, ma quando parlava di quell'indiano soleva zittirsi all'improvviso, smarrita fra i suoi bei ricordi. Si tolse la camicia di cotone, la sottana e le mutande di tela e si sciolse la crocchia che portava annodata sulla nuca, secondo gli ordini del padrone. I lunghi capelli le caddero sul corpo e così, vestita del suo migliore attributo di bellezza, montò sopra il moribondo con grande dolcezza, per non disturbarne l'agonia. Non sapeva bene come fare, perché non aveva esperienza di quelle cose, ma all'esperienza mancante supplirono l'istinto e la buona volontà. Sotto la pelle scura dell'uomo, i muscoli si tesero e lei ebbe la sensazione di cavalcare un animale grande e selvaggio. Sussurrandogli parole inventate sul momento e asciugandogli il sudore con un fazzoletto, scivolò fino al punto preciso e allora si mosse con discrezione, come una sposa abituata a fare l'amore con un marito anziano. D'improvviso lui la riversò per abbracciarla con la premura imposta dalla vicinanza della morte, e la breve gioia di entrambi alterò le ombre negli angoli. Così fui concepita, sul letto di morte di mio padre.

Comunque, il giardiniere non morì, come se l'aspettavano il Professor Jones e i francesi del serpentario, che volevano il suo corpo per certi esperimenti. Contro ogni logica, cominciò a migliorare, gli calò la febbre, gli si normalizzò il respiro e chiese da mangiare. Consuelo capì che senza volerlo aveva scoperto un antidoto ai morsi velenosi e continuò a somministrarglielo con tenerezza ed entusiasmo tutte le volte che lui glielo richiese, finché il paziente non si rimise in piedi. Poco dopo, l'indiano si congedò senza che lei cercasse di trattenerlo. Si strinsero le mani per un minuto o due, si baciarono con un po' di tristezza e poi lei si tolse la pepita d'oro, la cui cordicella era ormai consunta dall'uso, e l'appese al collo del suo unico amante, come ricordo delle loro galoppate. Lui se ne andò riconoscente e quasi guarito. Mia madre dice che si allontanò sorridendo.

Consuelo non manifestò nessuna emozione. Seguitò a lavorare come sempre, dimenticando le nausee, la pesantezza alle gambe e i puntini colorati che le oscuravano la vista, senza far parola dello straordinario medicamento con cui aveva salvato il moribondo. Non ne parlò neppure allorché cominciò a crescerle la pancia, né allorché il Professor Jones la chiamò per somministrarle una purga, convinto che quel gonfiore fosse dovuto a un problema digestivo, e non parlò neppure quando, a tempo debito, partorì. Sopportò i dolori per tredici ore senza smettere di lavorare, e quando non ce la fece più, si rinchiuse nella sua stanza pronta a vivere quel momento come il più importante della sua vita. Si spazzolò i capelli, li intrecciò strettamente e li legò con un nastro nuovo, si tolse gli abiti, si lavò da capo a piedi, poi dispose un lenzuolo nuovo sul pavimento e vi si sistemò sopra accosciata, così come aveva visto in un libro sugli usi degli eschimesi. Coperta di sudore, con uno straccio in bocca per soffocare i gemiti, si contrasse per mettere al mondo quella creatura caparbia che si aggrappava a lei. Non era più giovane e non fu un'impresa facile, ma l'abitudine di sfregare pavimenti a gattoni, di trasportare pesi su per le scale e di lavare indumenti fino a mezzanotte, l'avevano fornita di saldi muscoli che le permisero infine di sgravarsi. Dapprima vide spuntare un paio di piedi minuscoli che si muovevano appena, come se tentassero di fare i primi passi di un'arduo cammino. Respirò profondamente e con un ultimo gemito sentì che qualcosa si spezzava nel centro del suo corpo e una massa estranea le scivolava giù fra le gambe. Un tremendo sollievo la commosse fin nell'anima. E io ero lì, avvolta in un cordone bluastro, che lei mi tolse con cura dal collo, per aiutarmi a vivere. In quell'istante si aprì la porta ed entrò la cuoca, che, avendo notato la sua assenza, aveva intuito quanto accadeva ed era accorsa da lei. La trovò nuda con me adagiata sul ventre, ancora unita a lei da un lungo laccio palpitante.

– Brutta storia, è femmina – disse l'improvvisata mammana quando ebbe annodato e tagliato il cordone ombelicale e mi ebbe presa fra le mani.

– È nata dai piedi, è segno di buona sorte – sorrise mia madre, non appena riuscì a parlare.

– Sembra forte e strilla parecchio. Se vuole, posso farle da madrina.

– Non pensavo di battezzarla – rispose Consuelo, ma vedendo che l'altra si faceva il segno della croce scandalizzata, non volle offenderla. – Va bene, un po' di acqua benedetta non può farle male e chissà che non sia poi di profitto. Si chiamerà Eva, le darà voglia di vivere.

– E di cognome?

– Niente, il cognome non è importante.

– Le creature umane hanno bisogno di un cognome. Solo i cani vanno in giro col nome e basta.

– Suo padre apparteneva alla tribù dei figli della luna. Che sia Eva Luna, allora. Me la dia, per favore, comare, che voglio vedere se è tutt'intera.

Seduta nella pozza del suo parto, sfinita e fradicia di sudore, Consuelo cercò nel mio corpo un segno fatidico trasmesso dal veleno, ma non scoprendo nessuna anormalità, sospirò tranquilla.

Non ho denti né squame da ofide, perlomeno visibili. Le circostanze un po' strane del mio concepimento ebbero semmai conseguenze benefiche: mi diedero una salute inalterabile e quella ribellione che ci mise un po' a manifestarsi, ma infine mi preservò dalla vita di umiliazioni a cui ero indubbiamente destinata. Da mio padre ho ereditato il sangue robusto, perché quell'indiano doveva essere molto forte se resisté per tanti giorni al veleno del serpente e in pieno stato di agonia diede piacere a una donna. A mia madre debbo tutto il resto. A quattro anni ho avuto una di quelle malattie che lasciano il corpo segnato da crateri, ma lei mi guarì legandomi le mani perché non mi grattassi, ungendomi il corpo con grasso di pecora ed evitando che mi esponessi alla luce naturale per centottanta giorni. Approfittò di quel periodo per togliermi le amebe con decotto di zucca e il verme solitario con radice di felce e da allora in poi sono sempre stata sana come un pesce. Non ho segni sulla pelle, solo qualche bruciatura di sigaretta e spero di invecchiare senza rughe, perché il grasso di pecora ha un effetto perenne.

Mia madre era una persona silenziosa, capace di confondersi fra i mobili, di smarrirsi nel disegno del tappeto, di non fare il minimo rumore, come se non esistesse; tuttavia, nell'intimità della stanza che condividevamo, si trasformava. Cominciava a parlare del passato o a raccontare le sue storie e la stanza si riempiva di luce, scomparivano le pareti per lasciare posto a incredibili paesaggi, palazzi zeppi di oggetti mai visti, paesi lontani inventati da lei o attinti alla biblioteca del padrone; mi deponeva ai piedi tutti i tesori dell'Oriente, la luna e altro ancora, mi riduceva alla grandezza di una formica per farmi sentire minuscola di fronte all'universo, mi metteva le ali per vederlo dal firmamento, mi dava una coda di pesce per conoscere il fondo del mare. Quando lei raccontava, il mondo si popolava di personaggi, alcuni dei quali divennero così familiari, che ancora oggi, dopo tanti anni, posso descriverne le vesti e il tono della voce. Serbava intatti i suoi ricordi di infanzia nella Missione dei frati, ricordava gli aneddoti ascoltati di sfuggita e quanto appreso dalle letture, elaborava la sostanza dei propri sogni e con quel materiale costruiva un mondo tutto per me. Le parole sono gratuite, diceva, e se ne appropriava: erano tutte sue. Lei seminò nella mia testa l'idea secondo cui la realtà non è solo come appare in superficie, perché ha una dimensione magica e, volendo, è legittimo esagerarla e colorirla per rendere meno noioso il passaggio attraverso questa vita. I personaggi convocati da lei nell'incantesimo dei suoi racconti sono gli unici ricordi nitidi che conservo dei miei primi anni, tutto il resto è svanito, avvolto in una nebbia dove si fondono i domestici della casa, l'anziano saggio accasciato nella sua poltrona inglese con ruote da bicicletta e la sfilata di pazienti e di cadaveri, di cui il dottore si occupava malgrado l'infermità. Il Professor Jones era sconcertato dai bambini, ma poiché era piuttosto distratto, quando si imbatteva in me in qualche angolo della casa, mi vedeva appena. Io lo temevo un poco, perché non sapevo se il vecchio fabbricasse gli imbalsamati o se fosse stato generato da loro, tanto sembravano della stessa stirpe di pergamena; ma la sua presenza non mi coinvolgeva, perché vivevamo in spazi diversi. Io mi aggiravo in cucina, nei cortili, nelle stanze di servizio, nel giardino, e quando accompagnavo mia madre nelle altre parti della casa, lo facevo con molta cautela nascondendomi nella sua ombra. La casa aveva tanti e così diversi odori, che io potevo percorrerla con gli occhi chiusi e indovinare dove mi trovavo; gli aromi di biancheria, cibo, carbone, medicinali, libri e umidità si univano ai personaggi dei racconti, arricchendo quegli anni.

Mi allevarono secondo la teoria che l'ozio è il padre dei vizi, idea inculcata dalle Hermanitas de la Caridad e coltivata dal dottore con disciplina dispotica. Non ebbi veri e propri giocattoli, sebbene a dire il vero tutto quello che c'era in casa servisse per i miei giochi. Durante la giornata non c'erano momenti di riposo, era considerato vergognoso starsene con le mani in mano. Accanto a mia madre, io sfregavo il legno dei pavimenti, stendevo i panni ad asciugare, tritavo le verdure e nell'ora della siesta tentavo di lavorare a maglia e di ricamare, ma non ricordo quelle incombenze come opprimenti. Mi sembrava di giocare alle belle statuine. Neppure i sinistri esperimenti del saggio furono motivo di inquietudine, perché lei mi spiegò che le capocciate e le punture delle zanzare – per fortuna assai poco frequenti – non erano manifestazioni di crudeltà da parte del padrone, bensì metodi terapeutici del massimo rigore scientifico. Col suo modo disinvolto di trattare gli imbalsamati, come se fossero stati parenti venuti a mancare, mia madre mi tolse qualsiasi residuo di timore e non permise che gli altri domestici mi spaventassero con idee macabre. Credo che cercasse di tenermi lontana dal laboratorio... a dire il vero non vidi quasi mai le mummie, semplicemente sapevo che erano al di là della porta. Quella povera gente è molto fragile, Eva, è meglio che tu non entri in quella stanza, bada che con una spinta puoi rompere loro qualche osso e il Professore perderebbe la tramontana, mi diceva. Per tranquillizzarmi diede un nome a ogni morto e, per ciascuno, inventò un passato, trasformando anche loro in creature benefiche, come gli gnomi e le fate.

Di rado uscivamo per strada. Una delle poche occasioni fu la processione per scongiurare la siccità, quando perfino gli atei si misero a pregare, perché era un evento sociale, più che un atto di fede. Dicono che il paese fosse da tre anni senza una goccia di pioggia, la terra si spaccò in screpolature assetate, morì la vegetazione, perirono gli animali con i musi immersi nella polvere e gli abitanti delle pianure si recarono fino sulla costa per vendersi come schiavi in cambio di acqua. Dinnanzi alla catastrofe nazionale, il Vescovo decise di portare in processione l'immagine del Nazareno per implorare la fine di quel castigo divino e poiché era l'ultima speranza accorremmo tutti, ricchi e poveri, vecchi e giovani, credenti e agnostici. La folla, col Nazareno davanti, si avviò verso la Cattedrale, ma non riuscì a raggiungere l'ufficio della Compagnia dell'Acqua Potabile, perché a metà strada esplose un acquazzone incontenibile. Prima di quarantotto ore la città era trasformata in un lago, si ingorgarono i tombini, si inondarono le strade, si allagarono le case, il torrente si portò via le baracche e su un paese della costa piovvero pesci. Miracolo, miracolo, gridava il Vescovo. Noi gli facevamo coro senza sapere che la processione era stata organizzata dopo che il Centro Meteorologico aveva annunciato tifoni e piogge torrenziali su tutta la zona dei Caraibi, come denunciava Jones dalla sua poltrona di emiplegico. Superstiziosi! Ignoranti! Analfabeti!, urlava il pover'uomo, ma nessuno gli badò minimamente. Questo prodigio rese possibile quanto non erano riusciti a rendere possibile i frati della Missione né le Hermanitas de la Caridad: mia madre si avvicinò a Dio, perché lo visualizzò seduto sul suo trono celeste, intento a beffarsi dolcemente dell'umanità e pensò che doveva essere molto diverso dal temibile patriarca dei libri di religione. Forse egli manifestava il suo senso dell'umorismo nel farci vivere confusi, senza mai rivelarci i suoi piani né i suoi propositi. Ogni volta che ricordavamo il diluvio miracoloso, morivamo dal ridere.

Il mondo terminava alla cancellata del giardino. Dentro, il tempo era regolato da norme capricciose; in mezz'ora io potevo fare sei giri intorno al globo terracqueo e un chiarore di luna nel cortile poteva riempirmi i pensieri di una settimana. La luce e l'ombra determinavano mutamenti fondamentali nella natura degli oggetti; i libri, quieti durante la giornata, si aprivano di notte e i personaggi uscivano a vagare per le stanze e a vivere le loro avventure; gli imbalsamati, così umili e discreti quando il sole del mattino entrava dalle finestre, nella penombra dell'imbrunire divenivano di pietra e nel buio crescevano come giganti. Lo spazio si allungava e si contraeva a mio piacere; il vuoto sotto la scala racchiudeva un sistema planetario e il cielo visto dall'abbaino della soffitta era solo un pallido cerchio di vetro. Una mia parola e, zac! la realtà si trasformava.

In quella dimora ai piedi del colle, crebbi libera e sicura. Non avevo nessun contatto con altri bambini e non ero abituata a frequentare sconosciuti, perché non si ricevevano visitatori, tranne un uomo con abito e cappello neri, un sacerdote protestante con una Bibbia sotto il braccio, che amareggiò gli ultimi anni del Professor Jones. Io lo temevo molto più del padrone.

DUE

Otto anni prima che io nascessi, lo stesso giorno in cui il Benefattore morì come un bravo nonnino nel suo letto, in un villaggio del nord dell'Austria venne al mondo un bambino che chiamarono Rolf. Era l'ultimo figlio di Lukas Carlé, il maestro più temuto della scuola. I castighi corporali facevano parte dell'educazione scolastica, la saggezza popolare e le teorie sull'insegnamento consigliavano le punizioni, sicché nessun padre con la testa a posto avrebbe reclamato per tali misure. Ma quando Carlé spezzò le mani a un ragazzo, la direzione scolastica gli proibì l'uso della bacchetta, perché era evidente che se cominciava a picchiare, una vertigine di lussuria gli faceva perdere ogni controllo. Per vendicarsi, i suoi alunni ne inseguivano il figlio Jochen e se riuscivano ad acchiapparlo lo malmenavano di santa ragione. Il bambino crebbe evitando i coetanei, senza dire il proprio cognome, nascosto come il rampollo di un boia.

Lukas Carlé aveva imposto sotto il suo tetto la stessa legge della paura instaurata nella scuola. Alla moglie lo univa un matrimonio di convenienza, l'amore non entrava nei suoi progetti, anzi veniva considerato da lui tollerabile in opere letterarie o musicali, ma improprio per la vita quotidiana. Si erano sposati senza avere avuto occasione di conoscersi a fondo e lei aveva cominciato a odiarlo fin dalla prima notte di nozze. Per Lukas Carlé la moglie era una creatura inferiore, più vicina agli animali che all'uomo, unico essere intelligente del Creato. Sebbene in teoria la donna fosse un essere degno di compassione, in pratica la sua riusciva a farlo uscire dai gangheri. Quando arrivò nel paese, dopo molto girovagare, allontanato dal suo luogo di origine dalla prima guerra mondiale, aveva circa venticinque anni, un diploma di maestro e denaro per sopravvivere una settimana. Innanzitutto cercò un lavoro e subito dopo una moglie, scegliendo la sua perché gli erano piaciuti l'espressione di terrore che le appariva d'improvviso negli occhi e i fianchi larghi, che gli sembrarono una condizione necessaria per generare figli maschi e svolgere le incombenze più pesanti in casa. Sulla sua decisione influirono anche due ettari di terreno, mezza dozzina di capi di bestiame e una piccola rendita che la giovane aveva ereditato dal padre: il tutto passò in tasca sua, in quanto legittimo amministratore dei beni coniugali.

A Lukas Carlé piacevano le scarpe da donna con i tacchi molto alti e le preferiva di vernice rossa. Durante i suoi viaggi in città pagava una prostituta affinché camminasse nuda, senz'altro ornamento che quelle scomode scarpe, mentre lui, vestito di tutto punto, con soprabito e cappello, seduto su una seggiola come un alto dignitario, raggiungeva un godimento indescrivibile alla vista di quelle natiche – il più possibile abbondanti, bianche, con fossette – che ondeggiavano a ogni passo. Non la toccava, è ovvio. Non lo faceva mai, in quanto aveva la mania dell'igiene. Poiché i suoi mezzi non gli permettevano di concedersi quei lussi con la desiderata frequenza, comprò un paio di allegre scarpe francesi, che teneva nascoste nella parte più inaccessibile dell'armadio. Di tanto in tanto chiudeva sotto chiave i figli, metteva dischi a pieno volume e chiamava la moglie. Lei aveva imparato ad accorgersi dei cambiamenti di umore del marito e riusciva a indovinare prima che lui stesso se ne rendesse conto, quando gli veniva voglia di martirizzarla. Allora cominciava a tremare in anticipo, le stoviglie le cadevano dalle mani e si spezzavano a terra.

. Carlé non tollerava rumori in casa, ne ho già abbastanza di sopportare i ragazzi a scuola, diceva. I suoi figli impararono a non piangere né ridere in sua presenza, a muoversi come ombre e a parlare sussurrando, e fu tanta la destrezza che svilupparono nel passare inosservati, che talvolta la madre credeva di attraversarli con lo sguardo e si spaventava dinnanzi all'eventualità che diventassero trasparenti. Il maestro era convinto che le leggi della genetica gli avessero giocato un brutto tiro. I suoi figli si rivelavano un autentico fallimento. Jochen era lento e goffo, pessimo studente, dormiva a scuola, pisciava a letto, non funzionava per nessuno dei progetti fatti per lui. Di Katharina preferiva non parlare. La piccola era imbecille. Di una cosa era certo: non c'erano tare congenite nella sua stirpe, sicché lui non era responsabile di quella povera malata. Chissà se era davvero figlia sua? non si poteva mettere la mano sul fuoco quanto alla fedeltà di nessuno e tanto meno di sua moglie; per fortuna Kathárina era nata con un buco nel cuore e il medico aveva diagnosticato che non sarebbe vissuta a lungo. Meglio così.

Dinnanzi allo scarso successo ottenuto con i due figli, Lukas Carlé non si rallegrò al momento della terza gravidanza della moglie, ma quando nacque un bambino robusto, roseo, con occhi grigi spalancati e mani salde, si sentì riconfortato. Forse quello era l'erede che aveva sempre desiderato, un vero Carlé. Doveva impedire che la madre lo rovinasse, nulla era più pericoloso di una donna per corrompere un buon seme di maschio. Non mettergli abiti di lana, affinché si abitui al freddo e diventi forte, lascialo al buio, così non avrà mai paura, non tenerlo in braccio, non importa se piange fino a diventare viola, serve a sviluppare i polmoni, ordinava, ma alle spalle del marito la madre rimpanucciava il suo bambino, gli dava doppia razione di latte, lo vezzeggiava e gli cantava filastrocche. Questo sistema di mettergli e togliergli abiti, di picchiarlo e coccolarlo senza motivo apparente, di rinchiuderlo in un armadio buio e poi consolarlo con baci, avrebbe fatto sprofondare qualsiasi creatura nella demenza, ma Rolf Carlé ebbe fortuna; perché non solo era nato con una forza mentale capace di sopportare quanto avrebbe fatto a pezzi altri, ma era anche esplosa la seconda guerra mondiale e suo padre si era arruolato nell'Esercito, liberandolo così della sua presenza. La guerra fu il periodo più felice della sua infanzia.

Mentre nell'America del Sud gli imbalsamati si accumulavano nella casa del Professor Jones e un indiano, morso da un serpente, copulava generando una bambina che la madre chiamò Eva per infonderle desiderio di vivere, anche in Europa la realtà era deformata. La guerra sommergeva il mondo nella confusione e nel terrore. La piccola si reggeva ancora alle sottane della madre, quando, dall'altra parte dell'Atlantico, si firmava la pace su un continente in macerie. Intanto, da questa parte del mare pochi perdevano il sonno per quelle violenze remote. Ne avevano già abbastanza delle loro.

Crescendo, Rolf Carlé si rivelò osservatore, orgoglioso e tenace, con una certa tendenza romantica che si manifestava come un sintomo di debolezza. In quell'epoca di esaltazione guerriera, lui giocava con i compagni alle trincee e agli aerei abbattuti, ma in segreto si commuoveva dinnanzi ai germogli di ogni primavera, ai fiori dell'estate, all'oro dell'autunno e al triste candore dell'inverno. In ogni stagione se ne andava a spasso nei boschi per raccogliere foglie e insetti che esaminava sotto una lente. Strappava pagine dai suoi quaderni per scriverci versi, che poi nascondeva nei cavi degli alberi o sotto le pietre, con l'illusione inconfessabile che qualcuno li trovasse. Non parlò mai con nessuno di queste cose.

Il ragazzo aveva dieci anni, il pomeriggio in cui lo portarono a seppellire i morti. Quel giorno era contento, perché suo fratello Jochen aveva acchiappato una lepre e l'odore della carne che cuoceva a fuoco lento, insaporita con aceto e rosmarino, riempiva tutta la casa. Era da molto tempo che non sentiva quell'aroma di cibo e il piacere anticipato gli produceva tanta ansia, che solo la severa educazione ricevuta gli impediva di sollevare il coperchio e di infilare un cucchiaio nel tegame. Quello era pure il giorno in cui si cuoceva il pane. Gli piaceva vedere la madre china sull'enorme tavola della cucina, con le braccia immerse nella pasta, che si muoveva a ritmo cadenzato. Impastava gli ingredienti formando lunghi rotoli, li tagliava e da ogni pezzo faceva un pane rotondo. Prima, ai tempi dell'abbondanza, separava un po' di pasta e vi aggiungeva latte, uova e cannella per fare dolci che riponeva in una scatola di latta, uno per ogni figlio, ogni giorno della settimana. Adesso mescolava la farina con la crusca e il risultato era scuro e irto, come pane di segatura.

Il mattino era iniziato con un tafferuglio in strada, un movimento delle truppe di occupazione, voci imperiose, ma nessuno si era preoccupato molto, perché la paura l'avevano ormai esaurita nello sconcerto della disfatta e non ne rimaneva loro molta per impiegarla in presagi di mala sorte. Dopo l'armistizio, i russi si erano insediati nel villaggio. Le voci sulla loro brutalità precedevano i soldati dell'Esercito Rosso e la popolazione terrorizzata si aspettava un bagno di sangue. Sono come bestie, dicevano, aprono la pancia alle donne gravide e buttano i feti ai cani, trafiggono i vecchi con le baionette, agli uomini infilano dinamite nel culo e li fanno esplodere in mille pezzi, violentano, incendiano, distruggono. Tuttavia non era stato così. Il sindaco aveva cercato una spiegazione e aveva concluso che evidentemente erano stati fortunati, perché quelli che avevano occupato il villaggio non provenivano dalle zone sovietiche più flagellate dalla guerra e avevano quindi meno rancore accumulato e meno vendette da far scontare. Erano entrati trascinandosi dietro pesanti veicoli con relativi attrezzi, al comando di un giovane ufficiale dal viso asiatico, avevano requisito tutto il cibo, si erano cacciati negli zaini qualsiasi oggetto di valore che erano riusciti a prendere e avevano fucilato a caso sei membri della comunità accusati di avere collaborato con i tedeschi. Si erano accampati nei sobborghi e se n'erano rimasti tranquilli. Quel giorno i russi riunirono la gente chiamando con gli altoparlanti ed entrando nelle case per spingere fuori con minacce gli indecisi. La madre infilò una giacchetta a Katharina e si affrettò a uscire prima che entrasse la truppa e le confiscasse la lepre del pranzo e il pane della settimana. Si avviò con i tre figli, Jochen, Katharina e Rolf, verso la piazza. Il villaggio era sopravvissuto a quegli anni di guerra in condizioni migliori di altri, malgrado la bomba che era caduta sopra la scuola una domenica notte, trasformandola in macerie e spargendo tutt'intorno schegge di banchi e di lavagne. Parte dell'acciottolato medievale non esisteva più, perché le brigate avevano usato le pietre per alzare barricate; erano caduti in mano al nemico l'orologio del municipio, l'organo della chiesa e l'ultimo raccolto di uva, unici tesori del luogo; gli edifici avevano facciate scrostate e qualche foro di pallottola, ma l'insieme non aveva perso il fascino acquisito in tanti secoli di esistenza.

Gli abitanti del villaggio si assieparono nella piazza, circondati dai soldati nemici, mentre il comandante sovietico, con l'uniforme a brandelli, gli stivali rotti e una barba di parecchi giorni, passava in rassegna il gruppo. Nessuno resse il suo sguardo, tutti a capo chino, contratti, in attesa, solo Katharina fissò i suoi occhi mansueti sul militare e si infilò un dito nel naso.

– È ritardata mentale? – domandò l'ufficiale indicando la bambina.

– È nata così – rispose la signora Carlé.

– Allora non è il caso di portarla. La lasci qui.

– Non può rimanere sola, per favore, la lasci venire con noi...

– Come vuole.

Nel tenue sole primaverile aspettarono più di due ore in piedi, sotto la mira delle armi, i vecchi appoggiati ai più forti, i bambini addormentati per terra, i più piccoli in braccio ai genitori, finché non fu dato l'ordine di partire e tutti si misero in marcia dietro la jeep del comandante, vigilati dai soldati che li tenevano a bada, in una fila lenta capeggiata dal sindaco e dal direttore della scuola, uniche autorità ancora riconosciute nella catastrofe degli ultimi tempi. Camminarono in silenzio, inquieti, girandosi a guardare i tetti delle loro case che spuntavano fra le colline, domandandosi dove li conducevano, finché non fu evidente che prendevano la direzione del campo di prigionia e la loro anima si contrasse come un pugno.

Rolf conosceva la strada, perché vi si era recato spesso quando andava con Jochen a cacciare bisce, a disporre trappole per volpi o a cercare legna. Certe volte i fratelli si sedevano sotto gli alberi davanti al recinto di filo spinato, nascosti dal fogliame. La distanza non permetteva loro di vedere con chiarezza e si limitavano ad ascoltare le sirene e a fiutare l'aria. Quando soffiava il vento, quell'odore particolare si infilava nelle case, ma nessuno sembrava accorgersene, perché non se ne parlava mai. Questa era la prima volta che Rolf Carlé, o qualsiasi altro abitante del villaggio, varcava le porte metalliche e la sua attenzione fu attratta dal suolo eroso, netto di ogni vegetazione, abbandonato come un deserto di polvere sterile, così diverso dai campi della contrada in quell'epoca dell'anno, ricoperti da una morbida peluria verde. La colonna percorse un lungo sentiero, attraversò diverse barriere di filo spinato, passò sotto le torri di controllo e le postazioni dove prima erano sistemate le mitragliatrici e raggiunse infine un vasto cortile quadrato. Da un lato si levavano vaste baracche senza finestre, dall'altro una costruzione di mattoni con comignoli, in fondo le latrine e i patiboli. La primavera si era fermata sulla soglia della prigione, tutto era grigio, avvolto nella bruma di un inverno che lì si era eternizzato. La gente del villaggio si fermò vicino alle baracche, tutta insieme, tenendosi stretta per farsi coraggio, oppressa da quella quiete, da quel silenzio di caverna, da quel cielo fattosi cenere. Il comandante impartì un ordine e i soldati li spinsero come bestiame, portandoli fino all'edificio principale. E allora tutti poterono vederli. Erano lì, a dozzine, ammucchiati per terra, gli uni sopra gli altri, mescolati, smembrati, una montagna di pallidi legni. All'inizio non riuscirono a credere che fossero corpi umani, sembravano marionette di un macabro teatro, ma i russi li pungolarono con i fucili, li colpirono con i calci e dovettero avvicinarsi, fiutare, guardare, permettere che quei visi ossuti e ciechi si incidessero a fuoco nella loro memoria. Ognuno udì il palpito del proprio cuore e nessuno parlò, perché nulla c'era da dire. Per lunghi minuti rimasero immobili finché il comandante non prese una pala e la passò al sindaco. I soldati distribuirono altri attrezzi.

– Cominciate a scavare – disse l'ufficiale senza alzare la voce, quasi in un sussurro.

Mandarono Katharina e i bambini più piccoli a sedersi ai piedi delle forche mentre gli altri lavoravano. Rolf rimase con Jochen. Il suolo era duro, i sassi si incrostavano fra le loro dita e si infilavano sotto le unghie, ma non si fermò, chino, con i capelli sulla faccia, scosso da una vergogna che non avrebbe potuto scordare e che l'avrebbe seguito per tutta la vita perseguitandolo come un interminabile incubo. Non sollevò lo sguardo neppure una volta. Non udì intorno a sé altri rumori che il ferro contro le pietre, i respiri ansimanti, i singhiozzi di qualche donna.

Era calata la notte quando le fosse furono pronte. Rolf notò che avevano acceso le luci di controllo nelle torri di vigilanza e che la notte si era fatta chiara. L'ufficiale russo impartì un ordine e gli abitanti del villaggio dovettero recarsi a due a due a prendere i corpi. Il bambino si ripulì le mani sfregandosele contro i pantaloni, si asciugò il sudore dalla faccia e avanzò insieme al fratello Jochen verso quanto stava aspettandoli. Con un'esclamazione rauca la madre tentò di fermarli, ma i ragazzini proseguirono, si chinarono e presero un cadavere per le caviglie e per i polsi, nudo, calvo, tutto pelle e ossa, leggero, freddo e asciutto come porcellana. Lo sollevarono senza sforzo, stringendo quella forma rigida, e si avviarono verso le tombe scavate nel cortile. Il loro carico oscillò leggermente e la testa cadde all'indietro. Rolf si girò a guardare la madre, la vide contratta dalla nausea e volle farle un gesto di conforto, ma aveva le mani occupate.

La sepoltura dei prigionieri finì dopo la mezzanotte. Riempirono le fosse e le coprirono di terra, ma non era ancora giunto il momento di andarsene. I soldati li costrinsero a ispezionare le baracche, a entrare nelle camere della morte, a esaminare i forni e a passare sotto le forche. Nessuno osò pregare per le vittime. In fondo sapevano che da quel momento in poi avrebbero tentato di dimenticare, di strapparsi quell'orrore dall'anima, pronti a non parlarne mai, con la speranza che il trascorrere del tempo riuscisse a cancellarlo. Infine fecero ritorno alle loro case strascicando i piedi, molto lentamente, spossati. L'ultimo era Rolf Carlé, che camminava tra due file di scheletri, tutti uguali nello squallore della morte.

Una settimana dopo comparve Lukas Carlé, che il figlio Rolf non riconobbe, perché quando era partito per il fronte lui non era ancora in età di ragione e l'uomo che entrò bruscamente nella cucina quella sera non somigliava affatto a quello della fotografia sopra il caminetto. Negli anni in cui era vissuto senza padre, Rolf se n'era inventato uno di dimensioni eroiche, gli aveva messo un'uniforme da aviatore e gli aveva tappezzato il petto di medaglie, trasformandolo in un militare altero e coraggioso, dagli stivali lucidi in cui un bambino poteva guardarsi come in uno specchio. Quell'immagine non aveva alcun nesso col personaggio emerso d'improvviso nella sua vita, sicché non si disturbò a salutarlo, confondendolo con un mendicante. Quello della fotografia aveva baffi curati e gli occhi erano plumbei come nuvole d'inverno, autoritari e freddi. L'uomo che irruppe nella cucina indossava un paio di pantaloni troppo larghi, legati alla vita con una corda, una giubba lacera, un fazzoletto sudicio intorno al collo e invece degli stivali ludici come specchi, i suoi piedi erano avvolti in cenci. Era un uomo più piccolo, mal rasato, con i capelli irsuti e tagliati a ciocche. No, non era nessuno che Rolf conoscesse. Il resto della famiglia, invece, lo ricordava con precisione. Vedendolo, la madre si coprì la bocca con le mani, Jochen si levò in piedi rovesciando la seggiola nella fretta di indietreggiare e Katharina corse a ripararsi sotto la tavola, con uno slancio che non aveva avuto da lungo tempo, ma che il suo istinto non aveva dimenticato.

Lukas Carlé era ritornato, non per nostalgia del suo focolare, in quanto era un individuo solitario e senza patria e non aveva mai sentito di appartenere davvero a quel villaggio né a nessun altro, ma perché era affamato e disperato e aveva preferito il rischio di cadere in mano del nemico vittorioso piuttosto che continuare a trascinarsi attraverso i campi. Non ce la faceva più. Aveva disertato ed era sopravvissuto nascondendosi di giorno e spostandosi di notte. Si era impadronito dei documenti di un soldato caduto, col progetto di cambiare nome e cancellare il suo passato, ma d'improvviso aveva capito che in quel vasto continente lacerato non aveva un posto dove andare. Il ricordo del villaggio con le sue case gentili, gli orti, i vigneti e la scuola dove aveva lavorato per tanti anni, era per lui assai poco attraente, ma non aveva altra scelta. Durante la guerra si era guadagnato qualche gallone, non per meriti di coraggio, ma per esercizio di crudeltà. Adesso era un'altra persona, poiché aveva toccato il fondo paludoso della sua anima e sapeva fin dove era capace di spingersi. Dopo avere raggiunto gli estremi, dopo essere andato oltre il limite della malvagità e del piacere, gli sembrava un destino misero ritornare come prima e rassegnarsi a insegnare a un gruppo di mocciosi maleducati in un'aula scolastica. Riteneva l'uomo fatto per la guerra, e dato che la storia dimostra che non c'è progresso senza violenza, bisogna stringere i denti e sopportare, chiudere gli occhi e aggredire, per questo siamo soldati. La sofferenza accumulata non era riuscita a destargli nessuna nostalgia per la pace, semmai gli aveva impresso nella mente la convinzione che solo gli spari e il sangue possono formare uomini capaci di guidare la barca pericolante dell'umanità in un buon porto, abbandonando alle onde i deboli e gli inutili, secondo le leggi implacabili della natura.

– Cosa succede? Non siete contenti di vedermi? – disse chiudendosi la porta alle spalle.

L'assenza non aveva diminuito la sua capacità di terrorizzare la famiglia. Jochen tentò di dire qualcosa, ma le parole gli rimasero in gola e riuscì solo a emettere una specie di rantolo piazzandosi davanti al fratello per proteggerlo da un ipotetico pericolo. Non appena riuscì a reagire, andò alla madia, prese una lunga tovaglia bianca e coprì la tavola affinché il padre non vedesse Katharina e così potesse, forse, scordarne l'esistenza. Con un'occhiata veloce, Lukas Carlé prese possesso della casa e recuperò il controllo sulla sua famiglia. La moglie gli sembrò stupida come sempre, con lo stesso sguardo impaurito e il sedere sodo; Jochen si era trasformato in un giovane così alto e robusto, che non riuscì a capire come avesse potuto evitare di essere reclutato nelle squadre dei ragazzi; Rolf, quasi non lo conosceva, ma gli bastò un istante per capire che quel ragazzetto era cresciuto fra le sottane della madre e aveva bisogno di essere scrollato per togliersi quell'aria da gatto viziato. Ci avrebbe pensato lui a farne un uomo.

– Prepara dell'acqua calda per lavarmi, Jochen. C'è qualcosa da mangiare in questa casa? E tu devi essere Rolf... Avvicinati e stringi la mano a tuo padre. Non mi senti? Vieni qui!

A partire da quella sera, la vita di Rolf cambiò completamente. Malgrado la guerra e tutte le privazioni che aveva patito, non conosceva veramente la paura. Lukas Carlé gliela insegnò. Il ragazzino non ebbe più sonni tranquilli fino a due anni dopo, quando trovarono suo padre appeso a un albero del bosco.

I soldati russi che avevano occupato il villaggio erano rozzi, poveri, sentimentali. Si sedevano al pomeriggio, con le armi e tutto l'equipaggiamento, intorno a un fuoco per intonare le canzoni della loro terra, e quando l'aria si riempiva delle parole dei dolci dialetti regionali, taluni di loro piangevano di nostalgia. Certe volte si ubriacavano e litigavano o danzavano fino all'esaurimento. Gli abitanti del villaggio li evitavano, ma alcune ragazze andavano fino all'accampamento per offrirsi silenziosamente, senza guardarli in faccia, in cambio di un po' di cibo. Ottenevano sempre qualcosa, anche se i vincitori pativano la fame quanto i vinti. Anche i bambini si avvicinavano per osservarli, affascinati dal loro linguaggio, dalle loro macchine da guerra, dalle loro strane usanze e attratti da un sergente col viso segnato da profonde cicatrici, che li divertiva facendo giochi di prestigio con quattro coltelli. Rolf si avvicinava più dei suoi compagni, malgrado il ferreo divieto della madre, e d'improvviso si ritrovò seduto accanto al sergente, tentando di capirne le parole e provando a lanciare i coltelli. In pochi giorni i russi identificarono i collaboratori e i disertori nascosti ed ebbero inizio i processi di guerra, brevissimi perché non c'era tempo per le formalità, e con scarsa affluenza di pubblico, perché la gente era esausta e stufa di ascoltare accuse. Tuttavia, quando fu il turno di Lukas Carlé, Jochen e Rolf entrarono silenziosi e si disposero nella parte posteriore della sala. L'accusato non sembrò pentito dei fatti commessi e a sua discolpa si limitò a dichiarare che aveva adempiuto a ordini superiori, poiché non era andato in guerra per usare cortesie, ma per vincerla. Il sergente giocoliere, vedendo Rolf tra il pubblico, ebbe pena per lui e volle portarlo via, ma il ragazzino si tenne saldo al suo posto, deciso ad ascoltare sino alla fine. Gli sarebbe stato difficile spiegare a quell'uomo che il suo pallore non dipendeva dalla compassione per il padre, ma dal desiderio segreto che le prove fossero sufficienti a spedirlo davanti a un plotone di esecuzione. Quando lo condannarono a sei mesi di lavori forzati nelle miniere dell'Ucraina, Jochen e Rolf ritennero il castigo troppo lieve e pregarono in segreto affinché Lukas Carlé morisse laggiù, lontano, e non facesse mai più ritorno.

Coll'avvento della pace non finirono le privazioni: procurarsi cibo era stata per anni la prima preoccupazione e continuò a esserlo. Jochen sapeva appena leggere speditamente, ma era forte e cocciuto e quando il padre partì e la polvere da sparo aveva distrutto i campi, si incaricò di provvedere alla famiglia tagliando legna, vendendo more e funghi di bosco, cacciando conigli, pernici e volpi. Rolf si iniziò molto presto alle stesse occupazioni del fratello e imparò come lui a compiere furtarelli nei paesi vicini, sempre di nascosto dalla madre, che anche nei periodi di maggiori ristrettezze si comportava come se la guerra fosse un incubo altrui che non la riguardava, e non cedette mai quando si trattava di inculcare nei figli i suoi principi morali. Il ragazzo si abituò ad avere la pancia vuota, tanto che per molto tempo, quando i mercati erano ormai zeppi di tutti i prodotti della terra e si vendevano patate fritte, caramelle e salsicce a ogni angolo, continuò a sognare il pane raffermo nascosto in un buco fra le assi, sotto il letto.

La signora Carlé riuscì a mantenere l'animo sereno e la fede in Dio fino al giorno in cui il marito ritornò dall'Ucraina per sistemarsi definitivamente in casa. A quel punto perse ogni coraggio. Sembrò rattrappirsi e chiudersi in un dialogo ossessivo con se stessa. Il timore che aveva sempre provato verso di lui finì per paralizzarla, non riuscì a sfogare il suo odio e questo la sconfisse. Continuò a svolgere le sue incombenze con la stessa minuzia, lavorando dall'alba fino al tramonto, occupandosi di Katharina e servendo gli altri membri della famiglia, ma smise di parlare e di sorridere e non ritornò in chiesa, perché non era disposta a continuare a inginocchiarsi davanti a quel dio spietato che non ascoltava la sua giusta supplica di spedire Lukas Carlé all'inferno. Non tentò neppure di proteggere Jochen e Rolf dagli eccessi del padre. Le urla, le busse e i litigi le sembrarono infine naturali e non provocavano più nessuna reazione in lei. Si sedeva davanti alla finestra con lo sguardo smarrito, fuggendo così verso un passato in cui suo marito non esisteva e lei era ancora un'adolescente immune dalla sventura.

Carlé sosteneva la teoria secondo cui gli esseri umani si dividono in incudini e martelli, gli uni nascono per picchiare e gli altri per essere picchiati. Naturalmente, desiderava che i suoi figli maschi fossero martelli. Non tollerava nessuna debolezza in loro, soprattutto in Jochen, su cui sperimentava i suoi sistemi di insegnamento. Si infuriava quando il ragazzo balbettava più del solito e si mangiava le unghie. Disperato, di notte Jochen immaginava svariati modi per liberarsi una volta per tutte da quel martirio, ma con la luce del sole prendeva coscienza della realtà, chinava il capo e obbediva al padre senza azzardarsi a fargli fronte, sebbene lo superasse di venti centimetri e avesse la forza di un cavallo da tiro. La sottomissione durò fino a una sera d'inverno in cui Lukas Carlé si accinse a utilizzare le scarpe rosse. I ragazzi avevano ormai l'età per indovinare cosa significavano quella tensione nell'aria, quegli sguardi tesi, quel silenzio greve di presagi. Come altre volte, Carlé ordinò ai figli di sparire, di portare con loro Katharina, di ritirarsi nella loro stanza e di non ritornare per nessun motivo. Prima di uscire, Jochen e Rolf riuscirono a scorgere il tremito e l'aria terrorizzata della madre. Poco dopo, rigidi nei loro letti, udirono il fragore della musica a pieno volume.

– Vado a vedere cosa fa alla mamma – decise Rolf quando non riuscì più a sopportare la certezza che dall'altra parte del corridoio si ripeteva un incubo che in quella casa c'era sempre stato.

– Tu non muoverti. Ci vado io, che sono il maggiore – rispose Jochen.

Invece di infilare la testa sotto le coperte come aveva fatto per tutta la vita, si alzò senza esitazione, si infilò i pantaloni, il camiciotto, il berretto di lana e si mise gli stivali da neve. Finì di vestirsi con gesti precisi, poi uscì, attraversò il corridoio e tentò di aprire la porta del salotto, ma il chiavistello era stato tirato. Con la stessa lentezza e precisione impiegata per disporre le sue trappole o per spaccare la legna, alzò la gamba e con un calcio deciso fece saltare i cardini. Rolf, in pigiama e scalzo, aveva seguito il fratello, e quando la porta si aprì vide la madre completamente nuda, in bilico sulle assurde scarpe rosse dal tacco alto. Furibondo, Lukas Carlé gridò loro di andarsene immediatamente, ma Jochen avanzò, passò davanti al tavolo, scostò la donna che tentava di trattenerlo e si avvicinò con decisione tale, che l'uomo indietreggiò vacillante. Il pugno di Jochen colpì il padre in faccia con la forza di una martellata, lanciandolo sopra la credenza, che si schiantò con uno strepito di legno frantumato e di piatti fracassati. Rolf osservò il corpo inerte per terra, tirò il fiato, andò nella sua stanza, prese una coperta e ritornò per coprire la madre.

– Addio, mamma – disse Jochen dalla soglia, senza osare guardarla.

– Addio, figliolo – mormorò lei, sollevata perché almeno uno dei suoi figli si sarebbe salvato.

Il giorno dopo, Rolf rimboccò i pantaloni lunghi del fratello e se li infilò per portare il padre all'ospedale, dove gli rimisero a posto la mascella. Per settimane l'uomo non riuscì a parlare e dovettero nutrirlo con una cannuccia. Partito il figlio maggiore, la signora Carlé sprofondò definitivamente nel rancore e Rolf dovette affrontare da solo quell'uomo detestato e temuto.

Katharina aveva lo sguardo di uno scoiattolo e l'anima libera da ogni ricordo. Era capace di mangiare da sola, di avvertire quando aveva bisogno di andare in bagno e di correre a cacciarsi sotto il tavolo quando arrivava il padre: ecco quanto era riuscita a imparare. Rolf cercava piccoli tesori da offrirle, uno scarafaggio, una pietra levigata, una noce che apriva con cura per estrarne il frutto. Lei lo ricambiava con una devozione assoluta. L'aspettava tutto il giorno e sentendo i suoi passi e vedendo il suo viso affacciarsi fra le gambe delle seggiole, emetteva un mormorio di gabbiano. Passava ore sotto il grande tavolo, immobile, protetta dal legno ruvido, finché il padre non usciva o non si addormentava e qualcuno andava a tirarla fuori di lì. Si abituò a vivere nel suo rifugio, da dove spiava i passi che si avvicinavano o si allontanavano, e certe volte non voleva uscirne, anche se era passato il pericolo. Allora la madre le porgeva una scodella e Rolf prendeva una coperta e scivolava lì sotto per passare la notte rannicchiato accanto a lei. Spesso, quando Lukas Carlé si sedeva a mangiare, le sue gambe li sfioravano, sotto il tavolo, dove muti, immobili, si tenevano per mano, isolati in quel nascondiglio, in cui i suoni, gli odori e le presenze estranee giungevano ovattati dall'illusione di trovarsi sott'acqua. Tanta vita passarono lì i due fratelli, e Rolf Carlé conservò il ricordo della luce lattiginosa che filtrava dalla tovaglia, al punto che molti anni dopo, dall'altra parte del mondo, si svegliò un giorno piangendo sotto la zanzariera bianca dove dormiva insieme alla donna che amava.

La sera di una vigilia di Natale, quando avevo circa sei anni, mia madre inghiottì un osso di pollo. Il Professore, sempre più avido di sapere, non aveva tempo per nessuna ricorrenza, la servitù invece festeggiava ogni anno la notte di Natale. In cucina si preparava un presepe con rozze statuine di argilla, si cantavano canzoni natalizie e tutti mi facevano un regalino. Con diversi giorni di anticipo preparavano una fricassea alla creola che era stata inventata dagli schiavi di una volta. Nell'epoca della Colonia, le famiglie abbienti si riunivano il 24 dicembre intorno a una grande tavola. Gli avanzi del banchetto dei padroni finivano nelle scodelle dei servi, che tritavano il tutto, lo avvolgevano in pasta di mais e foglie di banano e lo bollivano, con un risultato così delizioso, che la ricetta, tramandata attraverso i secoli, viene ripetuta ancora ogni anno, anche se più nessuno dispone degli avanzi della cena dei ricchi e bisogna cucinare separatamente ogni ingrediente, con una fatica spossante. Nell'ultimo cortile della casa, i domestici del Professor Jones allevavano galline, tacchini e maiali, che per tutto l'anno ingrassavano in attesa di quell'unica occasione di baldoria e di abboffata. Una settimana prima, cominciavano a ingozzare di noci e rum galline e tacchini e a far bere al maiale litri di latte con zucchero grezzo e spezie, affinché le loro carni fossero tenere al momento di essere cucinate. Mentre le donne affumicavano le foglie e preparavano le pentole e i bracieri, gli uomini uccidevano gli animali in un'orgia di sangue, penne e strilli del porco, finché non si ritrovavano tutti ubriachi di liquore e di morte, stufi di assaggiare pezzi di carne, di bere il brodo concentrato di tutti quei manicaretti bolliti e di cantare, fino a sgolarsi, lodi a Gesù Bambino con ritmo festoso, mentre in un'altra ala della dimora, il Professore viveva una giornata come tutte le altre, senza neppure accorgersi che era Natale. L'osso fatidico era nascosto nell'impasto e mia madre non se ne accorse finché non le si piantò in gola. Di lì a qualche ora cominciò a sputare sangue e tre giorni dopo si spense silenziosamente, come aveva vissuto. Io le stavo accanto e non ho dimenticato quel momento, perché da allora ho dovuto affinare molto le mie capacità percettive per non smarrirla fra le ombre inappellabili dove vanno a finire gli spiriti diffusi.

Per non spaventarmi, morì senza paura. Forse la scheggia di pollo le aveva lacerato qualcosa di fondamentale e l'aveva dissanguata, non so. Sentendo che la vita l'abbandonava, si rinchiuse con me nella nostra stanza del cortile, perché rimanessimo insieme sino alla fine. Lentamente, per non affrettare la morte, si lavò con acqua e sapone per liberarsi dell'odore di muschio che cominciava a infastidirla, si pettinò la lunga treccia, indossò una sottana bianca che aveva cucito nelle ore della siesta e si adagiò sullo stesso pagliericcio dove mi aveva concepita insieme a un indiano avvelenato. Sebbene non capissi in quel momento il significato di tutta la cerimonia, la osservai con tale attenzione, da ricordarne ancora ogni gesto.

– La morte non esiste, figlia. La gente muore solo quando è dimenticata – mi spiegò mia madre poco prima di andarsene. – Se saprai ricordarmi, sarò sempre con te.

– Mi ricorderò di te – le promisi.

– Adesso, va' a chiamare la tua Madrina.

Andai a cercare la cuoca, quella mulatta grande e grossa che mi aveva aiutata a nascere e, a tempo debito, mi aveva portata al fonte battesimale.

– Bada alla mia bambina, comare. Te l'affido – disse mia madre asciugandosi discretamente il filo di sangue che le scorreva giù per il mento. Poi mi prese una mano e con gli occhi mi disse quanto mi amava, finché il suo sguardo non divenne di nebbia e la vita uscì da lei senza rumore. Per qualche istante sembrò che qualcosa di traslucido galleggiasse nell'aria immobile della stanza, illuminandola con un chiarore azzurro e profumandola con un soffio di muschio odoroso, ma ben presto tutto ridivenne normale, l'aria solo aria, la luce di nuovo gialla, l'odore ancora il solito odore di tutti i giorni. Le presi il viso fra le mani e lo scossi chiamandola mamma, mamma, sopraffatta da quel nuovo silenzio che si era instaurato fra noi.

– Tutti muoiono, bisogna rassegnarsi – disse la mia Madrina, e con tre sforbiciate le tagliò i capelli che pensava di vendere a un negozio di parrucche. Spostiamola di qui prima che il padrone la scopra e mi ordini di portarla nel laboratorio.

Raccolsi quella lunga treccia, me l'arrotolai intorno al collo e mi rannicchiai in un angolo con la testa fra le ginocchia, senza lacrime, perché non capivo ancora la gravità di quella perdita. Rimasi così per ore, forse tutta la notte, finché non entrarono due uomini, che avvolsero il corpo nell'unica coperta del letto e lo portarono via senza una parola. Allora un vuoto spietato riempì tutto lo spazio intorno a me.

Quando il modesto carro funebre se ne fu andato, la Madrina venne a cercarmi. Dovette accendere un fiammifero per vedermi, in quanto la stanza era al buio; la lampadina al soffitto si era bruciata e la luce dell'alba sembrava essersi fermata sulla soglia della stanza. Mi trovò accucciata, un fagottino lì per terra, e mi chiamò due volte con nome e cognome, per riportarmi alla realtà. Eva Luna, Eva Luna. Alla fiammella esitante vidi i suoi grossi piedi dentro le pantofole e scorsi il suo sguardo umido. Mi sorrise nell'istante in cui si spegneva la luce incerta del fiammifero; poi sentii che si chinava nell'oscurità, mi prendeva fra le braccia robuste, mi stringeva al seno e cominciava a cullarmi, ninnandomi con un dolce lamento africano, perché mi addormentassi.

– Se tu fossi un ragazzo, andresti a scuola e poi a studiare da avvocato per assicurare il pane della mia vecchiaia. Gli azzeccagarbugli sono quelli che guadagnano di più, sanno complicare le cose. Nel torbido, c'è sempre buona pesca per loro – diceva la Madrina.

Sosteneva che è meglio essere maschi, perché anche il maschio più miserando ha una moglie cui comandare. Anni dopo, giunsi alla conclusione che forse aveva ragione, anche se non riesco ancora a immaginare me stessa dentro un corpo maschile, con peli sulla faccia, con la tentazione di comandare e con qualcosa di incontrollabile sotto l'ombelico, che, se proprio devo essere sincera, non saprei bene dove collocare. A modo suo, la Madrina mi era affezionata e se non riuscì a dimostrarmelo fu perché credette necessario allevarmi nel rigore e perché smarrì presto la ragione. In quei tempi, non era il rudere che è oggi; era una donna bruna, arrogante, dai seni generosi, dalla vita stretta e dai fianchi opulenti, quasi avesse un'asse sotto la gonna. Quando usciva in strada gli uomini si giravano a guardarla, le gridavano dietro complimenti grossolani, cercavano di darle pizzicotti e lei non sottraeva le natiche, ma mollava borsettate contundenti, cosa ti credi, brutto insolente?, e rideva per esibire il suo dente d'oro. Faceva il bagno ogni sera nella tinozza, versandosi addosso l'acqua con una brocca e strofinandosi con un cencio insaponato, si cambiava la camicetta due volte al giorno, si cospargeva di acqua di rose, si lavava i capelli coll'uovo e si spazzolava i denti col sale, per renderli brillanti. Aveva un odore forte e dolciastro che tutta l'acqua di rose e tutto il sapone non riuscivano ad attenuare, un odore che mi piaceva molto perché mi ricordava quello del latte cagliato. All'ora del bagno, io l'aiutavo versandole acqua lungo la schiena, estasiata dinnanzi a quel corpo scuro, con i capezzoli bruni, col pube ombreggiato da un vello riccio, con le natiche morbide come la poltrona di pelle capitonné su cui languiva il Professor Jones. Si accarezzava col cencio e sorrideva, orgogliosa dell'abbondanza delle sue carni. Camminava con grazia provocante, impettita, al ritmo di una musica segreta che sentiva dentro. Tutto il resto in lei era rozzo, persino il riso e il pianto. Si arrabbiava senza pretesti e lanciava manate per l'aria facendo volar scapaccioni che se atterravano su di me avevano l'effetto di una cannonata. In tal modo, senza cattiva intenzione, mi rovinò un orecchio. Malgrado le mummie, per le quali non aveva mai provato la minima simpatia, servì come cuoca il dottore per molti anni, riscuotendo uno stipendio miserabile e spendendolo quasi tutto in tabacco e in rum. Si occupò di me perché si era assunta un dovere, più sacro dei vincoli di sangue, in quanto chi si dimentica di un figlioccio non ha scuse che valgano, è peggio che abbandonare un figlio, diceva, è un obbligo farti crescere sana, pulita e lavoratrice, perché me ne chiederanno conto il giorno del Giudizio Universale. Mia madre non credeva in peccati congeniti, sicché non aveva ritenuto necessario battezzarmi, ma lei aveva insistito con una tenacia irremovibile. Va bene, se la cosa ti fa piacere, comare, fai pure come vuoi, ma non cambiarle il nome che ho scelto per lei, aveva infine accettato Consuelo. La mulatta trascorse tre mesi senza fumare né bere per risparmiare qualche moneta e il giorno convenuto mi comprò un vestito di organza color fragola, annodò un nastro ai quattro peli squallidi che coronavano la mia testa, mi cosparse con la sua acqua di rose e mi portò in braccio in chiesa. Ho una fotografia del mio battesimo, dove sembro un allegro pacco da regalo. Poiché non le rimaneva denaro, in cambio della cerimonia, si offrì di pulire il tempio da cima a fondo, da spazzare i pavimenti fino a lucidare gli addobbi con la creta e passare la cera sui banchi di legno. E così venni battezzata in pompa magna, come una bambina ricca.

– Se non fosse stato per me, non saresti ancora battezzata. Gli innocenti che muoiono senza battesimo finiscono al limbo e non ne escono più – mi rammentava sempre la Madrina. – Un'altra al mio posto ti avrebbe venduta. È facile sistemare le bambine con gli occhi chiari, dicono che i gringo le comprano per portarle al loro paese, ma io ho fatto una promessa a tua madre e se non la mantenessi finirei ad arrostire nei padelloni dell'inferno.

Per lei i limiti fra il bene e il male erano netti ed era pronta a preservarmi dal vizio a suon di busse, unico metodo che conosceva, perché con quello era stata allevata. L'idea che il gioco o la tenerezza fossero cose buone per i bambini, non le passò mai per la testa. Cercò di insegnarmi a lavorare con alacrità, senza perdere tempo in fantasticherie, infastidita da distrazioni e lentezze: voleva vedermi scattare, quando mi dava un ordine. Hai la testa piena di fumo e i polpacci di sabbia, diceva e mi massaggiava le gambe con l'emulsione Scott, un tonico a buon mercato ma di grande prestigio, fabbricato con olio di fegato di merluzzo, che secondo la pubblicità era paragonabile alla pietra filosofale della medicina ricostituente.

La Madrina aveva il cervello un po' annebbiato per via del rum. Credeva ai santi cattolici, ad altri di origine africana e a parecchi altri ancora di sua invenzione. Nella sua camera aveva costruito un piccolo altare, su cui si allineavano, accanto all'acqua benedetta, i feticci del vudù, la fotografia del padre defunto e un busto che lei credeva di san Cristoforo, ma che poi io scoprii essere di Beethoven, pur guardandomi dal correggere il suo errore, visto che era il più miracoloso dell'altare. Si rivolgeva alle sue divinità in tono confidenziale e altero, chiedendo loro favori di scarsa consistenza, e in seguito, quando ebbe preso dimestichezza col telefono, le chiamava in cielo, interpretando il ronzio dell'apparecchio come la risposta dei suoi divini interlocutori. In tal modo riceveva istruzioni dalla corte celeste, anche per le faccende più banali. Era devota a san Benito, un biondo bello e festaiolo, che le donne non lasciavano in pace, il quale si era buttato nel fumo di un braciere finendo bruciato come un ciocco di legna e solo allora era riuscito ad adorare Dio e a compiere tranquillo i suoi prodigi, senza quella sfilza di lussuriose appiccicate alla tunica. Lei lo pregava affinché alleviasse le sue sbronze. Era esperta in tormenti e in morti orrende, conosceva la fine di ogni martire e di ogni vergine che figuravano nel libro delle vite dei santi cattolici ed era sempre pronta a raccontarmele. Io l'ascoltavo con morboso terrore e ogni volta sollecitavo nuovi dettagli. Il supplizio di santa Lucia era il mio preferito, volevo ascoltarlo di continuo con ogni particolare; come Lucia avesse respinto l'imperatore innamorato di lei, come le avessero strappato gli occhi, se era vero che quelle pupille avevano scoccato uno sguardo pieno di luce dal vassoio d'argento dove giacevano come uova solitarie, accecando l'imperatore, mentre a lei spuntavano due splendidi occhi azzurri, assai più belli di quelli originali.

La fede della mia povera Madrina era incrollabile e nessuna successiva sventura riuscì ad abbatterla. Poco tempo fa, quando è venuto qui il Papa, ho ottenuto l'autorizzazione di farla uscire dall'ospedale, perché sarebbe stato un peccato che perdesse lo spettacolo del Pontefice con l'abito bianco e la croce d'oro, che predicava il suo credo indimostrabile, in perfetto spagnolo o in dialetto degli indiani, secondo la circostanza. Vedendolo avanzare nel suo acquario di vetro blindato lungo le vie ridipinte di fresco, tra fiori, evviva, bandiere e guardaspalle, la Madrina, ormai molto vecchia, era caduta in ginocchio, convinta che il Profeta Elia avesse iniziato un giro turistico. Ho temuto che la ressa la schiacciasse e ho tentato di portarla via di lì, ma lei non si è mossa finché non le ho comprato un capello del Papa come reliquia. In quei giorni molta gente è diventata buona, taluni hanno promesso di condonare i debiti e di non parlare più della lotta di classe o degli anticoncezionali per non dare motivi di tristezza al Santo Padre, ma la verità è che io non mi sono entusiasmata per l'insigne visitatore, perché non avevo un buon ricordo della religione. Una domenica della mia infanzia, la Madrina mi portò in parrocchia e mi fece inginocchiare in una cabina di legno munita di tendine, io avevo le dita goffe e non riuscivo a incrociarle come mi aveva insegnato. Attraverso una reticella mi giunse un alito forte, dimmi i tuoi peccati, mi venne ordinato, e io, improvvisamente, dimenticai tutti quelli che avevo inventato, non seppi cosa rispondere, in fretta cercai di pensarne qualcuno, sia pure veniale, ma neppure un peccatuccio insignificante mi venne in mente.

– Ti tocchi il corpo con le mani?

– Sì...

– Spesso, figliola?

– Tutti i giorni.

– Tutti i giorni! Quante volte?

– Non le ho mai contate... spesso...

– Questa è un'offesa gravissima agli occhi di Dio!

– Non lo sapevo, padre. E se mi metto i guanti, è sempre peccato?

– Guanti! Ma cosa dici, sciocca? Ti beffi di me?

– No, no... – mormorai atterrita, pensando che comunque sarebbe stato molto difficile lavarmi la faccia, spazzolarmi i denti o grattarmi con un paio di guanti.

– Prometti che non lo farai più. La purezza e l'innocenza sono le migliori virtù di una bambina. Reciterai cinquecento Ave Maria per penitenza per farti perdonare da Dio.

– Non posso, padre – gli risposi, perché sapevo contare solo fino a venti.

– Come sarebbe, non puoi? – ruggì il sacerdote e una pioggia di saliva attraversò il confessionale, finendomi addosso.

Uscii di corsa, ma la Madrina mi acchiappò al volo e mi trattenne per un orecchio mentre parlava col prete dell'eventualità di mettermi a lavorare, prima che il mio carattere si guastasse ancora di più e l'anima mi diventasse nera del tutto.

Dopo la morte di mia madre, scoccò l'ora del Professor Jones. Morì di vecchiaia, deluso dal mondo e dalla propria saggezza, ma scommetto che morì in pace. Dinnanzi all'impossibilità di imbalsamare se stesso e di rimanersene dignitosamente fra i suoi mobili inglesi e i suoi libri, lasciò scritto nel testamento che i suoi resti fossero spediti nella lontana città natale, perché non desiderava finire nel cimitero del luogo, pieno di polvere altrui, sotto un sole inclemente e in promiscuità con chissà che tipo di gentaglia, come diceva. Agonizzò sotto il ventilatore della camera da letto, cotto nel sudore della paralisi, senz'altra compagnia che il pastore della Bibbia e me. Persi le ultime briciole di paura che lui mi ispirava quando capii che non poteva muoversi senza aiuto e quando la sua voce tonante divenne un interminabile rantolo di moribondo.

In quella casa chiusa al mondo, dove la morte si era insediata fin da quando il dottore aveva iniziato i suoi esperimenti, io vagavo senza nessun controllo. La disciplina della servitù si era rilassata non appena il Professore non fu più in grado di uscire dalla sua camera per redarguirla dalla seggiola a rotelle e opprimerla con ordini contraddittori. Mi accorgevo che sparivano le posate d'argento, i tappeti, i quadri e persino i boccali di vetro dove il saggio conservava le sue misture. Più nessuno preparava la tavola del padrone con tovaglie inamidate e vasellame lucente, nessuno accendeva i lampadari a gocce né gli porgeva la pipa. La Madrina smise di preoccuparsi dei pasti e se la cavò con banane fritte, riso e pesce arrostito ogni giorno. Gli altri tralasciarono le pulizie, e il sudiciume e l'umidità avanzarono lungo le pareti e i pavimenti di legno. Il giardino non era più stato curato dopo l'incidente della surucucú, parecchi anni prima, e come risultato di tanta negligenza una vegetazione aggressiva stava per divorare la casa e invadere il marciapiede. I domestici si godevano la siesta, andavano di continuo a spasso, bevevano troppo rum e passavano la giornata con la radio accesa dove rintronavano ritmi di bolero, di cumbia e di ranchera. Lo sventurato Professore, che quando era in buona salute tollerava solo i dischi di musica classica, soffriva indicibilmente per quegli schiamazzi e invano si aggrappava al campanello per chiamare i domestici, nessuno si presentava. Solo la Madrina saliva nella sua camera quando era addormentato, per cospargerlo di acqua benedetta rubata in chiesa, perché le sembrava una grandissima malvagità lasciarlo morire senza sacramenti, come un mendicante.

Il mattino in cui una delle cameriere aprì la porta al pastore protestante con solo un reggiseno e un paio di mutandine addosso, perché il caldo imperversava, pensai che tutto stava andando a catafascio e non c'era più motivo di nascondermi al padrone. Da quel momento cominciai a recarmi a trovarlo spesso, all'inizio spiando dalla soglia e a poco a poco addentrandomi nella stanza, finché non mi ritrovai a giocare sul suo letto. Trascorrevo ore accanto al vecchio tentando di comunicare con lui, e infine riuscii a capire i suoi mormorii di paralitico straniero. Quando gli stavo vicino, il Professore sembrava dimenticare per qualche momento l'umiliazione della sua agonia e i tormenti dell'immobilità. Io prendevo i libri dai ripiani sacri e glieli reggevo davanti, perché potesse leggerli. Taluni erano scritti in latino, e lui me li traduceva, apparentemente felice di avermi come alunna e lagnandosi ad alta voce di non essersi reso conto prima della mia esistenza. Forse non aveva mai toccato un bambino e scoprì troppo tardi di avere la vocazione di nonno...

– Da dov'è saltata fuori questa creatura? – domandava masticando l'aria. – Sarà mia figlia, mia nipote o un'allucinazione del mio cervello malato? È bruna, ma ha occhi simili ai miei... Vieni qui, piccola, che ti guardi da vicino.

Lui non riusciva a collegarmi con Consuelo, anche se ricordava bene la donna che l'aveva servito per oltre vent'anni e che una volta si era gonfiata come un pallone, per via di una forte indigestione. Spesso mi parlava di lei, sicuro che quei suoi ultimi momenti sarebbero stati diversi se l'avesse avuta vicino al suo capezzale. Lei non l'avrebbe tradito, diceva.

Io gli infilavo palline di cotone nelle orecchie affinché non impazzisse a causa delle canzoni e dei romanzi alla radio, lo lavavo e gli mettevo asciugamani piegati sotto il corpo, arieggiavo la camera e lo imboccavo con una pappetta per neonati. Quel vecchietto con la barba d'argento era il mio bambolotto. Un giorno lo sentii dire al pastore che per lui io ero più importante di tutti i successi scientifici che aveva ottenuto fino ad allora. Gli raccontava qualche bugia: che aveva una famiglia numerosa che lo aspettava al suo paese, che era nonno di parecchi nipoti e che possedeva un giardino pieno di fiori. Nella biblioteca c'era un puma imbalsamato, uno dei primi esperimenti da lui fatti col liquido prodigioso. Lo trascinai fin nella camera, glielo spinsi ai piedi del letto e glielo presentai come il suo cane buontempone, non se ne ricordava? La povera bestia aveva un'aria molto triste.

– Lo scriva nel mio testamento, pastore. Desidero che questa bambina sia la mia erede universale. Sarà tutto suo quando io morirò – riuscì a dire farfugliando al religioso che andava a trovarlo quasi tutti i giorni, guastandogli il piacere della morte con minacce di eternità.

La Madrina mi sistemò un giaciglio accanto al letto del moribondo. Un mattino il malato si destò più pallido e più stanco del solito, non volle il caffelatte che cercavo di dargli, si lasciò invece lavare, pettinare la barba, cambiare la camicia da notte e cospargere di colonia. Rimase fino a mezzogiorno adagiato sui guanciali, silenzioso, con lo sguardo fisso alla finestra. Rifiutò la pappetta a pranzo e, quando lo sistemai per la siesta, mi chiese di stendermi accanto a lui in silenzio. Stavamo entrambi dormendo tranquilli quando la sua vita si spense.

Il pastore arrivò all'imbrunire e si occupò di tutte le formalità. Spedire il corpo al paese di origine era poco pratico, soprattutto se non c'era nessuno interessato a riceverlo, sicché ignorò le istruzioni e lo fece seppellire senza grandi cerimonie. Solo noi domestici presenziammo a quel triste funerale, perché il prestigio del Professor Jones si era stemperato, superato dai nuovi progressi della scienza, e nessuno si prese la briga di accompagnarlo al cimitero, anche se la notizia era stata pubblicata sul giornale. Dopo tanti anni di clausura, pochi si ricordavano di lui e se qualche studente di medicina lo nominava, lo faceva per burlarsi delle capocciate destinate a stimolare l'intelligenza, degli insetti per combattere il cancro e del liquido per conservare i cadaveri.

Con la scomparsa del padrone, il mondo dove avevo vissuto si sfasciò. Il pastore fece l'inventario dei beni e ne dispose, applicando il criterio secondo cui il saggio aveva smarrito la ragione negli ultimi tempi e non era in grado di prendere decisioni. Tutto finì nella sua chiesa, meno il puma, dal quale non volli separarmi, perché ci avevo giocato fin dalla prima infanzia e a forza di dire al malato che si trattava di un cane, avevo finito per crederci. Quando i facchini tentarono di caricarlo sul camion del trasloco, mi misi a fare le bizze in grande stile, e vedendomi urlare con la schiuma alla bocca, il sacerdote preferì cedere. Credo che l'animale non fosse di nessuna utilità per nessuno, sicché riuscii a conservarlo. Fu impossibile vendere la casa, perché nessuno volle comprarla. Era segnata dalle stigmate degli esperimenti del Professor Jones e finì nell'abbandono. Esiste ancora. Col passare degli anni è diventata la casa della paura dove i ragazzini, per dar prova di coraggio vanno a trascorrere la notte fra cigolii di porte, corse di topi e singhiozzi di anime in pena. Le mummie del laboratorio vennero trasferite nella Facoltà di Medicina, e rimasero accantonate in una cantina per un lungo periodo, finché d'improvviso non si riaccese l'interesse per la formula segreta del dottore e tre generazioni di studenti si accanirono a strapparne pezzi da passare al vaglio di diversi macchinari, fino a ridurle a miseri colabrodi.

Il pastore licenziò i domestici e chiuse la casa. Fu così che me ne andai dal luogo dov'ero nata, tirandomi appresso il puma per le zampe posteriori, mentre la Madrina lo trascinava per quelle anteriori.

– Ormai sei grande e non posso mantenerti. Adesso lavorerai, per guadagnarti la vita e diventare forte, come si deve – disse la Madrina. Avevo sette anni.

La Madrina attese nella cucina, seduta su una seggiola impagliata, con la schiena dritta, una borsa di plastica ricamata con perline sul grembo, metà dei seni che spuntavano dalla scollatura della camicetta, le cosce che traboccavano dal sedile. In piedi accanto a lei, io passavo in rivista con la coda dell'occhio le stoviglie di ferro, il frigorifero arrugginito, i gatti accucciati sotto la tavola, la credenza con la sua reticella contro cui cozzavano le mosche. Avevo lasciato la casa del Professor Jones da due giorni e non ero ancora riuscita a riprendermi dallo sconcerto. In poche ore ero diventata intrattabile. Non volevo parlare con nessuno. Mi sedevo in un angolo col viso nascosto fra le braccia e allora, così come adesso, compariva mia madre, fedele alla promessa di rimanere viva finché l'avessi ricordata. Fra le pentole di quella cucina estranea si affaccendava una negra asciutta e sbrigativa che ci osservava con diffidenza.

– È figlia sua, la bambina? – domandò.

– Come può essere figlia mia? Non vede di che colore è? – replicò la Madrina.

– Di chi è allora?

– È mia figlioccia di battesimo. L'ho portata per lavorare.

Si aprì la porta ed entrò la padrona di casa, una donna piccola, con una complicata pettinatura di crocchie e riccioli rigidi, vestita in lutto stretto e con un reliquiario grande e dorato come una medaglia da ambasciatore appeso al collo.

– Avvicinati e fatti guardare – mi ordinò, ma io ero inchiodata al pavimento, non riuscii a muovermi e la Madrina dovette spingermi innanzi affinché la padrona mi esaminasse: il cuoio capelluto per vedere se avevo i pidocchi, le unghie in cerca delle linee trasversali tipiche degli epilettici, i denti, le orecchie, la pelle, la robustezza delle braccia e delle gambe. – Ha i vermi?

– No, signora, è tutta pulita, dentro e fuori.

– È magrolina.

– Da qualche tempo non ha appetito, ma non si preoccupi, non ha paura di lavorare. Impara facilmente, ha buona volontà.

– È piagnona?

– Non ha pianto neppure quando abbiamo seppellito sua madre, che riposi in pace.

– Rimarrà in prova per un mese – decise la padrona e uscì senza salutare.

La Madrina mi fece le ultime raccomandazioni: non essere insolente, stai attenta a non rompere nulla, non bere acqua la sera perché bagneresti il letto, comportati bene e obbedisci.

Fece il gesto di baciarmi, ma cambiò idea e mi accarezzò goffamente la testa, fece dietrofront e se ne andò dalla porta di servizio con passo deciso, ma io mi accorsi che era triste. Eravamo sempre state insieme, era la prima volta che ci separavamo. Rimasi dov'ero, con lo sguardo fisso alla parete. La cuoca finì di friggere alcune fette di banana, mi prese per le spalle e mi sistemò su una seggiola, poi mi si sedette accanto e sorrise.

– Sicché tu sei la nuova domestica... Bene, uccellino, mangia – e mi mise un piatto davanti. – Io mi chiamo Elvira, sono nata sulla costa, il 29 maggio, di domenica ma non so in che anno. Nella mia vita non ho fatto altro che lavorare e, a quanto vedo, questa sarà pure la tua strada. Ho le mie manie e le mie abitudini, ma ci intenderemo se non sei un'impertinente, perché mi sarebbe sempre piaciuto avere nipoti, ma Dio mi ha fatta così povera che non ho neppure una famiglia.

Quel giorno iniziò una nuova vita per me. La casa dove mi avevano presa a servizio era zeppa di mobili, quadri, statuine, felci su colonne di marmo, ma quegli addobbi non riuscivano a nascondere il muschio che cresceva nelle tubature, le pareti macchiate di umidità, la polvere di anni accumulata sotto i letti e dietro gli armadi, tutto mi sembrava sporco, molto diverso dalla dimora del Professor Jones, che prima dell'attacco cerebrale si piegava a terra per passare un dito negli angoli. Puzzava di meloni marci e malgrado le persiane chiuse per proteggersi dal sole, faceva un caldo soffocante. I proprietari, la donna col reliquiario e un grasso sessantenne, con un nasone polposo cosparso di crateri e tatuato con un arabesco di vene azzurre, erano fratello e sorella, entrambi non sposati. Elvira mi raccontò che la padrona aveva trascorso gran parte della vita in uno studio notarile, scrivendo in silenzio e reprimendo la voglia di gridare che solo adesso, in pensione e a casa sua, poteva sfogare. Tutto il giorno impartiva ordini con voce in falsetto, puntando un indice perentorio, instancabile nella sua mania di persecuzione, furibonda col mondo e con se stessa. Il fratello si limitava a leggere il giornale e la gazzetta delle corse dei cavalli, bere, dormicchiare su una sedia a dondolo nella veranda e passeggiare in pigiama, strascicando le pantofole sulle mattonelle e grattandosi tra le cosce. All'imbrunire si svegliava dal sopore diurno, si vestiva e usciva a giocare a domino nei caffè, ogni sera meno la domenica, quando si recava all'ippodromo a perdere quanto aveva guadagnato durante la settimana. Abitavano lì anche una sguattera dalle ossa sporgenti e dal cervello di gallina, che lavorava dall'alba al tramonto e durante la siesta spariva nella camera dello scapolo; la cuoca, i gatti e un pappagallo taciturno e mezzo spennacchiato.

La padrona ordinò a Elvira di lavarmi da capo a piedi con sapone disinfettante e di bruciare i miei vestiti. Non mi tagliò i capelli a zero, come si faceva allora alle ragazze prese a servizio per evitare i pidocchi, perché il fratello glielo impedì. L'uomo dal naso a fragola parlava con dolcezza, sorrideva spesso e a me era simpatico anche quando era ubriaco. Si impietosì vedendo la mia angoscia davanti alle forbici e riuscì a salvare la chioma che mia madre spazzolava tanto. È strano, non riesco a ricordare il suo nome... In quella casa, portavo un grembiule confezionato a macchina dalla padrona e camminavo scalza. Dopo il primo mese di prova, mi spiegarono che dovevo lavorare di più, perché adesso avevo un salario. Non lo vidi mai, lo riscuoteva la Madrina ogni quindici giorni. All'inizio aspettavo le sue visite con impazienza e non appena arrivava mi aggrappavo alle sue vesti, supplicandola di portarmi via con lei, ma poi mi abituai, rimasi con Elvira e diventai amica dei gatti e del pappagallo. Quando la padrona mi lavò la bocca con il bicarbonato per togliermi l'abitudine di biascicare fra i denti, smisi di parlare con mia madre ad alta voce ma continuai a farlo in segreto. C'erano molte cose da sbrigare, quella casa sembrava una maledetta caravella incagliata, malgrado la scopa e lo spazzolone non si finiva mai di ripulire quelle fioriture di muffa che avanzavano lungo i muri. Il cibo non era vario né abbondante, ma Elvira nascondeva gli avanzi dei padroni e me li dava a colazione, perché aveva sentito alla radio che è una buona cosa cominciare la giornata a stomaco pieno, perché il cervello funzioni bene. Un bel giorno sarai istruita, uccellino, mi diceva. Alla zitella non sfuggiva nessun dettaglio, oggi laverai i pavimenti con creolina, ricordati di stirare i tovaglioli e attenta a non bruciarli, devi pulire i vetri con carta di giornale e aceto e quando avrai finito vieni da me che ti insegnerò a lucidare le scarpe del signore. Io obbedivo senza fretta, perché avevo scoperto presto che se oziavo con prudenza, potevo passare la giornata senza fare quasi niente. La donna col reliquiario cominciava a impartire istruzioni fin da quando si alzava all'alba, esibendo già a quell'ora gli abiti neri dei suoi lutti sovrapposti, il reliquiario e la complicata pettinatura, ma si confondeva fra un ordine e l'altro ed era facile ingannarla. Il padrone si interessava pochissimo alle faccende domestiche, era sempre preso dalle corse di cavalli, sempre lì a studiare gli antenati delle bestie, a calcolare le probabilità e a bere per consolarsi dei suoi fallimenti nelle scommesse. Certe volte il suo naso diventava come una melanzana e allora mi chiamava perché lo aiutassi a mettersi a letto e nascondessi le bottiglie vuote. Da parte sua, la sguattera non aveva nessun interesse a badare a chicchessia, tanto meno a me. Solo Elvira se ne occupava, mi costringeva a mangiare, mi insegnava i mestieri di casa, mi sollevava dalle incombenze più pesanti. Trascorrevamo ore a chiacchierare e a raccontarci le storie. In quel periodo ebbero inizio talune sue eccentricità, come l'odio irrazionale contro gli stranieri dai capelli biondi e gli scarafaggi, che combatteva con ogni arma avesse a portata di mano, calce viva o colpi di ramazza. Invece non disse niente quando scoprì che io davo da mangiare ai topi e badavo alle loro nidiate perché i gatti non le divorassero. Aveva paura di morire in miseria e di finire in una fossa comune, e per evitare tale umiliazione postuma aveva acquistato una bara a rate, che teneva nella sua stanza, usandola come armadio per riporre le proprie cianfrusaglie. Era un cassone di legno ordinario, odoroso di colla da falegname, foderato di raso bianco con nastri celeste, provvisto di un piccolo guanciale. Di tanto in tanto io ottenevo il privilegio di coricarmi lì dentro e di chiudere il coperchio, mentre Elvira simulava un pianto inconsolabile e fra un singhiozzo e l'altro elencava le mie ipotetiche virtù, ah, Dio santissimo, perché l'hai portata via dal mio fianco, quell'uccellino? era così buona, così pulita e ordinata, io le voglio bene più che se fosse proprio mia nipote, fa' un miracolo, restituiscimela, Signore. Il gioco durava finché la sguattera non perdeva la bussola e cominciava a gridare.

Le giornate passavano tutte uguali per me, tranne il giovedì, di cui calcolavo l'approssimarsi sul calendario in cucina. Per tutta la settimana aspettavo il momento di varcare il cancello del giardino e recarmi alla volta del mercato. Elvira mi infilava le scarpette di gomma, mi cambiava il grembiule, mi pettinava con una coda sulla nuca e mi dava un soldino per comperarmi un leccalecca di zucchero quasi invulnerabile al dente umano, tinto di lucenti colori, che si poteva succhiare per ore e ore senza intaccarne la grandezza. Quel dolce mi durava per sei o sette notti di intenso piacere e per molte leccate vertiginose fra un lavoro pesante e l'altro. La padrona camminava davanti stringendo la borsetta, aprite gli occhi, non distraetevi, non allontanatevi da me, qui è pieno di lestofanti, ci avvertiva. Avanzava con passo deciso osservando, palpando, mercanteggiando, questi prezzi sono uno scandalo, in carcere, dovrebbero finire gli speculatori. Io camminavo dietro la sguattera con una borsa per ogni mano e il mio leccalecca in tasca. Osservavo la gente cercando di indovinarne vita e segreti, virtù e avventure. Ritornavo a casa con gli occhi luccicanti e il cuore in festa, correvo in cucina e mentre aiutavo Elvira a vuotare le borse, la stordivo con storie di carote e peperoni incantati, che cadendo nella minestra si trasformavano in principi e in principesse e ne uscivano spiccando balzi fra le casseruole, con mazzetti di prezzemolo avviluppati alle corone, stillanti brodo dalle vesti regali.

– Ssht... sta arrivando la padrona! Prendi la scopa, uccellino.

Durante la siesta, quando il silenzio e la quiete si impadronivano della casa, io interrompevo le mie incombenze per andare nella sala da pranzo, dov'era appeso un grande quadro dalla cornice dorata, finestra aperta su un orizzonte marino, onde, rocce, cielo brumoso e gabbiani. Me ne rimanevo in piedi, con le mani dietro la schiena e gli occhi fissi su quell'irresistibile paesaggio di acqua, con la mente smarrita in viaggi infiniti, in sirene, delfini e grosse razze che dovevano essere usciti dalla fantasia di mia madre o dai libri del Professor Jones. Fra tanti racconti che mi aveva narrato, io preferivo quelli in cui c'era il mare, perché mi inducevano a sognare isole remote, vaste città sommerse, rotte oceaniche percorse dai pesci. Abbiamo avuto sicuramente un avo marinaio, commentava mia madre ogni volta che le chiedevo un'altra di quelle storie, e così nacque infine la leggenda del nonno olandese. Dinnanzi a quel quadro, io ritrovavo l'emozione di una volta, quando mi sedevo accanto a lei per ascoltarla parlare o quando la seguivo nelle faccende domestiche, sempre da vicino, per poter sentire il suo lieve aroma di strofinaccio, lisciva e amido.

– Cosa fai qui! – mi scrollava la padrona se mi scopriva. – Non hai niente da fare? Questo quadro non è roba per te!

Ne dedussi che i dipinti si sciupano, che il colore entra negli occhi di chi li guarda e così sbiadiscono fino a svanire.

– No, figliola, come puoi pensare una simile scempiaggine? Non si sciupano. Vieni qui, dammi un bacio sul naso e ti lascio vedere il mare. Dammene un altro e ti do un soldino, ma non dirlo a mia sorella, lei non capisce. Ti ripugna il mio naso? – E il padrone si nascondeva con me dietro le felci per quella carezza clandestina.

Per dormire mi avevano assegnato un'amaca che la notte veniva appesa in cucina, ma quando tutti erano coricati mi intrufolavo nella stanza di servizio e scivolavo nel giaciglio che spartivano la sguattera e la cuoca, l'una dalla parte del capezzale e l'altra da quella dei piedi. Mi rannicchiavo vicino a Elvira e le offrivo un racconto a patto che mi permettesse di rimanere con lei.

– Va bene, raccontami dell'uomo che smarrì la ragione per amore.

– Quello me lo sono dimenticato, ma ne ricordo un altro di animali.

– Ma come ha fatto tua madre a darti tutta l'inventiva che hai per raccontare storie, uccellino?

Me ne ricordo benissimo, era una giornata piovosa, c'era un odore strano, di meloni marci, piscio di gatto e una foschia calda che veniva dalla strada, riempiendo la casa di un odore così intenso che sembrava di toccarlo con le dita. Io mi trovavo nella sala da pranzo, rapita nei miei viaggi per mare. Non udii i passi della padrona e quando sentii la sua mano artigliarmi il collo, la sorpresa mi riportò da molto lontano in un istante, paralizzandomi nell'incertezza di non sapere dove mi trovavo.

– Di nuovo qui? Va' a sbrigare il tuo lavoro! Per cosa credi che ti paghi?

– Ho già finito, signora bella...

La padrona prese il vaso sulla credenza e lo versò spargendo a terra l'acqua sporca e i fiori ormai appassiti.

– Pulisci – mi ordinò.

Scomparvero il mare, gli scogli avvolti nella nebbia, la rossa treccia delle mie nostalgie, i mobili della sala da pranzo e vidi solo quei fiori sulle mattonelle, che si gonfiavano, si muovevano, acquistavano vita, e quella donna con la sua torre di ricci e il medaglione al collo. Un no, grosso come una casa, mi crebbe dentro, soffocandomi, lo sentii scaturire in un grido profondo e lo vidi esplodere contro il viso incipriato della padrona. Non mi fece male il suo schiaffo sulla guancia, perché la rabbia mi aveva invasa tutta e già desideravo balzarle addosso, spingerla a terra, graffiarle la faccia, afferrarle i capelli e tirare con tutte le mie forze. E allora la crocchia cedette, i riccioli crollarono, il fiocco si sciolse e tutta quella massa di capelli mi rimase fra le mani come un volpacchiotto agonizzante. Terrorizzata, credetti di averle strappato il cuoio capelluto. Corsi via, attraversai la casa, il giardino senza sapere dove mettevo i piedi e mi precipitai per strada. In pochi istanti la pioggia tiepida dell'estate mi inzuppò, e poco dopo mi fermai, tutta bagnata. Mi scossi dalle mani il capelluto trofeo e lo lasciai cadere sul bordo del marciapiede, dove l'acqua del rigagnolo lo trascinò, galleggiante insieme alla spazzatura. Rimasi per parecchi minuti a osservare quel naufragio di capelli che se ne andava tristemente senza meta, convinta di avere toccato il limite del mio destino, sicura di non aver più un luogo dove nascondermi dopo il delitto commesso. Mi lasciai alle spalle le vie circostanti, superai il posto del mercato del giovedì, abbandonai la zona residenziale con le case sbarrate nell'ora della siesta e seguitai a camminare. La pioggia cessò e il sole delle quattro fece evaporare l'umidità dell'asfalto, avvolgendo tutto in un velame appiccicoso. Gente, traffico, rumori, molti rumori, edifici dove ruggivano macchine gialle dalle proporzioni gigantesche, colpi di strumenti di ferro, frenate di veicoli, clacson, cantilene di venditori ambulanti. Un vago odore di fango e di frittura usciva dalle caffetterie. Rammentai che era l'ora della merenda, avevo fame, ma non avevo denaro con me e nella fuga mi ero lasciata alle spalle i resti del leccalecca settimanale. Calcolai che stavo vagando da parecchie ore. Tutto mi sembrava spaventoso. In quegli anni la città non era il disastro irrimediabile che è adesso, ma stava già crescendo deforme, come un tumore maligno, aggredita da un'architettura demente, mescolanza di tutti gli stili, palazzotti di marmo italiano, fattorie texane, dimore Tudor, grattacieli di acciaio, residenze a forma di battello, di mausoleo, di sala da tè giapponese, di capanno alpino e di torta nuziale con decorazioni di gesso. Mi sentii stordita.

All'imbrunire, arrivai in una piazza circondata da alberi di ceiba, solenni, che vegliavano sul luogo fin dalla Guerra di Indipendenza, dominata da una statua equestre del Padre della Patria in bronzo, con la bandiera in una mano e le redini nell'altra, umiliata dalla cacca dei colombi e dal disinganno storico. A un angolo, vidi un contadino vestito di bianco, con un cappello di paglia e un paio di sandali, attorniato da alcuni curiosi. Mi avvicinai per vederlo meglio. Parlava cantilenando e per qualche moneta cambiava argomento e continuava improvvisando versi senza pause né esitazioni, secondo le richieste di ogni cliente.

Tentai di imitarlo a bassa voce e scoprii che facendo rime è più facile ricordare le storie, perché il racconto scorre con un suo ritmo. Rimasi ad ascoltare finché l'uomo non ebbe raccolto le offerte e se ne andò. Per un momento mi divertii a cercare parole con lo stesso suono, era una buona maniera per fissare le idee, così avrei potuto ripetere i racconti a Elvira. Pensando a lei, mi tornò in mente l'odore di cipolla fritta, allora mi resi conto della mia situazione e sentii un brivido lungo la schiena. Rividi il fiocco della mia padrona che galleggiava sul rigagnolo come il cadavere di qualche bestiaccia, mentre le profezie che più di una volta mi aveva fatto la Madrina mi martellavano nelle orecchie: cattiva, bambina cattiva, finirai in prigione, così si comincia, disobbedendo e mancando di rispetto e poi ci si ritrova dietro le sbarre, te lo dico io, sarà questa la tua fine. Mi sedetti sul bordo della fontana a guardare i pesci colorati e le ninfee oppresse dal clima.

– Cosa ti succede? – Era un ragazzo dagli occhi scuri, con un paio di pantaloni di lino grezzo e una camicia troppo grande per lui.

– Mi metteranno in carcere.

– Quanti anni hai?

– Nove, più o meno.

– Allora non possono metterti in carcere. Sei minorenne.

– Ho strappato i capelli alla mia padrona.

– Come?

– Con uno strattone.

Si piazzò accanto a me, osservandomi con la coda dell'occhio e pulendosi le unghie con un temperino.

– Mi chiamo Huberto Naranjo, e tu?

– Eva Luna. Vuoi essere mio amico?

– Io non vado in giro con donne. – Ma si fermò, e rimanemmo lì fino a tardi a mostrarci cicatrici, a scambiarci confidenze, a conoscerci, iniziando così il lungo rapporto che ci avrebbe poi guidati lungo le vie dell'amicizia e dell'amore.

Fin da quando era riuscito a reggersi in piedi, Huberto Naranjo aveva vissuto in strada, dapprima lucidando scarpe e distribuendo giornali e poi mantenendosi con qualche baratto e furtarello. Possedeva un'abilità naturale nel raggirare gli incauti ed ebbi occasione di apprezzare il suo talento, proprio lì, vicino alla fontana della piazza. Gridava per attirare i passanti fino a radunare una piccola folla di impiegati, pensionati, poeti e qualche poliziotto appostato lì per impedire che qualcuno commettesse l'irriverenza di passare senza giacca davanti alla statua equestre. La scommessa consisteva nell'acchiappare un pesce dalla fontana, introducendo metà del corpo nell'acqua, frugando tra le radici delle piante acquatiche e raggiungendo a tastoni il fondo scivoloso. A un pesce, Huberto aveva tagliato la coda e la povera bestiola poteva solo nuotare in tondo come una trottola o rimanere immobile sotto una ninfea, dove lui poteva agguantarla. Mentre Huberto sbandierava trionfante il suo pesce, gli altri pagavano le scommesse con le maniche malconce come la loro dignità. Un'altra maniera per guadagnarsi qualche soldo consisteva nell'indovinare qual era il tappo metallico segnato fra i tre che lui muoveva con grande velocità su un pezzo di stoffa spiegato per terra. Riusciva a sottrarre l'orologio a un passante in meno di due secondi e a farlo sparire in aria in pari tempo. Qualche anno dopo, vestito come un incrocio fra il cow-boy e il charro messicano, avrebbe venduto un po' di tutto: da cacciaviti rubati a camicie svendute nelle fabbriche. A sedici anni sarebbe stato capo di una banda, temuto e rispettato, avrebbe controllato parecchi carretti di arachidi tostate, salsicce e succo di canna da zucchero, sarebbe stato l'eroe del quartiere delle puttane e l'incubo della Guardia, finché altre brame non l'avessero spinto sulle montagne. Ma questo accadde molto dopo. Quando lo incontrai per la prima volta era ancora un ragazzino, ma se l'avessi osservato con più attenzione, forse avrei visto l'uomo che sarebbe diventato, perché già allora aveva i pugni saldi e il cuore ardente. Bisogna essere uomini sino in fondo, diceva Naranjo. Era il suo ritornello, basato su attributi maschili che in nulla differivano da quelli di altri ragazzi, ma che lui metteva a confronto misurandosi il pene con un metro da sarto o mostrando quanto pisciava lontano come seppi più tardi, da lui stesso che ormai rideva di quelle manie perché qualcuno l'aveva informato che la grandezza di quel coso non è prova irrefutabile di virilità. Comunque, aveva fin dall'infanzia le sue idee sulla mascolinità e tutto ciò che sperimentò poi, tutte le battaglie e tutte le passioni, tutte le conoscenze e tutte le discussioni, tutte le rivolte e tutte le disfatte, non bastarono a fargli mutare parere.

Quando si fece buio, ce ne andammo in cerca di cibo nei ristoranti del quartiere. Seduti in un vicolo stretto, davanti alla porta di servizio di una cucina, spartimmo una pizza fumante che Huberto ebbe dal cameriere in cambio di una cartolina su cui sorrideva una bionda dai seni prepotenti. Poi percorremmo un labirinto di cortili, varcando recinti e violando proprietà altrui, fino ad arrivare a un garage. Ci intrufolammo dentro attraverso uno sportello per l'aerazione, evitando il grassone che vigilava all'entrata, e scendemmo giù fino all'interrato. In un angolo buio fra due colonne, Huberto aveva improvvisato una cuccia di fogli di giornale per passarci la notte quando non trovava un posto più accogliente. Ci sistemammo lì, preparandoci a dormire distesi l'uno accanto all'altra nella penombra, avvolti nell'odore di olio di motore e di monossido di carbonio che impregnava l'atmosfera con un puzzo da transatlantico. Mi rannicchiai tra i fogli e gli offrii un racconto in cambio di tante e così squisite premure.

– Va bene – accettò lui, un po' sconcertato, perché credo che in vita sua non avesse mai ascoltato niente che assomigliasse neppure di lontano a un racconto.

– Come lo vuoi?

– Di banditi – disse, tanto per dire qualcosa.

Misi insieme qualche episodio dei romanzi radiofonici, testi di canzoni della malavita e altri ingredienti di mia invenzione e mi lanciai subito con la storia di una fanciulla innamorata di un bandito, un autentico sciacallo che risolveva a colpi di pistola anche i più futili contrattempi, disseminando la contrada di vedove e di orfani. La giovane non perdeva la speranza di redimerlo con la forza della sua passione e con la dolcezza del suo carattere e così, mentre lui compiva ogni sorta di nefandezze, lei raccoglieva gli orfani prodotti dalle insaziabili pistole del malvagio. Egli irrompeva a casa della ragazza come un vento dell'inferno, entrava dando calci alle porte e sparando per aria; in ginocchio lei lo supplicava di pentirsi delle sue crudeltà, ma lui le rispondeva sghignazzando da far rabbrividire le pareti e raggelare il sangue. Come va, bellezza? gridava mentre le creaturine terrorizzate correvano a nascondersi nell'armadio. Come stanno i piccolini? e apriva la porta del mobile per prenderli per le orecchie e vedere quant'erano cresciuti. Guarda un po', sono ormai grandicelli, ma non preoccuparti, che in un baleno vado al villaggio e te ne confeziono qualche altro per la tua collezione. E così trascorrevano gli anni e aumentavano le bocche da sfamare, finché un giorno la fidanzata, stanca di tanti soprusi, capì che era inutile aspettare la redenzione del bandito e si scrollò di dosso ogni bontà. Si fece la permanente, si comprò un vestito rosso e trasformò la sua casa in un luogo di festa e di spasso, dove si potevano gustare i migliori gelati e i migliori frappé, giocare ogni tipo di giochi, ballare e cantare. I bambini si divertivano molto a servire la clientela, ristrettezze e miseria finirono e la donna era così contenta, che dimenticò gli spregi di un tempo. Le cose andavano a gonfie vele; ma la notizia giunse alle orecchie dello sciacallo che una notte comparve come al solito, buttando giù porte, sparando contro il soffitto e cercando i bambini. Ebbe una bella sorpresa. Nessuno si mise a tremare in sua presenza, nessuno corse all'armadio, la giovane non si precipitò ai suoi piedi per implorare pietà. Tutti proseguirono allegramente le loro occupazioni, gli uni servendo gelati, gli altri suonando la batteria e i tamburi e lei ballando il mambo sopra un tavolino con uno splendido cappello decorato con frutti tropicali. Allora il bandito, furibondo e umiliato, se ne andò con le sue pistole a cercarsi un'altra fidanzata che avesse paura di lui e larga è la foglia, stretta è la via, dite la vostra che ho detto la mia.

Huberto Naranjo mi ascoltò sino alla fine.

– Questa è una storia scema... Va be', voglio essere tuo amico – disse.

Girovagammo in città per un paio di giorni, e intanto lui mi insegnava i vantaggi della strada e qualche trucco per sopravvivere: tieniti lontana dalle autorità, perché se ti acchiappano sei fregata, per rubare sugli autobus mettiti dietro e quando si apre la porta, approfittane per ficcare la mano nelle tasche altrui e scappare fuori, le migliori cose da mangiare si trovano a metà mattina tra i rifiuti del Mercado Central e a metà pomeriggio fra la spazzatura degli alberghi e dei ristoranti. Seguendolo nelle sue scorribande, sperimentai per la prima volta l'ebbrezza della libertà, quella mescolanza di irrequieta esaltazione e vertigine di morte che d'allora in poi popola i miei sogni con tale nitidezza che è come se la vivessi davvero. Ma la terza notte che dormivamo all'aperto, stanca e sporca, ebbi un attacco di nostalgia. Pensai dapprima a Elvira, rimpiangendo di non poter ritornare sul luogo del delitto, e poi a mia madre e desiderai recuperare la sua treccia e rivedere il puma imbalsamato. Allora chiesi a Huberto Naranjo di aiutarmi a rintracciare la Madrina.

– Perché? Non stiamo bene così? Sei una stupida.

Non seppi spiegargli i miei motivi, ma insistetti molto e infine lui si rassegnò a collaborare, dopo avermi avvisata che me ne sarei pentita per il resto della vita. Conosceva bene la città, si orientava in base alle botteghe e alle fermate degli autobus e grazie alle mie vaghe indicazioni e alla sua abilità, raggiunse la pendice del colle dove si accalcavano baracche costruite con materiali di scarto, cartoni, lamiere di zinco, mattoni, pneumatici usati. Era un quartiere in apparenza simile a tanti altri, ma io lo riconobbi subito, dalla discarica che occupava tutto il fianco del colle. Lì svuotavano il loro carico di rifiuti i camion municipali che, visti dall'alto, rilucevano con la fosforescenza verdazzurra delle mosche.

– È quella la casa della Madrina! – strillai scorgendo da lontano le assi dipinte di azzurro, dov'ero stata solo un paio di volte, ma che ricordavo bene perché era quanto avessi di più simile a un focolare.

La baracca era chiusa e una vicina gridò dall'altra parte della via che aspettassimo, perché la Madrina era andata a fare la spesa al mercato e sarebbe ritornata presto. Era giunto il momento di salutarci e Huberto Naranjo, con le guance rosse, tese la mano per stringere la mia. Gli buttai le braccia al collo, ma lui mi diede uno spintone che quasi mi buttò per terra. Io lo agguantai con tutte le forze per la camicia e gli scoccai un bacio che era destinato alla bocca, ma che gli cascò in mezzo al naso. Huberto trotterellò giù per il colle, senza guardarsi indietro, mentre io mi sedevo sulla soglia a cantare.

La Madrina fu di ritorno di lì a poco. La vidi arrancare su per la viuzza storta, con un pacco fra le braccia, sudando per lo sforzo, grossa e grassa, avvolta in un camicione giallo. La chiamai gridando e le corsi incontro, ma non mi lasciò il tempo di spiegare l'accaduto. Era già venuta a saperlo dalla padrona, che l'aveva informata della mia scomparsa e dell'imperdonabile offesa ricevuta. Mi acchiappò di volata e mi portò nella baracca. Il contrasto fra il mezzogiorno fuori e il buio dentro mi lasciò cieca e prima che avessi il tempo di riprendermi, una sberla mi fece volare in aria e ricadere al suolo. La Madrina mi picchiò finché non arrivarono i vicini. Poi mi curarono con il sale.

Quattro giorni dopo venni ricondotta al mio posto di lavoro. L'uomo col naso a fragola mi diede un buffetto affettuoso sulla guancia e approfittò della disattenzione degli altri per dirmi che era contento di vedermi, gli ero mancata, disse. La donna col reliquiario mi accolse seduta su una seggiola del salotto, severa come un giudice, ma mi sembrò che si fosse ridotta di metà, sembrava una vecchia bambola di stracci vestita a lutto. Non aveva la testa calva avvolta in bendaggi arrossati, come mi aspettavo io, sfoggiava la torre di crespo a dure crocchie, di un altro colore, ma intatta. Stupita, cercai di trovare una spiegazione a quel miracolo straordinario senza badare alla ramanzina della padrona né ai pizzicotti della Madrina. L'unica cosa comprensibile della reprimenda fu che a partire da quel giorno avrei lavorato il doppio, così non avrei avuto tempo da perdere in contemplazioni artistiche, e il cancello del giardino sarebbe stato tenuto chiuso a chiave per impedirmi un'altra fuga.

– Le domerò io il carattere – assicurò la padrona.

– A suon di botte finiscono tutti per capire – aggiunse la Madrina.

– Guarda per terra quando ti rivolgo la parola, mocciosa. Hai gli occhi da diavolessa e non ti permetterò insolenze, hai capito? – mi avvisò la signora.

La guardai fisso senza battere ciglio, poi le girai la schiena a testa alta e me ne andai in cucina, dove Elvira mi aspettava spiando l'incontro attraverso la porta.

– Ah, uccellino... Vieni qui, a farti mettere compresse sui lividi. Non ti avranno rotto un osso?

La zitella non mi maltrattò più e poiché non parlò mai della parrucca perduta, finii per considerare quella faccenda come un incubo che si era insinuato nella casa da qualche spiraglio. Non mi proibì neppure di guardare il quadro, perché sicuramente indovinò che, se fosse stato necessario, io l'avrei aggredita a morsi. Per me quel paesaggio marino con le sue onde spumose e i suoi gabbiani immobili divenne fondamentale col passare del tempo, rappresentava il premio per gli sforzi della giornata, la porta verso la libertà. All'ora della siesta, mentre gli altri si coricavano per riposare, io ripetevo la stessa cerimonia senza chiedere permessi né dare spiegazioni, pronta a tutto pur di difendere quel privilegio. Mi lavavo la faccia e le mani, mi davo una pettinata, mi sistemavo il grembiule, mi infilavo le scarpette per uscire e me ne andavo nella sala da pranzo. Mettevo una seggiola di fronte alla finestra dei racconti, mi sedevo con la schiena dritta, le gambe unite, le mani sul grembo, come a messa, e iniziavo il mio viaggio. Talvolta notavo che la padrona mi osservava dalla soglia, ma non mi disse mai nulla, aveva paura di me.

– Così va bene, uccellino – mi incoraggiava Elvira. – Bisogna farla un po' di guerra. I cani rabbiosi li lasciano in pace, quelli docili invece li prendono a calci. Bisogna sempre battersi.

È stato il consiglio migliore che abbia mai ricevuto in vita mia. Elvira arrostiva limoni sulla brace, li tagliava a croce, li metteva a bollire e mi dava da bere quella mistura, per rendermi più coraggiosa:

Lavorai per parecchi anni in quella casa e durante quel periodo molte cose cambiarono nel paese. Elvira me ne parlava. Dopo un breve momento di libertà repubblicane, avevamo di nuovo un dittatore. Si trattava di un militare con un aspetto così innocuo, da nascondere la vastità della sua cupidigia; ma l'individuo più potente del regime non era il Generale, bensì l'Uomo della Gardenia, capo della Polizia Politica, un tizio dai modi affettati, imbrillantinato, vestito con impeccabili abiti di lino bianco e boccioli all'occhiello, profumato alla francese e con le unghie verniciate. Nessuno poté mai accusarlo di una qualsiasi volgarità. Non era una checca, come dicevano i suoi numerosi nemici. Sovrintendeva di persona alle torture, senza perdere la sua eleganza e la sua cortesia. In quell'epoca ripristinarono il carcere di Santa María, un edificio sinistro su un'isola in mezzo a un fiume infestato da caimani e piraña, ai limiti della foresta, dove i detenuti politici e i delinquenti, uguali nell'ora della disgrazia, crepavano di fame, di percosse o di malattie tropicali. Elvira parlava spesso di queste cose, che veniva a sapere nei suoi giorni di libera uscita, perché non ne parlavano né la radio, né la stampa. Mi affezionai molto a lei, nonna, nonna, la chiamavo, non ci separeremo mai, uccellino, prometteva lei, ma io non ne ero così sicura, già allora intuivo che la mia vita sarebbe stata una lunga sequela di addii. Come me, Elvira aveva cominciato a lavorare da bambina e durante tutti quegli anni la stanchezza le era penetrata fin nelle ossa e le prendeva l'anima. Gli sforzi accumulati e la povertà perpetua le avevano tolto ogni slancio vitale e aveva cominciato a dialogare con la morte. Di notte dormiva nella sua bara, in parte per abituarsi a poco a poco a non averne più paura, e in parte per irritare la padrona, che non riuscì mai a tollerare con naturalezza quel feretro in casa sua. Neppure la sguattera riuscì a sopportare lo spettacolo della nonna dentro il suo letto di morte nella camera che spartivano e se ne andò senza neppure avvertire il padrone, che rimase ad aspettarla all'ora della siesta. Prima di andarsene tracciò su tutte le porte della casa croci con gesso bianco, il cui significato nessuno riuscì a decifrare e proprio per questo non ci azzardammo a cancellarle. Elvira si comportò con me come un'autentica nonna. Con lei imparai a barattare le parole con altri beni e ho avuto molta fortuna, perché ho sempre trovato qualcuno disposto a simili scambi.

Durante quegli anni io non mutai molto, continuai a essere piuttosto magra e piccola, con gli occhi sempre spalancati per infastidire la padrona. Il mio corpo si sviluppava con lentezza, ma dentro qualcosa scorreva straripando, come un fiume invisibile. Io mi sentivo donna, ma il vetro della finestra rifletteva l'immagine confusa di una ragazzina. Crebbi poco, ma abbastanza per attirare l'attenzione del padrone. Devo insegnarti a leggere, figliola, mi diceva, ma non ebbe mai il tempo per farlo. Ora non mi chiedeva solo baci sul naso, mi dava anche qualche soldo per fargli compagnia quando faceva il bagno e per passargli una spugna su tutto il corpo. Poi si buttava sul letto e io lo asciugavo, lo incipriavo e gli infilavo la biancheria, come a un neonato. Certe volte rimaneva per ore a sguazzare nella vasca da bagno e a giocare con me alle battaglie navali, certe altre passava giorni e giorni senza neppure accorgersi di me, preso dalle sue scommesse o sbronzo, col naso color melanzana. Elvira mi aveva avvertita con indiscutibile chiarezza che gli uomini hanno fra le gambe un mostro brutto come una radice di yucca, da dove escono bambini in miniatura che si infilano nella pancia delle donne e lì si sviluppano. Non dovevo toccare quelle parti per nessun motivo, perché l'animale addormentato avrebbe sollevato la sua orribile testa, mi sarebbe balzato addosso e il risultato sarebbe stato una catastrofe; ma io non le credevo, mi sembrava una delle sue tante divagazioni stravaganti. Il padrone aveva solo un lombrico grasso e squallido, sempre vizzo, da cui non era mai uscito nulla di simile a un bebè, almeno in mia presenza. Assomigliava al suo polposo naso e scoprii allora – e lo constatai in seguito nella vita – lo stretto rapporto fra il pene e il naso. Mi basta osservare la faccia di un uomo per sapere come sarà da nudo. Nasi lunghi o corti, sottili o grossi, alteri o umili, nasi avidi, fiutanti, presuntuosi o nasi indifferenti che si possono solo soffiare, nasi di tutti i tipi. Con l'età quasi tutti ingrossano, diventano flaccidi, bulbosi e perdono la superbia dei peni ben piantati.

Quando mi affacciavo al balcone, pensavo che avrei fatto meglio a rimanere là fuori. La strada era più attraente di quella casa in cui l'esistenza scorreva noiosa, in faccende ripetute sempre secondo lo stesso ritmo, con i giorni appiccicati gli uni agli altri, tutti dello stesso colore, come il tempo degli ospedali. Di notte guardavo il cielo e immaginavo di riuscire a diventare fumo e a scivolare attraverso le sbarre del cancello chiuso. Fingevo per gioco che un raggio di luna mi colpisse nella schiena e che mi spuntassero ali da uccello, due grandi ali piumate per spiccare il volo. Talvolta mi concentravo tanto in quell'idea, che riuscivo a volare sopra i tetti della città; non pensare a scempiaggini, uccellino, solo le streghe e gli aerei volano di notte. Non seppi più nulla di Huberto Naranjo fino a molto tempo dopo, ma pensavo spesso a lui, dando il suo viso bruno a tutti i principi incantati. Intuii presto l'amore e lo inserii nei miei racconti, mi appariva in sogno, mi assediava. Scrutavo le fotografie della cronaca nera, tentando di indovinare i drammi di passione e morte racchiusi nelle pagine dei giornali, stavo sempre attenta alle conversazioni degli adulti, ascoltavo da dietro le porte quando la padrona parlava per telefono e asfissiavo Elvira con domande, lasciami in pace, uccellino. La radio era la mia fonte di ispirazione. In cucina ce n'era una accesa dalla mattina alla sera, unico contatto col mondo esterno, che proclamava le virtù di quella terra benedetta da Dio ricca di ogni sorta di tesori: dalla sua posizione al centro del globo e dalla saggezza dei suoi governanti, fino al pantano di petrolio su cui galleggiavamo. Grazie alla radio imparai a cantare boleri e altre canzoni popolari, a ripetere annunci pubblicitari e *this pencil is red, is this pencil blue? no, that pencil is not blue, that pencil is red*, seguendo un corso di inglese per principianti, mezz'ora al giorno. Conoscevo gli orari di ogni programma, imitavo le voci dei presentatori. Seguivo tutti i romanzi radiofonici, soffrivo indicibilmente per quelle creature tartassate dal destino e mi stupivo sempre che alla fine la protagonista riuscisse a ritrovarsi sana e salva, perché per sessanta capitoli si era comportata come una cretina.

– Secondo me Montedónico la riconoscerà come figlia. Se le dà il nome, lei può sposarsi con Rogelio de Salvatierra – sospirava Elvira, con l'orecchio appicciato alla radio.

– Lei ha la medaglia di sua madre. Questa è una prova. Perché non dice a tutti che è figlia di Montedónico, senza tante storie?

– Non può fare una cosa simile al responsabile della sua vita, uccellino.

– E perché no? Lui l'ha tenuta chiusa per diciott'anni in un orfanotrofio!

– Il fatto è che lui è un pervertito, un sadico come dicono.

– Guarda, nonna, se lei non cambia, la fregheranno sempre.

– Non preoccuparti, tutto finirà bene. Non vedi che lei è buona?

Elvira aveva ragione. Trionfavano sempre i buoni e i malvagi ricevevano il loro castigo. Montedónico stramazzava fulminato da una malattia mortale, invocava il perdono dal suo letto di agonia, lei lo curava fino alla morte e, dopo avere ereditato tutto, si univa in matrimonio con Rogelio de Salvatierra, fornendomi fra l'altro molto materiale per le mie storie, anche se di rado io rispettavo le norme basilari del finale in bellezza. Dimmi un po', uccellino, perché nei tuoi racconti nessuno si sposa? Spesso bastavano un paio di sillabe per scatenare una sequela di immagini nella mia testa. Una volta sentii una parola dolce e sconosciuta e corsi da Elvira, nonna, cos'è la neve? Dalla sua spiegazione dedussi che si trattava di meringa gelata. Da quel momento in poi mi trasformai in un'eroina di racconti polari, ero un'abominevole donna delle nevi pelosa e feroce, e lottavo contro certi scienziati che mi davano la caccia per destinarmi a esperimenti di laboratorio. Constatai com'era in realtà la neve il giorno in cui una nipote del Generale festeggiò i suoi quindici anni e l'evento fu talmente diffuso dalla radio, che a Elvira non rimase altra scelta che portarmi a vedere lo spettacolo da lontano. Mille invitati accorsero quella sera nel migliore albergo della città, trasformato per la circostanza in una copia invernale del castello di Cenerentola. Avevano potato i filodendri e le felci tropicali, avevano decapitato le palme e al loro posto avevano sistemato abeti natalizi portati dall'Alaska, coperti di lana di vetro e cristalli di ghiaccio artificiale. Per poter pattinare avevano installato una pista di plastica bianca che imitava i ghiacci del Polo Nord. Avevano brinato i vetri delle finestre con la vernice e sparso così tanta neve sintetica dappertutto, che una settimana dopo i fiocchi si infilavano ancora nella sala chirurgica dell'Ospedale Militare, a cinquecento metri di distanza. Poiché non avevano potuto congelare l'acqua della piscina, essendo venuti a mancare i macchinari portati dal nord e avendo ottenuto invece del ghiaccio una sorta di vomito gelatinoso, avevano deciso di farci navigare sopra due cigni tinti di rosa che si trascinavano appresso penosamente un nastro col nome della quindicenne a lettere dorate. Per dare più lustro alla festa erano stati trasportati in aereo due membri della nobiltà europea e una stella del cinema. A mezzanotte calarono la festeggiata dal soffitto del salone, seduta su un'altalena a foggia di slitta, ricoperta di zibellino, oscillante a quattro metri di altezza sopra le teste degli invitati, semisvenuta per il caldo e le vertigini. Fu una cosa che noi curiosi, appostati nei dintorni, non riuscimmo a vedere, ma comparve su tutte le riviste e nessuno si stupì dinnanzi al miracolo di un albergo della capitale immerso nel clima dell'Artico, cose ancora più stupefacenti erano accadute sul suolo nazionale. Nulla mi meravigliò molto, mi interessavano solo gli enormi vassoi colmi di neve naturale disposti all'entrata della festa per permettere all'elegante folla di tirarsi pallate di neve e costruire pupazzi, come avevano sentito dire che si fa nei freddi di altre regioni. Riuscii a svincolarmi da Elvira, mi intrufolai tra i camerieri e le guardie e mi avvicinai per prendere quel tesoro fra le mani. All'inizio ebbi l'impressione che bruciasse e gridai di paura, ma poi non mi fu possibile lasciarla, affascinata dal colore della luce racchiuso in quella sostanza gelida e porosa. Un sorvegliante stava per acciuffarmi, ma mi chinai e gli passai fra le gambe portando con me la neve stretta contro il petto. Quando la vidi sciogliersi fra le dita in un filo d'acqua, mi sentii beffata. Qualche giorno dopo Elvira mi regalò una sfera trasparente, dentro la quale c'erano una capanna e un pino, che scossa faceva volare fiocchi bianchi. Così adesso ce l'hai, il tuo inverno, uccellino, mi disse.

Io non avevo l'età per interessarmi di politica, ma Elvira mi riempiva la testa di idee sovversive per mettermi contro i padroni.

– È tutto corrotto in questo paese, uccellino. Troppi gringo dai capelli gialli, te lo dico io, uno di questi giorni si porteranno la nostra terra da un'altra parte e ci ritroveremo seduti sul mare, vedrai.

La signora col reliquiario la pensava esattamente al contrario.

– Mala sorte la nostra, purtroppo siamo stati scoperti da Cristoforo Colombo invece che da un inglese; abbiamo bisogno di gente coraggiosa, di buona razza, che apra strade nella foresta, che semini la pianura, che costruisca fabbriche. Non si sono forse formati così gli Stati Uniti? E guardate un po' cos'è diventato quel paese!

Era d'accordo col Generale, che aveva aperto le frontiere a chiunque volesse venire dall'Europa per sfuggire alle miserie del dopoguerra. Gli immigrati arrivarono a centinaia con mogli, figli, nonni e lontani cugini, con le loro lingue diverse, i cibi tipici, le leggende e le feste da tramandare, col loro fardello di nostalgie. La nostra esuberante geografia se li inghiottì tutti in un solo boccone. Fu pure permesso l'ingresso a un ristretto gruppo di asiatici, che una volta lì si moltiplicarono con rapidità stupefacente. Vent'anni dopo qualcuno notò che a ogni angolo della città c'erano un ristorante con dèmoni adirati, lanterne di carta e tetto a pagoda. In quel periodo la stampa diede notizia di un cameriere cinese che aveva piantato in asso i clienti, era salito in direzione e aveva amputato testa e mani del padrone con un coltello da cucina, perché questi non aveva tenuto in debito rispetto una norma religiosa e aveva appeso l'immagine di un drago accanto a quella di una tigre. Durante le indagini sul caso si scoprì che tutti i protagonisti della tragedia erano immigrati illegali. Ogni passaporto veniva usato un centinaio di volte, perché i funzionari, che riuscivano appena a indovinare il sesso degli orientali, non riuscivano certo a distinguerli l'uno dall'altro in base alla fotografia del documento. Gli stranieri arrivavano con l'intento di fare fortuna e ritornarsene nel loro paese di origine, ma si fermarono. I loro discendenti dimenticarono la lingua materna e si lasciarono conquistare dall'aroma del caffè, dall'allegria e dal fascino di un popolo che non conosceva ancora l'invidia. Molto pochi andarono a coltivare le fazende regalate dal Governo, perché mancavano strade, scuole, ospedali e abbondavano pestilenze, zanzare e bestie velenose. Nell'interno regnavano banditi, contrabbandieri e soldati. Gli immigrati rimasero nelle città a lavorare con impegno, risparmiando ogni soldo, sbeffeggiati dalla gente del luogo, che considera scialo e generosità le migliori virtù di qualsiasi persona ammodo.

– Io non ci credo alle macchine. Questa faccenda di imitare i gringo fa male all'anima – sosteneva Elvira scandalizzata dallo sperpero dei nuovi ricchi, che volevano vivere come nei film.

I miei padroni non avevano accesso al denaro facile perché vivevano delle loro rispettive rendite di pensionati, sicché lo scialo non entrava in casa, ma potevano vedere come si diffondeva intorno. Ogni cittadino volle essere proprietario di un'automobile da magnate finché non divenne quasi impossibile circolare per le vie strozzate dai veicoli. Scambiarono petrolio con telefoni a forma di cannoni, di conchiglie marine, di odalische; importarono tanta plastica che le strade finirono invase da spazzatura indistruttibile; per aereo arrivavano ogni giorno le uova per la colazione del paese, e si trasformavano in immense frittate sull'asfal-

to ardente dell'aeroporto, ogni volta che, scaricando, si rovescia-
vano le cassette.

– Il Generale ha ragione, qui non si può morire di fame, basta stendere una mano e prendi un mango, ecco perché non c'è
progresso. I paesi freddi sono più civili perché il clima costringe
la gente a lavorare – diceva il padrone disteso all'ombra, mentre
si sventagliava col giornale e si grattava la pancia, e scrisse una
lettera al Ministero dell'Economia Nazionale suggerendo l'eventualità di importare un lastrone di ghiaccio dal polo, tritarlo e
lanciarlo nell'aria, per vedere di cambiare il clima ed eliminare la
pigrizia altrui.

Mentre i detentori del potere rubavano senza scrupoli, i ladri
di mestiere o per bisogno si azzardavano appena a svolgere il loro lavoro, perché l'occhio della polizia era dappertutto. Così si
diffuse l'idea che solo una dittatura poteva mantenere l'ordine.
La gente comune, cui non erano destinati i telefoni fantasiosi, le
mutande usa e getta o le uova importate, continuò a vivere come
sempre. I dirigenti politici erano in esilio, ma Elvira mi diceva
che nel silenzio e nell'ombra fermentava nel popolo la rabbia necessaria per opporsi al regime. Da parte loro i padroni erano in-
condizionati sostenitori del Generale e quando la Guardia passava per le case a vedere la sua fotografia, mostravano con orgoglio
quella che già era appesa al posto d'onore in salotto. Elvira nutriva un odio assoluto per quel militare tracagnotto e remoto con
cui non aveva mai avuto il minimo contatto, lo malediceva e gli
lanciava il malocchio ogni volta che puliva il ritratto con uno
straccio per la polvere.

QUATTRO

Il giorno in cui il postino trovò il corpo di Lukas Carlé, il bosco era lavato di fresco, umido e rilucente, dal suolo si sprigionava un sentore intenso di foglie marce e una pallida foschia d'altro pianeta. Erano quarant'anni che l'uomo percorreva ogni mattina con la bicicletta lo stesso sentiero. Pedalando lì intorno si era guadagnato il pane ed era sopravvissuto incolume a due guerre, all'occupazione, alla fame e a molte altre sventure. Grazie al suo lavoro conosceva tutti gli abitanti della zona per nome e cognome, così come poteva identificare ogni albero del bosco per specie e per età. A prima vista, quel mattino in nulla si distingueva da altri, le stesse querce, i faggi, i castagni e le betulle, lo stesso muschio tenero e i funghi ai piedi dei tronchi più grossi, la stessa brezza fragrante e fredda, le stesse ombre e le stesse chiazze di luce. Era un giorno simile a tutti gli altri e forse una persona con minor conoscenza della natura non avrebbe notato i presagi, ma il postino si sentiva come sulle spine, con un solletichio a fior di pelle, perché intuiva segni che nessun altro occhio umano avrebbe potuto cogliere. Immaginava il bosco come un'enorme bestia verde nelle cui vene scorreva un sangue docile, un animale d'indole tranquilla che quel giorno era inquieto. Scese dal suo veicolo e fiutò l'alba cercando i motivi della sua ansia. Era così assoluto il silenzio, che temette di essere diventato sordo. Posò la bicicletta a terra e fece un paio di passi fuori dal sentiero per ispezionare i dintorni. Non dovette cercarlo troppo, era lì ad aspettarlo appeso a un ramo a media altezza, legato per il collo con una grossa corda. Non ebbe bisogno di guardare il viso dell'impiccato per sapere di chi si trattasse. Conosceva Lukas Carlé da quando questi era arrivato in paese tempo addietro, venuto chissà da dove, da qualche posto della Francia forse, col suo baule di libri, il mappamondo e un diploma, per sposarsi con la ragazza più graziosa e rovinarne la bellezza in pochi mesi. Lo riconobbe dalle scarpe e dallo spolverino da insegnante ed ebbe l'impressione di avere già visto quella scena, come se avesse atteso per anni una fine così per quell'uomo. Non provò panico all'inizio, solo un impulso ironico, voglia di dirgli io te l'avevo detto, furfante. Ci mise qualche secondo a capire la gravità dell'accaduto e in quell'istante il ramo scricchiolò, il peso girò su se stesso e gli occhi senza speranza dell'impiccato si piantarono nei suoi. Non riuscì a muoversi. Rimasero lì, a guardarsi entrambi, il postino e il padre di Rolf Carlé, finché non ebbero più nulla da dirsi. Allora il vecchio reagì. Ritornò indietro a cercare la bicicletta, si chinò per prenderla e, mentre lo faceva, sentì una fitta nel petto, lunga e bruciante come una pena d'amore. Inforcò il veicolo e si allontanò il più in fretta possibile, piegato sul manubrio, con un gemito che gli trafiggeva la gola.

Raggiunse il villaggio pedalando con tanta disperazione, che il suo vecchio cuore di funzionario pubblico quasi scoppiava. Riuscì a spargere l'allarme prima di stramazzare davanti alla panetteria con un ronzio di vespaio nel cervello e una luce di terrore nelle pupille. Lì lo raccolsero i panettieri e lo distesero sul tavolo dove preparavano i dolci e dove lui rimase ad ansimare impolverato di farina, puntando l'indice verso il bosco e ripetendo che Lukas Carlé era finalmente sul patibolo, come avrebbe dovuto esserci già da parecchio, quel furfante, quel maledetto furfante. Così il villaggio lo venne a sapere. La notizia penetrò nelle case facendone trasalire gli abitanti, che non avevano più avuto un'emozione simile dalla fine della guerra. Uscirono tutti in strada a parlare dell'accaduto, meno un gruppo di alunni dell'ultimo anno, i quali cacciarono la testa sotto i loro guanciali fingendo un sonno profondo.

Di lì a poco la polizia fece alzare dal letto il medico e il giudice e li spedì, seguiti da parecchi abitanti del villaggio, nella direzione segnalata dal dito tremante dell'impiegato postale. Trovarono Lukas Carlé che dondolava come uno spaventapasseri vicino al sentiero e allora si resero conto che nessuno l'aveva visto da venerdì. Ci fu bisogno di quattro uomini per tirarlo giù, in quanto il freddo del bosco e la rigidezza della morte l'avevano reso monolitico. Al medico bastò uno sguardo per sapere che prima di morire asfissiato, aveva ricevuto un tremendo colpo alla nuca e alla polizia bastò un altro sguardo per dedurre che gli unici a poter dare una spiegazione erano i suoi stessi alunni, con i quali aveva fatto l'annuale gita scolastica.

– Fate venire i ragazzi – ordinò il comandante.

– Perché? Questo non è uno spettacolo per ragazzini – replicò il giudice, il cui nipote era alunno della vittima.

Ma non fu possibile ignorarli. Nel corso della breve indagine svolta dalla giustizia locale, più per senso del dovere che per desiderio autentico di verità, gli alunni furono chiamati a prestare testimonianza. Dissero di non sapere nulla. Erano andati nel bosco, come tutti gli anni in quel periodo, avevano giocato a palla, avevano fatto gare di lotta libera, avevano consumato la loro merenda e poi si erano sparsi con i cesti in ogni direzione per raccogliere funghi silvestri. Secondo le istruzioni ricevute, quando aveva cominciato a farsi buio si erano radunati sul bordo del sentiero, anche se l'insegnante non aveva suonato il fischietto per chiamarli. L'avevano cercato invano, poi si erano seduti ad aspettare e al calar della notte avevano deciso di ritornare al villaggio. Non avevano pensato a informare la polizia perché credevano che Lukas Carlé fosse rientrato a casa o a scuola. Questo era tutto. Non avevano la minima idea di come avesse finito i suoi giorni appeso al ramo di quell'albero.

Rolf Carlé, vestito con l'uniforme della scuola, con le scarpe ben lustre e il berretto calcato fin sulle orecchie, percorse con la madre il corridoio della Prefettura. Il giovane aveva quell'aria scontrosa e impaziente di molti adolescenti, era magro, lentigginoso, con uno sguardo attento e le mani delicate. Li condussero in una stanza spoglia e fredda, con le pareti piastrellate, al cui centro su una barella giaceva il cadavere, illuminato da una luce viva. La madre tirò fuori un fazzoletto dalla manica e si pulì accuratamente gli occhiali. Quando il borgomastro sollevò il lenzuolo, lei si chinò e per un interminabile minuto osservò quel viso deformato. Fece un cenno al figlio e pure lui si avvicinò a guardare, allora lei abbassò gli occhi e si coprì il viso con le mani per nascondere la sua allegria.

– È mio marito – disse infine.

– È mio padre – soggiunse Rolf Carlé, cercando di conservare la voce tranquilla.

– Mi dispiace molto. È molto sgradevole per voi... – balbettò il medico senza capire la causa del suo stesso imbarazzo. Ricoprì il corpo e tutti e tre rimasero in piedi, silenziosi, guardando sconcertati la sagoma sotto il lenzuolo. – Non ho ancora fatto l'autopsia, ma pare che si tratti di suicidio, sono davvero mortificato.

– Be', suppongo che questo sia tutto – disse la madre.

Rolf la prese per un braccio e uscì con lei senza fretta. L'eco dei passi sul suolo di cemento sarebbe rimasto associato nel loro ricordo a una sensazione di sollievo e di pace.

– Non è stato un suicidio. Tuo padre l'hanno ammazzato i tuoi compagni di scuola – affermò la signora Carlé quando furono arrivati a casa.

– Come lo sa, mamma?

– Ne sono sicura e mi rallegro che l'abbiano fatto, perché altrimenti avremmo dovuto farlo noi, un giorno o l'altro.

– Non parli così, la prego – mormorò Rolf spaventato, perché aveva sempre visto la madre come una persona rassegnata e non immaginava che il suo cuore racchiudesse tanto rancore per quell'uomo. Credeva di essere il solo a odiarlo. – È tutto passato, se ne dimentichi.

– Al contrario, figliolo, dobbiamo ricordarcene per sempre – sorrise lei con una nuova espressione.

Gli abitanti del villaggio si diedero tanto da fare per cancellare la morte del professor Carlé dalla memoria collettiva, che se non fosse stato per gli stessi assassini, ci sarebbero quasi riusciti. Ma i cinque ragazzini, che il coraggio per quel delitto lo avevano pazientemente accumulato per anni, non erano disposti a tacere, anche perché intuivano che quello sarebbe stato il gesto più importante della loro vita e non volevano che sfumasse nella bruma delle cose non dette. Durante i funerali dell'insegnante cantarono inni con i vestiti della domenica, posarono sulla bara una corona di fiori a nome della scuola e tennero gli occhi bassi, in modo che nessuno li sorprendesse a scambiarsi sguardi di complicità. Per le prime due settimane tacquero, aspettandosi che un mattino il villaggio si svegliasse con lungimiranza sufficiente a spedirli in carcere. Poi entrò loro in corpo una paura da cui non riuscivano a liberarsi, finché non decisero di parlarne, per darle forma. L'occasione si presentò dopo una partita di calcio, nello spogliatoio del campo sportivo dove si accalcavano i giocatori, fradici di sudore, eccitati, a cambiarsi fra scherzi e spintoni. Senza essersi messi d'accordo, indugiarono nelle docce finché tutti gli altri non se ne furono andati e allora, ancora nudi, si misero davanti allo specchio e si osservarono a vicenda, constatando che nessuno di loro recava tracce visibili dell'accaduto. Uno sorrise, e l'ombra che li separava si dileguò: tornarono a essere gli stessi di prima, si diedero pacche sulle spalle, si abbracciarono e giocarono come bambini. Carlé se lo meritava, era un bruto, uno psicopatico, conclusero. Riesaminarono ogni particolare e scoprirono con terrore di aver lasciato tali e tante tracce da chiedersi come mai non li avessero arrestati, e capirono che nessuno avrebbe alzato la voce per accusarli, perché nessuno voleva punirli. L'inchiesta sarebbe stata fatta dal comandante, padre di uno di loro, sarebbero stati processati da un giudice, nonno di un altro di loro e la giuria sarebbe stata composta da familiari e da vicini. Lì tutti si conoscevano, erano imparentati, nessuno desiderava smuovere il fango di quell'assassinio, neppure la famiglia di Lukas Carlé. Anzi, sospettavano che la moglie e il figlio si fossero augurati per anni la scomparsa del padre e che il vento di sollievo levatosi con la sua morte avesse raggiunto per prima la sua stessa casa, spazzandola tutta e lasciandola pulita e fresca come non lo era mai stata.

I ragazzi si proposero di tramandare il ricordo della loro impresa e ci riuscirono così bene, che la storia passò di bocca in bocca, abbellita da dettagli aggiunti via via, fino a trasformarsi in un'impresa eroica. Fondarono un club e si affratellarono con un giuramento segreto. Certe notti, si riunivano ai limiti del bosco per commemorare quel venerdì unico nelle loro vite, e rievocavano la sassata con cui avevano stordito il maestro, il nodo scorsoio preparato in precedenza, il modo in cui si erano arrampicati sull'albero e avevano passato il laccio intorno al suo collo mentre era ancora svenuto, come questi avesse aperto gli occhi nell'istante in cui lo tiravano su e si fosse contorto in aria fra spasimi di agonia. Il loro segno di riconoscimento era un cerchio di stoffa bianca cucito sulla manica sinistra della giacca e ben presto tutto il villaggio indovinò il significato di quel segno. Lo capì anche Rolf Carlé, diviso fra la gratitudine per essere stato liberato del suo torturatore, l'umiliazione di portare il cognome del giustiziato e la vergogna di non avere coraggio né forza per vendicarlo.

Rolf Carlé cominciò a dimagrire. Quando si portava il cibo alle labbra vedeva il cucchiaio trasformarsi nella lingua del padre, dal fondo del piatto e attraverso la minestra lo osservavano gli occhi impauriti del morto, il pane aveva il colore della sua pelle. Di notte tremava per la febbre e di giorno inventava scuse per non uscire di casa, tormentato dall'emicrania, ma la madre lo costringeva a mangiare e a recarsi a scuola. Sopportò tutto questo per ventisei giorni, ma la mattina del ventisettesimo, quando durante la ricreazione comparvero cinque suoi compagni con il segno di riconoscimento sulla manica, fu colto da un vomito così violento, che il direttore della scuola si allarmò e chiamò un'ambulanza per mandarlo all'ospedale della città vicina, dove rimase per il resto della settimana vomitando anche l'anima. Vedendolo in quelle condizioni, la signora Carlé intuì che i sintomi del figlio non corrispondevano a una normale e comune indigestione. Il medico del villaggio, quello stesso che l'aveva visto nascere e aveva steso il certificato di morte del padre, lo visitò con attenzione, gli prescrisse una serie di farmaci e raccomandò alla madre di non badargli troppo, perché Rolf era un ragazzo sano e forte, la crisi di ansia sarebbe passata e in breve tempo avrebbe ricominciato a fare sport e a correre dietro alle ragazzine. La signora Carlé gli somministrò le medicine puntualmente, ma non vedendo nessun miglioramento, raddoppiò le dosi di sua iniziativa. Nulla ebbe effetto, il ragazzo continuava a essere inappetente, e intontito dal malessere. All'immagine del padre impiccato si aggiungeva il ricordo del giorno in cui aveva dovuto seppellire i morti del campo di prigionia. Katharina lo guardava con i suoi occhi quieti, lo seguiva passo passo e infine lo prese per mano e tentò di cacciarsi con lui sotto il tavolo della cucina, ma ormai erano entrambi troppo cresciuti. Allora gli si rannicchiò accanto e si mise a recitargli una lunga filastrocca infantile.

Il giovedì la madre andò a svegliarlo di buon'ora, per farlo andare a scuola e lo trovò riverso contro la parete, pallido ed esausto, con la decisione evidente di morire, perché non poteva più sopportare l'assedio di tanti fantasmi. Lei capì che il senso di colpa per avere desiderato di commettere quel delitto con le sue mani, lo avrebbe distrutto e, senza pronunciare una parola, si diresse verso l'armadio e cominciò a frugarci dentro. Trovò oggetti dimenticati da anni, gli abiti smessi, i giocattoli dei figli, le radiografie del cervello di Katharina, la doppietta di Jochen. C'erano anche le scarpe di vernice rossa con i tacchi a spillo e si stupì che non le suscitassero quasi nessun rancore. Invece di buttarle nella spazzatura, le mise sopra il caminetto e le sistemò accanto al ritratto del suo defunto marito, una di qua e una di là, come su un altare. Infine trovò la sacca di tela usata da Lukas Carlé durante la guerra, una sacca verde con robuste cinghie di cuoio, e con la stessa pignoleria con cui svolgeva tutti i mestieri della casa e dei campi, vi sistemò dentro gli indumenti del figlio minore, una fotografia sua nel giorno delle nozze, una scatoletta di cartone foderata di seta dove conservava un ricciolo di Katharina e un pacchetto di gallette di avena, sfornate da lei il giorno prima.

– Vestiti, figliolo, devi partire per il Sudamerica – annunciò con decisione inappellabile.

In tal modo Rolf Carlé venne imbarcato su una nave norvegese che lo portò dall'altra parte del mondo, lontano dai suoi incubi. La madre lo accompagnò in treno fino al porto più vicino, gli comprò un biglietto di terza classe, avvolse il denaro rimanente in un fazzoletto insieme all'indirizzo dello zio Rupert e glielo cucì all'interno dei pantaloni, raccomandandogli di non toglierseli per nessun motivo. Fece tutto questo senza mostrare emozione e, al momento di congedarsi, gli diede un bacio rapido sulla fronte, come faceva ogni mattina, quando lo mandava a scuola.

– Per quanto tempo rimarrò lontano, mamma?

– Non lo so, Rolf.

– Non devo andarmene, adesso sono l'unico uomo della famiglia, devo occuparmi di lei, mamma.

– Io starò bene. Ti scriverò.

– Katharina è malata, non posso lasciarla così...

– Tua sorella non vivrà ancora a lungo, l'abbiamo sempre saputo, è inutile preoccuparsi per lei. Cosa ti succede? Stai piangendo? Non sembri figlio mio, Rolf, non hai più l'età per comportarti come un bambino. Soffiati il naso e sali a bordo prima che la gente cominci a guardarci.

– Mi sento male, mamma, ho voglia di vomitare.

– Te lo proibisco! Non farmi vergognare di te. Coraggio, sali sulla passerella, va' a prua e rimani lì. Non voltarti. Addio, Rolf.

Ma il ragazzo si nascose a poppa per guardare il molo e così vide la madre rimanere al suo posto finché la nave non si smarrì all'orizzonte. Portò con sé l'immagine di quella donna vestita di nero, col cappellino di feltro e la borsetta di finto coccodrillo, in piedi, immobile e solitaria, col viso rivolto verso il mare.

Rolf Carlé navigò per quasi un mese sull'ultimo ponte della nave, fra fuorusciti, emigranti e viaggiatori poveri, senza scambiare una parola con nessuno per orgoglio e timidezza, scrutando l'oceano fino a raggiungere e consumare il fondo della sua tristezza. Da allora in poi non soffrì più del malessere che per poco non l'aveva indotto a buttarsi in acqua. Dopo dodici giorni di viaggio l'aria salmastra gli restituì l'appetito, i brutti sogni svanirono, la nausea gli passò e lui cominciò a interessarsi ai delfini sorridenti che accompagnavano la nave per lunghi tratti. Quando finalmente ebbe raggiunto le coste del Sudamerica, il colore gli era ritornato sulle guance. Si guardò nel piccolo specchio del bagno comune che spartiva con gli altri passeggeri della sua classe e vide un volto che non era più quello di un adolescente tormentato, ma quello di un uomo. Gli piacque l'immagine di se stesso, respirò a fondo e sorrise, per la prima volta dopo molto tempo.

La nave spense le macchine al molo e i passeggeri scesero lungo la passerella. Sentendosi come un filibustiere dei romanzi di avventura, col vento tiepido che gli arruffava i capelli e con gli occhi abbacinati, Rolf Carlé fu tra i primi a mettere piede a terra. Un porto incredibile emerse dinnanzi al suo sguardo nella luce del mattino. Sui colli si scorgevano costruzioni variopinte, viuzze contorte, biancheria stesa e una prodiga vegetazione di ogni tono di verde. L'aria vibrava di grida, di canti di donne, di risate di bambini e di strilli di pappagalli, di odori, di un'allegra concupiscenza e di un calore umido di vivande. Nella gazzarra di facchini, marinai e viaggiatori, tra fagotti, valigie, curiosi e venditori di carabattole, lo aspettava lo zio Rupert insieme alla moglie Burgel e alle figlie, due ragazze robuste e rubiconde di cui il giovane subito si innamorò. Rupert era un falegname, lontano cugino di sua madre, grande bevitore di birra e appassionato di cani.

Era arrivato con la famiglia lì, in capo al mondo per sfuggire alla guerra, in quanto, non avendo nessuna vocazione per la vita militare, gli era parso una stupidaggine lasciarsi ammazzare per una bandiera che considerava solo un cencio legato a un'asta. Privo dunque di ogni entusiasmo patriottico, appena aveva avuto la certezza che la guerra era inevitabile, si era ricordato di lontani bisavoli che molti anni prima si erano imbarcati per l'America, dove avrebbero dovuto fondare una colonia, e aveva deciso di seguirne i passi. Condusse Rolf direttamente dalla nave a un villaggio fantastico, come preservato dentro una bolla dove il tempo si era fermato e la geografia era stata rifatta. Lì la vita si svolgeva come sulle Alpi nel diciannovesimo secolo. Per il ragazzo fu come penetrare in un film. Non riuscì a vedere nulla del resto del paese e per diversi mesi credette che non ci fosse molta differenza fra i Caraibi e le sponde del Danubio.

Verso la metà dell'Ottocento, un illustre sudamericano proprietario di fertili terre chiuse fra le montagne a poca distanza dal mare e non molto lontane dalla civiltà, volle popolarle con coloni di buona razza. Si recò in Europa, noleggiò una nave e sparse la voce fra i contadini impoveriti dalle guerre e dalle pestilenze, che dall'altra parte dell'Atlantico li aspettava il paradiso. Avrebbero costruito una società perfetta, pacifica e retta da solidi princìpi cristiani, lontano dai vizi, dalle ambizioni e dai misteri che avevano imperversato sugli uomini fin dagli inizi della civiltà. Ottanta famiglie vennero selezionate in base ai meriti e alle buone intenzioni, fra le quali c'erano rappresentanti di diversi mestieri artigianali, un maestro, un medico e un sacerdote, tutti con i loro strumenti di lavoro e parecchi secoli di tradizioni e di conoscenze sulle spalle. Allorché avevano messo piede su quelle coste tropicali, alcuni si erano spaventati, convinti che non avrebbero mai potuto abituarsi a un luogo simile, ma avevano cambiato idea mentre salivano su per un sentiero verso le vette delle montagne e si erano ritrovati nel paradiso promesso, una regione fresca e benigna, dov'era possibile coltivare i frutti e gli ortaggi dell'Europa e dove crescevano anche prodotti americani. Lì avevano costruito una copia dei villaggi di origine, con case dalle travi di legno, scritte a caratteri gotici, vasi di fiori alle finestre e una chiesetta con i rintocchi della campana di bronzo che si erano portati dietro sulla nave. Avevano chiuso l'entrata della Colonia e bloccato il sentiero, perché fosse impossibile arrivarci o uscirne, e per cent'anni avevano realizzato il desiderio dell'uomo che li aveva portati in quel luogo, vivendo secondo i precetti di Dio. Ma quel paradiso terrestre non poteva rimanere nascosto all'infinito e quando la stampa ne aveva reso nota l'esistenza era esploso uno scandalo. Il Governo, poco propizio ad acconsentire che sul territorio nazionale esistesse un paese straniero con le sue leggi e le sue usanze, li aveva costretti ad aprire i confini e a lasciar entrare le autorità nazionali, il turismo e il commercio. E così fu scoperto un villaggio dove non si parlava lo spagnolo, tutti erano biondi con gli occhi chiari e molti bambini nascevano con tare dovute ai matrimoni fra consanguinei. Venne costruita una strada per unirlo alla capitale, e quella piccola colonia diventò la meta preferita per le gite in macchina delle famiglie, che ci andavano a comprare frutta invernale, mele, insaccati, pane casereccio e tovaglie ricamate. I coloni trasformarono le loro case in ristoranti e alberghi per i visitatori, alcune locande accettarono coppie clandestine, il che non si confaceva molto all'idea del fondatore della comunità, ma i tempi mutano e bisognava aggiornarsi. Rupert giunse in quel luogo quando era ancora una comunità chiusa, ma si diede da fare per essere accettato, dopo avere dato prova di essere di stirpe europea e avere dimostrato di essere un uomo per bene. Quando poi aprirono le comunicazioni col mondo esterno, lui fu uno dei primi a capire i vantaggi della nuova situazione. Smise di costruire mobili, perché adesso si potevano comprare nella capitale migliori e di ogni tipo e cominciò a produrre orologi a cucù e a imitare giocattoli antichi, dipinti a mano, per venderli ai turisti. Avviò pure un commercio di cani di razza e una scuola per addestrarli, idea che non era ancora venuta in mente a nessuno in quelle latitudini, in quanto fino ad allora gli animali nascevano e si riproducevano come capitava, senza nomi, circoli, concorsi, parrucchieri o allenamenti particolari. Ma ben presto si venne a sapere che da qualche parte erano di moda i cani lupo e i ricchi volevano averne uno con tanto di garanzia. Chi poteva permetterselo, si comprava il suo cane e lo lasciava per un certo periodo nella scuola di Rupert, da dove faceva ritorno camminando su due zampe, salutando con una, portando fra i denti il giornale e le pantofole del padrone e fingendosi morto quando glielo ordinavano in lingua straniera.

Lo zio Rupert era proprietario di un bel pezzo di terreno e di una casa grande, adattata a locanda, con molte stanze, tutta di legno scuro, costruita e ammobiliata con le sue mani in stile Heidelberg, anche se lui non aveva mai messo piede in quella città. L'aveva copiata da una rivista. Sua moglie coltivava fragole e fiori e aveva un pollaio da cui ricavava uova per tutto il villaggio. Vivevano dell'allevamento dei cani, della vendita degli orologi e dell'attenzione dei turisti.

L'esistenza di Rolf Carlé era giunta a una svolta. Aveva terminato la scuola, nella Colonia non poteva continuare a studiare e, del resto, lo zio intendeva insegnargli i suoi stessi mestieri, perché lo aiutasse e forse ne divenisse l'erede, dato che sperava ancora di vederlo accasato con una delle sue figlie. Gli si era affezionato fin dal primo sguardo. Aveva sempre desiderato un discendente maschio e quel ragazzo era proprio come l'aveva sognato, forte, con un carattere nobile e mani abili, con i capelli rossicci, come tutti gli uomini della famiglia. Rolf imparò rapidamente a usare gli attrezzi da falegname, a montare i meccanismi degli orologi, a raccogliere fragole e a servire i clienti della locanda. I suoi zii si resero conto che potevano ottenere tutto da lui se gli lasciavano credere che l'iniziativa era sua e se facevano appello ai suoi sentimenti.

– Cosa si può fare per il tetto del pollaio, Rolf? – gli domandava Burgel con un sospiro di impazienza.

– Metterci del catrame.

– Le mie povere galline moriranno quando inizieranno le piogge.

– Lasci fare a me, zia, glielo sistemo in un attimo –. Ed ecco che il giovane si affaccendava per tre giorni di seguito, rimestando catrame in un calderone, tenendosi in equilibrio sul tetto e spiegando a chi passava per caso le sue teorie sull'impermeabilizzazione, dinnanzi agli sguardi ammirati delle cugine e al sorriso celato di Burgel.

Rolf voleva imparare la lingua del paese e non si dette pace finché non ebbe trovato chi gliel'avrebbe insegnata con metodo. Aveva un buon orecchio musicale e se ne servì per suonare l'organo della chiesa, esibirsi dinnanzi ai visitatori con una fisarmonica e imparare lo spagnolo con un vasto repertorio di parolacce di uso quotidiano, cui ricorreva solo in rare circostanze, ma che tesaurizzava come parte della sua cultura. Nei momenti liberi leggeva e in meno di un anno aveva esaurito tutti i libri del villaggio, che chiedeva in prestito e restituiva con puntualità maniacale. La sua buona memoria gli permetteva di immagazzinare informazioni – quasi sempre inutili e impossibili da verificare – che lasciavano di stucco familiari e compaesani. Era capace di citare senza la minima esitazione il numero degli abitanti della Mauritania o la larghezza del Canale della Manica in miglia nautiche, di solito perché se ne ricordava, ma talvolta perché se lo inventava sui due piedi e lo affermava con tanta petulanza, che nessuno osava dubitarne. Imparò qualche parola di latino per infiorare le sue concioni, sicché acquisì un solido prestigio in quella piccola comunità, anche se non sempre le usava correttamente. Dalla madre aveva preso modi cortesi e un po' antiquati, che gli servirono per conquistarsi la simpatia di tutti, in particolare delle donne, poco abituate a quelle finezze in un paese di gente rozza. Con la zia Burgel era particolarmente galante, non per affettazione, ma perché le voleva bene davvero. Lei aveva la dote di dissipare le sue angosce esistenziali riducendole a schemi così semplici, da indurlo a chiedersi come mai non gli fosse venuta in mente prima quella soluzione. Quando era in preda al vizio della nostalgia o si tormentava per i mali dell'umanità, lei lo guariva con i suoi dolci splendidi e con i suoi scherzi rumorosi. Fu la prima persona, a parte Katharina, ad abbracciarlo senza motivo e senza permesso. Ogni mattina lo salutava con baci sonori e prima di coricarsi andava a rimboccargli le coperte del letto, premure che la madre non gli aveva mai usato, per pudore. Al primo colpo d'occhio Rolf sembrava timido, arrossiva con facilità e parlava a bassa voce, ma in realtà era vanitoso ed era ancora nell'età in cui ci si crede il centro dell'universo. Era molto più furbo della media e lo sapeva, ma era abbastanza intelligente per fingere una certa modestia.

La domenica mattina arrivava gente dalla città per assistere allo spettacolo nella scuola dello zio Rupert. Rolf li guidava in un grande cortile con piste e ostàcoli, dove i cani compivano le loro prodezze fra gli applausi del pubblico. In quei giorni, riuscivano sempre a vendere qualche cane e il giovane se ne separava con dolore, perché li aveva allevati fin dalla nascita e nulla lo commuoveva quanto quelle bestie. Si buttava sulle cucce delle cagne e lasciava che i cuccioli lo fiutassero, gli succhiassero le orecchie e gli si addormentassero fra le braccia, li conosceva ognuno per nome e parlava con loro come da pari a pari. Aveva fame di affetto, ma essendo stato allevato senza carezze, osava soddisfare quella carenza solo con gli animali e fu necessario un lungo apprendistato perché riuscisse ad abbandonarsi al contatto umano, dapprima a quello di Burgel e poi a quello di altri. Il ricordo di Katharina era la sua fonte di tenerezza e talvolta, nel buio della stanza, si nascondeva la testa sotto il lenzuolo e piangeva pensando a lei.

Non parlava del passato per timore di suscitare compassione e perché non era riuscito a riordinarselo nella mente. Gli anni di infelicità accanto al padre erano uno specchio infranto nella sua memoria. Ostentava freddezza e pragmatismo, due condizioni che gli sembravano sommamente virili, ma in realtà era un impenitente sognatore, il minimo gesto di simpatia lo disarmava, l'ingiustizia lo indignava, soffriva di quell'idealismo candido della prima giovinezza, che rifugge dal confronto con la grossolana realtà del mondo. Un'infanzia di privazioni e di terrori gli aveva dato la sensibilità necessaria a intuire il lato nascosto delle cose e delle persone, una chiaroveggenza che gli nasceva dentro all'improvviso come una fiammata, ma le pretese di razionalità gli impedivano di badare a quei misteriosi avvertimenti o di seguire il comportamento suggerito dall'impulso. Negava le proprie emozioni e per questo ne veniva travolto alla prima negligenza. Non ammetteva neppure il richiamo dei sensi e tentava di controllare la parte della sua natura che propendeva per le mollezze e per il piacere. Capì fin dall'inizio che la Colonia era un sogno ingenuo dov'era penetrato per caso, ma che l'esistenza era colma di asperità e che era meglio mettersi una corazza se si intendeva sopravvivere. Tuttavia, chi lo conosceva poteva vedere che quella difesa era solo fumo che un soffio faceva svanire. Procedeva nella vita a sentimenti nudi, incespicando nel suo orgoglio e cadendo per poi rimettersi in piedi.

La famiglia di Rupert era gente semplice, coraggiosa e mangiona. Il cibo aveva un'importanza fondamentale per loro, la cui vita girava intorno al tramenio della cucina e alla cerimonia della mensa. Tutti erano grassi e non si rassegnavano alla vista del nipote che rimaneva magro, nonostante i loro sforzi per nutrirlo. La zia Burgel aveva creato un piatto afrodisiaco che attirava i turisti e teneva il marito sempre in fiamme, guardatelo, sembra un trattore, diceva con la sua risata contagiosa da matrona soddisfatta. La ricetta era semplice: in una padella enorme friggeva parecchia cipolla, lardo e pomodoro, ben conditi con sale, pepe in grani, aglio e coriandolo. A tutto questo aggiungeva a strati pezzi di carne di maiale e di manzo, pollo disossato, fave, mais, cavolo, paprica, pesce, frutti di mare e gamberoni, poi una spolverata leggera di zucchero grezzo e ci versava sopra quattro boccali di birra. Prima di coprire e di fare cuocere a fuoco lento, ci metteva una manciata di erbe coltivate nei vasi della cucina. Questo era il punto cruciale, perché nessuno conosceva la composizione di quest'ultimo condimento e lei era decisa a portarsi il segreto nella tomba. Il risultato era uno stufato scuro, che si prendeva dalla pentola e si serviva nell'ordine inverso a quello in cui erano stati messi gli ingredienti. Alla fine se ne beveva il brodo in tazza e l'effetto era un formidabile calore nelle ossa e una passione lussuriosa nell'anima. Gli zii uccidevano parecchi maiali ogni anno e preparavano i migliori insaccati del villaggio: prosciutti affumicati, salsicce, mortadelle, enormi barattoli di grasso; compravano latte fresco in barili per farne panna, burro e formaggi. Dall'alba fino al tramonto la cucina emanava vapori fragranti. Nel cortile si accendevano fuochi di legna su cui venivano messe le pentole di rame con dentro le marmellate di prugne, di albicocche e di fragole, che servivano per la colazione dei visitatori. Passando tante ore tra gli aromi della cucina, le due cugine odoravano di cannella, di chiodo di garofano, di vaniglia e di limone. Di notte Rolf sgattaiolava come un'ombra nella loro camera per affondare il naso nei loro vestiti e respirare quella fragranza dolce che gli affollava la testa di peccati.

Le occupazioni del fine settimana erano diverse. Il giovedì si dava aria alle stanze, le si rallegrava con fiori freschi e si preparava la legna per i caminetti, perché di notte soffiava una brezza fredda e agli ospiti piaceva sedersi davanti al fuoco e immaginare di trovarsi sulle Alpi. Dal venerdì alla domenica la casa si riempiva di clienti e la famiglia lavorava fin dall'alba per servirli; la zia Burgel non usciva dalla cucina e le ragazze servivano a tavola e facevano le pulizie vestite di feltro ricamato, calze bianche, grembiuli inamidati e pettinate con trecce e nastri colorati, come le contadine dei racconti tedeschi.

Le lettere della signora Carlé arrivavano in quattro mesi ed erano tutte brevissime e quasi uguali: Mio caro figlio, io sto bene, Katharina è all'ospedale, riguardati molto e rammenta le cose che ti ho insegnato, per essere un uomo retto, ti bacia la tua mamma. Rolf, invece, le scriveva spesso, riempiendo molti fogli da tutt'e due le parti e le raccontava le sue letture, perché dopo avere descritto il villaggio e la famiglia degli zii, non aveva altro da dire. Gli sembrava che non gli accadesse mai nulla degno di essere annotato in una lettera e preferiva stupire la madre con lunghe tirate filosofiche ispirate dai libri. Le spediva anche fotografie che scattava con una macchina dello zio, fissando così i cambiamenti della natura, le espressioni della gente, i piccoli eventi, tutti i particolari che sarebbero altrimenti passati inosservati. Quella corrispondenza significava molto per lui, non solo perché teneva viva la presenza della madre, ma anche perché gli aveva fatto scoprire il gusto di osservare il mondo e rinchiuderlo in immagini.

Le cugine di Rolf Carlé erano corteggiate da un paio di pretendenti, che discendevano in linea diretta dai fondatori della Colonia, proprietari dell'unica fabbrica di candele artistiche, la cui produzione veniva venduta in tutto·il paese e anche oltre le frontiere. La fabbrica esiste ancora ed è tale il suo prestigio, che in occasione della visita del Papa, quando il Governo fece fare un cero di sette metri di lunghezza e due di diametro da accendere nella Cattedrale, non solo in quella fabbrica riuscirono a modellarlo alla perfezione, a decorarlo con scene della Passione e ad aromatizzarlo con estratto di pino, ma furono pure capaci di trasportarlo in camion dalle montagne fino alla capitale sotto un sole impietoso, senza che perdesse la sua forma di obelisco, l'odore di Natale, né la sfumatura di avorio antico. La conversazione dei due giovani verteva sempre sugli stampi, i colori e i profumi delle candele. Certe volte erano un po' noiosi, ma entrambi erano belli, prosperosi e intrisi dentro e fuori dell'aroma della cera di api e delle essenze. Erano i migliori partiti della Colonia e tutte le ragazze cercavano pretesti per recarsi a comprare candele con i loro vestiti più vaporosi, ma Rupert aveva inculcato nelle figlie l'idea che tutta quella gente nata da generazioni dalle stesse famiglie, avesse il sangue annacquato e potesse produrre solo rampolli difettosi. In aperta opposizione alla teoria dalla razza pura, riteneva che dalle mescolanze nascessero i migliori esemplari e per provarlo incrociò i suoi cani di lusso con bastardi randagi. Ottenne bestie squallide dal pelame indefinibile e dalle dimensioni stravaganti, che nessuno volle comprare, ma che si rivelarono molto più intelligenti dei loro consimili con pedigree, come si constatò quando impararono a camminare su una corda tesa e a ballare il valzer sulle zampe posteriori. È meglio cercare fidanzati fuori, diceva, sfidando la sua amata Burgel, che non voleva sentir parlare di quest'eventualità; l'idea di vedere le figlie maritate con uomini bruni e con un fremito di rumba nei fianchi, le sembrava un'orribile disgrazia. Non essere ottusa, Burgel. Ottuso sarai tu, vuoi avere nipoti mulatti? La gente di questo paese non è bionda, mia cara, ma non sono neppure tutti negri. Per troncare la discussione, sospiravano entrambi, con il nome di Rolf Carlé sulle labbra, rimpiangendo di non poter disporre di due nipoti come lui, uno per ogni figlia, perché malgrado ci fossero una parentela di sangue e il precedente del ritardo mentale di Katharina, si poteva scommettere che Rolf non era portatore di geni deficienti. Lo consideravano il genero perfetto, lavoratore, educato, colto, ammodo, quanto di meglio si potesse chiedere. La sua giovinezza eccessiva costituiva per il momento l'unico difetto, ma questa è cosa da cui guariscono tutti.

Le cugine tardarono assai ad accorgersi delle aspirazioni dei genitori, perché erano fanciulle innocenti, ma quando lo fecero, si lasciarono alle spalle i precetti di modestia e di verecondia in base ai quali erano state allevate. Notarono il lampo degli occhi di Rolf Carlé, lo videro entrare come un'ombra nella loro stanza per frugare furtivamente tra i loro abiti e interpretarono la cosa come sintomo di amore. Ne parlarono fra loro, vagliando la possibilità di amarsi platonicamente tutti e tre, ma vedendolo a torso nudo, con i capelli di rame arruffati dalla brezza, sudato sotto il peso degli attrezzi dei campi o della falegnameria, mutarono parere e giunsero alla felice conclusione che Dio aveva inventato due sessi con un intento palese. Erano di carattere gaio, abituate a spartire la camera da letto, il bagno, i vestiti e quasi tutto il resto, sicché non videro nessuna malizia nella prospettiva di spartirsi anche l'amante. Del resto, conoscevano bene le eccellenti condizioni fisiche del ragazzo, le cui forze e la cui buona volontà lo mettevano in grado di svolgere i pesanti lavori che lo zio Rupert esigeva; erano dunque sicure che sarebbero state più che sufficienti per trastullarsi con loro. Tuttavia, la cosa non era così semplice. Gli abitanti del villaggio erano troppo stretti di vedute per accettare un rapporto triangolare e anche il loro padre, malgrado gli sfoggi di modernità, non l'avrebbe mai tollerato. Quanto alla madre, neppure parlarne: sarebbe stata capace di prendere un coltello e piantarlo nella parte più vulnerabile del nipote.

Ben presto Rolf Carlé notò un mutamento nel modo di comportarsi delle due ragazze. Lo rimpinzavano con i migliori bocconi di carne arrostita, gli versavano una montagna di panna montata sul dolce, gli bisbigliavano alle spalle, si scombussolavano quando lui le sorprendeva a osservarlo, lo toccavano quando passava, sempre in maniera casuale, ma con una carica erotica tale in ognuno di quegli sfioramenti, che neppure un anacoreta sarebbe rimasto impassibile. Per il momento lui ronzava loro attorno con prudenza, facendo finta di niente, per non mancare alle norme di cortesia ed evitare di ritrovarsi dinnanzi a un rifiuto, che l'avrebbe ferito a morte nella stima di se stesso, ma a poco a poco cominciò a guardarle con audacia, a lungo, perché non voleva prendere una decisione affrettata. Quale scegliere? Per lui erano entrambe affascinanti, con le loro gambotte robuste, i seni sodi, gli occhi di acquamarina e quella pelle da neonato. La maggiore era più divertente, ma lo seduceva anche la dolce civetteria della minore. Il povero Rolf si dibatté fra i suoi tremendi dubbi finché le ragazze non si stufarono di aspettare una sua iniziativa e si lanciarono in un attacco frontale. Lo acchiapparono nel giardino delle fragole, gli fecero uno sgambetto per farlo cadere e gli si buttarono addosso per fargli il solletico, annientando la sua mania di prendersi sempre sul serio e risvegliando la sua lussuria. Gli fecero schizzare via i bottoni dei pantaloni, gli tolsero le scarpe, gli lacerarono la camicia e infilarono le mani da ninfe discole lì dove lui non avrebbe mai immaginato di essere esplorato da qualcuno. A partire da quel giorno Rolf Carlé smise di leggere, non si curò più dei cuccioli, trascurò gli orologi a cucù, dimenticò di scrivere alla madre e persino il suo stesso nome. Sembrava in trance, con i sensi incendiati e la mente offuscata. Da lunedì a giovedì quando non c'erano visitatori in casa, il ritmo dei suoi lavori domestici rallentava e i tre giovani disponevano di qualche ora di libertà, di cui approfittavano per sparire nelle stanze degli ospiti, vuote in quei giorni della settimana. I pretesti non mancavano: arieggiare le trapunte, pulire i vetri delle finestre, fumigare gli scarafaggi, incerare il legno dei mobili, cambiare le lenzuola. Le ragazze avevano ereditato dai genitori un senso di equità e di organizzazione, sicché mentre l'una rimaneva nel corridoio a fare la guardia per dar l'allarme se qualcuno si avvicinava, l'altra si chiudeva nella stanza con Rolf. Rispettavano i turni rigorosamente, ma per fortuna il giovane non si accorse di quel dettaglio umiliante. Cosa facevano quando si trovavano da soli? Nulla di nuovo, gli stessi giochi da cugini che l'umanità conosce da seimila anni. L'interessante cominciò quando decisero di ritrovarsi di notte tutti e tre nello stesso letto, tranquillizzati dal ronfare di Rupert e di Burgel nella camera attigua. I genitori dormivano con la porta aperta per sorvegliare le figlie, e questo permetteva alle figlie di sorvegliare i genitori. Rolf Carlé era inesperto quanto le sue compagne, ma fin dal primo incontro prese precauzioni per non ingravidarle e riversò nei giochi di alcova tutto l'entusiasmo e tutta l'inventiva necessaria per supplire alla sua ignoranza amatoria. La sua energia era alimentata senza tregua dalla disponibilità delle cugine, aperte, tiepide, fruttescenti, sempre soffocate dal ridere e ben disposte. Inoltre, il fatto di dover fare tutto nel massimo silenzio, atterriti dagli scricchiolii del letto, sepolti sotto le lenzuola, avvolti nel caldo e nell'odore comune, era un incentivo che infiammava i loro cuori. Avevano l'età giusta per fare l'amore instancabilmente. Mentre le ragazze fiorivano con vitalità estiva, con gli occhi sempre più azzurri, la pelle sempre più luminosa e il sorriso sempre più felice, Rolf dimenticava il latinorum, camminava inciampando nei mobili e addormentandosi in piedi, serviva a tavola i turisti come un sonnambulo, con le ginocchia tremanti e lo sguardo vago. Questo ragazzo sta lavorando troppo, Burgel, è pallido, bisogna dargli delle vitamine, diceva Rupert, senza sospettare che alle sue spalle il nipote divorava grosse porzioni del famoso stufato afrodisiaco della zia, affinché i muscoli non gli cedessero al momento di metterli alla prova. I tre cugini scoprirono insieme i requisiti per spiccare il volo e in talune circostanze riuscirono persino a volare molto in alto. Il ragazzo si rassegnò all'idea che le sue compagne avessero maggiore capacità di godimento e che potessero ripetere le loro imprese più volte durante lo stesso incontro, sicché per conservare un prestigio incolume e per non deluderle imparò a dosare forze e piacere con tecniche improvvisate. Anni dopo seppe che gli stessi metodi venivano usati nella Cina dei tempi di Confucio e ne concluse che non c'è niente di nuovo sotto il sole, come diceva lo zio Rupert ogni volta che leggeva il giornale. Certe notti i tre amanti erano così felici, che dimenticavano di separarsi e si addormentavano in un nodo di membra allacciate, il giovane smarrito in una montagna bianca, cullato dai sogni delle cugine. Si svegliavano ai primi canti dei galli, appena in tempo per balzare ognuno nel proprio letto prima che i genitori li sorprendessero in così deliziosa colpa. All'inizio, le sorelle avevano avuto l'idea di giocarsi l'instancabile Rolf Carlé lanciando una moneta in aria, ma nel corso di quelle memorabili battaglie scoprirono di essere unite a lui da un sentimento giocoso e festivo, del tutto improprio a stabilire le basi di un matrimonio rispettabile. Loro, donne pratiche, ritennero più conveniente maritarsi con gli aromatici fabbricanti di candele, conservando il cugino come amante e trasformandolo, nei limiti del possibile, nel padre dei propri eredi, evitando così il rischio del tedio, se non quello di mettere al mondo figli colpiti da una qualche tara. Una simile soluzione non era mai passata per la mente a Rolf Carlé, nutrito di letteratura romantica, di romanzi cavallereschi e delle rigide norme d'onore apprese durante l'infanzia. Mentre le due sorelle progettavano audaci combinazioni, lui riusciva solo a metter a tacere il senso di colpa di amarle entrambe, adducendo il pretesto che si trattava di un accordo temporaneo, il cui fine ultimo era quello di conoscersi meglio prima di formare una coppia; ma un contratto a lunga scadenza gli sembrava una perversione abominevole. Si di-

batteva in un conflitto irrisolvibile fra il desiderio sempre rinno-
vellato con potente vivacità da quei due corpi opulenti e generosi, e la severità che lo sospingeva a considerare il matrimonio mo-
nogamico come l'unica via possibile per un uomo onesto. Non
essere stupido, Rolf, non vedi che a noi non importa? Io non ti
voglio solo per me e neppure mia sorella, continuiamo così finché siamo nubili e anche dopo che saremo maritate. Questa proposta si tradusse in una scossa brutale per la vanità del giovane.
Sprofondò nello sdegno per trenta ore, al termine delle quali vin-
se la concupiscenza. Raccattò la sua dignità e riprese ad andare a
letto con loro. E le adorabili cugine, una da ogni parte, allegre,
nude, lo avvolsero di nuovo nella loro nebbia stupenda di cannella, chiodo di garofano, vaniglia e limone fino a fargli impazzire i sensi e ad annullare le sue aride virtù cristiane.

Tre anni passarono così, sufficienti per cancellare gli incubi
macabri di Rolf Carlé e per sostituirli con gradevoli sogni. Forse
le ragazze avrebbero vinto la battaglia contro i suoi scrupoli e lui
sarebbe rimasto insieme a loro per il resto dei suoi giorni, svol-
gendo con umiltà il ruolo di amante e di stallone a doppia partita, se il suo destino non fosse andato in un'altra direzione. A in-
dicargliela fu il signor Aravena, giornalista di mestiere e cineasta
per vocazione.

Aravena scriveva sul quotidiano più importante del paese.
Era il miglior cliente della locanda, passava quasi tutti i fine settimana in casa di Rupert e di Burgel, dove disponeva di una camera riservata. La sua penna era così prestigiosa, che neppure la
dittatura era riuscita a imbavagliarlo del tutto e durante la carriera si era guadagnato un'aureola di integrità che gli permetteva di
pubblicare ciò che i suoi colleghi non avrebbero mai osato pubblicare. Persino il Generale e l'Uomo della Gardenia lo trattava-
no con considerazione, rispettando una forma di equilibrio secondo la quale lui disponeva di uno spazio per muoversi senza
essere molestato, entro certi limiti, e il Governo si procurava
un'immagine di liberalità tollerando i suoi articoli un po' temera-
ri. Uomo con palese tendenza alla bella vita, fumava grossi sigari,
mangiava come un leone ed era un bevitore gagliardo, l'unico capace di sconfiggere lo zio Rupert ai tornei domenicali di birra.
Solo lui si prendeva il lusso di pizzicare alle cugine di Rolf le por-
tentose natiche, perché lo faceva con garbo, con l'intento non di
offenderle ma di rendere loro il giusto tributo. Venite qui, mie
adorabili valchirie, lasciate che questo povero giornalista vi toc-

chi un po' il culo, e persino la zia Burgel si metteva a ridere quando le sue bambine si voltavano perché lui sollevasse loro cerimoniosamente la gonna di panno ricamato e si estasiasse dinnanzi a quelle rotondità coperte da mutandine infantili. Il signor Aravena possedeva una cinepresa e una macchina per scrivere, portatile e rumorosa, dai tasti scoloriti per l'uso, con cui passava tutto il sabato e tutta la domenica seduto sulla terrazza della pensione battendo con due dita i suoi pezzi, mentre divorava salumi e tracannava birra. Mi fa bene respirare l'aria pura delle montagne, diceva mentre aspirava il fumo nero del tabacco. Talvolta arrivava con una signorina, mai la stessa, che presentava come sua nipote e Burgel fingeva di credere nella parentela, questo non è uno di quegli alberghi indecenti, figuriamoci, solo a lui permetto di venire accompagnato, perché si tratta di un gentiluomo molto conosciuto, non avete visto il suo nome sul giornale? L'entusiasmo di Aravena per la dama di turno durava una notte, poi se ne stufava e la spediva via col primo camion di ortaggi che scendeva alla capitale. Invece con Rolf Carlé poteva passare giornate intere chiacchierando e passeggiando nei dintorni del villaggio. Gli esponeva la situazione internazionale, lo iniziava alla politica locale, guidava le sue letture, gli insegnava l'uso della cinepresa e qualche rudimento di stenografia. Non puoi rimanere in questa Colonia per sempre, diceva, è un posto che va bene per un nevrotico come me che voglia ritemprarsi il corpo e disintossicarsi, ma nessun giovanotto normale può vivere in questa scenografia. Rolf Carlé conosceva bene le opere di Shakespeare, di Molière e di Calderón de la Barca, ma non era mai stato in un teatro e non riusciva a individuarne il rapporto col villaggio, non era però il caso di discutere con quel maestro per cui nutriva un'ammirazione smisurata.

— Sono soddisfatto di te, nipote. Fra un paio di anni potrai occuparti tu da solo degli orologi, è un buon affare – gli propose lo zio Rupert il giorno in cui il ragazzo compì vent'anni.

— A dire il vero, non voglio fare l'orologiaio, zio. Credo che il cinema sia una professione più adatta a me.

— Cinema? E a cosa serve mai?

— A fare film. A me interessano i documentari. Voglio sapere cosa succede nel mondo, zio.

— Meno ne sai meglio è, ma se è questo che ti piace, fa' un po' come vuoi.

Per poco Burgel non si ammalò quando venne a sapere che il

nipote sarebbe andato a vivere da solo nella capitale, quel covo di pericoli, droga, politica, malattie, dove le donne sono tutte sgualdrine, con rispetto parlando, come quelle turiste che arrivano qui nella Colonia dimenando la poppa e spingendo avanti la prua. Disperate, le cugine tentarono di dissuaderlo rifiutandogli ogni favore, ma visto che il castigo era doloroso per loro quanto per lui, cambiarono tattica e lo amarono con tanto ardore che Rolf calò di peso in modo allarmante. I più colpiti, tuttavia, furono i cani, che fiutando i preparativi persero l'appetito e gironzolavano con la coda fra le gambe, le orecchie basse e un'insopportabile sguardo di supplica.

Rolf Carlé resistette a tutte le pressioni sentimentali e di lì a due mesi partì per l'Università, dopo avere promesso allo zio Rupert che avrebbe trascorso i fine settimana con loro, alla zia Burgel che avrebbe mangiato le gallette, i prosciutti e le marmellate che gli infilava nei bagagli, e alle cugine che si sarebbe mantenuto assolutamente casto per tornare con rinnovate energie a giocare con loro sotto la trapunta.

CINQUE

Mentre nella vita di Rolf Carlé queste cose accadevano, io, poco lontano, uscivo dall'infanzia. In quel periodo cominciò la sventura della Madrina. Lo venni a sapere per radio e vidi la sua immagine sui giornaletti che Elvira comprava di nascosto dalla padrona, e così seppi che aveva dato alla luce un mostro. Scienziati di gran fama informarono l'opinione pubblica che la creatura apparteneva alla Tribù III, ossia era caratterizzata dalla fusione di due corpi con due teste; al genere xifodimo, quindi aveva una sola colonna vertebrale; alla classe monofaliana, con un ombelico per i due corpi. Fatto curioso: una testa era di razza bianca e l'altra negra.

– Ha due padri quel poveretto, poco ma sicuro – disse Elvira con una smorfia di ripugnanza. Secondo me, queste disgrazie capitano a dormir con due uomini nello stesso giorno. Ho più di cinquant'anni e non mi è mai successo. O, almeno, non ho mai lasciato che si mescolassero gli umori di due uomini nella mia pancia, perché è un vizio che poi fa nascere fenomeni da baraccone.

La Madrina si guadagnava da vivere pulendo uffici di notte. Stava smacchiando la moquette a un decimo piano, quando si manifestarono i primi dolori, ma seguitò a lavorare perché non era riuscita a calcolare bene la data del parto e perché era furibonda con se stessa, per aver ceduto a una tentazione, che ora doveva scontare con quella gravidanza vergognosa. Passata la mezzanotte sentì un liquido caldo scorrerle fra le gambe e volle

94

recarsi all'ospedale, ma era troppo tardi, le mancarono le forze e non riuscì a scendere. Chiamò con quanto fiato aveva in gola, ma nell'edificio deserto non c'era nessuno per soccorrerla. Rassegnata a insudiciare quel che aveva appena pulito, si lasciò cadere a terra e spinse disperata finché non ebbe espulso il figlio. Vedendo la strana creatura bicefala che aveva partorito, il suo sconcerto non ebbe limiti e la sua prima reazione fu di sbarazzarsi di quel coso il più presto possibile. Non appena riuscì a reggersi in piedi, prese il neonato, andò nel corridoio e lo gettò nello scarico della spazzatura, poi tornò ansimante a ripulire la moquette. Il giorno dopo, il portinaio quando entrò nell'interrato, trovò tra i rifiuti buttati giù dagli uffici il minuscolo cadavere, quasi intatto perché era caduto su carta straccia. Alle sue grida accorsero le cameriere della caffetteria e in pochi minuti la notizia raggiunse la strada e si sparse per la città. A mezzogiorno, lo scandalo era noto in tutto il paese e cominciarono ad arrivare giornalisti persino stranieri per fotografare il bambino, in quanto quella mistura di razze non si era mai vista negli annali della medicina. Per una settimana non si parlò d'altro, relegando in secondo piano anche la morte di due studenti abbattuti sulla soglia dell'Università perché agitavano bandiere rosse e cantavano l'Internazionale. La madre del bambino venne definita snaturata, assassina e nemica della scienza perché non si era preoccupata di portarlo all'Istituto di Anatomia. Anzi, aveva insistito per seppellirlo in terra consacrata, secondo i precetti cattolici.

– Prima lo ammazza e lo butta nella spazzatura come un pesce marcio e poi vuole dargli cristiana sepoltura. Dio non perdona un simile delitto, uccellino.

– Però, nonna, non è stato provato che la Madrina l'abbia ucciso...

– E chi è stato allora?

La polizia tenne la madre in cella di isolamento per parecchie settimane, finché il medico legale non riuscì a farsi ascoltare. Aveva sempre affermato, ma nessuno gli aveva dato retta, che il volo lungo lo scarico della spazzatura non era stata la causa del decesso, la creaturina era nata morta. La giustizia lasciò infine libera la povera donna, che comunque rimase segnata, perché le testate dei quotidiani l'avevano bistrattata per mesi e nessuno credette alla versione ufficiale. La truculenta simpatia popolare si era schierata dalla parte del bambino e aveva chiamato la Madrina "Assassina del Piccolo Mostro". Questo sgradevole episodio le logorò definitivamente i nervi. Non riuscì a reggere al senso di colpa di avere dato alla luce uno spauracchio e uscì dal carcere che non era più la stessa. Vedeva in quanto le era accaduto l'annuncio di un castigo divino per qualche peccato abominevole che neppure lei ricordava di aver commesso. Si vergognava a mostrarsi in pubblico e cominciò a sprofondáre nella miseria e nello scoramento. Come ultima risorsa, si recò da certi stregoni, che le misero addosso un drappo funebre, la fecero stendere per terra, la circondarono di candele accese e l'asfissiarono con fumo, borotalco e canfora, finché un grido lancinante non uscì dalle viscere della paziente, e venne interpretato come l'espulsione definitiva dei cattivi spiriti. Poi le misero al collo collane benedette per impedire che il male ritornasse in lei. Quando andai con Elvira a trovarla, stava nella solita baracca dipinta di azzurro. Aveva perso le belle carni sode e dimenticato la civetteria sfacciata che la faceva camminare sculettando, si era circondata di santini cattolici e di divinità indigene e aveva come unica compagnia il puma imbalsamato.

Vedendo che le sue sciagure non finivano con le preghiere, le stregonerie né le ricette dei mediconi, la Madrina giurò davanti all'altare della Vergine Maria di non avere mai più contatti carnali con nessun uomo e per costringersi a mantenere il voto, si fece cucire la vagina da una mammana. L'infezione per poco non la uccise. Non si seppe mai se a salvarla furono gli antibiotici dell'ospedale, i ceri accesi a santa Rita o le infusioni bevute indefessamente. Da quel momento non poté più fare a meno del rum e della religione, smarrì ogni norma e nozione di vita, spesso non riconosceva il prossimo e vagava per le vie biascicando spropositi sul figlio del diavolo, una bestia di due razze nata dal suo ventre. Era sconvolta e non riusciva a guadagnarsi il pane, perché in quello stato e con la sua fotografia apparsa nella cronaca nera, nessuno le dava da lavorare. A volte spariva per lungo tempo e io temevo che fosse morta, ma un bel giorno ritornava, sempre più sciupata e più triste, con gli occhi iniettati e una corda con sette nodi per misurarmi la circonferenza del cranio, metodo appreso chissà dove per sapere se ero ancora vergine. È il tuo unico tesoro, finché sarai pura varrai qualcosa, quando non lo sarai più non sarai nessuno, diceva e io non capivo perché proprio quella parte del mio corpo, peccaminosa e proibita, venisse considerata nel medesimo tempo tanto preziosa.

Poteva lasciar passare mesi senza venire a riscuotere il mio salario, oppure arrivare all'improvviso a chiedere denaro in prestito con suppliche o minacce, voi maltrattate la mia bambina, non è cresciuta per niente, è magrissima e le malelingue mi dicono che il padrone le mette le mani addosso, questo non mi piace, si chiama corruzione di minorenne. Quando arrivava in casa io correvo a nascondermi nella bara. Inflessibile, la zitellona rifiutava di aumentarmi il salario e un giorno comunicò alla Madrina che se fosse tornata ancora a infastidirla avrebbe chiamato la polizia, già ti conoscono, sanno benissimo chi sei, dovresti essermi riconoscente se mi occupo io della piccola, non fosse per me sarebbe morta né più né meno come il tuo figlioletto con due teste. La situazione divenne insostenibile e infine un bel giorno la padrona perse la pazienza e mi licenziò.

Separarsi da Elvira fu molto triste. Per più di tre anni eravamo rimaste insieme, lei mi aveva dato il suo affetto e io le avevo riempito la testa di storie inverosimili, ci eravamo aiutate, protette reciprocamente e avevamo condiviso ogni risata. Dormendo nello stesso letto e giocando alla veglia funebre nella stessa bara, avevamo cementato un solido rapporto, che ci aveva difese dalla solitudine e dalle asprezze del mestiere di serve. Elvira non si rassegnò a dimenticarmi e da quel giorno venne a trovarmi ovunque io mi trovassi. Riusciva sempre a sapere dove stavo. Appariva come una nonna benevola in ogni luogo dove io lavoravo, portandomi un barattolo di marmellata di guayaba o qualche leccalecca comprato al mercato. Ci sedevamo a guardarci con quell'affetto discreto cui entrambe eravamo abituate e, prima di andarsene, Elvira mi chiedeva un racconto lungo che le durasse fino alla prossima visita. Sicché ci vedemmo ancora per un certo periodo, finché, per via di un brutto tiro del destino, non ci perdemmo di vista.

Per me iniziò una peregrinazione da una casa all'altra. La Madrina mi faceva cambiare continuamente lavoro, esigendo sempre più denaro, ma nessuno era disposto a pagare con larghezza i miei servigi, dal momento che molte ragazzine della mia età lavoravano senza un salario, solo per il vitto. In quel periodo persi il conto e adesso non riesco a ricordare tutti i posti dove sono stata, tranne alcuni impossibili da scordare, come la casa della signora della porcellana fredda, la cui arte mi servì parecchio, qualche anno dopo, per una singolare avventura.

Si trattava di una vedova nata in Iugoslavia, che parlava uno spagnolo rozzo e cucinava piatti complicati. Aveva scoperto la formula della Materia Universale, come lei modestamente chiamava una mistura di carta di giornale messa a mollo nell'acqua, farina comune e cemento per dentiere, con cui fabbricava una pasta grigia, che finché rimaneva umida era malleabile e quando si asciugava diventava dura come la pietra. Con quella pasta si poteva imitare tutto, meno la trasparenza del vetro e l'umore vitreo dell'occhio. La impastava, l'avvolgeva in uno straccio bagnato e la conservava nel frigorifero fino al momento di usarla. Si poteva modellarla come argilla o spianarla con un mattarello per renderla sottile come seta, tagliarla, plasmarla o piegarla per più versi. Una volta secca e dura, si copriva con uno strato di vernice e poi si dipingeva a piacere per imitare legno, metallo, stoffa, frutta, marmo, pelle umana o qualsiasi altra cosa. La casa della iugoslava era un campionario delle possibilità di questo meraviglioso materiale: un paravento Coromandel nell'entrata; quattro moschettieri vestiti di velluto e pizzi con spade sguainate vigilavano in salotto; un elefante addobbato alla maniera indù serviva da tavolino per il telefono; un fregio romano fungeva da testiera al letto. Una delle stanze era stata trasformata in tomba faraonica: le porte esibivano bassorilievi funerari, le lampade erano pantere nere con lampadine negli occhi, il tavolo imitava un sarcofago scuro con incrostazioni di falsi lapislazzuli, e i portacenere avevano la forma serena ed eterna della sfinge, con un buco nel dorso per schiacciarvi i mozziconi. Io mi aggiravo per quel museo, atterrita all'idea che qualcosa si rompesse al contatto col piumino o prendesse vita e mi inseguisse per piantarmi addosso la spada di moschettiere, la zanna di elefante o gli artigli di pantera. Fu così che nacquero in me il fascino per la cultura dell'antico Egitto e il mio orrore per la pasta di pane. La iugoslava mi inculcò un'invincibile diffidenza per gli oggetti inanimati. Da allora in poi devo assolutamente toccarli, per sapere se sono quel che sembrano o se sono fatti di Materia Universale. Nei mesi in cui lavorai da lei imparai la tecnica, ma ebbi il buon senso di non appassionarmi. La porcellana fredda è una tentazione pericolosa, perché una volta dominati i suoi segreti nulla impedisce all'artigiano di copiare tutto l'immaginabile fino a costruire un mondo di menzogna e a smarrirsi lì dentro.

La guerra aveva spezzato i nervi della padrona. Convinta che nemici invisibili la spiassero per aggredirla, circondò la sua proprietà con un alto muro irto di schegge di vetro e teneva sempre due pistole sul comodino, questa città è piena di ladri, una povera vedova deve sapersi difendere da sola, al primo intruso che mette piede in casa, gli sparo in mezzo agli occhi. Le pallottole non erano riservate solo ai banditi, il giorno in cui questo paese cadrà nelle mani del comunismo io ti ammazzerò per non farti soffrire, Evita, e poi mi fracasserò la testa con una revolverata, diceva. Mi trattava con rispetto e persino con una certa tenerezza, si preoccupava perché io mangiassi in abbondanza, mi comprò un buon letto e ogni sera mi invitava in salotto per ascoltare insieme a me i romanzi alla radio. "Si aprano le pagine sonore dell'aria per farvi vivere l'emozione e l'avventura di un nuovo capitolo..." Sedute l'una accanto all'altra, sbocconcellando biscotti fra i moschettieri e l'elefante, seguivamo tre romanzi di seguito, due d'amore e uno poliziesco. Mi sentivo a mio agio con quella padrona, avevo la sensazione di avere un focolare. Forse l'unico inconveniente era che la casa era situata in un quartiere fuori mano, dove per Elvira era difficile venire a trovarmi, comunque la nonna intraprendeva il viaggio ogni volta che otteneva un pomeriggio libero, sono stanca di tutto questo camminare, uccellino, ma più stanca sono se non ti vedo, lo chiedo tutti i giorni a Dio di concedere a te giudizio e a me salute per volerti sempre bene, mi diceva.

Sarei rimasta lì a lungo perché la Madrina non aveva motivi di lagnanza, veniva pagata con puntualità e larghezza, ma un incidente strano mise fine a quel lavoro. Una sera di vento, verso le dieci, sentimmo un rumore protratto, come il rullo di un tamburo. La vedova scordò le pistole, chiuse le persiane tremando e non volle affacciarsi per controllare la causa del fenomeno. Il giorno dopo trovammo quattro gatti morti nel giardino, strozzati, decapitati o squartati, e parolacce scritte col sangue sul muro. Ricordai di aver sentito alla radio casi simili, attribuiti a bande di ragazzi dediti a quel feroce svago e tentai di convincere la signora che non c'era motivo di allarmarsi, ma fu tutto inutile. La iugoslava, folle di paura, decise di scappare dal paese prima che i bolscevichi facessero di lei quello che avevano fatto dei gatti.

– Sei fortunata, ti metterò a servizio a casa di un ministro – mi annunciò la Madrina.

Il nuovo padrone si rivelò un personaggio insignificante, come quasi tutti gli uomini pubblici di quel periodo in cui la vita politica era congelata e qualsiasi sospetto di originalità poteva portare in un interrato, davanti a un tizio cosparso di profumo francese e con un fiore all'occhiello. Egli apparteneva alla vecchia aristocrazia per nome e per patrimonio, il che aveva per un po' conferito una certa impunità alle sue porcherie, ma poi aveva superato i limiti e persino la famiglia aveva finito per ripudiarlo. Venne licenziato dal suo posto alla Cancelleria quando fu sorpreso a pisciare dietro i tendaggi di broccato della Sala degli Stemmi e per lo stesso motivo fu espulso da un'ambasciata, ma quella brutta abitudine, inaccettabile per il protocollo diplomatico, non era di impedimento a dirigere un ministero. La sua maggiore virtù era la capacità di adulare il Generale, così come il suo talento era quello di passare inosservato. In realtà il suo nome divenne famoso di lì a qualche anno, quando fuggì dal paese su un aereo privato e nel tumulto e nella fretta della partenza dimenticò sulla pista una valigia piena d'oro, di cui comunque non sentì troppo la mancanza nell'esilio. Viveva in una dimora coloniale nel centro di un parco ombroso, dove crescevano felci grandi come polpi e orchidee selvatiche abbarbicate agli alberi. Di notte rilucevano punti rossi tra il fogliame del giardino, occhi di gnomi e di altre creature benefiche della vegetazione, o semplici pipistrelli che calavano a volo radente dai tetti. Divorziato, senza figli né amici, il ministro viveva da solo in quel luogo incantato. La casa, eredità dei nonni, era troppo vasta per lui e per i domestici, parecchie stanze erano vuote e chiuse a chiave. La mia immaginazione si scatenava davanti a quelle porte allineate lungo i corridoi, dietro le quali mi sembrava di sentire sussurri, gemiti, risate. All'inizio appiccicavo l'orecchio e spiavo attraverso le serrature, ma ben presto non ebbi più bisogno di tali metodi per indovinare interi universi lì nascosti, ognuno con le sue leggi, il suo tempo, i suoi abitanti, preservati dal logorio e dalla contaminazione quotidiana. Diedi alle stanze nomi sonori che evocavano racconti di mia madre, Katmandù, Palazzo degli Orsi, Grotta di Merlino, e mi bastava uno sforzo minimo di immaginazione per spingermi oltre il legno e penetrare in quelle storie straordinarie che si svolgevano dall'altra parte delle pareti.

A parte gli autisti e le guardie del corpo, che insudiciavano il pavimento e rubavano i liquori, in casa lavoravano una cuoca, un vecchio giardiniere, un maggiordomo e io. Non seppi mai perché mi avevano assunta né qual era stato l'accordo commerciale fra il padrone e la Madrina, passavo quasi tutta la giornata in ozio, scorrazzando per il giardino, ascoltando la radio, fantasticando sulle stanze sigillate o raccontando storie di fantasmi agli altri domestici in cambio di dolci. Solo due incombenze erano esclusivamente mie: lucidare le scarpe e vuotare l'orinale del padrone.

Lo stesso giorno in cui arrivai ci fu una cena per ambasciatori e uomini politici. Non avevo mai assistito a preparativi simili. Un camion scaricò tavoli rotondi e seggiole dorate, dai bauli del guardaroba emersero tovaglie ricamate e dalle credenze della sala da pranzo stoviglie da banchetto e posate col monogramma di famiglia inciso in oro. Il maggiordomo mi consegnò un panno affinché lustrassi per bene la cristalleria e mi stupì il tintinnio dei bicchieri quando si sfioravano e la luce delle lampadine riflessa come un arcobaleno in ognuno. Portarono un carico di rose, che vennero disposte in grossi vasi di porcellana sparsi nei saloni. Uscirono dagli armadi vassoi e brocche d'argento brunito, dalla cucina sfilarono pesci e carni, vini e formaggi importati dalla Svizzera, frutta caramellata e torte confezionate dalle monache. Dieci camerieri con guanti bianchi si occuparono degli invitati mentre io guardavo da dietro le tende del salotto, affascinata da quella raffinatezza che mi dava nuovi spunti per abbellire i miei racconti. Adesso avrei potuto descrivere feste imperiali, ricche di particolari che prima non mi sarebbero mai venuti in mente, come i musicisti in frac che suonarono ballabili sulla terrazza, i fagiani ripieni di castagne e coronati da pennacchi di piume, i tocchi di carne arrostita che venivano presentati innaffiati di liquore e sprigionanti fiamme azzurre. Non volli andare a dormire finché non fu partito l'ultimo invitato. Il giorno dopo si dovette pulire, contare le posate, gettare via i fiori appassiti e rimettere ogni cosa al suo posto. Mi inserii nel ritmo consueto della casa.

Al secondo piano c'era la camera da letto del ministro, una grande stanza con un letto intagliato di putti, il soffitto a cassettoni aveva un secolo, i tappeti erano stati portati dall'Oriente, le pareti proponevano santi coloniali di Quito e di Lima e una collezione di fotografie del ministro in compagnia di diversi dignitari. Davanti alla scrivania di mogano troneggiava un antico seggiolone di felpa vescovile, con braccioli e gambe dorate e un orifizio sul sedile. Lì si sedeva il padrone per soddisfare i bisogni naturali, il cui prodotto finiva in un recipiente di maiolica sistemato sotto. Poteva rimanere per ore su quel mobile anacronistico, scrivendo lettere e discorsi, leggendo il giornale, bevendo whisky.

Alla fine tirava il cordone di una campanella che squillava in tutta la casa come l'annuncio di una catastrofe e io, furibonda, salivo a portare via la bacinella senza capire perché quell'uomo non usasse il bagno come qualsiasi persona normale. Il signore ha sempre avuto quella mania, non fare tante domande, piccola, mi disse il maggiordomo come unica spiegazione. Dopo pochi giorni, mi sembrava di soffocare, non riuscivo a respirare bene, avevo una continua sensazione di asfissia, prurito alle mani e ai piedi, un sudore di adrenalina. Neppure la speranza di assistere a un'altra festa o le favolose avventure delle stanze chiuse riuscivano ad allontanare dalla mia mente il seggiolone di felpa, il viso del ministro quando mi indicava con un cenno il mio dovere, il tragitto per buttare via quella roba. Il quinto giorno sentii il richiamo della campanella e feci la sorda per un po' distraendomi in cucina, ma di lì a pochi minuti la chiamata mi riecheggiò nel cervello. Alla fine salii, un passo dopo l'altro su per le scale, a ogni gradino sempre più esasperata. Entrai in quella stanza lussuosa pregna di un odore di stalla, mi chinai dietro il sedile e presi l'orinale. Nella maniera più tranquilla, come se fosse stato un gesto di tutti i giorni, sollevai il recipiente e lo vuotai sopra il signor ministro, sbarazzandomi dall'umiliazione con un'unica rotazione del polso. Per un lungo momento lui rimase immobile, con gli occhi fuori delle orbite.

– Addio, signore –. Girai sui talloni, uscii in fretta dalla stanza, salutai i personaggi addormentati dietro le porte sigillate, scesi le scale, passai davanti agli autisti e alle guardie del corpo, attraversai il parco e me ne andai prima che l'oltraggiato avesse potuto riprendersi dallo stupore.

Non osai cercare la Madrina, perché avevo cominciato ad averne paura da quando nella confusione della follia aveva minacciato di cucire pure me. In un bar mi fecero usare il telefono e chiamai la casa dei miei vecchi padroni per parlare con Elvira, ma venni a sapere che un bel mattino se n'era andata portandosi dietro il feretro su una carretta noleggiata e non era più ritornata al lavoro, non sapevano dove fosse, era svanita senza neanche una scusa, abbandonando il resto dei suoi averi. Ebbi la sensazione di avere già vissuto quell'abbandono, invocai mia madre per farmi coraggio e come chi si reca a un appuntamento, mi avviai istintivamente verso il centro della città. Nella Plaza del Padre de la Patria, quasi non riconobbi la statua equestre, perché l'avevano lustrata e invece delle cacche dei colombi e della patina verdastra del tempo, ora sfoggiava fulgori di gloria. Pensai a Huberto Naranjo, quanto di più simile a un amico avessi mai avuto, senza soffermarmi sull'eventualità che lui mi avesse dimenticata o che fosse difficile ritrovarlo, perché non avevo vissuto abbastanza per essere pessimista. Mi sedetti sul bordo della fontana, dove lui faceva le scommesse col pesce senza coda, a contemplare gli uccelli, gli scoiattoli neri e i bradipi fra i rami degli alberi. All'imbrunire, pensando di aver ormai aspettato anche troppo, abbandonai il posto e mi addentrai nelle vie laterali, che conservavano il fascino dell'architettura coloniale, ancora intoccate dalle pale meccaniche dei costruttori italiani. Chiesi di Naranjo nelle botteghe del quartiere, nei chioschi e nei ristoranti, dove molti lo conoscevano, perché quelli erano stati i suoi centri operativi fin da quando era un moccioso. Dappertutto mi trattarono con cortesia, ma nessuno volle azzardare una risposta, suppongo che la dittatura avesse insegnato alla gente a chiudere il becco, non si sa mai, persino una ragazzina col grembiule da serva e uno strofinaccio appeso alla cintola può essere sospetta. Infine qualcuno ebbe compassione e mi soffiò un'indicazione: va' in calle República, di notte gira lì intorno, mi dissero. In quel periodo, la zona rossa consisteva solo in un paio di isolati male illuminati, innocenti se confrontati alla cittadella che sarebbe poi diventata, ma c'erano già cartelli di signorine col fregio nero della censura sui seni nudi, e lampioni che indicavano gli alberghi a ore, bordelli discreti, bische clandestine. Ricordai che non avevo mangiato, ma non osai chiedere aiuto, meglio morta che mendicante, uccellino, mi strapazzava Elvira. Individuai un vicolo cieco, mi sistemai dietro certi scatoloni e mi addormentai per un poco. Mi svegliai parecchie ore dopo, sentendomi stringere una spalla da una mano robusta.

– Mi dicono che stai cercandomi. Che cazzo vuoi?

All'inizio non lo riconobbi, né lui riconobbe me. Huberto Naranjo non era più il ragazzino di un tempo. Mi sembrò molto elegante, con le basette brune, il ciuffo imbrillantinato, i pantaloni stretti, gli stivali col tacchetto e una cintura di cuoio con borchie metalliche. Sul viso era stampata un'espressione petulante, ma negli occhi ballava quella scintilla discola che nessuna delle grandi violenze patite nel corso della sua esistenza era riuscita mai a cancellare. Doveva avere poco più di quindici anni, ma sembrava più vecchio da come si molleggiava sulle ginocchia leggermente piegate, con le gambe aperte, la testa all'indietro e la sigaretta che gli pendeva dal labbro inferiore. Quel modo di muovere il corpo come un bandito mi aiutò a identificarlo, perché camminava proprio come quando era un ragazzetto in pantaloni corti.

– Sono Eva.

– Chi?

– Eva Luna.

Huberto Naranjo si passò una mano fra i capelli, si infilò i pollici nella cintura, sputò la sigaretta a terra e mi squadrò da capo a piedi. Era buio e non poteva distinguermi bene, però riconobbe la voce e nell'ombra scorse i miei occhi.

– Sei quella che raccontava storie?

– Sì.

Allora lui dimenticò il suo ruolo da cattivo e fu di nuovo il ragazzino che si era vergognato per un bacio sul naso e se n'era andato via. Mise un ginocchio a terra, si avvicinò e sorrise con l'allegria di chi ritrova un cane smarrito. Sorrisi anch'io, ancora intontita dal sonno. Ci stringemmo la mano con timidezza, due palmi sudaticci, sfiorandoci, riconoscendoci, arrossendo, ciao, ciao, e d'improvviso non resistetti oltre, mi alzai, gli buttai le braccia al collo e mi strinsi contro il suo petto, sfregando il viso sulla sua camicia da cantante e sul colletto macchiato di brillantina profumata, mentre lui mi dava piccole pacche di conforto sulla schiena e inghiottiva saliva.

– Ho un po' di fame – fu l'unica cosa che mi venne da dire, per nascondere la voglia di mettermi a piangere.

– Soffiati il naso e andiamo a mangiare – rispose lui sistemandosi istintivamente il ciuffo con un pettine da taschino.

Mi guidò attraverso vie vuote e silenziose fino all'unica bettola che rimaneva aperta, entrò spingendo la porta come un cowboy e ci ritrovammo in un locale in penombra, i cui contorni si smarrivano nel fumo delle sigarette. Un juke-box suonava canzoni sentimentali mentre i clienti si annoiavano ai tavoli da biliardo o si ubriacavano al bar. Mi condusse per mano dietro il bancone, percorremmo un corridoio ed entrammo in una cucina. Un giovanotto bruno e baffuto tagliava pezzi di carne maneggiando il coltello come una sciabola.

– Prepara una bistecca per questa ragazzina, Negro, ma che sia bella grossa, capito? E mettici anche due uova, riso e patate fritte. Pago io.

– Ai tuoi ordini, Naranjo. Non è questa la ragazza che girava domandando di te? È passata qui nel pomeriggio. È la tua fidanzata? – sorrise l'altro con una strizzata d'occhi.

– Non fare lo stronzo, Negro, è mia sorella.

Mi servì più cibo di quanto potessi consumarne in due giorni. Mentre io masticavo, Huberto Naranjo mi osservava in silenzio, considerando con occhio esperto i mutamenti visibili del mio corpo, per nulla importanti, perché mi sarei sviluppata in seguito. Tuttavia, i seni incipienti segnavano il grembiule di cotonina come due limoni e già in quell'epoca Naranjo era un bravo estimatore, cosicché gli fu possibile intuire la forma futura dei fianchi e di altre rotondità e trarre le sue conclusioni.

– Una volta mi hai chiesto di rimanere con te – gli dissi.

– È stato parecchi anni fa.

– Adesso sono venuta per rimanere.

– Ne parleremo dopo, adesso mangiati il dolce del Negro, che è buonissimo – rispose, rabbuiandosi.

– Non puoi rimanere con me. Una donna non deve vivere per strada – sentenziò Huberto Naranjo verso le sei di mattina, quando non c'era più anima viva nella bettola e persino le canzoni d'amore si erano spente nel juke-box. Fuori spuntava un giorno uguale a tutti gli altri, cominciava l'andirivieni del traffico e della gente frettolosa.

– Ma prima me l'avevi proposto!

– Sì, ma allora eri una bambina.

La logica di questo ragionamento mi sfuggì completamente. Mi sentivo meglio preparata per affrontare il destino adesso che ero un po' più grande e credevo di avere una vasta esperienza del mondo, ma lui mi spiegò che le cose stavano al contrario: crescendo avevo più bisogno di essere protetta da un uomo, almeno finché fossi stata giovane, in seguito non importava, perché non sarei stata attraente per nessuno. Non ti chiedo di badare a me, nessuno mi aggredisce, voglio solo andare in giro con te, soggiunsi, ma lui fu inflessibile e per risparmiare tempo interruppe il discorso con un pugno sulla tavola, ho capito, piccola, punto e basta, me ne sbatto egregiamente dei tuoi motivi, chiudi il becco. Non appena la città si fu risvegliata, Huberto Naranjo mi prese per un braccio e mi portò quasi di peso nell'appartamento della Signora, al sesto piano di un edificio di calle República, tenuto meglio degli altri del quartiere. Ci aprì la porta una donna matura in vestaglia e pantofole con i pompon, ancora inbambolata dal sonno, che smaltiva i postumi di qualche nottataccia.

– Cosa capita, Naranjo?

– Ti porto un'amica.

– Come ti è venuto in mente di sbattermi giù dal letto a quest'ora!

Comunque, ci invitò a entrare, ci fece sedere e annunciò che andava a sistemarsi un poco. Aspettammo a lungo e alla fine lei ricomparve accendendo lampade al suo passaggio, facendo svolazzare la vestaglia di nylon e invadendo tutto l'ambiente col suo terribile profumo. Mi ci vollero un paio di minuti per rendermi conto che si trattava della stessa persona, le ciglia erano diventate lunghe, la pelle sembrava un piatto di argilla, i riccioli pallidi e opachi si alzavano pietrificati, le palpebre erano due petali azzurri e la bocca una ciliegia schiacciata; tuttavia, quei cambiamenti stupefacenti non guastavano l'espressione simpatica del volto e il fascino del sorriso. La Signora, come la chiamavano tutti, rideva per qualche suo motivo e, così facendo, raggrinziva la faccia e socchiudeva gli occhi, un gesto amabile e contagioso che mi conquistò subito.

– Si chiama Eva Luna e viene ad abitare da te – annunciò Naranjo.

– Sei matto, figlio bello.

– Ti pagherò.

– Vediamo, bambina, fa' un giro che ti possa vedere. Non mi occupo di simili affari, però...

– Non te la porto per lavorare! – la interruppe lui.

– Non sto pensando di impiegarla adesso, nessuno la vorrebbe neanche gratis, ma posso cominciare a insegnarle qualcosa.

– Non pensarci neppure. Fa' conto che sia mia sorella.

– E perché dovrei prendermi tua sorella?

– Perché ti faccia compagnia, sa raccontare belle storie.

– Cosa?

– Racconta belle storie.

– Che tipo di storie?

– D'amore, di guerra, di paura, tutto quello che vuoi.

– Però! – esclamò la Signora, osservandomi con benevolenza. – Comunque bisogna sistemarla un pochino, Huberto, guardale i gomiti e le ginocchia, sembra pelle di armadillo. Dovrai imparare le belle maniere, ragazza, non sederti come se fossi a cavalcioni di una bicicletta.

– Dimentica queste menate e insegnale a leggere.

– A leggere? E perché mai vuoi un'intellettuale?

Huberto era un uomo dalle decisioni rapide e già alla sua età era convinto che la sua parola fosse legge, sicché cacciò qualche banconota in mano alla donna, promise di ritornare spesso e se ne andò snocciolando raccomandazioni con un risoluto tacchettio di stivali, attenta a non tingerle i capelli, altrimenti dovrai vedertela con me, non deve uscire di notte, la situazione è di merda da quando hanno ammazzato gli studenti, tutte le mattine ci sono morti in giro, non mescolarla con i tuoi traffici, fai conto che sia mia parente, comprale vestiti da signorina, pago tutto io, falle bere latte, dicono che fa ingrassare, se hai bisogno di me, lasciami un messaggio nella bettola nel Negro e io arrivo subito, ah... e grazie, lo sai che sono ai tuoi ordini. Non appena fu uscito, la Signora si girò col suo stupendo sorriso, mi girò intorno scrutandomi, mentre io tenevo lo sguardo a terra, con le guance che mi ardevano, frastornata, perché fino a quel giorno non avevo avuto occasione di fare l'inventario della mia insignificante persona.

– Quanti anni hai?

– Tredici, più o meno.

– Non preoccuparti, graziose non si nasce, lo si diventa con pazienza e lavoro, ma ne vale la pena perché se ci riesci hai la vita risolta. Per cominciare, alza il capo e sorridi.

– Preferisco imparare a leggere...

– Queste sono scempiaggini di Naranjo. Non dargli retta. Gli uomini sono molto superbi, sempre pronti a dire la loro. È meglio rispondere sempre di sì e poi fare quello che si vuole.

La Signora aveva abitudini nottambule, difendeva il suo appartamento dalla luce naturale con pesanti tendaggi e lo illuminava con così tante lampadine colorate, che a prima vista sembrava l'ingresso di un circo. Mi mostrò le frondose felci che ornavano gli angoli, tutte di plastica, il bar con tante bottiglie e bicchieri, la cucina immacolata dove non si vedeva neanche una pentola, la sua camera con un letto rotondo su cui era seduta una bambola spagnola vestita di tessuto a pallini. Nel bagno, zeppo di boccette di cosmetici, c'erano ampi asciugamani rosa.

– Spogliati.

– Eh?

– Togliti i vestiti. Non avere paura, voglio solo lavarti – scoppiò a ridere la Signora.

Riempì la vasca, ci versò una manciata di sali che riempirono l'acqua di schiuma fragrante e io mi ci immersi, dapprima con timidezza e poi con un sospiro di piacere. Quando stavo quasi cominciando ad addormentarmi fra vapori di gelsomino e meringa di sapone, ricomparve la Signora con un guanto di crine per strofinarmi. Poi mi aiutò ad asciugarmi, mi mise borotalco sulle ascelle e qualche goccia di profumo sul collo.

– Vestiti. Adesso andiamo a mangiare qualcosa e poi dal parrucchiere – annunciò.

Per strada i passanti si giravano a guardare la donna, attirati dalla sua andatura provocante e dal suo aspetto da torera, troppo audace persino in quel clima di colori rilucenti e di femmine da combattimento. Il vestito la fasciava mettendo in evidenza colline e valli, sul collo e sulle braccia le luccicavano perline, la pelle era bianca come gesso, caratteristica ancora abbastanza apprezzata in quel settore della città, sebbene fra i ricchi fosse già di moda l'abbronzatura della spiaggia. Dopo mangiato ci recammo al salone di bellezza, che la Signora invase con i suoi saluti rumorosi, il sorriso candido e la presenza sovrastante di magnifica puttana. Le parrucchiere si dettero da fare intorno a noi con la deferenza riservata alle buone clienti e poi ci avviammo entrambe con animo allegro verso i portici del centro, io con una chioma da trovatore e lei con una farfalla di tartaruga intrappolata fra i riccioli, lasciandoci alle spalle una scia di patchouli e di lacca per capelli. Quando giunse il momento degli acquisti mi fece provare un po' di tutto, tranne pantaloni, perché la Signora era del parere che una donna con abiti maschili è grottesca quanto un uomo con la gonna. Infine scelse per me scarpe da ballerina, vestiti ampi e cinture d'elastico, come si vedeva nei film. L'acquisto più prezioso fu un minuscolo reggiseno dove le mie ridicole tettine galleggiavano come prugne smarrite. Finimmo alle cinque del pomeriggio e io mi ero trasformata in un'altra creatura. A lungo mi cercai nello specchio, ma non riuscii a ritrovarmi, il vetro mi restituiva l'immagine di un topo disorientato.

All'imbrunire arrivò Melecio, il migliore amico della Signora.

– E questa qui? – domandò stupito vedendomi.

– Per non entrare in dettagli, diciamo che è la sorella di Huberto Naranjo.

– Non starai pensando...?

– No, me l'ha lasciata per farmi compagnia...

– Proprio quello che ti mancava!

Ma in capo a pochi minuti mi aveva adottata e si era messo a giocare con la bambola e ad ascoltare dischi di rock n'roll, una scoperta straordinaria per me, abituata alla musica salsa, ai boleri e alle ranchera della radio della cucina. Quella notte assaggiai l'acquavite con succo di ananas e i pasticcini alla crema, dieta base in quella casa. Più tardi, la Signora e Melecio si recarono ai loro rispettivi lavori, lasciandomi sul letto rotondo, abbracciata alla bambola spagnola, ninnata dal ritmo frenetico del rock e con la certezza che quello era stato uno dei giorni più felici della mia vita.

Melecio si strappava i peli dal viso con una pinzetta, poi si passava un batuffolo di cotone bagnato nell'etere e così la sua pelle aveva acquisito una compattezza di seta, si curava le mani, lunghe e sottili, e ogni sera si spazzolava cento volte i capelli; era alto e con un'ossatura robusta, ma si muoveva con una delicatezza tale da riuscire a dare un'impressione di fragilità. Non parlava mai della sua famiglia e soltanto molti anni dopo, nel periodo del carcere di Santa María, la Signora sarebbe riuscita a controllare le sue origini. Il padre era uno scorbutico emigrato siciliano, che quando vedeva il figlio con i giocattoli della sorella gli si buttava addosso per picchiarlo urlando *ricchione, pederasta, mascalzone!* La madre cucinava con abnegazione la pastasciutta rituale e lo difendeva con la risolutezza di una fiera quando il padre tentava di costringerlo a giocare al pallone, a tirare di boxe, a bere e in seguito a girare per i postriboli. Aveva però chiesto in segreto al figlio il perché del suo comportamento, ma l'unica spiegazione di Melecio fu che aveva una donna dentro di sé e che non riusciva ad abituarsi a quell'aspetto di uomo in cui era imprigionato come in una camicia di forza. Non disse mai altro e più tardi, quando gli psichiatri gli sbriciolarono il cervello a forza di domande, rispose sempre la stessa cosa; non sono frocio, sono una donna, questo corpo è un errore. Né più né meno. Se ne andò di casa non appena riuscì a convincere la *mamma* che sarebbe stato molto peggio rimanere a morire sotto le mani del padre. Fece diversi lavori e finì per dare lezioni di italiano in una scuola di lingue, dove lo pagavano poco, ma l'orario era comodo. Una volta al mese incontrava la madre nel parco, le consegnava una busta col venti per cento dei suoi guadagni, quali che fossero, e la tranquillizzava con bugie su ipotetici studi di architettura. Quanto al padre, smisero di parlarne e dopo un anno la donna cominciò a indossare vestiti da vedova, perché malgrado l'orso si conservasse in perfetta salute, lei lo aveva ucciso dentro il suo cuore. Melecio si barcamenò per qualche tempo, ma di rado gli avanzava denaro e c'erano giorni in cui si reggeva in piedi solo a forza di caffè. In quel periodo conobbe la Signora e a partire da quel momento iniziò per lui una fase più fortunata. Era cresciuto in un ambiente da opera tragica e il tono da commedia brillante della nuova amica fu un balsamo per le ferite riportate in casa sua e che seguitava a subire ogni giorno per le strade a causa dei suoi modi delicati. Non erano amanti. Per la Signora il sesso era solo il pilastro fondamentale della sua impresa e alla sua età non era disposta a scialacquare energie in quelle faccende, e per Melecio l'intimità con una donna era traumatizzante. Con molto buon senso allacciarono fin dall'inizio un rapporto da cui scartarono la gelosia, la possessività arbitraria, la mancanza di cortesia e altri inconvenienti propri dell'amore carnale. Lei era di vent'anni più anziana e malgrado la differenza, o forse proprio per questo, vivevano una splendida amicizia.

– Mi hanno parlato di un buon lavoro per te. Ti piacerebbe cantare in un bar? – propose un giorno la Signora.

– Non so... Non l'ho mai fatto.

– Nessuno ti riconoscerà. Sarai travestito da donna. È un cabaret di trasformisti, ma non spaventarti, è gente ammodo e paga bene, il lavoro è facile, vedrai...

– Anche tu credi che io sia uno di quelli!

– Non offenderti. Cantare lì non significa nulla. È un mestiere come tanti altri – rispose la Signora, il cui solido senso pratico era capace di ridurre tutto a dimensioni domestiche.

Con qualche difficoltà riuscì a vincere la barriera di pregiudizi di Melecio e a convincerlo dei vantaggi dell'offerta. All'inizio lui si sentì sconvolto dall'ambiente, ma la sera del suo debutto scoprì che non solo aveva una donna dentro di sé, ma che questa era anche un'attrice. Rivelò un talento istrionico e musicale fino ad allora ignorato e pur avendo iniziato come riempitivo finì per diventare il pezzo forte dello spettacolo. Cominciò una doppia vita, di giorno era il compito insegnante di lingue e, di notte, una creatura fantastica ricoperta di piume e diamanti di vetro. La sua situazione finanziaria migliorò, riuscì a fare qualche regalo alla madre, a trasferirsi in una stanza più decente, a mangiare e a vestirsi meglio. Sarebbe stato felice se non l'avesse invaso un malessere incontrollabile ogni volta che si ricordava dei suoi genitali.

Soffriva quando si osservava nudo allo specchio o quando constatava che, per quanto gli dispiacesse, funzionava come un uomo normale. Un'ossessione ricorrente lo tormentava: immaginava di castrarsi da sé con un paio di cesoie, una contrazione delle braccia e plaf: quella maledetta appendice cadeva a terra come un rettile insanguinato.

Si sistemò in una stanza affittata nel quartiere degli ebrei, dall'altra parte della città, ma ogni sera, prima di recarsi al lavoro, si concedeva il tempo di una visita alla Signora. Arrivava verso l'imbrunire, quando cominciavano ad accendersi le luci rosse, verdi e azzurre della via e le prostitute si affacciavano alle finestre e passeggiavano lungo i marciapiedi con le bardature da battaglia. Ancora prima di sentire il campanello io indovinavo la sua presenza e correvo ad accoglierlo. Mi sollevava da terra, non sei aumentata neanche un grammo da ieri, non ti danno da mangiare? Era questo il suo saluto consueto e come un illusionista faceva comparire fra le dita qualche dolcetto per me. Preferiva la musica moderna, ma il suo pubblico esigeva canzoni romantiche in inglese o in francese. Io le imparavo a memoria senza capirne una parola perché lì non si trattava di *this pencil is red, is this pencil blue?*, né di altre frasi del corso di inglese per principianti che avevo seguito alla radio. Ci divertivamo con giochi da scolaretti che né l'uno né l'altra aveva avuto occasione di fare durante l'infanzia, costruivamo casette per la bambola spagnola, correvamo, cantavamo filastrocche in italiano, ballavamo. A me piaceva osservarlo mentre si truccava e aiutarlo a cucire le perline sui fantasiosi abiti da scena.

Nella sua giovinezza, la Signora aveva analizzato le proprie possibilità e aveva concluso di non essere abbastanza paziente per guadagnarsi da vivere con metodi rispettabili. Allora si era specializzata in raffinati massaggi, all'inizio con un certo successo, perché simili novità non si erano ancora viste in queste latitudini, ma con l'aumento demografico e l'immigrazione incontrollata era sorta una concorrenza sleale. Le asiatiche avevano importato tecniche millenarie insuperabili e le portoghesi avevano abbassato i prezzi fino alla demenza. La cosa aveva allontanato la Signora da quell'arte cerimoniale, perché non era disposta a compiere acrobazie da saltimbanco o darla a poco prezzo neppure al marito, ammesso che l'avesse avuto. Un'altra si sarebbe rassegnata a svolgere il suo lavoro in maniera tradizionale, ma lei era una donna dalle iniziative originali. Inventò certi stravaganti giocattoli, con cui pensava di invadere il mercato, ma non trovò nessuno disposto a finanziarla. Per mancanza di senso commerciale del paese, quell'idea – come tante altre – venne soffiata dai nordamericani, che ora ne posseggono il brevetto⁄e vendono i loro modelli su tutto il pianeta. Il pene telescopico a manovella, il dito a pile o il seno con capezzoli di caramello, erano sue creazioni e se le avessero pagato la percentuale cui per giustizia aveva diritto, sarebbe diventata milionaria. Ma era troppo avanti per quel decennio, allora nessuno pensava che simili ammennicoli sarebbero stati così massicciamente richiesti e non sembrava redditizio produrli solo per qualche specialista. Non ottenne neppure prestiti bancari per installare la sua fabbrica. Offuscato dalla ricchezza del petrolio, il Governo ignorava le industrie non tradizionali. Il fallimento non la scoraggiò. La Signora compilò un catalogo delle sue ragazze, rilegato in velluto color malva, e lo mandò discretamente alle più alte autorità. Giorni dopo ricevette la prima richiesta per una festa a La Sirena, un'isola privata che non compare in nessuna mappa di navigazione, protetta da scogliere coralline e da pescicani, e raggiungibile solo con l'aereo. Passato l'entusiasmo iniziale, cominciò a riflettere sulla portata della sua responsabilità e a meditare sul modo migliore per soddisfare una clientela tanto ammodo. In quell'istante, proprio come mi avrebbe raccontato qualche anno dopo Melecio, posò gli occhi su di noi, che avevamo messo a sedere la bambola spagnola in un angolo e dall'altra estremità della stanza le lanciavamo monete, tentando di centrarle la sottana a pallini.

Mentre ci osservava, il suo cervello creativo esaminava diverse eventualità e infine le venne l'idea di sostituire la bambola con una delle sue ragazze. Ricordò altri giochi infantili e a ognuno aggiunse una pennellata oscena, trasformandolo in un eccitante divertimento per i partecipanti. Dopodiché non le mancò più lavoro con banchieri, magnati ed alte personalità del Governo, che pagavano i suoi servigi con fondi pubblici. Il meglio di questo paese è che di corruzione ce n'è per tutti, sospirava lei affascinata. Con le sue lavoranti era severa. Non le ingaggiava con mezzucci da magnaccia di quartiere, parlava loro chiaro per evitare malintesi e per sbarazzarle di ogni scrupolo fin dall'inizio. Se una faceva assenze, per motivi di malattia, per lutto o per qualche imponderabile catastrofe, subito la scartava. Fatelo con entusiasmo, ragazze, noi lavoriamo per gentiluomini di rango, bisogna aver fede in questo lavoro, diceva. I suoi prezzi erano più alti di quelli della concorrenza locale, perché aveva constatato che le marachelle a poco prezzo non si godono e non si ricordano. Una volta, un colonnello della Guardia, che aveva trascorso la notte con una delle donne, al momento di saldare il conto tirò fuori la pistola di ordinanza, minacciando di farla arrestare. La Signora non perse la calma. Prima di un mese il militare telefonò richiedendo tre dame ben disposte per occuparsi di certi delegati stranieri e lei amabilmente gli rispose che invitasse sua moglie, sua madre e sua nonna se voleva fottere gratis. Di lì a due ore comparve un attendente con un assegno e una scatola di vetro con tre orchidee viola, che secondo il linguaggio dei fiori significano tre attrattive femminili di supremo potere, come spiegò Melecio, anche se probabilmente il cliente non lo sapeva e le aveva scelte solo per il lusso della confezione.

Spiando le chiacchiere delle donne, appresi in poche settimane più di quanto molte persone scoprono nel corso di una vita. Preoccupata di migliorare la qualità dei servigi della sua impresa, la Signora comprava libri francesi che le procurava di nascosto il cieco del chiosco; dubito, tuttavia, che fossero di qualche utilità, perché le ragazze si lagnavano che nel momento cruciale i gentiluomini di rango si facevano una bella bevuta e volevano sempre le solite cose, sicché a nulla serviva studiare tanto. Quando mi ritrovavo da sola nell'appartamento, mi arrampicavo su una seggiola e prendevo i libri proibiti dal loro nascondiglio. Erano stupefacenti. Sebbene non potessi leggerli, le illustrazioni bastavano per suscitarmi idee che, ne sono sicura, si spingevano al di là delle possibilità anatomiche.

Quello fu un buon periodo della mia esistenza, malgrado avessi la sensazione di vivere su una nuvola, circondata da omissioni e da menzogne. A tratti credevo di affacciarmi alla verità, ma ben presto mi ritrovavo smarrita in una selva di ambiguità. In quella casa le ore erano sovvertite, si viveva di notte e si dormiva durante il giorno, le donne si trasformavano in creature diverse quando si truccavano, la mia padrona era un viluppo di misteri, Melecio non aveva un'età né un sesso definiti, persino i cibi sembravano dolci di compleanno, mai consistente nutrimento casalingo. Anche il denaro finì per essere irreale: La Signora ne conservava grossi fasci in scatole da scarpe, a cui attingeva per le spese quotidiane, apparentemente senza tenere i conti. Io trovavo banconote dappertutto e all'inizio pensai che me le spargessero intorno per mettere alla prova la mia onestà, ma poi capii che non era un tranello, erano semplice abbondanza e puro disordine.

Certe volte sentii la Signora manifestare il suo orrore per i legami sentimentali, ma credo che spesso la sua vera natura la tradisse e, così com'era accaduto con Melecio, finì per affezionarsi a me. Apriamo le finestre, che entrino il rumore e la luce, le chiesi e lei accettò; compriamo un uccello che canti per noi e un vaso di felci vere per vederle crescere, suggerii in seguito, e lei accettò anche questo; voglio imparare a leggere, insistetti, e lei si accinse a insegnarmelo, ma altre preoccupazioni rinviarono il suo proposito. Adesso, che sono trascorsi tanti anni e posso pensare a lei nella prospettiva dell'esperienza, credo che non avesse avuto un destino facile, sopravviveva in un ambiente duro, immersa in traffici volgari. Forse immaginava che da qualche parte esistesse un gruppo ristretto di individui prescelti che potevano concedersi il lusso della bontà e decise di proteggermi dalla sordidezza di calle de la República, con la speranza di beffare la sorte e di salvarmi da una vita come la sua. All'inizio tentò di mentirmi sulle sue attività commerciali, ma quando mi vide disposta a divorare il mondo con tutti i suoi errori, mutò tattica. Venni poi a sapere da Melecio, che la Signora si era messa d'accordo con le altre donne per mantenermi incontaminata e tutte si impegnarono tanto nel farlo, che finii per incarnare il meglio di ognuna. Vollero tenermi lontana dalla grossolanità e dalla brutalità e, così facendo, conquistarono una nuova dignità personale. Mi chiedevano di raccontare loro il seguito del romanzo radiofonico di turno e io improvvisavo una fine drammatica che non coincideva mai con quello che raccontavano alla radio, ma a loro non importava. Mi invitavano a vedere film messicani e all'uscita dal cinema ci fermavamo a "La Espiga de Oro" a discutere dello spettacolo. Dietro loro richiesta, io cambiavo l'intreccio trasformando i delicati amori di un modesto messicano in una tragedia di sangue e di orrore. Tu racconti meglio dei film, perché fai soffrire di più, singhiozzavano, con la bocca piena di torta al cioccolato.

Huberto Naranjo era l'unico a non chiedermi racconti, perché li considerava un divertimento stupido. Veniva a trovarmi con le tasche zeppe di denaro e lo spargeva a piene mani senza spiegare come l'aveva ottenuto. Mi regalava vestiti con falpalà e merletti, scarpe da bambina e borsette da bebè, che tutti elogiavano perché desideravano conservarmi nel limbo dell'innocenza infantile, ma che io rifiutavo offesa.

– Sono cose che non vanno bene neanche per la bambola spagnola. Non sono più una mocciosa.

– Non voglio che tu vada in giro vestita come una sgualdrinella. Stanno insegnandoti a leggere? – domandava lui e si infuriava nel constatare che il mio analfabetismo non indietreggiava neppure di una lettera.

Mi guardavo bene dal dirgli, che per altri versi, la mia cultura faceva passi da gigante. Lo amavo con una di quelle adolescenti ossessioni che lasciano tracce incancellabili, ma non riuscii mai a fargli prendere in considerazione il mio ardente affetto e ogni volta che tentavo di manifestarglielo, lui mi scostava con le orecchie in fiamme.

– Lasciami tranquillo. Quello che devi fare è studiare da maestra o da infermiera, questi sono lavori onesti per una donna.

– Non mi vuoi bene?

– Mi occupo di te, basta così.

Da sola nel mio letto, stringevo il guanciale fra le braccia, pregando che mi crescessero presto i seni e che mi si rimpolpassero le gambe, ma non collegai mai Huberto Naranjo con le illustrazioni dei libri didattici della Signora o con le chiacchiere delle donne che riuscivo a cogliere. Non immaginavo che quelle capriole avessero qualche rapporto con l'amore, mi sembravano solo un mestiere per guadagnarsi la vita, come il cucito o la stenografia. L'amore era quello delle canzoni e dei romanzi radiofonici, sospiri, baci, frasi intense. Volevo stare con Huberto sotto lo stesso lenzuolo, appoggiata alla sua spalla, dormirgli accanto, ma le mie fantasie erano ancora caste.

Melecio era l'unico artista dignitoso nel cabaret dove lavorava di notte, gli altri formavano un elenco deprimente: un coro di froci chiamato il Balletto Azzurro infilzati per la coda in una squallida sfilata, un nano che compiva prodezze indecenti con una bottiglia di latte e un signore di mezza età la cui abilità consisteva nel calarsi i pantaloni, mostrare il deretano agli spettatori ed espellere tre bocce da biliardo. Il pubblico rideva rumorosamente dinnanzi a questi trucchi da pagliaccio, ma quando Melecio faceva la sua entrata avvolto in piume, incoronato dalla sua parrucca da cortigiana e cantando in francese, nella sala calava un silenzio da messa. Non lo fischiavano né lo sbeffeggiavano appena appariva, perché anche il più insensibile dei clienti ne percepiva la qualità. In quelle ore al cabaret egli si trasformava nella star desiderata e ammirata, rutilante sotto i riflettori, centro di tutti gli sguardi, e concretizzava il suo sogno di essere donna. Al termine del numero si ritirava nella stanza malsana che gli avevano assegnato come camerino e si toglieva gli orpelli da diva. Le piume, appese a un gancio, sembravano uno struzzo in agonia, la parrucca rimaneva sul tavolo come una testa tagliata e i gioielli di vetro, bottino di un pirata defraudato, giacevano su un vassoio di latta. Si toglieva il trucco con un po' di crema e il suo viso virile riappariva. Indossava gli abiti maschili, chiudeva la porta e usciva in preda a una tristezza profonda, perché si lasciava alle spalle il meglio di sé. Si avviava verso la bettola del Negro per mangiare qualcosa, da solo a un tavolino d'angolo, pensando al momento di felicità che aveva appena vissuto sulla scena. Poi ritornava alla sua pensione camminando per le vie solitarie, si godeva il fresco della notte, saliva nella sua stanza, si lavava e si stendeva sul letto a fissare il buio finché non si addormentava.

Quando l'omosessualità smise di essere un tabù e si mostrò alla luce del giorno, divenne di moda andare a vedere i froci nel loro ambiente, come si diceva. I ricchi arrivavano con le macchine guidate dall'autista, eleganti, rumorosi, uccelli screziati che si facevano strada fra i clienti consueti, si sedevano a bere champagne, a sniffare cocaina e ad applaudire gli artisti. Le signore erano le più entusiaste, garbate donne discendenti da immigrati prosperi, vestite con abiti parigini, che sfoggiavano le copie dei gioielli conservati in cassaforte e invitavano gli attori al loro tavolo per brindare insieme. Il giorno dopo riparavano con bagni turchi e trattamenti di bellezza i danni dello sbevazzare, del fumo e della notte in bianco, ma ne valeva la pena perché quelle escursioni erano argomento obbligato di conversazione al Club de Campo. Il prestigio della straordinaria Mimì, nome d'arte di Melecio, passò di bocca in bocca in quel periodo, ma l'eco della sua fama non uscì dai salotti e nel quartiere degli ebrei dove abitava o in calle República, nessuno sapeva, e a nessuno importava, che il timido professore di italiano fosse Mimì.

Gli abitanti della zona rossa si erano organizzati per sopravvivere. Persino la polizia accettava quel tacito codice di onore, limitandosi a intervenire nelle zuffe pubbliche, a pattugliare le vie di tanto in tanto e a riscuotere le percentuali, trattando direttamente con i suoi informatori, più interessata al controllo politico che ad altri aspetti. Ogni venerdì compariva nell'appartamento della Signora un sergente, che aveva parcheggiato la sua automobile sul marciapiede, dove tutti potevano vederla e sapere che andava a riscuotere la sua parte dei guadagni, perché non si doveva credere che l'autorità ignorasse i traffici di quella matrona. La sua visita non durava più di dieci o quindici minuti, sufficienti per fumare una sigaretta, raccontare un paio di barzellette e accomiatarsi soddisfatto con una bottiglia di whisky sotto il braccio e la percentuale in tasca. Questi accordi erano simili per tutti ed erano equi, in quanto permettevano ai funzionari di rimpinguare lo stipendio e agli altri di lavorare con tranquillità. Io stavo da parecchi mesi in casa della Signora, quando il sergente fu sostituito e dalla sera al mattino i buoni rapporti andarono in malora. Gli affari si ritrovarono in pericolo per via delle richieste esagerate del nuovo ufficiale, che non rispettava le consuetudini. Le sue irruzioni improvvise, le minacce e i ricatti misero fine alla tranquillità, così necessaria per prosperare. Si tentò di scendere a patti, ma quello era un individuo avido e di scarso buon senso. La sua presenza infranse l'equilibrio delicato di calle República e seminò lo sconcerto dappertutto, la gente si riuniva nelle bettole per discuterne, così non è possibile guadagnarsi la vita come Dio comanda, bisogna fare qualcosa prima che 'sto disgraziato ci rovini tutti. Commosso dal coro di lamenti, Melecio decise di intervenire, anche se la faccenda non lo coinvolgeva, e propose di scrivere una lettera, firmata dai danneggiati, e di portarla al capo del Dipartimento di Polizia, con copia al ministro degli Interni, visto che entrambi avevano per anni tratto benefici dalla situazione e avevano, quindi, il dovere morale di prestare orecchio ai loro problemi. Non avrebbe tardato a constatare che il piano era scervellato e che metterlo in pratica era stata una temerarietà. In pochi giorni vennero raccolte le firme nel vicinato, impresa nient'affatto semplice, perché a ognuno bisognava spiegare da capo tutta la storia, ma infine ne venne raccolto un certo numero e la Signora si recò di persona a lasciare la petizione ai destinatari. Ventiquattr'ore dopo, all'alba, mentre tutti dormivano, il Negro della bettola sopraggiunse di corsa con la notizia che stavano demolendo una casa dopo l'altra. Il maledetto sergente avanzava col furgone del Servizio d'ordine, assai noto perché infilava armi e droga nelle tasche degli innocenti per incolparli. Senza fiato, il Negro raccontò che erano entrati come un'orda in assetto di guerra nel cabaret e che avevano arrestato tutti gli artisti e parte del pubblico, lasciando discretamente fuori dello scandalo la clientela elegante. Tra i fermati c'era Melecio, carico di bigiotterie e col suo strascico impiumato da uccello di carnevale, accusato di pederastia e di spaccio, due parole ignote in quell'epoca per me. Il Negro partì veloce a dare la brutta notizia agli altri, lasciando la Signora in piena crisi di nervi.

– Vestiti, Eva! Muoviti! Ficca tutto in una valigia! No! Non c'è tempo per niente! Dobbiamo andarcene di qui... Povero Melecio!

Trottava per l'appartamento seminuda, urtando contro le seggiole nichelate e i tavoli a specchio, e intanto si vestiva di gran corsa. Infine prese la scatola da scarpe col denaro e scese a precipizio le scale di servizio, seguita da me, ancora stordita dal sonno e senza capire cosa succedeva, anche se intuivo che doveva trattarsi di qualcosa di molto grave. Scendemmo nello stesso istante in cui la polizia faceva irruzione nell'ascensore. Al pianterreno incontrammo la portinaia in camicia da notte, una gallega dal cuore grande come una casa, che in tempi normali smerciava succulente frittate di patate con salsiccia in cambio di boccette di acqua di colonia. Vedendo le nostre disastrose condizioni e sentendo l'ansito dei militari e le sirene delle pattuglie per strada, capì che non era il caso di fare tante domande. Ci fece cenno di seguirla nell'interrato dell'edificio, la cui porta di emergenza comunicava con un parcheggio vicino, e di lì riuscimmo a fuggire senza passare per calle República, interamente occupata dalle forze dell'ordine. Dopo quella fuga indegna, la Signora si fermò a spiare, appoggiata contro il muro di un albergo, sull'orlo del deliquio. Allora sembrò vedermi per la prima volta.

– Cosa fai qui?

– Scappo anch'io...

– Va' via! Se ti trovano con me mi accuseranno di corruzione di minorenne!

– Dove vuole che vada? Io non ho un posto dove andare.

– Non so, piccola. Cerca Huberto Naranjo. Io devo nascondermi e trovare aiuto per Melecio, non posso occuparmi di te, adesso.

Sparì giù per la via e l'ultima cosa di lei che vidi fu il sedere fasciato nella sottana a fiori, che si dimenava senza traccia dell'antica audacia, semmai con franca incertezza. Rimasi rannicchiata dietro l'angolo mentre passavano ululando le macchine della polizia e intorno a me fuggivano meretrici, sodomiti e prosseneti. Qualcuno mi fece cenno di andarmene in fretta di lì, perché la lettera redatta da Melecio e firmata da tutti era finita in mano ai giornalisti e lo scandalo, che stava costando il posto a più di un ministro e a diversi gerarchi della polizia, ci sarebbe cascato addosso come una frana. Demolirono ogni edificio, ogni casa, ogni albergo e ogni bettola del vicinato, misero agli arresti persino il cieco del chiosco e fecero esplodere tante bombe lacrimogene che ci furono una dozzina di casi di intossicazione e morì un neonato che la madre non riuscì a mettere in salvo, perché in quel momento si trovava con un cliente. Per tre giorni e le rispettive notti l'unico argomento di conversazione fu la Guerra alla Malavita, come la chiamò la stampa. Il genio popolare, comunque, la chiamò la Rivolta delle Puttane, nome con cui l'incidente rimase registrato nei versi dei poeti.

Mi ritrovai senza un soldo, come tante volte mi era accaduto prima e come mi sarebbe ancora accaduto in seguito, e non riuscii neppure a rintracciare Huberto Naranjo, che la confusione di quella battaglia aveva sorpreso a un'altra estremità della città. Sconcertata, mi sedetti fra due colonne di un edificio, pronta a lottare contro la sensazione di abbandono che in altre circostanze avevo provato e che ora di nuovo mi invadeva. Nascosi il viso fra le ginocchia, invocai mia madre e subito sentii il suo aroma lieve di stoffa pulita e di amido. Me la rividi davanti tale e quale, con la treccia arrotolata sulla nuca e gli occhi di fumo che le brillavano sul viso lentigginoso, per dirmi che quel pandemonio non mi riguardava affatto e che non c'era motivo di avere paura, che mi scrollassi di dosso ogni timore e che mi mettessi a camminare con lei. Mi alzai in piedi e la presi per mano.

Non riuscii a trovare nessuno dei miei conoscenti, non ebbi neppure il coraggio di ritornare in calle República, perché ogni volta che mi ci avvicinavo vedevo le pattuglie di guardia e pensavo che aspettassero me. Nulla sapevo di Elvira da parecchio tempo e scartai l'idea di cercare la Madrina, che in quel periodo aveva ormai completamente smarrito la ragione e si interessava solo al gioco del lotto, convinta che i santi le avrebbero indicato per telefono il numero vincente, ma la corte celestiale si sbagliava come qualsiasi mortale, nelle predizioni.

La celebre Rivolta delle Puttane scombussolò tutto. All'inizio il pubblico applaudì all'energica azione del Governo e il Vescovo fu il primo a fare una dichiarazione a favore dei duri provvedimenti contro il vizio; ma la situazione si capovolse quando un giornale umoristico redatto da un gruppo di artisti e di intellettuali pubblicò col titolo *Sodoma y Gomorra* le caricàture di alti funzionari implicati nella corruzione. I disegni assomigliavano pericolosamente al Generale e all'Uomo con la Gardenia, la cui ingerenza nei traffici di ogni tipo era nota, ma fino a quel momento nessuno aveva osato scriverlo a chiare lettere di stampa. Il Servizio Segreto demolì la sede del giornale, ruppe le macchine, bruciò la carta, arrestò gli impiegati che riuscì ad acciuffare e dichiarò profugo il direttore; ma il giorno dopo ne fu ritrovato il cadavere con segni di tortura e sgozzato dentro un'automobile parcheggiata in pieno centro. Nessuno ebbe dubbi sui responsabili di quella morte, erano gli stessi che avevano massacrato tanti universitari e ne avevano fatti sparire tanti altri, i cui corpi finivano in pozzi senza fondo, con la speranza che se in avvenire fossero stati ritrovati, sarebbero stati scambiati per fossili. Questo delitto fece perdere la pazienza alla gente, che da anni sopportava gli abusi della dittatura, e in poche ore si organizzò una manifestazione di massa, molto diversa dalle proteste lampo con cui l'opposizione reclamava invano contro il Governo. Le strade nei pressi della piazza del Padre de la Patria furono ostruite da migliaia di studenti e di operai, che inalberavano bandiere, affiggevano manifesti, bruciavano gomme. Sembrava che la paura fosse infine indietreggiata per lasciare il campo alla rivolta. In mezzo al tumulto avanzò da un viale laterale un drappello dallo strano aspetto: erano le abitanti di calle República, le quali non avevano compreso la portata della protesta politica e avevano creduto che la popolazione si fosse mossa in loro difesa. Commosse, alcune di loro si arrampicarono su un'improvvisata tribuna per ringraziare per quel gesto di solidarietà nei confronti delle dimenticate dalla società, come si erano autodefinite. E avete fatto bene, compatrioti, perché come potrebbero mai le madri, le fidanzate e le spose dormire in pace se noi non svolgessimo il nostro lavoro? Dove si sfogherebbero i figli, i fidanzati e i mariti se non compissimo il nostro dovere? La folla le applaudì tanto, che per poco non si trasformò tutto in un carnevale, ma prima che così accadesse il Generale fece intervenire l'Esercito. Le autoblindo avanzarono con strepito da pachidermi, ma non arrivarono lontano, perché il lastricato coloniale delle vie del centro cedette e la gente usò i ciottoli per aggredire le autorità. Ci furono così numerosi feriti e contusi, il paese fu dichiarato in stato di assedio e fu imposto il coprifuoco. Questi provvedimenti accrebbero la violenza, che esplose in più punti come un incendio estivo. Gli studenti misero bombe di fabbricazione casalinga persíno nei pulpiti delle chiese, il popolo scardinò le serrande delle botteghe dei portoghesi per impadronirsi della merce, un gruppo di scolari acchiappò alcuni poliziotti e li spedì a spasso nudi lungo l'avenida Independencia. Ci furono molte vittime e molti danni, ma fu una stupenda zuffa che offrì alla gente un'occasione per gridare fino a sgolarsi, per compiere follie e per sentirsi di nuovo libera. Non mancarono bande di musicanti improvvisati che suonavano latte di benzina vuote a mo' di tamburi e lunghe file di ballerine che si dimenavano su ritmi cubani e giamaicani. Il bailamme durò quattro giorni, ma infine gli animi si rappacificarono, perché tutti erano esausti e nessuno riusciva a ricordare con precisione l'origine dell'accaduto. Il ministro responsabile presentò le sue dimissioni e fu sostituito da un mio conoscente. Passando davanti a un chiosco, ne vidi la fotografia sulla prima pagina di un giornale e faticai a riconoscerlo, perché l'immagine di quell'uomo severo, con la fronte aggrottata e la mano sollevata, non corrispondeva a quella di colui che avevo lasciato umiliato su un seggiolone di felpa vescovile.

Verso la fine della settimana, il Governo recuperò il controllo della città e il Generale andò a riposarsi nella sua isola privata, con la pancia al sole dei Caraibi, sicuro di tenere in pugno persino i sogni dei suoi compatrioti. Sperava di governare per il resto della vita, era per questo che si teneva accanto l'Uomo della Gardenia, a vigilare perché non si cospirasse nelle caserme né per strada, e inoltre era convinto che il periodo-lampo della democrazia non avesse lasciato tracce di rilievo nella memoria del popolo. Il bilancio di quel terribile tafferuglio fu di alcuni morti e di un numero imprecisato di arrestati e di esiliati. Si aprirono di nuovo le bische e i serragli di calle República e vi ritornarono le consuete inquiline, come se nulla fosse accaduto. Le autorità continuarono a riscuotere le percentuali e il nuovo ministro rimase al suo posto senza intralci, dopo avere ordinato alla polizia di non molestare la malavita e di dedicarsi, come sempre, a dar la caccia agli oppositori politici e ad acciuffare i pazzi e i mendicanti per radere loro la testa, cospargerli di disinfettante e abbandonarli per la strada perché scomparissero per vie naturali. Il Generale non si alterò dinnanzi alle chiacchiere, fiducioso che le accuse di soprusi e di corruzione rinsaldassero il suo prestigio. Aveva fatto propria la lezione del Benefattore, sicuro che la storia consacri i capi spregiudicati, perché il popolo disprezza l'onestà, buona per i frati e le donne, ma non vanto di un bravo maschio. Era convinto che gli uomini dotti servono per avere qualche statua da onorare e che è opportuno disporre di due o tre di loro da esibire nei testi scolastici, ma nel momento di spartirsi il potere, solo i condottieri arbitrari e temibili hanno la possibilità di trionfare.

Per molti giorni vagabondai da una parte all'altra. Non partecipai alla Rivolta delle Puttane, perché volevo evitare i disordini. Malgrado la presenza visibile di mia madre, all'inizio sentivo un vago bruciore dentro di me e la bocca secca, aspra, piena di sabbia, ma poi mi abituai. Dimenticai le consuetudini di pulizia inculcatemi dalla Madrina e da Elvira e smisi di avvicinarmi a fontane e rubinetti pubblici per lavarmi. Divenni una creatura sporca, che di giorno camminava senza meta, mangiando quello che riusciva a procurarsi, e all'imbrunire si rifugiava in qualche luogo buio per nascondersi durante il coprifuoco, quando solo le auto del Servizio Segreto circolavano per le vie.

Una di quelle sere, verso le sei, conobbi Riad Halabí. Mi ero fermata a un angolo e lui, che passava sullo stesso marciapiede, si fermò a osservarmi. Alzai il viso e scorsi un uomo di mezza età, corpulento, dagli occhi languidi e dalle palpebre pesanti. Mi sembra che indossasse un vestito chiaro con cravatta, ma io lo ricordo sempre vestito con quelle impeccabili casacche di batista che di lì a poco io stessa avrei stirato con cura.

– Ehi, piccolina... – mi chiamò con voce nasale.

E allora notai il difetto della sua bocca, una fessura profonda tra il labbro superiore e il naso, i denti separati attraverso i quali spuntava la lingua. L'uomo tirò fuori un fazzoletto per nascondere la sua deformità, sorridendomi con occhi a oliva. Cominciai a indietreggiare, ma subito mi invase una profonda fatica, un desiderio intollerabile di abbandonarmi e di dormire, mi cedettero le ginocchia e caddi a sedere, guardando lo sconosciuto attraverso una foschia densa. Lui si chinò, mi prese per le braccia, costringendomi ad alzarmi in piedi, a fare un passo, due, tre, finché non mi ritrovai seduta in una caffetteria davanti a un enorme panino e a un bicchiere di latte. Li presi con mani tremanti, aspirando l'odore del pane caldo. Mentre masticavo e inghiottivo, sentii un dolore sordo, un piacere acuto, una bramosia feroce, che in seguito ho ritrovato solo qualche volta in un amplesso. Mangiai alla svelta e non riuscii a finire, perché mi ritornò il capogiro e questa volta la nausea fu incontrollabile e vomitai. Intorno a me la gente si scostò con ripugnanza e il cameriere si mise a proferire insulti, ma l'uomo lo fece tacere con una banconota e reggendomi per la vita mi portò fuori di lì.

– Dove abiti, figliola? Hai una famiglia?

Feci cenno di no, vergognosa. L'uomo mi condusse in una strada vicina dove aspettava il suo camioncino, sconquassato e zeppo di scatole e di sacchetti. Mi aiutò a salire, mi coprì con la sua giacca, avviò il motore e si diresse verso oriente.

Il viaggio durò tutta la notte attraverso una zona buia, dove le uniche luci erano i caselli del dazio della Guardia, i camion sullo stradone che portava ai campi petroliferi e il Palazzo dei Poveri, che si materializzò per trenta secondi sul bordo della strada, come una visione allucinante. In altri tempi era stato la dimora estiva del Benefattore, dove avevano ballato le mulatte più belle dei Caraibi, ma lo stesso giorno in cui era morto il tiranno avevano cominciato ad arrivarci gli indigenti, dapprima alla spicciolata e poi a gruppi. Erano entrati nei giardini e poiché nessuno li aveva fermati avevano seguitato ad avanzare, a salire per le ampie scale circondate da colonne incise con fregi di bronzo, a percorrere i fastosi saloni di marmo bianco di Almería, rosa di Valenza e grigio di Carrara, ad attraversare i corridoi di marmi arborescenti, arabici e cipollini, a introdursi nei bagni di onice, di giada e di tormalina e infine a insediarsi con figli, nonni, masserizie e animali domestici. Ogni famiglia trovò un posto per sistemarsi, divisero con linee illusorie vasti locali, vi appesero le amache, fecero a pezzi i mobili rococò per accendere i fornelli, i bambini smontarono i rubinetti d'argento romano, gli adolescenti si amarono fra gli addobbi del giardino e i vecchi seminarono piante di tabacco nelle vasche da bagno dorate. Qualcuno ordinò alla Guardia di farli uscire a suon di pallottole, ma le auto delle autorità si smarrirono per strada e non arrivarono mai sul posto. Nessuno riuscì a espellere gli occupanti, perché il palazzo e tutto quello che c'era dentro divenne invisibile all'occhio umano, entrò in un'altra dimensione in cui continuò a esistere senza perturbazioni.

Quando giungemmo infine a destinazione, il sole era ormai

spuntato. Agua Santa era uno di quei villaggi appisolati nel sopore della provincia, lavato dalla pioggia, brillante nella luce incredibile del tropico. Il camioncino percorse la via principale con le sue case coloniali, ognuna con un piccolo orto e un pollaio e si fermò davanti a un edificio imbiancato a calce, più solido e meglio piantato degli altri. A quell'ora il portone era chiuso e non mi resi conto che si trattava di una bottega.

– Eccoci a casa – disse l'uomo.

SEI

Riad Halabí era uno di quegli individui sempre pronti a cedere alla compassione. Amava tanto gli altri, da cercare di evitar loro la vista ripugnante della sua bocca spaccata e teneva sempre in mano un fazzoletto per coprirsela, non mangiava né beveva in pubblico, sorrideva appena e cercava di mettersi controluce o in ombra, per meglio nascondere il suo difetto. Passò la vita senza rendersi conto della simpatia che ispirava intorno a sé e dell'amore che suscitò in me. Era giunto nel paese a quindici anni, da solo, senza soldi, senza amici e con un visto turistico stampato su un falso passaporto turco, che il padre gli aveva comprato da un console trafficone in Medio Oriente. Veniva col desiderio di fare fortuna e di spedire denaro alla famiglia e pur non avendo realizzato il primo punto, non smise mai di essere fedele al secondo. Fece studiare i fratelli, diede una dote a ogni sorella e acquistò per i genitori un oliveto, segno di prestigio nella terra di profughi e mendicanti dov'era cresciuto. Parlava lo spagnolo con tutte le espressioni creole, ma con un indubbio accento del deserto, che gli aveva lasciato anche il senso dell'ospitalità e la passione per l'acqua. Durante i suoi primi anni di immigrante si nutrì di pane, banane e caffè. Dormiva disteso per terra nella fabbrica di stoffe di un compatriota, che in cambio del tetto gli chiedeva di pulire il locale, di trasportare i fagotti di lino e di cotone e occuparsi delle trappole per i topi, cose che gli prendevano parte della giornata, e il resto del tempo lo impiegava in svariati affari. Ben presto capì dove i guadagni erano più pingui e decise di dedicarsi al commercio. Girava per gli uffici offrendo biancheria e orologi, per le case della borghesia tentando le domestiche con cosmetici e collane di paccottiglia, per le scuole esibendo mappe e matite, per le caserme vendendo foto di attrici nude e santini di san Gabriel, patrono della milizia e delle reclute. Ma la concorrenza era feroce e le sue possibilità di emergere quasi nulle, perché la sua unica virtù di venditore consisteva nel gusto per mercanteggiare, che non l'avvantaggiava, ma gli forniva un buon pretesto per scambiare idee con i clienti e per farsene degli amici. Essendo onesto e senza ambizioni, non possedeva le qualità per trionfare in quel mestiere, almeno nella capitale, sicché i suoi compatrioti gli consigliarono di recarsi nell'interno portando la sua merce nei piccoli villaggi, dove la gente era più ingenua. Riad Halabí partì con la stessa apprensione dei suoi avi allorché avevano iniziato una lunga traversata nel deserto. Si spostava con la corriera, finché non riuscì a comprare una motocicletta a credito, su cui sistemò un cassone sopra il sedile posteriore. Così, a cavalcioni, percorse le mulattiere e le balze di montagna, con la resistenza della sua razza di cavalieri. Salì sulla vetta delle Ande per i sentieri della mala morte, vendendo in casolari dove l'aria era così limpida che si potevano vedere gli angeli all'ora del crepuscolo; bussò a tutte le porte lungo la costa, immerso nel vapore caldo della siesta, sudato, febbricitante per l'umidità, fermandosi di tanto in tanto per aiutare le iguane rimaste con le zampe invischiate nell'asfalto sciolto dal sole; attraversò gli altipiani navigando senza bussola in un mare di sabbie mosse dal vento, senza guardarsi indietro, perché la seduzione dell'oblio non gli trasformasse il sangue in cioccolata. Infine raggiunse la regione che in altri tempi era stata prospera e lungo i cui fiumi scendevano canoe cariche di odorosi grani di cacao, ma che il petrolio aveva mandato in rovina e che adesso era divorata dalla foresta e dalla discordia degli uomini. Innamorato del paesaggio, vagava per quella regione con gli occhi sgranati e l'animo riconoscente, ricordando la sua terra, asciutta e dura, dove ci voleva una tenacia di formica per coltivare un'arancia, in contrasto con quella zona prodiga di frutti e di fiori, come un paradiso preservato da ogni male. Lì era facile vendere qualsiasi carabattola, anche per chi come lui era poco incline al lucro, aveva il cuore tenero e non era stato capace di arricchirsi a spese dell'ignoranza altrui. Si affezionò a quegli uomini, grandi signori nella loro povertà e nel loro abbandono. Ovunque lo accoglievano come un amico, come faceva suo nonno con i forestieri nella propria tenda, convinto che l'ospite è sacro. In ogni baracca gli offrivano una limonata, un caffè scuro e aromatico, una seggiola per riposare all'ombra. Erano persone allegre e generose, dai discorsi chiari, la cui parola aveva la forza di un contratto. Lui apriva la valigia e allineava la merce sul pavimento di terra battuta. I suoi anfitrioni osservavano quei beni di dubbia utilità con un sorriso cortese e accettavano di comprarli per non offenderlo, ma molti non avevano di che pagarlo, perché raramente disponevano di denaro. E poi diffidavano delle banconote, quei fogli stampati che oggi valevano un tanto e l'indomani potevano essere ritirati dalla circolazione, secondo i capricci del governante di turno, o che per una sbadataggine sparivano, com'era accaduto con la colletta per l'Aiuto al Lebbroso, completamente divorata da una capra che si era infilata nell'ufficio del tesoriere. Preferivano le monete, che almeno pesavano nelle tasche, risuonavano sul banco e rilucevano, come vero denaro. I più vecchi nascondevano ancora i risparmi in orcioli di terracotta e in latte di cherosene sepolte nei cortili, perché non avevano mai sentito parlare di banche. Del resto, erano assai pochi a impensierirsi per questioni finanziarie, la maggioranza viveva di baratti. Riad Halabí si adattò a queste circostanze e rinunciò all'ordine paterno di diventare ricco.

Uno dei suoi viaggi lo condusse ad Agua Santa. Quando entrò nel villaggio, gli parve abbandonato, perché non si vedeva anima viva per strada, ma poi scoprì un capannello di persone accalcate davanti alla posta. Fu il memorabile mattino in cui morì, con una pallottola in testa, il figlio della maestra Inés. L'assassino era il proprietario di una casa circondata da terreni abbandonati, dove i manghi crescevano senza controllo umano. I bambini si intrufolavano lì dentro per raccogliere i frutti caduti, malgrado le minacce del padrone, un forestiero che aveva ereditato la piccola tenuta e che ancora non si era liberato dall'avarizia di certi uomini di città. Gli alberi erano così carichi, che i rami si spezzavano sotto il peso, ma era inutile cercare di vendere i manghi, perché nessuno li comprava. Non c'era motivo di pagare qualcosa che la terra regalava. Quel giorno il figlio della maestra Inés mentre andava a scuola aveva fatto una deviazione per prendere un frutto, come facevano tutti i suoi compagni. La pallottola del fucile gli era entrata dalla fronte e uscita dalla nuca senza lasciargli il tempo di capire cos'erano quella scintilla e quel tuono che gli erano esplosi in faccia.

Riad Halabí fermò il suo camioncino ad Agua Santa qualche momento dopo che i bambini erano arrivati col cadavere su un'improvvisata barella e l'avevano posato davanti alla porta dell'ufficio postale. Tutto il villaggio era accorso a vederlo. La madre osservava il figlio senza riuscire a capire l'accaduto, mentre quattro militari trattenevano la gente per evitare che si facesse giustizia da sola, ma compivano quel dovere senza troppo entusiasmo, perché conoscevano la legge e sapevano che l'omicida sarebbe uscito indenne dal processo. Riad Halabí si mescolò alla folla col presentimento che quel luogo era segnato nel suo destino, era il termine del suo pellegrinaggio.

Non appena verificati i dettagli dell'accaduto, si mise senza esitare alla testa di tutti e nessuno sembrò stupirsi per il suo comportamento, quasi fossero stati ad aspettarlo. Si fece largo, sollevò il corpo fra le braccia e lo portò a casa della maestra, dove improvvisò una veglia funebre sulla tavola della sala da pranzo. Poi prese il tempo per fare del caffè e servirlo, cosa che suscitò una certa sorpresa fra i presenti che non avevano mai visto un uomo affaccendarsi in cucina. Trascorse la notte facendo compagnia alla madre e la sua presenza risoluta e discreta indusse molti a pensare che si trattasse di un parente. Il mattino dopo organizzò la sepoltura e aiutò a calare la bara nella fossa con un dolore così sincero, che la signorina Inés avrebbe voluto che quello sconosciuto fosse il padre di suo figlio. Quando ebbero spianato la terra sulla tomba, Riad Halabí si girò verso la gente raccolta intorno a lui e, coprendosi la bocca col fazzoletto, propose un'idea capace di canalizzare l'ira collettiva. Dal cimitero si recarono tutti a raccogliere manghi, ne riempirono sacchi, ceste, borse, carrettini e così si avviarono verso la casa dell'assassino, il quale vedendoli arrivare ebbe l'impulso di spaventarli a fucilate, ma ci pensò due volte e si nascose fra le canne del fiume. La folla avanzò in silenzio, circondò la casa, ruppe le finestre e le porte e vuotò il suo carico nelle stanze. Poi andarono a prenderne ancora. Per tutto il giorno trasportarono manghi finché non ne rimasero più sugli alberi e la casa fu zeppa fino al soffitto. Il succo dei frutti schiacciati impregnava le pareti e scorreva sul pavimento come sangue dolce. All'imbrunire, quando fecero ritorno a casa loro, il criminale si azzardò a uscire dall'acqua, prese la sua macchina e fuggì per non ritornare mai più. Nei giorni successivi il sole riscaldò la casa, trasformandola in un'enorme marmitta dove i manghi cuocevano a fuoco dolce, la costruzione si tinse di ocra, si rammollì deformandosi, si spezzò e marcì, impregnando il villaggio per anni di odore di marmellata.

A partire da quel giorno, Riad Halabí si considerò nativo di Agua Santa, così venne accettato e lì fissò la sua dimora e la sua bottega. Come tante case contadine, la sua era quadrata, con le stanze disposte intorno a un cortile, dove cresceva una vegetazione alta e frondosa, palme, felci e qualche albero da frutto. Il cortile rappresentava il cuore della casa, lì si viveva, di lì si passava per andare da una stanza all'altra. Nel centro, Riad Halabí aveva costruito una fontana araba, ampia e serena, che rappacificava l'anima col chioccolio incomparabile dell'acqua fra le pietre. Intorno al giardino interno aveva fatto scavare piccoli canali ricoperti di piastrelle attraverso i quali scorreva un rivolo cristallino e in ogni stanza c'era sempre un bacile di ceramica dove spargere petali di fiori che alleviassero col loro aroma l'afa del clima. L'abitazione aveva molte porte, come le case dei ricchi e col tempo crebbe per fare posto ai magazzini. Le tre grandi sale frontali erano occupate dalla bottega e dietro c'erano le abitazioni, la cucina e il bagno. A poco a poco il negozio di Riad Halabí divenne il più prospero della contrada, lì si poteva comprare di tutto: cibo, concimi, disinfettanti, stoffe, medicine e se qualcosa mancava nel campionario, bastava ordinarlo al turco, perché lo procurasse durante il suo prossimo viaggio. Si chiamava *La Perla d'Oriente*, in onore di Zulema, sua moglie.

Agua Santa era un villaggio modesto, con case di mattoni crudi, legno e canne, costruito sul bordo dello stradone e difeso a colpi di machete da una vegetazione selvaggia che alla minima disattenzione poteva divorarlo. L'ondata di immigrati e gli schiamazzi della modernità non c'erano arrivati, la gente era affabile, i piaceri semplici e se non fosse stato per la vicinanza del carcere di Santa María, sarebbe stato un piccolo casolare simile a molti nella regione, ma la presenza della Guardia e la casa delle puttane gli davano un tocco cosmopolita. La vita trascorreva senza sorprese per sei giorni alla settimana, ma al sabato cambiavano i turni al carcere e i vigilanti correvano a divertirsi alterando con la loro presenza le abitudini degli abitanti, i quali tentavano di ignorarli fingendo che quello strepito venisse da qualche tregenda di scimmie nel folto, comunque si cautelavano sbarrando le porte e rinchiudendo le figlie. Quel giorno arrivavano anche gli indiani a chiedere l'elemosina: una banana, un bicchierino di liquore, pane. Venivano in fila, cenciosi, i bambini nudi, i vecchi rimpiccioliti dagli stenti, le donne sempre gravide, tutti con una lieve espressione di beffa negli occhi, seguiti da una muta di cani nani. Il parroco riserbava loro qualche moneta della decima e Riad Halabí regalava a ognuno una sigaretta o una caramella.

Fino all'arrivo del turco, il commercio si riduceva a minuscoli baratti di prodotti agricoli con gli autisti dei veicoli che passavano per lo stradone. All'alba i ragazzi montavano tendoni per proteggersi dal sole e disponevano verdure, frutti e formaggi sopra uno scatolone, che dovevano sventagliare di continuo per allontanare le mosche. Se avevano fortuna, riuscivano a vendere qualcosa e a rincasare con qualche moneta. A Riad Halabí venne in mente di stringere un patto con i camionisti che trasportavano carichi ai campi petroliferi e ritornavano vuoti, perché portassero gli ortaggi di Agua Santa nella capitale. Lui stesso si occupò di sistemarli al Mercado General sul banco di un compatriota, procurando così un po' di prosperità al villaggio. Di lì a poco, vedendo che in città c'era un certo interesse per i pezzi di artigianato in legno, terracotta e vimini, li fece fabbricare dagli abitanti di Agua Santa per offrirli nei negozi turistici e in meno di sei mesi quello divenne l'introito più importante di parecchie famiglie. Nessuno dubitava delle sue buone intenzioni né discuteva i suoi prezzi, perché in quel lungo tempo di convivenza il turco aveva dato innumerevoli prove di onestà. Senza neanche volerlo, la sua bottega si trasformò nel centro della vita commerciale di Agua Santa, per le sue mani passavano quasi tutti gli affari della zona. Allargò il magazzino, costruì altre stanze, comprò degli utensili di ferro e di rame per la cucina, si guardò intorno soddisfatto e pensò che possedeva quanto necessario per far felice una donna. Allora scrisse alla madre chiedendole di cercargli una sposa nella sua terra natale.

Zulema accettò di sposarsi con lui, perché malgrado la sua bellezza non aveva trovato un marito ed era già sui venticinque anni quando la mediatrice le parlò di Riad Halabí. Le dissero che aveva un labbro leporino, ma lei non sapeva cosa significava e nella fotografia che le mostrarono si vedeva solo un'ombra fra la bocca e il naso, che sembrava un baffo attorcigliato più che un ostacolo al matrimonio. La madre la convinse che l'aspetto fisico non è importante quando si tratta di formare una famiglia e che qualsiasi alternativa era preferibile piuttosto che rimanere zitella, serva in casa delle sue sorelle sposate. Inoltre, si finisce sempre per amare il marito, se ci si mette un po' di buona volontà; è la legge di Allah che due persone che dormono insieme e mettono al mondo figli, finiscano per stimarsi, disse. Del resto, Zulema credette che il suo pretendente fosse un ricco commerciante installato in America del Sud e pur non avendo la minima idea di dove si trovasse quel luogo dal nome esotico, non dubitò che sarebbe stato più gradevole del quartiere pieno di mosche e di topi dove abitava lei.

Ricevuta una risposta positiva dalla madre, Riad Halabí si congedò dagli amici di Agua Santa, chiuse la bottega e la casa e si imbarcò alla volta del suo paese, dove non aveva messo piede da quindici anni. Si domandò se la famiglia l'avrebbe riconosciuto, perché si sentiva un altro, come se il paesaggio americano l'avesse rimodellato, ma in realtà non era mutato molto. Pur non essendo più un ragazzo magro col viso divorato dagli occhi e dal naso a gancio, ma un uomo robusto con tendenza alla pinguedine, era sempre timido, insicuro e sentimentale.

Le nozze fra Zulema e Riad Halabí ebbero luogo secondo tutti i crismi, perché lo sposo aveva di che pagarli. Fu un evento memorabile in quel villaggio povero dove pochi ricordavano le vere feste. Forse l'unico segno di cattivo auspicio fu che all'inizio della settimana soffiò il *Khamsin* del deserto e la sabbia si infilò dappertutto, invase le case, lacerò i vestiti, screpolò la pelle e quando fu giunto il giorno del matrimonio i fidanzati avevano sabbia fra le ciglia. Ma quel dettaglio non impedì il vincolo. Il primo giorno di cerimonia si riunirono le amiche e le donne di entrambe le famiglie per ammirare il corredo della sposa, i fiori d'arancio, i nastri rosa, mangiando lucumi, corni di gazzella, mandorle e pistacchi e gridando di allegria con un yuyù sostenuto, che si spargeva in strada e raggiungeva gli uomini nel caffè. Il giorno dopo portarono Zulema al bagno pubblico, con una processione capeggiata da un veterano che suonava il tamburello, perché gli uomini abbassassero lo sguardo al passaggio della sposa ricoperta da sette abiti leggeri. Quando le ebbero tolto i vestiti nel bagno, in modo che le parenti di Riad Halabí vedessero che era ben pasciuta e che non aveva difetti, la madre proruppe in singhiozzi, come vuole la tradizione. Le passarono *henné* sulle mani, con cera e zolfo le depilarono tutto il corpo, le fecero massaggi con crema, le intrecciarono la chioma con perline e cantarono, ballarono e mangiarono dolci con tè alla menta, senza dimenticare il marengo d'oro che la sposa donò a ogni amica. Il terzo giorno fu la cerimonia del *Neftah*. La nonna le toccò la fronte con una chiave per aprirle la mente alla franchezza e all'affetto e poi la madre di Zulema e il padre di Riad Halabí la calzarono con pantofole unte di miele, affinché entrasse nel matrimonio lungo il sentiero della dolcezza. Il quarto giorno lei, vestita di una tunica semplice, accolse i suoceri per render loro omaggio con piatti preparati con le sue mani e abbassò modestamente lo sguardo quando dissero che la carne era dura e che al *cuscus* mancava sale, ma che la sposa era graziosa. Il quinto giorno misero alla prova la serietà di Zulema esponendola alla presenza di tre suonatori che cantarono canzoni audaci, ma lei rimase indifferente dietro il velo e ogni oscenità che le rimbalzava sul viso di vergine fu premiata con un lancio di monete. In un'altra sala si celebrava la festa degli uomini, dove Riad Halabí sopportava gli scherzi di tutto il vicinato. Il sesto giorno si sposarono al municipio e il settimo ricevettero il cadì. Gli invitati disposero i doni ai piedi degli sposi, gridando il relativo prezzo pagato, il padre e la madre bevvero da soli con Zulema l'ultimo brodo di gallina e poi la offrirono al marito di malavoglia, così come bisogna fare. Le donne della famiglia la condussero nella stanza preparata per la circostanza e le cambiarono l'abito con la camicia da sposa, poi raggiunsero gli uomini in strada, ad aspettare che venisse messo alla finestra il lenzuolo insanguinato della sua purezza.

Finalmente Riad Halabí si trovò solo con la sua sposa. Non si erano mai visti da vicino, né si erano scambiati parole o sorrisi. La consuetudine esigeva che lei fosse spaventata e tremante, ma era lui a sentirsi così. Finché gli era possibile tenersi a una distanza prudente e senza aprire bocca, il suo difetto era meno vistoso, ma non sapeva che impressione avrebbe fatto alla moglie nell'intimità. Turbato, le si avvicinò e tese le dita per toccarla, attratto dal riflesso madreperlaceo della sua pelle, dall'abbondanza delle carni e dalle ombre dei capelli, ma allora vide l'espressione di ripugnanza nei suoi occhi e il gesto si raggelò nell'aria. Tirò fuori il fazzoletto e se lo portò al viso, tenendolo lì con una mano mentre con l'altra la spogliava e l'accarezzava, ma tutta la sua pazienza e la sua tenerezza non riuscirono a vincere il rifiuto di Zulema. Quell'incontro fu triste per entrambi. Più tardi, mentre la suocera scuoteva il lenzuolo al balcone dipinto di celeste per mettere in fuga i cattivi spiriti, e sotto i vicini sparavano col fucile a salve e le donne urlavano frenetiche, Riad Halabí si nascose in un angolo. Sentiva l'umiliazione come un pugno nel ventre. Quel dolore rimase con lui, quasi un gemito in sordina, e non ne parlò mai fino al giorno in cui gli fu possibile raccontarlo alla prima persona che baciò sulle labbra. Era stato educato secondo la regola del silenzio: all'uomo è proibito mostrare i suoi sentimenti o i suoi desideri segreti. La posizione di marito lo rendeva proprietario di Zulema, non era corretto che lei conoscesse le sue debolezze, perché avrebbe potuto usarle per ferirlo o per dominarlo.

Ritornarono in America e Zulema ci impiegò poco a capire che il marito non era ricco e che non lo sarebbe mai stato. Fin dal primo istante odiò quella nuova patria, quel villaggio, quel clima, quella gente, quella casa; rifiutò di imparare lo spagnolo e di collaborare nel lavoro della bottega col pretesto delle sue incontrollabili emicranie; si rinchiuse in casa, distesa sul letto, a rimpinzarsi di cibo, sempre più grassa e tediata. Dipendeva dal marito in tutto, persino nei rapporti con i vicini, con i quali lui doveva servire da interprete. Riad Halabí pensò che doveva lasciarle il tempo per adattarsi. Era sicuro che, quando avesse avuto dei figli, tutto sarebbe stato diverso, ma i bambini non arrivavano, malgrado le notti e le sieste appassionate che spartì con lei, senza mai dimenticare di legarsi il fazzoletto sul viso. Così trascorse un anno, ne trascorsero due, tre, dieci, finché io non entrai alla *Perla d'Oriente* e nelle loro vite.

Era molto presto e il villaggio era ancora addormentato quando Riad Halabí parcheggiò il camioncino. Mi fece entrare in casa attraverso la porta del retro, attraversammo il cortile dove scorreva l'acqua della fontana e gracidavano i rospi e mi lasciò nel bagno con una saponetta e un asciugamano. A lungo mi lasciai scivolare l'acqua sul corpo, lavandomi via il torpore del viaggio e l'inerzia delle ultime settimane, finché non ebbi recuperato il colore naturale della mia pelle, ormai dimenticato dopo tanta negligenza. Poi mi asciugai, mi pettinai con una treccia e mi infilai una camicia da uomo legata alla vita con un cordone e un paio di pantofole che Riad Halabí prese nel magazzino.

– Adesso mangerai con calma, perché non ti faccia male la pancia – disse il padrone di casa installandomi in cucina davanti a un banchetto di riso, carne impastata con grano e pane non lievitato. – Mi chiamano il turco, e te?

– Eva Luna.

– Quando sono in viaggio mia moglie rimane sola, ha biso-
gno di qualcuno che le faccia compagnia. Lei non esce, non ha
amiche, non parla lo spagnolo.
– Vuole che le faccia da serva?
– No. Sarai un po' come una figlia.
– È da molto tempo che non sono figlia di nessuno e non ri-
cordo più come si fa. Devo obbedire in tutto?
– Sì.
– Cosa mi farà quando mi comporterò male?
– Non so, vedremo.
– L'avviso che io non sopporto di essere picchiata...
– Nessuno ti picchierà, piccola.
– Rimango in prova per un mese e se non mi va scappo via.
– D'accordo.
In quel momento Zulema comparve in cucina, ancora stordi-
ta dal sonno. Mi guardò da capo a piedi senza sembrare sorpresa
per la mia presenza, era ormai rassegnata a sopportare l'irrimediabile ospitalità del marito, capace di accogliere chiunque avesse un'apparenza bisognosa. Dieci giorni prima aveva raccolto un
viaggiatore col suo asino e mentre l'ospite riprendeva le forze per
proseguire il cammino, la bestia si era mangiata la biancheria distesa al sole e una parte considerevole della merce della bottega.
Zulema, alta, bianca, capelli neri, due nei vicino alla bocca e
grandi occhi sporgenti e scuri, si presentò vestita con una tunica
di cotone che la copriva fino ai piedi. Si era adornata con orecchini e braccialetti d'oro, tintinnanti come sonagli. Mi osservò
senza il minimo entusiasmo, sicura che fossi una qualche mendicante protetta dal marito. Io la salutai in arabo, come mi aveva
insegnato Riad Halabí qualche istante prima, e allora una lunga
risata percorse il suo corpo, mi prese il capo fra le mani e mi baciò sulla fronte, rispondendo con una litania nella sua lingua.
Anche il turco si mise a ridere, coprendosi la bocca col fazzoletto.

Quel saluto bastò per intenerire il cuore della mia nuova padrona e a partire da quel mattino mi sentii come se fossi cresciuta in quella casa. L'abitudine di alzarmi presto mi fu molto utile.
Mi svegliavo alle prime luci dell'alba, buttavo le gambe fuori dal
letto e da quell'istante non mi sedevo più, sempre a cantare, a lavorare. Andavo a preparare il caffè secondo le istruzioni ricevute,
facendolo bollire tre volte in un recipiente di rame e aromatiz-
zandolo con semi di cardamomo, poi ne versavo una tazzina e la

portavo a Zulema, che la beveva senza aprire gli occhi e continuava a dormire fino a tardi. Riad Halabí, invece, faceva colazione in cucina. Gli piaceva prepararsi da sé quel primo pasto e a poco a poco perse il pudore per la sua bocca deforme e permise che io gli facessi compagnia. Poi aprivamo insieme la serranda della bottega, pulivamo il banco, riordinavamo i prodotti e ci sedevamo ad aspettare i clienti, che non tardavano a farsi vivi.

Per la prima volta fui libera di andare e venire per strada, fino ad allora avevo sempre vissuto fra quattro pareti, dietro una porta chiusa a chiave o vagando smarrita in una città ostile. Cercavo pretesti per parlare con i vicini o per recarmi di pomeriggio a fare un giro in piazza. Lì c'erano la chiesa, la posta, la scuola e il commissariato, lì si suonavano ogni anno i tamburi di san Juan, si bruciava un pupazzo di stracci per commemorare il tradimento di Giuda, si incoronava la regina di Agua Santa e ogni Natale la maestra Inés organizzava i quadri viventi della scuola, con i suoi alunni vestiti di carta crespa e spruzzati di brina argentata per rappresentare scene immobili dell'Annunciazione, della Natività e della strage degli innocenti ordinata da Erode. Io camminavo parlando ad alta voce, allegra e provocante, mescolandomi con gli altri, contenta di appartenere a quella comunità. Ad Agua Santa le finestre non avevano vetri, le porte erano sempre aperte e c'era la consuetudine di andarsi a trovare, di passare davanti alle case salutando, di entrare a bere un caffè o un succo di frutta, tutti si conoscevano, nessuno poteva lagnarsi per la solitudine o l'abbandono. Lì neppure i morti rimanevano soli.

Riad Halabí mi insegnò a vendere, a pesare, a misurare, a fare di conto, a dare il resto e a mercanteggiare, un aspetto fondamentale di quel lavoro.

Non si discutono i prezzi per spremere il cliente, ma per allungare il piacere della conversazione, diceva. Imparai anche qualche frase in arabo per poter parlare con Zulema. Ben presto Riad Halabí decise che io non potevo sbrogliarmela in bottega né nella vita senza saper leggere e scrivere e chiese alla maestra Inés di darmi lezioni private, in quanto ero ormai grandicella per frequentare la prima classe della scuola. Ogni giorno percorrevo i quattro isolati col mio libro bene in mostra affinché tutti lo notassero, orgogliosa di essere una studentessa. Mi sedevo per un paio d'ore davanti al tavolo della maestra Inés, accanto alla fotografia del figlio assassinato, *mano, botte, occhio, mucca, la mamma mi ama, Pepe fuma la pipa*. Scrivere era quanto di meglio mi fosse successo in tutta la mia esistenza, ero euforica, leggevo ad alta voce, giravo col quaderno sotto il braccio per poterlo usare di continuo, ci annotavo pensieri, nomi di fiori, versi di uccelli, inventavo parole. La possibilità di scrivere mi permise di usare le rime per aiutare la memoria e mi fu possibile complicare i racconti con molteplici personaggi e avventure. Segnando un paio di frasi brevi mi ricordavo del resto e potevo ripeterlo alla mia padrona, ma questo accadde dopo, quando lei iniziò a parlare spagnolo.

Per esercitarmi nella lettura, Riad Halabí comprò un almanacco e alcune riviste cinematografiche con fotografie di attrici, che affascinarono Zulema. Quando riuscii a leggere senza difficoltà, mi portò romanzi romantici, tutti sullo stesso stile: segretaria dalle labbra turgide, seni morbidi e occhi candidi conosce uomo d'affari con muscoli di bronzo, tempie d'argento e occhi di acciaio, lei è sempre vergine, anche nel raro caso che sia vedova, lui è autoritario e superiore a lei in ogni senso, c'è un malinteso per via di gelosie o di eredità, ma tutto si aggiusta e lui la prende fra le sue metalliche braccia e lei sospira sdilinquita, entrambi rapiti da passione, nient'affatto grossolana o carnale. Il culmine era un unico bacio che li portava all'estasi di un paradiso senza ritorno: il matrimonio. Dopo il bacio non c'era nient'altro, solo la parola fine coronata da fiori e da colombe. Ben presto riuscii a indovinare la trama già alla terza pagina, e per distrarmi la cambiavo, deviandola verso un esito tragico, molto diverso da quello immaginato dall'autore e più consono alla mia inguaribile tendenza alla morbosità e alla truculenza, secondo cui la ragazza si trasformava in una trafficante d'armi e l'impresario se ne andava a curare lebbrosi in India. Infioravo la trama con ingredienti violenti sottratti alla radio o alla cronaca nera e con le conoscenze attinte di nascosto dalle illustrazioni dei libri educativi della Signora. Un giorno la maestra Inés parlò a Riad Halabí delle *Mille e una notte* e dal suo successivo viaggio lui me lo portò in dono, quattro grossi libri rilegati in cuoio rosso in cui mi immersi fino a perdere di vista i contorni della realtà. L'erotismo e la fantasia entrarono nella mia vita con la forza di un tifone, infrangendo tutti i limiti possibili e sconvolgendo l'ordine noto delle cose. Non so quante volte lessi ogni racconto. Quando li seppi tutti a memoria cominciai a trasferire i personaggi da una storia all'altra, a cambiare gli aneddoti, a togliere e ad aggiungere, giocando sulle infinite possibilità. Zulema trascorreva ore ad ascoltarmi con tutti i sensi all'erta per capire ogni gesto e ogni suono, finché un bel giorno si ritrovò a parlare lo spagnolo senza inciampi, come se durante quei dieci anni il linguaggio le fosse rimasto dentro la gola, in attesa che lei aprisse le labbra e lo lasciasse uscire.

Io volevo bene a Riad Halabí come a un padre. Ci univano le risate e il gioco. Quell'uomo, che talvolta sembrava serio o triste, era in realtà allegro, ma solo nell'intimità della casa e lontano dagli sguardi altrui osava ridere e mostrare la bocca. Ogni volta che lo faceva Zulema girava il volto, ma io consideravo il suo difetto come un dono di nascita, qualcosa che lo rendeva diverso dagli altri, unico in questo mondo. Giocavamo a domino e mettevamo in palio tutta la merce della *Perla d'Oriente*, invisibili marenghi d'oro, piantagioni gigantesche, pozzi di petrolio. Alcune volte divenni multimilionaria, perché lui mi lasciava vincere. Condividevamo il gusto per i proverbi, le canzoni popolari, le barzellette ingenue, discutevamo le notizie del giornale e una volta alla settimana andavamo insieme a vedere i film del camion del cinema, che girava per i villaggi organizzando gli spettacoli nei campi di calcio o nelle piazze. La maggiore prova della nostra amicizia era che mangiavamo insieme. Riad Halabí si chinava sul piatto e si spingeva il cibo col pane o con le dita, succhiando, leccando, nettandosi con tovaglioli di carta il mangiare che gli sfuggiva dalla bocca. Vedendolo così, sempre nella parte più buia della cucina, mi sembrava una bestia grossa e generosa e sentivo l'impulso di accarezzargli i capelli ispidi, di passargli una mano lungo la schiena. Non osai mai toccarlo. Avrei voluto dimostrargli il mio affetto e la mia riconoscenza con piccoli servigi, ma lui non me lo permetteva, perché non era abituato a ricevere affettuosità, per quanto ne fosse naturalmente prodigo con gli altri. Io gli lavavo le camicie e le casacche, le imbiancavo al sole e ci mettevo un po' di amido, le stiravo con cura, le ripiegavo e gliele riponevo nell'armadio con foglie di basilico e di rosmarino. Imparai a cucinare l'*hummus* e la *tethina*, foglie di vite ripiene di carne e pinoli, il *falafel* di grano, fegato di agnello, melanzane, pollo con *alcuzcuz*, aneto e zafferano, *baklavas* con miele e noci. Quando non c'erano clienti in bottega ed eravamo da soli, lui tentava di tradurmi le poesie di Harun Al Raschid, mi cantava canzoni dell'Oriente, lamenti lunghi e belli. Altre volte si copriva metà della faccia con uno straccio da cucina, imitando un velo da odalisca e ballava per me, goffamente, con le braccia sollevate e la pancia che ruotava impazzita. Sicché, fra una risata e l'altra, mi insegnò la danza del ventre.

– È una danza sacra, la ballerai solo per l'uomo che più amerai nella vita – mi disse Riad Halabí.

Zulema era moralmente neutra, come un lattante, tutta la sua energia era stata deviata o soppressa, non prendeva parte alla vita, presa unicamente dalle sue intime soddisfazioni. Aveva paura di tutto: di essere abbandonata dal marito, di avere figli col labbro leporino, di perdere la sua bellezza, di ritrovarsi col cervello sconvolto dalle emicranie, di invecchiare. Sono sicura che in fondo aborriva Riad Halabí, ma non poteva neppure lasciarlo e preferiva tollerarne la presenza piuttosto che lavorare per mantenersi da sola. L'intimità con lui le ripugnava, ma al tempo stesso la provocava come un mezzo per incatenarlo, atterrita all'idea che potesse provare piacere con un'altra donna. Da parte sua, Riad l'amava con lo stesso ardore umiliato e triste del primo incontro e la ricercava con frequenza. Imparai a decifrare i suoi sguardi e quando scorgevo quella scintilla speciale, me ne andavo a fare un giro per strada o a occuparmi della bottega, mentre loro si chiudevano nella camera da letto. Poi Zulema si insaponava furiosamente, si sfregava con alcool e faceva lavacri con aceto. Ci impiegai parecchio a mettere in rapporto quell'apparecchio di gomma e quel tubicino con la sterilità della mia padrona. Zulema era stata educata per servire e compiacere un uomo, ma suo marito non le chiedeva nulla e forse per questo lei si era abituata a non fare il minimo sforzo e si era infine trasformata in un enorme giocattolo. I miei racconti non contribuirono alla sua felicità, si limitavano a riempirle la testa di idee romantiche, che la inducevano a sognare avventure impossibili ed eroi presi a prestito, allontanandola definitivamente dalla realtà. La entusiasmavano solo l'oro e le pietre vistose. Quando il marito si recava nella capitale, spendeva buona parte dei guadagni per comprarle pesanti gioielli, che lei conservava in una scatola sepolta nel cortile. Ossessionata dal timore che glieli rubassero, cambiava posto quasi ogni settimana, ma spesso non riusciva a ricordare dove li aveva messi e perdeva ore a cercarli, finché non conobbi tutti i nascondigli possibili e mi resi conto che li usava sempre nello stesso ordine. I gioielli non dovevano rimanere sotto terra a lungo perché si diceva che in queste latitudini i funghi distruggono persino i metalli nobili e, dopo un certo tempo, escono dal suolo vapori fosforescenti che attraggono i ladri. Ecco perché, di tanto in tanto, Zulema esponeva al sole i suoi ornamenti nell'ora della siesta. Mi sedevo vicino a lei per vigilarli, senza capire la sua passione per quel tesoro, in quanto non aveva occasioni per esibirlo, non riceveva visite, non viaggiava con Riad Halabí né passeggiava per le vie di Agua Santa, ma si limitava a immaginare il ritorno al suo paese, dove avrebbe suscitato l'invidia con quei lussi, giustificando così gli anni perduti in una contrada del mondo tanto remota.

A modo suo, Zulema era buona con me, mi trattava come il suo cagnolino preferito. Non eravamo amiche, ma Riad Halabí diventava nervoso quando rimanevamo da sole a lungo, e se ci coglieva a parlare a voce bassa cercava pretesti per interromperci, come se temesse la nostra complicità. Durante i viaggi del marito, Zulema dimenticava i dolori al capo e sembrava più allegra, mi chiamava nella sua stanza e mi chiedeva di massaggiarla con panna di latte e fette di cetriolo per schiarire la pelle. Si allungava supina sul letto, nuda tranne gli orecchini e i bracciali, con gli occhi chiusi e i capelli blu sparsi sul lenzuolo. Vedendola così io pensavo a un pallido pesce abbandonato alla sua sorte sulla spiaggia. Talvolta il caldo era opprimente e al tocco delle mie mani lei sembrava ardere come una pietra sotto il sole.

– Spalmami olio sul corpo e più tardi, quando farà più fresco, mi tingerò i capelli – mi ordinava Zulema nel suo spagnolo nuovo.

Non sopportava i peli, le sembravano un segno di bestialità tollerabile solo negli uomini, che comunque erano per metà animali. Gridava quando io glieli strappavo con una mistura di zucchero caldo e limone, lasciandole solo un piccolo triangolo scuro sul pube. Il proprio odore la infastidiva e si lavava e profumava in maniera ossessiva. Pretendeva che le narrassi racconti d'amore, che descrivessi il protagonista, la lunghezza delle sue gambe, la forza delle mani, l'ampiezza del petto, che mi soffermassi sui dettagli amorosi, se faceva una cosa o l'altra, quante volte, cosa sussurrava nell'alcova. Quella smania sembrava una malattia. Tentai di inserire nelle mie storie gentiluomini meno attraenti, con qualche difetto fisico, magari una cicatrice sul viso, vicino alla bocca, ma la cosa la metteva di malumore, mi minacciava di mettermi in strada e subito sprofondava in una tristezza imbronciata.

Col trascorrere dei mesi mi rassicurai, mi liberai della nostalgia e non parlai più del mese di prova, con la speranza che Riad Halabí se ne fosse dimenticato. In un certo senso i miei padroni erano la mia famiglia. Mi abituai al caldo, alle iguane distese al sole come mostri del passato, al cibo arabo, alle ore lente del pomeriggio, ai giorni sempre uguali. Mi piaceva quel villaggio dimenticato, unito al mondo solo dal filo del telefono e da una strada tutta a curve, circondato da una vegetazione folta: una volta un camion precipitò sotto lo sguardo di parecchi testimoni, ma quando si sporsero sul dirupo non riuscirono a scorgerlo, era stato inghiottito dalle felci e dai filodendri. Gli abitanti si conoscevano per nome e le vite altrui non avevano segreti. *La Perla d'Oriente* era un punto d'incontro dove si chiacchierava, si combinavano affari, si davano appuntamento gli innamorati. Nessuno chiedeva di Zulema, lei era solo un fantasma straniero nascosto nelle camere retrostanti, il cui disprezzo per il villaggio era ripagato in pari forma, tutti stimavano invece Riad Halabí e lo scusavano se non si sedeva a bere o a mangiare con loro, secondo i riti dell'amicizia. Malgrado i dubbi del prete, che criticava la sua fede musulmana, era padrino di numerosi bambini, che portavano il suo nome, era giudice nelle dispute, arbitro e consigliere nei momenti di crisi. Mi riparai all'ombra del suo prestigio, soddisfatta di appartenere alla sua casa, e feci piani per rimanere in quella dimora bianca e vasta, profumata dai petali dei fiori nei bacili delle stanze, rinfrescata dagli alberi del giardino. Smisi di rimpiangere la perdita di Huberto Naranjo e di Elvira, costruii dentro di me un'immagine accettabile della Madrina e soppressi i brutti ricordi per disporre di un buon passato. Anche mia madre trovò un posto fra le ombre delle stanze e soleva presentarsi di notte come un soffio accanto al letto. Mi sentivo rappacificata e contenta. Crebbi un poco, il mio viso cambiò e guardandomi nello specchio non vedevo più una creatura incerta, cominciavo a scorgere i miei lineamenti definitivi, quelli che ho adesso.

– Non puoi vivere come una beduina, devi iscriverti all'anagrafe – disse un giorno il padrone.

Riad Halabí mi procurò armi fondamentali per vivere la mia vita e fra queste, due importantissime: la scrittura e un certificato di esistenza. Non c'erano documenti che provassero la mia esistenza in questo mondo, nessuno mi aveva denunciata alla nascita, non ero mai stata in una scuola, era come se non fossi nata, ma lui parlò con un amico della città, pagò la corrispondente bustarella e ottenne una carta di identità, in cui, per un errore del funzionario, compaio con tre anni in meno di quanti ne ho in realtà.

Kamal, il secondo figlio di uno zio di Riad Halabí, venne a vivere in casa un anno e mezzo dopo di me. Entrò nella *Perla d'Oriente* con tanta discrezione, che non vedemmo in lui i segni della fatalità né sospettammo che avrebbe avuto l'effetto di un uragano nelle nostre vite. Aveva venticinque anni, era minuto e magro, con dita sottili e lunghe ciglia, sembrava sfiduciato e salutava cerimoniosamente, portandosi una mano al petto e chinando il capo, gesto che Riad adottò subito e che poi imitarono sghignazzando tutti i bambini di Agua Santa. Era un uomo abituato a vivere in miseria. Scappando dagli israeliti, la sua famiglia era fuggita dal villaggio natale dopo la guerra, perdendo tutti i propri beni: il piccolo orto ereditato dagli avi, l'asino e alcune suppellettili domestiche. Lui era cresciuto in un campo di profughi palestinesi e forse il suo destino era quello di trasformarsi in un guerrigliero e di combattere contro gli ebrei, ma non era tagliato per le azioni di guerra e, inoltre, non condivideva lo sdegno del padre e dei fratelli per la perdita di un passato cui non si sentiva legato. Lo attraevano di più usanze occidentali, bramava andarsene di lì per cominciare un'altra vita dove non dovesse rispettare nessuno e dove nessuno lo conoscesse. Trascorse gli anni dell'infanzia trafficando nel mercato nero e quelli dell'adolescenza seducendo le vedove del campo, finché il padre, stanco di prenderlo a botte e di nasconderlo dai nemici, non si era messo d'accordo con Riad Halabí, quel nipote abitante in un remoto paese dell'America del Sud, di cui non ricordava il nome. Non chiese il parere di Kamal, semplicemente lo prese per un braccio e lo trascinò al porto, dove riuscì a farlo ingaggiare come mozzo su una nave mercantile, con la raccomandazione di non ritornare prima di aver fatto fortuna. E così il giovanotto arrivò, come tanti altri immigranti, sulla stessa costa calda dove cinque anni prima era sbarcato Rolf Carlé da un battello norvegese. Di lì si trasferì in corriera ad Agua Santa e fra le braccia del suo parente, che lo accolse con grandi dimostrazioni di ospitalità.

Per tre giorni *La Perla d'Oriente* rimase chiusa e la casa di Riad Halabí aperta in una festa indimenticabile, cui parteciparono tutti gli abitanti del villaggio. Mentre Zulema soffriva uno dei suoi innumerevoli malesseri chiusa nella sua stanza, il padrone e io, aiutati dalla maestra Inés e da altre vicine, preparammo cibo sufficiente per un matrimonio alla corte di Bagdad. Sui tavoli coperti con panni candidi, disponemmo grossi vassoi di riso con zafferano, pinoli, uva passa e pistacchi, pepe e curry e intorno cinquanta piatti arabi e americani, taluni salati, talaltri piccanti e agrodolci, con carni e pesci portati dentro sacchi di ghiaccio dal litorale e ogni sorta di legumi con salse e condimenti. C'era una tavola solo per i dolci, dove si alternavano golosità orientali e ghiottonerie creole. Servii enormi brocche di rum con frutta, che da buoni musulmani i cugini non assaggiarono, ma che gli altri bevvero fino a rotolare felici sotto i tavoli mentre quelli che erano rimasti in piedi ballavano in onore nel nuovo arrivato. Kamal venne presentato a ogni abitante del villaggio e a ognuno dovette raccontare la propria vita in arabo. Nessuno capì neppure una parola del suo discorso, ma tutti se ne andarono commentando che era proprio simpatico come sembrava, che aveva l'aspetto fragile di una signorina, ma che nella sua natura c'era qualcosa di velloso, di bruno e di equivoco che inquietava le donne. Entrando in una stanza la riempiva interamente con la sua presenza, quando si sedeva a prendere il fresco della sera sulla soglia della bottega, tutta la strada sentiva il suo fascino che avvolgeva la gente con una sorta di malia. A stento riusciva a farsi capire con gesti ed esclamazioni, ma noi tutti lo ascoltavamo affascinati, seguendo il ritmo della sua voce e l'aspra melodia delle sue parole.

– Adesso potrò viaggiare tranquillo, perché c'è un uomo della mia famiglia che baderà alle donne, alla casa e alla bottega – disse Riad Halabí dando pacche sulle spalle del cugino.

Molte cose cambiarono con l'arrivo di quel visitatore. Il padrone si allontanò da me, non mi chiamava più per ascoltare i miei racconti o per discutere le notizie del giornale, mise da parte gli scherzi e le letture a due, le partite a domino si trasformarono in una faccenda da uomini. Fin dalla prima settimana prese l'abitudine di recarsi da solo con Kamal alla proiezione del cinema ambulante, perché il suo parente non era abituato alla compagnia femminile. A parte alcune dottoresse della Croce Rossa e alcune missionarie evangeliche che visitavano i campi dei profughi, quasi tutte asciutte come legno secco, il giovane aveva visto donne col viso scoperto solo dopo i quindici anni, quando per la prima volta si era allontanato dal luogo dov'era cresciuto. Una volta aveva fatto un faticoso viaggio in camion per recarsi nella capitale in un giorno di sabato, nel settore della colonia statunitense, dove le donne lavavano le loro automobili per strada, vestite solo con pantaloncini e camicette scollate, spettacolo che attirava folle maschili da remoti villaggi della zona. Gli uomini affittavano seggiole e parasoli per stare a osservarle. Il luogo si riempiva di venditori di carabattole, senza che le donne si accorgessero dello scompiglio, completamente estranee agli ansiti, ai sudori, ai tremori e alle erezioni che causavano. Per quelle signore trapiantate da un'altra cultura, i personaggi avvolti in tuniche, con pelle scura e barbe da profeta, erano semplicemente un'illusione ottica, un errore esistenziale, un delirio provocato dal caldo. Dinnanzi a Kamal, Riad Halabí si comportava con Zulema e con me come un capo brusco e autoritario, ma quando eravamo soli ci compensava con piccoli regali e diveniva l'amico affettuoso di prima. Mi fu dato il compito di insegnare lo spagnolo al nuovo arrivato, compito per nulla facile, perché lui si sentiva umiliato quando io gli indicavo il significato di una parola o gli segnalavo un errore di pronuncia, ma imparò a sbrogliarsela con grande velocità e ben presto riuscì ad aiutare in bottega.

– Siediti con le gambe unite e allacciati tutti i bottoni del grembiule –, mi ordinò Zulema. Credo che stesse pensando a Kamal.

La malia del cugino impregnò la casa e *La Perla d'Oriente*, si sparse per il villaggio e il vento la portò anche più lontano. Le ragazze arrivavano di continuo nella bottega con i pretesti più vari. Davanti a lui fiorivano come frutti selvatici, che esplodevano sotto le gonne corte e le camicette aderenti, così profumate che dopo che se n'erano andate il locale rimaneva a lungo saturo di loro. Entravano a gruppi di due o tre, ridendo e bisbigliando, si appoggiavano al banco in modo che i seni rimanessero esposti e i sederi si drizzassero audaci sopra le gambe brune. Lo aspettavano in strada, lo invitavano a casa loro il pomeriggio, lo iniziarono ai balli dei Caraibi.

Io provavo un'impazienza costante. Era la prima volta che sperimentavo la gelosia e quella sensazione appiccicata alla pelle di giorno e di notte come una macchia buia, uno sporco impossibile da togliere, divenne così insopportabile, che quando riuscii infine a sbarazzarmene, mi ero definitivamente liberata dall'ansia di possedere un'altra persona e dalla tentazione di appartenere a qualcuno. Fin dal primo istante Kamal mi sconvolse la mente, mi trafisse nella carne viva, facendomi provare il piacere assoluto di amarlo e il dolore di amarlo invano. Lo seguivo dappertutto, lo servivo, lo trasformavo nell'eroe delle mie fantasie solitarie. Ma lui mi ignorava completamente. Presi coscienza di me stessa, mi osservavo allo specchio, mi palpavo il corpo, provavo nuove pettinature nel silenzio della siesta, mi applicavo un poco di rossetto sulle guance e sulle labbra, attenta a che nessuno se ne accorgesse. Kamal mi passava accanto senza vedermi. Lui era il protagonista di tutte le mie storie d'amore. Non mi bastava più il bacio finale dei romanzi che leggevo a Zulema e presi a vivere tormentose e illusorie notti con lui. Avevo compiuto quindici anni ed ero vergine, ma se la corda a sette nodi inventata dàlla Madrina avesse misurato anche le intenzioni, non avrei superato la prova.

La nostra esistenza fu sconvolta durante il primo viaggio di Riad Halabí, quando Zulema, Kamal e io restammo soli. La padrona guarì come per magia dai suoi malesseri e si risvegliò da un letargo di quasi quarant'anni. In quei giorni si alzava presto e preparava la colazione, indossava gli abiti migliori, si ornava con tutti i gioielli, si pettinava con i capelli tirati all'indietro, stretti sulla nuca in una mezza coda, lasciando il resto sciolto sulle spalle. Non era mai stata così graziosa. All'inizio Kamal la evitava, dinnanzi a lei teneva gli occhi bassi e quasi non le parlava, rimaneva tutta la giornata in bottega e di sera usciva a fare un giro per il villaggio; ma ben presto gli fu impossibile sottrarsi al potere di quella donna, alla traccia greve del suo aroma, al calore del suo passaggio, alla malia della sua voce. La casa si colmò di urgenze segrete, di presagi, di richiami. Intuii che intorno a me accadeva qualcosa di prodigioso da cui ero esclusa, una guerra privata fra loro due, una violenta lotta di volontà. Kamal batteva in ritirata, scavando trincee, difeso da secoli di tabù, dal rispetto delle leggi dell'ospitalità e dai vincoli di sangue che lo univano a Riad Halabí. Zulema, avida come un fiore carnivoro, agitava i suoi petali fragranti per prenderlo in trappola. Quella donna pigra e molle che trascorreva la vita distesa nel letto con panni freddi sulla fronte, si trasformò in una femmina enorme e fatale, un ragno pallido che tesseva instancabile la sua rete. Avrei voluto essere invisibile.

Zulema si sedeva nell'ombra del cortile a dipingersi le unghie dei piedi e mostrava le grosse gambe fino a metà della coscia. Zulema fumava e con la punta della lingua accarezzava in tondo il filtro della sigaretta, con le labbra umide. Zulema si muoveva e il vestito scivolava scoprendo una spalla tonda che catturava tutta la luce del giorno col suo candore incredibile. Zulema mangiava un frutto maturo e il succo giallo le spruzzava un seno. Zulema giocava con i suoi capelli blu, coprendosi parte del viso e guardando Kamal con occhi da urì.

Il cugino resistette da prode per settantadue ore. La tensione andò crescendo finché io non riuscii più a sopportarla e temetti che l'aria esplodesse in una tormenta elettrica, riducendoli in cenere. Il terzo giorno Kamal cominciò a lavorare sul presto, senza farsi vivo in casa a nessuna ora, facendo giri inutili per *La Perla d'Oriente* per passare il tempo. Zulema lo chiamò a mangiare, ma lui disse che non aveva fame e impiegò un'altra ora a sistemare la cassa. Attese che l'intero villaggio si coricasse e che il cielo fosse nero per chiudere la bottega e quando ebbe calcolato che il romanzo radiofonico era iniziato, si infilò silenziosamente nella cucina per cercare gli avanzi della cena. Ma per la prima volta da parecchi mesi Zulema era disposta a perdere una puntata del romanzo. Per confonderlo, lasciò l'apparecchio acceso in camera sua e la porta socchiusa, e si appostò ad aspettarlo nella penombra della veranda. Si era messa una tunica ricamata, sotto era nuda e sollevando il braccio mostrava la pelle lattea fino alla vita. Aveva dedicato il pomeriggio a depilarsi, a spazzolarsi i capelli, a ungersi con creme, a truccarsi, aveva il corpo profumato di patchouli e l'alito fresco di liquerizia, era scalza e senza gioielli, pronta per l'amore. Riuscii a vedere tutto perché non mi spedì nella mia camera, si era scordata della mia esistenza. Per Zulema importavano solo Kamal e la battaglia che lei avrebbe vinto.

La donna acchiappò la sua preda nel cortile. Il cugino aveva mezza banana in mano e stava masticando l'altra metà, una barba di due giorni gli rabbuiava il viso e sudava perché faceva caldo ed era la notte della sua capitolazione.

– Sto aspettandoti – disse Zulema in spagnolo, per evitare la vergogna di dirlo nella loro lingua.

Il giovane si fermò con la bocca piena e gli occhi spaventati. Lei si avvicinò lentamente, inevitabile come un fantasma, fino a rimanere a pochi centimetri da lui. D'improvviso cominciarono a cantare i grilli, un suono acuto e fitto che mi si piantò nei nervi come la nota monocorde di uno strumento orientale. Notai che la padrona era di mezza testa più alta e due volte più pesante del cugino di suo marito, che, del resto, sembrava essersi ridotto alle dimensioni di un fantolino.

– Kamal... Kamal... –. Seguì un mormorio di parole nella loro lingua, mentre un dito della donna toccava le labbra dell'uomo e ne disegnava i contorni con un tocco leggerissimo.

Kamal gemette vinto, inghiottì la parte di banana che aveva in bocca e lasciò cadere il resto. Zulema gli prese il capo e lo attirò al petto, dove i suoi grossi seni lo divorarono con un gorgoglio di lava ardente. Lo tenne lì, ninnandolo come una madre fa col bambino, finché lui non si scostò e allora si guardarono ansanti, pesando e soppesando il rischio, e più forte fu il desiderio, sicché se ne andarono abbracciati nel letto di Riad Halabí. Fin lì li seguii senza che la mia presenza li avesse turbati. Forse ero davvero diventata invisibile.

Mi rannicchiai accanto alla porta, con la mente vuota. Non provavo nessuna emozione, dimenticai la gelosia, come se tutto stesse svolgendosi in un film del camion del cinema. In piedi vicino al letto, Zulema lo avvolse nelle sue braccia e lo baciò finché lui non riuscì ad alzare le mani e a stringerla per la vita, rispondendo alla carezza con un sospiro dolente. Lei gli percorse le palpebre, il collo, la fronte con baci rapidi, colpi di lingua urgenti e morsi brevi, gli sbottonò la camicia e gliela tirò via. A sua volta lui tentò di strapparle la tunica, ma si impigliò nelle pieghe e decise di lanciarsi sui seni attraverso la scollatura. Senza smettere di palparlo, Zulema gli girò intorno collocandosi dietro di lui e continuò a esplorargli il collo e le spalle, mentre le dita si affaccendavano sulla chiusura lampo e gli calavano i pantaloni. A pochi passi di distanza, io vidi la sua mascolinità che mi puntava senza sotterfugi e pensai che Kamal era più attraente senza abiti, perché perdeva quella delicatezza quasi femminile. Il suo corpo minuto non suggeriva fragilità, ma sintesi, come il naso sporgente gli modellava il viso senza imbruttirlo, e il sesso grosso e scuro non gli conferiva un aspetto bestiale. Stupita, dimenticai di respirare per quasi un minuto e quando lo feci avevo un lamento conficcato in gola. Lui mi stava dinnanzi e i nostri occhi si incontrarono per un istante, ma quelli di lui mi oltrepassarono, ciechi. Fuori cadeva una torrenziale pioggia estiva e il rumore dell'acqua e dei tuoni si aggiungeva al canto agonizzante dei grilli. Finalmente Zulema si tolse il vestito e apparve in tutta la sua splendida abbondanza, come una venere di gesso. Il contrasto fra quella donna pienotta e il corpo snello del giovane mi sembrò osceno. Kamal la spinse sul letto, e lei cacciò un grido, imprigionandolo tra le grosse gambe e graffiandogli la schiena. Lui si scosse un poco e poi stramazzò con un gemito viscerale; ma lei non si era preparata tanto per cavarsela in un minuto, sicché se lo tolse di dosso; lo sistemò sopra i grossi cuscini e si diede da fare per rianimarlo, sussurrandogli istruzioni in arabo con un risultato così efficace, che di lì a poco ce l'aveva di nuovo pronto. Allora lui si abbandonò con gli occhi chiusi, mentre lei lo accarezzava fino a farlo svenire e infine lo cavalcò coprendolo con la sua opulenza e con la delizia della sua chioma, facendolo scomparire tutto, inghiottendolo nelle sue sabbie mobili, divorandolo, spremendogli persino l'essenza e conducendolo nei giardini di Allah dove lo festeggiarono tutte le odalische del Profeta. Poi riposarono sazi, abbracciati come due bambinelli nello strepito della pioggia e dei grilli di quella notte che era diventata calda come un mezzogiorno.

Attesi che si spegnesse la fuga di cavalli che sentivo nel petto e poi mi allontanai traballando. Rimasi in piedi in mezzo al cortile, con l'acqua che mi scorreva lungo i capelli e mi infradiciava i vestiti e l'anima, febbricitante, col presentimento di una catastrofe. Pensai che finché avessimo potuto tacere era come se nulla fosse accaduto, quello che non viene nominato quasi non esiste, il silenzio va cancellandolo fino a farlo scomparire. Ma l'odore del desiderio si era sparso nella casa, impregnando i muri, i vestiti, i mobili, riempiva le stanze, si insinuava attraverso le fessure, coinvolgeva la flora e la fauna, riscaldava i fiumi sotterranei, saturava il cielo di Agua Santa, era visibile come un incendio e sarebbe stato impossibile nasconderlo. Mi sedetti accanto alla fontana, sotto la pioggia.

Il cielo finalmente si rischiarò e nel cortile cominciò a evaporare l'umidità della guazza, avvolgendo la casa in una bruma tenue. Avevo passato lunghe ore nel buio, guardando dentro di me. Sentivo brividi, doveva essere per via di quell'odore persistente che da qualche giorno fluttuava nell'aria e si appiccicava a tutte le cose. È ora di spazzare la bottega, pensai quando sentii in lontananza il tintinnare delle campanelle del lattaio, ma il corpo mi pesava tanto che dovetti guardarmi le mani per convincermi che non erano di pietra; mi trascinai fino alla fontana, vi cacciai dentro il capo e mi rialzai facendomi scivolare lungo la schiena l'acqua fredda che mi tolse di dosso la rigidità di quella nottata di insonnia e lavò via l'immagine degli amanti sul letto di Riad Halabí. Andai nella bottega senza guardare verso la porta di Zulema, magari è stato tutto un sogno, mamma, fa' che sia stato solo un sogno. Rimasi tutta la mattina rifugiata dietro il banco, senza affacciarmi sulla veranda, con l'orecchio attento al silenzio della mia padrona e di Kamal. A mezzogiorno chiusi la bottega, ma non osai uscire da quei tre locali zeppi di merce e mi sistemai fra i sacchi di grano per passarci l'ora calda della siesta. Avevo paura. La casa si era trasformata in un animale impudico che mi respirava alla spalle.

Kamal trascorse la mattinata a spassarsela con Zulema, poi entrambi mangiarono frutti e dolci e all'ora della siesta, quando lei si addormentò spossata, lui raccolse le sue cose, le sistemò nella valigia di cartone e se ne andò via discretamente dalla porta del retro, come un ladro. Vedendolo uscire, ebbi la certezza che non sarebbe ritornato.

Zulema si svegliò a metà del pomeriggio per via dello schiamazzo dei grilli. Comparve nella *Perla d'Oriente* avvolta in una vestaglia, spettinata, con le occhiaie scure e le labbra gonfie, ma aveva un aspetto molto grazioso, appagato, soddisfatto.

– Chiudi la bottega e vieni ad aiutarmi – mi ordinò.

Mentre pulivamo e arieggiavamo la camera, tendevamo lenzuola fresche sul letto e cambiavamo i petali dei fiori nei bacili, Zulema cantava in arabo e continuò a cantare in cucina, mentre preparava la minestra di yogurt, il *kiep* e il *tabule*. Dopo riempii la vasca da bagno, la profumai con essenza di limone e Zulema si immerse nell'acqua con un sospiro felice, le palpebre socchiuse, sorridente, smarrita in chissà quali ricordi. Quando l'acqua si fu raffreddata, chiese i suoi cosmetici, si osservò nello specchio compiaciuta e cominciò a incipriarsi, si mise belletto sulle guance, carminio sulle labbra, ombre madreperlacee intorno agli occhi. Uscì dal bagno avvolta negli asciugamani e si distese sul letto perché io la massaggiassi, poi si spazzolò i capelli, li raccolse in una crocchia e si mise un vestito scollato.

– Sono graziosa? – volle sapere.

– Sì.

– Sembro giovane?

– Sì.

– Che età?

– Come nella foto del giorno delle sue nozze.

– Perché mi parli di ciò? Non voglio ricordarmi delle mie nozze. Va', stupida, lasciami sola...

Si sedette su una sedia a dondolo di vimini sotto la tettoia del cortile a guardare il pomeriggio e ad attendere il ritorno del suo amante. Aspettai con lei, senza osare dirle che Kamal se n'era andato. Zulema passò ore a dondolarsi e chiamarlo con tutti i suoi sensi, mentre io ciondolavo sulla seggiola. Il cibo si scuoceva in cucina e nella stanza svaniva l'aroma discreto dei fiori. Alle undici di sera mi svegliai spaventata dal silenzio, i grilli erano ammutoliti e l'aria era immobile, nel cortile non si muoveva neppure una foglia. L'odore del desiderio era scomparso. La mia padrona rimaneva ancora immobile sulla sedia a dondolo, col vestito stropicciato, le mani contratte, il viso rigato di lacrime, il trucco disfatto, sembrava una maschera abbandonata all'intemperie.

– Vada nella sua camera, signora, non lo aspetti più. Forse non ritornerà fino a domattina... – la supplicai, ma la donna non si mosse.

Rimanemmo lì sedute tutta la notte. Battevo i denti e mi scivolava un sudore strano lungo la schiena. Attribuii questi segni alla mala sorte che era entrata nella casa, ma non era certo il momento di occuparmi dei miei malesseri, perché sentivo che nell'anima di Zulema qualcosa si era spezzato. Provai orrore nel guardarla, non era più la persona che conoscevo, si era trasformata in una sorta di enorme vegetale. Preparai il caffè per entrambe e glielo portai con la speranza di restituirle l'antica identità, ma lei non volle assaggiarlo. Stava rigida come una cariatide, con lo sguardo fisso sulla porta del cortile. Bevvi un paio di sorsi, ma lo sentii aspro e amaro. Riuscii infine a sollevare la padrona dalla sedia e a condurla per mano nella sua camera, le tolsi il vestito, le ripulii il viso con uno straccio umido e la feci coricare. Constatai che respirava tranquilla, ma lo scoramento le velava gli occhi e lei seguitava a piangere, silenziosa e cocciuta. Poi aprii la bottega come una sonnambula. Non mangiavo da parecchie ore, ricordai i tempi della mia disgrazia, prima che Riad Halabí mi raccogliesse, quando mi si era chiuso lo stomaco e non riuscivo a inghiottire. Mi misi a succhiare una nespola tentando di non pensare. Arrivarono alla *Perla d'Oriente* tre ragazze che chiesero di Kamal, risposi che non c'era e che non valeva neppure la pena di ricordarlo, perché in realtà non era umano, non era mai esistito in carne e ossa, era un genio del male, un *efrit* venuto dall'altra parte del mondo per sconvolgere loro il sangue e turbare l'anima, ma che non l'avrebbero più visto, era scomparso trascinato via dallo stesso vento fatale che l'aveva portato dal deserto fino ad Agua Santa. Le giovani se ne andarono in piazza a commentare la notizia e ben presto iniziarono a sfilare i curiosi per informarsi sull'accaduto.

– Io non so niente. Aspettate che arrivi il padrone – fu l'unica risposta che mi venne in mente.

A mezzogiorno, portai un piatto di minestra a Zulema e cercai di fargliela inghiottire a cucchiaiate, ma avevo la vista annebbiata e le mani mi tremavano tanto, che il liquido si sparse a terra. D'improvviso la donna cominciò a dondolarsi con gli occhi chiusi, lamentandosi, dapprima con un gemito monotono e poi con un ahiahiahi acuto e reiterato come il canto di una sirena.

– Stia zitta! Kamal non ritornerà. Se non riesce a vivere senza di lui, è meglio che si alzi e che vada a cercarlo finché non l'avrà trovato. Non c'è altro da fare. Mi ascolta, signora? –. La scrollai, spaventata dinnanzi alla vastità di quella sofferenza.

Ma Zulema non rispose, aveva dimenticato lo spagnolo e nessuno la udì più pronunciare una parola in tale lingua. Allora la riportai a letto, la feci coricare e mi distesi accanto a lei, attenta ai suoi sospiri, finché entrambe non ci addormentammo spossate. Così ci trovò Riad Halabí quando arrivò nel mezzo della notte. Aveva il camioncino carico di merce nuova e non aveva scordato i regali per la famiglia: un anello di topazi per la moglie, un vestito di organza per me, due camicie per il cugino.

– Cosa succede qui? – domandò esterrefatto dinnanzi al soffio di tragedia che spazzava la sua casa.

– Kamal se n'è andato – riuscii a balbettare.

– Come sarebbe? Dove, se n'è andato?

– Non lo so.

– È mio ospite, non può essersene andato via così, senza avvertirmi, senza congedarsi.

– Zulema sta malissimo.

– Ho l'impressione che tu stia peggio, figliola. Hai una febbre che fa paura.

Nei giorni successivi sudai il terrore, mi andò via la febbre e recuperai l'appetito, invece fu evidente che Zulema non soffriva di un malessere passeggero. Si era ammalata d'amore e tutti lo capirono, meno il marito che non volle prenderne atto e rifiutò di collegare la scomparsa di Kamal alla prostrazione della moglie. Non fece domande sull'accaduto, perché intuiva la risposta e, con la sicurezza della verità, si sarebbe visto costretto a vendicarsi. Era troppo mite per tagliare i capezzoli all'infedele o cercare il cugino fino a trovarlo per recidergli i genitali e ficcarglieli in bocca, secondo la tradizione dei suoi avi.

Zulema continuò a tacere quieta, piangendo a tratti, senza mostrare interesse per il cibo, la radio o i doni del marito. Cominciò a dimagrire e dopo tre settimane la sua pelle era divenuta di un dolce color seppia, come in una fotografia del secolo scorso. Reagiva solo quando Riad Halabí tentava di farle una carezza, allora si scostava spiandolo con odio indiscutibile. Per un certo tempo sospesi le mie lezioni con la maestra Inés e il lavoro nella bottega, non ripresi neppure le visite settimanali al camion del cinema, perché non mi fu più possibile separarmi dalla padrona, passavo la giornata e buona parte della notte badando a lei. Riad Halabí assunse un paio di commesse per fare le pulizie e dare una mano alla *Perla d'Oriente*. L'unica cosa buona di quel periodo fu che lui riprese a occuparsi di me come nei tempi precedenti l'arrivo di Kamal, mi chiedeva di nuovo che gli leggessi ad alta voce o che gli raccontassi storie di mia invenzione, mi invitava a giocare a domino e si lasciava vincere. Malgrado l'atmosfera opprimente che regnava in casa, trovavamo pretesti per ridere.

Trascorse qualche mese senza mutamenti di rilievo nelle condizioni dell'ammalata. Gli abitanti di Agua Santa e dei villaggi vicini venivano a chiedere notizie, recando ognuno un farmaco diverso: un mazzetto di ruta per decotti, uno sciroppo per guarire gli attoniti, vitamine in pillole, brodo di uccelli. Non lo facevano per stima nei confronti di quella straniera superba e solitaria, ma spinti da affetto per il turco. Sarebbe stata un'ottima cosa che la visitasse un'esperta, dicevano, e un giorno portarono un'indiana ermetica che fumò un po' di tabacco, soffiò il fumo sulla paziente e concluse che non aveva nessuna malattia catalogata dalla scienza, solo un attacco protratto di tristezza amorosa.

– Ha nostalgia della sua famiglia, poverina – spiegò il marito e congedò la medicona prima che avesse il tempo di indovinare la sua vergogna.

Non si ebbero più notizie di Kamal. Riad Halabí non pronunciò più il suo nome, ferito dall'ingratitudine con cui egli aveva ripagato l'ospitalità ricevuta.

Rolf Carlé cominciò a lavorare col signor Aravena lo stesso mese in cui i russi lanciarono nello spazio una cagnetta dentro una capsula.

– Solo i russi potevano fare una cosa simile! Non rispettano neanche gli animali! – esclamò lo zio Rupert indignato, allorché apprese la notizia.

– Su, non è il caso di prendersela tanto... Dopotutto è solo una bestia come tante, senza pedigree – replicò la zia Burgel senza sollevare lo sguardo dalla torta che stava preparando.

Quell'osservazione avventata scatenò uno dei peggiori litigi che la coppia ebbe mai. Passarono il venerdì lanciandosi improperi e offendendosi con rimproveri accumulati in trent'anni di vita comune. Fra molte altre cose sgradevoli, Rupert sentì sua moglie dire per la prima volta che aveva sempre detestato i cani, che le ripugnava quella faccenda di allevarli e di venderli e che pregava affinché i loro maledetti cani lupo si beccassero qualche malattia e finissero tutti al creatore. A sua volta Burgel venne a sapere che lui era a conoscenza di un'infedeltà da lei commessa in gioventù, ma che aveva taciuto per convivere in pace. Si dissero cose inimmaginabili e infine si ritrovarono esausti. Quando Rolf arrivò quel sabato alla Colonia, trovò la casa chiusa e credette che tutta la famiglia si fosse presa l'influenza asiatica che in quel periodo stava imperversando. Burgel giaceva prostrata nel letto con compresse di basilico sulla fronte e Rupert, congestionato dal rancore, si era chiuso nella falegnameria con i suoi cani da riproduzione e quattordici cuccioli appena nati, a distruggere metodicamente tutti gli orologi a cucù per i turisti. Le cugine avevano gli occhi gonfi a forza di piangere. Le due giovani si erano sposate con i fabbricanti di candele, unendo il loro odore naturale di cannella, chiodo di garofano, vaniglia e limone all'aroma delizioso della cera d'api. Abitavano nella stessa via, e dividevano la giornata fra le loro linde dimore e il lavoro con i genitori, aiutandoli nella locanda, nel pollaio e nell'allevamento dei cani. Nessuno badò all'entusiasmo di Rolf Carlé per la sua nuova cinepresa né volle ascoltare, come altre volte, il racconto minuzioso delle sue attività o delle agitazioni politiche all'Università. Il litigio aveva scombussolato tanto lo spirito di quel pacifico focolare, che quel fine settimana non gli fu possibile pizzicare le cugine, perché entrambe avevano una faccia da lutto e non mostrarono nessun entusiasmo per arieggiare le trapunte nelle stanze vuote. La domenica sera Rolf fece ritorno alla capitale casto com'era partito, con gli stessi indumenti sporchi della settimana prima, senza la provvista di gallette e di salumi che di solito la zia gli infilava nella valigia e con la scomoda sensazione che una cagnetta moscovita poteva essere più importante di lui agli occhi della famiglia. Il lunedì mattina incontrò il signor Aravena, per far colazione con lui in un piccolo caffè vicino al giornale.

– Dimentica quell'animale e le beghe dei tuoi zii, giovanotto, stanno per accadere cose molto importanti – gli disse il suo protettore davanti al piatto succulento con cui era solito iniziare la giornata.

– Di cosa sta parlando?

– Ci sarà un plebiscito fra un paio di mesi. È tutto sistemato, il Generale intende governare per altri cinque anni.

– Questa non è una novità.

– E invece è la volta che gli andrà tutto storto, Rolf.

Secondo le previsioni, poco prima di Natale ebbe luogo il referendum sostenuto da una campagna pubblicitaria che sommerse il paese di frastuoni, manifesti, sfilate militari e inaugurazioni di monumenti patriottici. Rolf Carlé decise di fare il suo lavoro con scrupolo e, nei limiti del possibile, con un po' di umiltà, a cominciare dal principio e dal basso. Tastò in anticipo il polso della situazione, girando nelle sedi elettorali, parlando con ufficiali delle Forze Armate, con operai e con studenti. Il giorno convenuto le vie vennero occupate dall'Esercito e dalla Guardia, ma si vedeva pochissima gente nei seggi elettorali, sembrava una domenica in provincia. Il Generale risultò vincitore con la schiacciante maggioranza dell'ottanta per cento, ma la fróde fu così palese, che invece dell'effetto previsto, lo precipitò nel ridicolo. Carlé stava curiosando da parecchie settimane e aveva molte informazioni, che consegnò ad Aravena con petulanza da novellino, azzardando di sfuggita complicati pronostici politici. L'altro lo ascoltò con aria burlona.

– Non rigirare tanto la frittata, Rolf. La verità è semplice: finché il Generale era temuto e odiato, riusciva a tenere le redini del governo, ma non appena si è trasformato in oggetto di beffa, il potere ha cominciato a scivolargli dalle mani. Verrà deposto prima di un mese.

Tanti anni di tirannia non avevano spazzato via l'opposizione, taluni sindacati agivano nell'ombra, i partiti politici erano sopravvissuti fuori della legge e gli studenti non lasciavano passare una giornata senza manifestare il loro scontento. Aravena sosteneva che le masse non avevano mai determinato il corso degli eventi nel paese, semmai si era trattato di una manciata di audaci dirigenti. La caduta del regime, lui pensava, sarebbe avvenuta con il consenso dell'élite, e il popolo, abituato al sistema dittatoriale, avrebbe seguito la via che gli veniva indicata. Considerava fondamentale il ruolo della Chiesa cattolica, perché anche se nessuno rispettava i Dieci Comandamenti e gli uomini facevano vanto di ateismo, quasi fosse un'altra versione della mascolinità, essa continuava a esercitare un potere enorme.

– Bisogna parlare con i preti – suggerì.

– L'ho già fatto. Un settore sta istigando gli operai e la classe media, dicono che i vescovi accuseranno il Governo di corruzione e di metodi repressivi. Mia zia Burgel è andata a confessarsi dopo l'alterco che ha avuto col marito e il prete, da sotto la tonaca, le ha passato un fascio di volantini da distribuire nella Colonia.

– Cos'altro hai sentito?

– I partiti dell'opposizione hanno firmato un patto, si sono finalmente uniti tutti.

– Allora questo è il momento di spaccare l'unità dell'Esercito e istigarlo alla rivolta. Tutto è pronto, il mio fiuto non sbaglia – disse Aravena, accendendo uno dei suoi forti sigari.

A partire da quel giorno, Rolf Carlé non si limitò a registrare gli eventi, ma approfittò dei suoi contatti per aiutare la causa della rivolta e, così facendo, poté misurare la forza morale dell'opposizione, che riusciva a spargere sconcerto fra gli stessi soldati. Gli studenti occuparono i licei e le facoltà, presero ostaggi, assalirono una radio e invitarono il popolo a scendere in strada. L'Esercito si mosse con l'ordine preciso di lasciarsi alle spalle una scia di morti, ma in pochi giorni fra gli ufficiali si era diffuso lo scontento e la truppa riceveva ordini contraddittori. Anche lì cominciava a soffiare il vento della cospirazione. L'Uomo della Gardenia reagì riempiendo i sotterranei di nuovi prigionieri, di cui si occupò di persona, senza scompigliarsi l'elegante pettinatura da primo attore; ma neppure i suoi metodi brutali riuscirono a evitare il tracollo del potere. Nelle settimane successive il paese divenne ingovernabile. Ovunque la gente parlava, finalmente libera dalla paura che le aveva chiuso la bocca per tanti anni. Le donne trasportavano armi sotto le sottane, gli studenti uscivano di notte a scrivere sui muri e persino lo stesso Rolf si ritrovò un bel mattino con una borsa piena di dinamite in cammino verso l'Università, dove lo aspettava una ragazza bellissima. Se ne innamorò a prima vista, ma la sua passione non ebbe seguito, perché lei prese la borsa senza ringraziarlo, si allontanò portandosi via l'esplosivo e lui non ne seppe mai più nulla. Venne indetto uno sciopero generale, chiusero i negozi e le scuole, i medici non si occuparono dei malati, i sacerdoti sbarrarono i templi e i morti rimasero insepolti. Le vie erano vuote e di notte nessuno accese le luci, come se d'improvviso la civiltà fosse finita. Tutti rimasero col fiato sospeso, aspettando, aspettando.

L'Uomo della Gardenia partì con un aereo privato per andarsene a vivere un esilio di lusso in Europa, dove ancora si trova, vecchissimo ma sempre elegante, a scrivere le sue memorie per rabberciare il passato. Lo stesso giorno fuggì il ministro del seggiolone di felpa vescovile, portandosi via una buona quantità di lingotti d'oro. Non furono gli unici. Di lì a poche ore scapparono per aria, per terra e per mare molti che non avevano la coscienza tranquilla. Lo sciopero non durò più di tre giorni. Quattro capitani si misero d'accordo con i partiti politici dell'opposizione, sollevarono i loro subalterni e subito altri reggimenti attratti dalla cospirazione si unirono a loro. Cadde il Governo e il Generale, ben provvisto di fondi, partì con la famiglia e i collaboratori più stretti su un aereo militare messo a disposizione dall'Ambasciata degli Stati Uniti. Una folla di uomini, donne e bambini, ricoperti dalla polvere della vittoria, entrò nella dimora del dittatore e si buttò nella piscina, lasciando l'acqua come una zuppa, al suono del jazz suonato da un negro sul pianoforte a coda bianco che abbelliva la veranda. Il popolo attaccò la caserma della Pubblica Sicurezza. Le guardie spararono con le mitragliatrici, ma la folla riuscì a infrangere le porte e a entrare nell'edificio, ammazzando quanti le si pararono dinnanzi. I torturatori che si salvarono perché in quel momento non c'erano, dovettero trascorrere mesi nascosti per evitare di essere linciati per strada. Furono assaltati i negozi e le dimore degli stranieri accusati di essersi arricchiti con la politica immigratoria del Generale. Vennero infrante le vetrine delle bottiglierie, e i liquori, una volta in strada, passarono da una bocca all'altra, per festeggiare la fine della dittatura.

Rolf Carlé stette tre giorni senza dormire, filmando gli eventi in mezzo allo strepito di una folla scatenata, di clacson di automobili, di balli per strada e di sbronze indiscriminate. Lavorava come in sogno, con così poca consapevolezza di sé che dimenticò la paura e fu l'unico ad azzardarsi a entrare con una cinepresa nell'edificio della Pubblica Sicurezza, per filmare dalla prima fila il mucchio di morti e di feriti, gli agenti sfracellati e i prigionieri liberati dalle perniciose celle dell'Uomo della Gardenia. Si introdusse anche nella dimora del Generale e vide la folla rompere i mobili, sfregiare a coltellate la collezione di quadri e trascinare in strada le pellicce di cincillà e i vestiti ricamati di lustrini della prima dama, e fu presente al Palazzo quando venne improvvisata la Giunta del Governo, composta da ufficiali ribelli e da civili in vista. Aravena lo complimentò per il lavoro e gli diede l'ultima spinta raccomandandolo alla televisione, dove i suoi audaci servizi fecero di lui la figura più celebre del telegiornale.

I partiti politici riuniti a congresso posero le basi di un'intesa, perché l'esperienza aveva insegnato loro che se agivano da cannibali gli unici a essere favoriti sarebbero di nuovo stati i militari. I dirigenti esiliati impiegarono qualche giorno a ritornare, a insediarsi e a mettersi a dipanare la matassa del potere. Nel frattempo la destra economica e l'oligarchia, all'ultimo momento unitesi alla rivolta, mossero verso il Palazzo con rapidità e in poche ore si impadronirono delle cariche vitali, dividendosele con un'astuzia tale che allorché il nuovo presidente occupò il suo posto, capì che l'unico modo per governare era di scendere a patti con loro.

Quelli furono momenti di baraonda, ma infine il polverone si dissipò, tacquero i clamori e arrivò il primo giorno della democrazia.

In molti luoghi la gente non venne a conoscenza della caduta della dittatura, anche perché non sapeva neppure che il Generale era da tanti anni al potere. Rimanevano al margine degli eventi attuali. In questa smisurata superficie coesistono tutte le epoche storiche. Mentre nella capitale i magnati comunicano per telefono per discutere di affari con i soci in altre città del globo, ci sono regioni delle Ande dove le norme del comportamento umano sono quelle trapiantate cinque secoli fa dai conquistatori spagnoli e in certi villaggi della foresta gli uomini vagano nudi sotto gli alberi, come i loro avi dell'Età della Pietra. Quello era un decennio di grandi sconvolgimenti e di prodigiose invenzioni, ma per molti in nulla si differenziava dai precedenti. Il popolo è generoso e perdona facilmente; nel paese non c'è pena di morte o ergastolo, sicché i beneficiati dalla tirannia, i collaboratori, gli informatori e gli agenti segreti, vennero ben presto dimenticati e riuscirono a inserirsi di nuovo in quella società dove c'era spazio per tutti.

Io non venni a conoscenza dei particolari dell'accaduto fino a molti anni dopo, quando per curiosità diedi un'occhiata ai giornali di quel periodo, perché ad Agua Santa non arrivavano notizie. Quel giorno ci fu una festa organizzata da Riad Halabí per raccogliere fondi per risistemare la scuola. Cominciò sul presto con la benedizione del prete, che all'inizio si era opposto all'iniziativa, perché serviva da pretesto per scommesse, sbronze e coltellate, ma poi fece finta di niente perché la scuola stava crollando dopo l'ultima tormenta. Poi ci fu l'elezione della Regina, incoronata dal Comandante con un diadema di fiori e di perline confezionato dalla maestra Inés, e nel pomeriggio cominciarono i combattimenti dei galli. Accorsero visitatori da altri villaggi e quando qualcuno gridò che il Generale era fuggito e che la folla stava demolendo le prigioni e squartando i secondini, venne zittito, perché non distraesse i galli. L'unico ad abbandonare il suo posto fu il Comandante, che si avviò di malavoglia verso il suo ufficio per mettersi in contatto con i superiori della capitale e chiedere istruzioni. Ritornò dopo un paio d'ore dicendo che non c'era di che preoccuparsi per quella storia, in effetti il Governo era caduto, ma tutto continuava come prima, sicché potevano cominciare la musica e i balli, e mi dia un'altra birra che brindiamo alla democrazia. A mezzanotte Riad Halabí contò il denaro raccolto, lo consegnò alla maestra Inés e rincasò stanco ma contento, perché la sua iniziativa aveva dato buoni frutti e il tetto della scuola era garantito.

– È caduta la dittatura – gli dissi non appena fu entrato. Ero rimasta tutto il giorno a badare a Zulema in preda a una delle sue crisi, e stavo aspettandolo in cucina.

– Lo so, figliola.

– L'hanno detto alla radio. Cosa significa?

– Niente che ci interessi, è una cosa che capita lontanissimo da qui.

Passarono due anni e la democrazia si consolidò. Col tempo solo il sindacato dei taxisti e alcuni militari rimpiangevano la dittatura. Il petrolio seguitò a sgorgare dalle profondità della terra con l'abbondanza di prima e nessuno pensò troppo a investire i guadagni perché in fondo credevano che la pacchia sarebbe durata eternamente. Nelle università, gli stessi studenti che avevano messo a repentaglio la vita per deporre il Generale, si sentivano defraudati dal nuovo Governo e accusavano il Presidente di piegarsi agli interessi degli Stati Uniti. Il trionfo della Rivoluzione Cubana aveva fatto divampare un incendio di illusioni in tutto il continente. Da quelle parti c'erano uomini che cambiavano l'ordine della vita e le loro voci giungevano attraverso l'aria, diffondendo parole magnifiche. Lì c'era il Che con una stella sulla fronte pronto a combattere in qualsiasi angolo dell'America. I giovani si lasciavano crescere la barba e imparavano a memoria idee di Karl Marx e frasi di Fidel Castro. Se non esistono le condizioni per la rivoluzione, l'autentico rivoluzionario deve crearle, stava scritto con pittura indelebile sui muri dell'Università. Taluni, convinti che il popolo non avrebbe mai ottenuto il potere senza violenza, decisero che era il momento di prendere le armi. Iniziò il movimento della guerriglia.

– Voglio filmarli – annunciò Rolf Carlé ad Aravena.

Fu così che partì per le montagne seguendo i passi di un giovane bruno, silenzioso e cauto, che lo guidò di notte lungo sentieri da capre fino al luogo dove si nascondevano i suoi compagni. Fu così che divenne l'unico giornalista in contatto diretto con la guerriglia, l'unico cui fu possibile filmarne i campi e l'unico in cui i capi riposero fiducia. E fu anche così che conobbe Huberto Naranjo.

Naranjo aveva trascorso gli anni dell'adolescenza spargendo il terrore nei quartieri della borghesia, a capo di una banda di emarginati, in guerra contro le bande di ragazzi ricchi che giravano per la città su motociclette cromate, vestiti con giubbotti di cuoio e armati con catene e coltelli, a imitazione degli eroi dei film. Finché i signorini se ne rimanevano nel loro settore a impiccare gatti, a sventrare a coltellate le poltrone dei cinema, a mettere le mani addosso alle bambinaie nei giardini, a infilarsi nel Convento de las Adoratrices per terrorizzare le monache e a prendere d'assalto le feste delle quindicenni per pisciare sulla torta, la faccenda rimaneva praticamente in famiglia. Di tanto in tanto la polizia li arrestava, se li portava al Comando, chiamava i genitori per sistemare amichevolmente le cose e subito li mollava senza averne schedato i nomi. Sono monellerie innocenti, dicevano benevoli, fra qualche anno saranno cresciuti, cambieranno i giubbotti di cuoio con completo e cravatta e potranno dirigere le aziende dei genitori e il destino del paese. Ma allorché invasero le vie del centro per ungere con mostarda e peperoncino i genitali dei mendicanti, sfregiare col coltello le facce delle prostitute e acchiappare gli omosessuali di calle República per impalarli, Huberto Naranjo pensò che era troppo. Riunì i suoi compari e organizzarono la difesa. In tal modo nacque La Peste, la banda più temuta della città, che affrontava le motociclette in battaglie campali, lasciando una scia di contusi, di svenuti e di feriti all'arma bianca. Se spuntava la polizia con i furgoni blindati, i cani da presa e le squadre antisommossa e riusciva a coglierli di sorpresa, quelli con la pelle bianca e il giubbotto nero ritornavano indenni a casa. Gli altri venivano bastonati nelle caserme finché il sangue non scorreva a rivoli fra i ciottoli del cortile. Ma non furono le bastonate a porre fine alla Peste, bensì un motivo di forza maggiore, che condusse Naranjo lontano dalla capitale.

Una notte un amico, il Negro della bettola, lo invitò a una misteriosa riunione. Dopo avere pronunciato la parola d'ordine all'entrata, furono condotti in una stanza chiusa dove c'erano parecchi studenti, che si presentarono con un nome falso. Huberto si accomodò per terra insieme agli altri, sentendosi fuori posto, perché sia il Negro sia lui sembravano estranei al gruppo, non provenivano dall'Università, non avevano neppure fatto il liceo. Comunque, ben presto notò che venivano trattati rispettosamente, perché il Negro aveva fatto il servizio militare specializzandosi in esplosivi e questo gli conferiva un enorme prestigio. Presentò Naranjo come il capo della Peste e tutti, avendo già sentito parlare del suo coraggio, lo accolsero con ammirazione. Lì, Naranjo ascoltò un giovane tradurre in chiare parole la confusione che lui stesso aveva dentro da parecchi anni. Fu una scoperta. All'inizio gli pareva di non riuscire a capire la maggior parte di quei focosi discorsi e ancora meno a ripeterli, ma intuì che la sua lotta personale contro i signorini del Club del Campo e le loro sfide all'autorità sembravano giochi da bambini alla luce di quelle idee ascoltate per la prima volta. Il contatto con la guerriglia cambiò la sua vita. Scoprì con stupore che per quei ragazzi l'ingiustizia non faceva parte dell'ordine naturale delle cose, come lui presumeva, ma era un'aberrazione umana, rifletté sugli abissi che separano gli uomini fin dalla nascita e decise di mettere la sua rabbia, fino ad allora inutile, al servizio di quella causa.

Per il giovane, entrare nella guerriglia fu una questione di virilità, perché una cosa era battersi a colpi di catena con i giubbotti neri e un'altra, assai diversa, sparare contro l'Esercito. Era sempre vissuto per strada e credeva di non conoscere la paura, non indietreggiava nelle battaglie con le bande rivali né chiedeva clemenza nel cortile della caserma. Ma pur essendo abituato alla violenza, mai avrebbe immaginato fino a che punto essa sarebbe arrivata negli anni a venire.

All'inizio, le sue missioni si svolsero in città; tracciare scritte sui muri, stampare volantini, attaccare manifesti, fabbricare coperte, rubare farmaci, reclutare simpatizzanti, cercare posti dove nascondersi, sottoporsi a un addestramento militare. Con i suoi compagni, imparò a usare l'esplosivo plastico, a fabbricare bombe casalinghe, a sabotare i fili dell'alta tensione, a far saltare binari e strade per dare l'impressione di essere molti e bene organizzati, onde attirare gli indecisi, rinvigorire il morale dei combattenti e infiacchire il nemico. All'inizio i giornali dedicarono molto spazio a queste azioni criminali, come vennero definite, ma poi fu vietato di parlare degli attentati e il paese ne veniva a conoscenza solo attraverso voci, qualche foglio stampato con mezzi di fortuna, radio clandestine. I giovani tentarono di mobilitare le masse in diversi modi, ma il loro ardore rivoluzionario si logorava contro i visi impassibili o le beffe del pubblico. L'illusione della ricchezza petrolifera ricopriva tutto con un manto di indifferenza. Huberto Naranjo si spazientiva. Durante le riunioni sentì parlare delle montagne, lì c'erano gli uomini migliori, le armi, il vivaio della rivoluzione. Evviva il popolo, abbasso l'imperialismo, gridavano, dicevano, sussurravano; parole, parole, migliaia di parole, buone e cattive parole; la guerriglia aveva più parole che pallottole. Naranjo non era un oratore, non sapeva usare tutte quelle parole ardenti, ma ben presto si delineò in lui un pensiero politico e sebbene non sapesse teorizzare come un ideologo, arrivava a commuovere con lo slancio del suo coraggio. Aveva pugni duri e fama di coraggioso, ecco perché riuscì a farsi mandare al fronte.

Partì un pomeriggio senza congedarsi da nessuno e senza dare spiegazioni agli amici della Peste, dai quali si era allontanato nel momento in cui erano iniziate le sue nuove inquietudini. L'unico a sapere dove andava fu il Negro, ma non l'avrebbe detto neppure morto. Dopo pochi giorni trascorsi sulle montagne, Huberto Naranjo capì che quanto aveva sperimentato fino ad allora era una sciocchezza, che era giunta l'ora di mostrare le sue capacità. La guerriglia non era un esercito clandestino, come credeva, ma un gruppo di quindici o venti ragazzi sparsi fra i dirupi, appena sufficienti per nutrire qualche speranza. Dove mi sono cacciato? questi sono pazzi, fu il primo pensiero, subito scartato perché la sua meta era chiarissima: bisognava vincere. Il fatto di essere in pochi lo costringeva a sacrificarsi di più. Per prima venne la sofferenza. Tappe forzate con trenta chili di attrezzi sulle spalle e un'arma in mano, arma sacra che non doveva bagnarsi né guastarsi, che non doveva essere abbandonata neppure per un istante, camminare, rannicchiarsi, salire e scendere in fila, in silenzio, senza cibo né acqua, finché i muscoli di tutto il corpo non divenivano un solo immenso e assoluto gemito, finché la pelle delle mani non si sollevava in globi pieni di liquido torbido, finché le punture degli insetti non impedivano alle palpebre di sollevarsi e i piedi non sanguinavano, piagati dentro gli stivali. Salire sempre di più, soffrire sempre di più. Poi il silenzio. In quel paesaggio verde e impenetrabile, egli capì il significato del silenzio, imparò a muoversi come la brezza; lì un sospiro, un fruscio dello zaino o dell'arma risuonavano come un rintocco di campana e potevano costare la vita. Il nemico era vicinissimo. La pazienza di aspettare immobile per ore e ore. Nascondi la paura, Naranjo, non contagiare gli altri, resisti alla fame, tutti abbiamo fame, sopporta la sete, tutti abbiamo sete. Sempre fradicio, scomodo, sporco, dolorante, tormentato dal freddo della notte e dal caldo atroce del mezzogiorno, dal fango, dalla pioggia, dalle zanzare e dalle cimici, dalle ferite suppuranti, dalle piaghe e dai crampi. All'inizio si sentiva sperduto, non vedeva dove andava e dava colpi alla cieca col machete, sotto erbe, cespugli, rami, pietre, stoppie, sopra il fogliame degli alberi così fitto da nascondere la luce del giorno; ma poi acquistò la vista di un giaguaro e imparò a orientarsi. Smise di sorridere, la sua faccia divenne dura, la pelle del colore della terra, l'occhio asciutto. La solitudine era peggiore della fame. Sentiva un desiderio spasmodico di toccare un'altra persona, di accarezzare qualcuno, di abbracciare una donna, ma lì erano tutti uomini, non si toccavano mai, ognuno rinchiuso nel proprio corpo, nel proprio passato, nelle paure e nelle illusioni. A volte arrivava qualche compagna e tutti avrebbero voluto posarle il capo sul grembo, ma neppure questo era possibile.

Huberto Naranjo diventò a poco a poco un animale della foresta, tutto istinto, riflessi, slanci, nervi, ossa, muscoli, pelle, fronte aggrottata, mascella stretta, ventre teso. Il machete e il fucile gli si saldarono alle mani, diventarono prolungamenti naturali delle braccia. Gli si affinò l'udito e gli si aguzzò la vista, sempre all'erta, anche quando dormiva. Sviluppò una tenacia senza limiti: battersi fino alla morte, fino alla vittoria, non c'è scelta, stiamo sognando e stiamo concretizzando i sogni, sognare o morire, avanti. Dimenticò se stesso. Di fuori era di pietra, ma col passare dei mesi qualcosa di fondamentale cedette e si spezzò dentro di lui e ne emerse un frutto nuovo. Il primo sintomo fu la compassione, a lui ignota, che nessuno gli aveva mai dimostrato e che lui non aveva avuto occasione di provare. Qualcosa di tiepido cresceva dietro la durezza e il silenzio, qualcosa come un affetto illimitato per gli altri, qualcosa che lo stupì più di qualsiasi altro mutamento subito fino ad allora. Cominciò ad amare i suoi compagni, voleva dare la vita per loro, sentiva il desiderio di abbracciarli e di dire loro ti voglio bene, fratello. Poi quel sentimento si estese fino a comprendere tutta la folla anonima del popolo e allora capì che la rabbia si era trasformata.

In quel periodo lo conobbe Rolf Carlé e gli bastò scambiare tre frasi per capire di trovarsi dinnanzi a un uomo eccezionale. Ebbe il presentimento che i loro destini si sarebbero incontrati più volte, ma subito lo scartò. Evitava di cadere nelle trappole dell'intuizione.

OTTO

Un paio di anni dopo la partenza di Kamal, le condizioni di Zulema si erano stabilizzate nella nostalgia; aveva riacquistato l'appetito e dormiva come prima, ma nulla suscitava in lei il minimo interesse, passava le ore immobile sulla seggiola di vimini a osservare il cortile, fuori dal mondo. Le mie storie e i romanzi radiofonici erano l'unica cosa che riusciva ad accenderle una scintilla negli occhi, per quanto non fossi sicura che li capisse, perché non sembrava avere recuperato la memoria dello spagnolo. Riad Halabí aveva messo in casa un apparecchio televisivo, ma poiché lei lo ignorava e comunque le immagini giungevano disturbate come messaggi di altri pianeti, decise di portarlo nella bottega perché ne approfittassero almeno i vicini e i clienti. La mia padrona non si ricordava più di Kamal né rimpiangeva l'amore perduto, semplicemente si era lasciata sprofondare nell'indolenza per cui aveva sempre avuto vocazione. La malattia le servì per eludere il fastidio delle piccole responsabilità della casa, del matrimonio, di se stessa. La tristezza e la noia le erano più tollerabili dello sforzo per vivere normalmente. Forse in quel periodo cominciò a frullarle in testa l'idea della morte, come grado estremo della pigrizia, che avrebbe fermato anche il sangue nelle vene e l'aria nei polmoni, e le avrebbe concesso il completo riposo: non pensare, non sentire, non essere. Il marito la portò col camioncino all'ospedale della zona, a tre ore di strada da Agua Santa, dove le fecero qualche esame, le diedero pillole per la malinconia e dissero che nella capitale avrebbero potuto guarirla con scosse elettriche, metodo che a lui sembrò inaccettabile.

– Il giorno in cui riprenderà a guardarsi nello specchio, sarà guarita – dicevo io e mettevo la padrona davanti a uno specchio grande per risvegliare la sua civetteria. – Ricorda come era bianca la sua pelle prima, Zulema? Vuole che le trucchi gli occhi? –. Ma il vetro rifletteva solo il contorno vago di una medusa marina.

Ci abituammo all'idea che Zulema era una sorta di pianta enorme e delicata, riprendemmo le consuetudini della casa e della *Perla d'Oriente* e io tornai a lezione dalla maestra Inés. Quando avevo cominciato ero appena capace di leggere due sillabe insieme e avevo una laboriosa calligrafia da bambina, tuttavia la mia ignoranza non era eccezionale, quasi tutti nel villaggio erano analfabeti. Devi studiare per poi poterti mantenere da sola, figliola, non è bello dipendere da un marito, ricordati che chi paga comanda, mi diceva Riad Halabí. Divenni ossessiva nello studio, mi affascinavano la storia, la letteratura e la geografia. La signorina Inés non si era mai allontanata da Agua Santa, ma aveva carte geografiche appese alle pareti e il pomeriggio mi spiegava le notizie della radio, indicando i punti ignoti dove si svolgeva ogni evento. Servendomi di un'enciclopedia e delle cognizioni della maestra, io viaggiavo per il mondo. Mi rivelai invece una zuccona quanto ai numeri. Se non impari a moltiplicare, come posso affidarti la bottega? protestava il turco. Io non gli davo molto retta, preoccupata solo dal desiderio di saper manipolare le parole. Leggevo il dizionario con passione e potevo trascorrere ore cercando rime, verificando sinonimi e contrari e risolvendo cruciverba. All'avvicinarsi dei diciassette anni il mio corpo raggiunse l'altezza definitiva e il mio viso prese l'espressione che mi avrebbe accompagnata fino a oggi. Allora smisi di scrutarmi nello specchio per paragonarmi con le donne perfette del cinema e delle riviste e decisi che ero bella per il semplice motivo che avevo voglia di esserlo. Su questo, non ci pensai due volte. Portavo i capelli lunghi legati a coda sulla schiena, vestiti di cotone che mi cucivo da sola e sandali di tela. I giovanotti del villaggio o gli autisti dei camion, che si fermavano a bere una birra, volevano attaccare discorso, ma Riad Halabí li spaventava come un padre geloso.

– Nessuno di questi pelandroni è adatto a te, bambina. Ti cercheremo un marito come si deve, che ti rispetti e che ti ami.

– Zulema ha bisogno di me e qui io sono felice. Perché dovrei sposarmi?

– Le donne devono sposarsi, perché altrimenti sono incomplete, si inaridiscono, gli si ammala il sangue; ma tu puoi aspettare ancora un po', sei giovane. Devi prepararti per il futuro. Perché non studi da segretaria? Finché io vivrò non ti mancherà nulla, ma non si sa mai, è meglio avere un mestiere. Quando sarà il momento di cercarti un fidanzato ti comprerò dei bei vestiti e dovrai andare dalla parrucchiera e farti fare una di quelle pettinature che si usano adesso.

Io divoravo i libri che mi capitavano fra le mani, badavo alla casa e alla malata, aiutavo il padrone nella bottega. Sempre occupata, non stavo tanto a pensare a me stessa, ma nelle mie storie comparivano brame e inquietudini che non sapevo di avere nel mio cuore. La maestra Inés mi suggerì di annotarle in un quaderno. Passavo parte della notte a scrivere e mi piaceva così tanto farlo, che le ore volavano senza che me ne accorgessi e spesso mi alzavo al mattino con gli occhi arrossati. Ma quelli erano i momenti migliori. Sospettavo che nulla esistesse davvero, che la realtà fosse una materia imprecisa e gelatinosa che i miei sensi captavano a metà. Non c'erano prove che tutti la percepissero alla stessa maniera. Forse Zulema, Riad Halabí e gli altri avevano un'impressione diversa delle cose, forse non vedevano gli stessi colori né udivano gli stessi suoni. Se così fosse stato, ognuno viveva in assoluta solitudine. Quel pensiero mi terrorizzava. Mi consolava invece l'idea che potevo prendere quella gelatina e modellarla per creare quanto più desideravo, non per farne una copia della realtà, come i moschettieri e le sfingi della mia ex padrona iugoslava, ma un mondo mio, popolato da personaggi vivi, a cui avrei imposto io le norme riservandomi di mutarle a mio piacimento. Da me dipendeva l'esistenza di tutto quello che nasceva, moriva o accadeva nella sabbie immobili dove germogliavano i miei racconti. Potevo metterci quello che volevo, bastava pronunciare la parola giusta per dargli vita. Certe volte sentivo che quell'universo costruito col potere dell'immaginazione aveva contorni più saldi e durevoli della regione confusa dove si muovevano gli individui in carne e ossa che mi circondavano.

Riad Halabí conduceva la stessa vita di prima, sempre preso dai problemi altrui, accompagnando, consigliando, organizzando, sempre al servizio degli altri. Presiedeva il circolo sportivo ed era incaricato di quasi tutti i progetti di quella piccola comunità. Due notti alla settimana si assentava senza dare spiegazioni e rincasava molto tardi. Quando lo sentivo entrare furtivo dalla porta del cortile, spegnevo la luce e fingevo di dormire, per non metterlo in imbarazzo. A parte quelle scappate, trascorrevamo un'esistenza di padre e figlia. Ci recavamo insieme a messa, perché il villaggio vedeva di malocchio la mia scarsa devozione, come aveva detto spesso la maestra Inés, e lui aveva deciso che in mancanza di una moschea non poteva far male adorare Allah in un tempio cristiano, soprattutto tenendo conto che non era necessario seguire il rito da vicino. Faceva come gli altri uomini, che si disponevano in fondo alla chiesa e rimanevano in piedi, in un atteggiamento un po' svogliato, perché le genuflessioni erano considerate poco virili. Lì lui poteva recitare le sue preghiere musulmane senza attirare l'attenzione. Non perdevamo nessun film al nuovo cinema di Agua Santa. Se il programma comprendeva qualcosa di romantico o di musicale, portavamo Zulema con noi, reggendola per le braccia, come un'invalida.

Quando la stagione delle piogge finì, e lo stradone spaccato dal fiume durante l'ultima piena venne riparato, Riad Halabí progettò un altro viaggio nella capitale, perché *La Perla d'Oriente* era sprovvista di merce. A me non piaceva rimanere da sola con Zulema. È il mio lavoro, bimba, devo andarci perché altrimenti gli affari andranno a rotoli, ma ritornerò presto e ti porterò molti regali, mi tranquillizzava il padrone prima di partire. Anche se io non ne parlavo mai, avevo ancora paura della casa, sentivo che i muri conservavano l'incanto di Kamal. A volte lo sognavo e nell'ombra intuivo il suo odore, il fuoco, il corpo nudo che mi puntava col sesso eretto. Allora invocavo mia madre perché lo scacciasse, ma non sempre lei ascoltava il mio richiamo. A dire il vero l'assenza di Kamal era così intensa che non so come ci fosse stato possibile sopportarne la presenza. Di notte il vuoto lasciato dal cugino riempiva le stanze silenziose, si impadroniva degli oggetti e saturava le ore.

Riad Halabí partì il giovedì mattina, ma solo il venerdì a colazione Zulema si accorse che il marito se n'era andato e allora ne mormorò il nome. Era la sua prima manifestazione di interesse dopo molto tempo e temetti che fosse l'inizio di un'altra crisi, ma quando le dissi che lui era in viaggio sembrò sollevata. Per distrarla, il pomeriggio la sistemai nel cortile e andai a dissotterrare i gioielli. Erano parecchi mesi che non li esponeva al sole, perciò non riuscivo a ricordare il nascondiglio e persi oltre un'ora a cercare, finché non trovai la scatola. La presi, ne scrollai via la terra e la posai davanti a Zulema, tirando fuori i gioielli a uno a uno e pulendoli con uno straccio per restituire il luccichio all'oro e il colore alle gemme. Le misi due pendenti alle orecchie e un anello a ogni dito, le agganciai catene e collane intorno al collo, le misi braccialetti ai polsi e quando l'ebbi così adornata andai a prendere lo specchio.

– Guardi com'è bella, sembra un idolo...

– Cerca un posto nuovo per nasconderli – ordinò Zulema in arabo, togliendosi i gioielli prima di sprofondare di nuovo nell'apatia.

Pensai che era una buona idea cambiare il nascondiglio. Rimisi tutto nella scatola, l'avvolsi in un sacchetto di plastica per proteggerla dall'umidità e andai dietro la casa in un terreno scosceso ricoperto di erbacce. Lì scavai un buco vicino a un albero, seppellii il pacchetto, livellai per bene la terra e con una pietra affilata feci un segno sul tronco per ricordare il posto. Avevo sentito dire che così facevano i contadini col denaro. Così frequente era la consuetudine di nascondere il tesoro da quelle parti, che anni dopo, quando costruirono l'autostrada, i trattori disseppellirono orcioli pieni di monete e di banconote il cui valore era stato annullato dall'inflazione.

All'imbrunire preparai la cena per Zulema, la misi a letto e poi rimasi a cucire fino a tardi sulla veranda. Sentivo la mancanza di Riad Halabí, nella casa buia si udiva appena il rumore della natura, i grilli erano muti, non c'era un filo d'aria. A mezzanotte decisi di andarmene a letto. Accesi tutte le luci, chiusi le persiane delle stanze perché non entrassero i rospi e lasciai aperta la porta del retro, per fuggire nel caso che fosse apparso il fantasma di Kamal o qualsiasi altro abitante dei miei incubi. Prima di coricarmi diedi un ultimo sguardo a Zulema e constatai che dormiva tranquilla, coperta solo da un lenzuolo.

Come sempre, mi svegliai ai primi chiarori dell'alba e andai in cucina a preparare il caffè, lo versai in una tazzina e attraversai il cortile per portarlo all'ammalata. Passando spensi le luci che avevo lasciato accese la sera prima e notai che le lampadine erano sporche di lucciole bruciate. Raggiunsi la camera della donna, aprii la porta senza rumore ed entrai.

Zulema era riversa con metà del corpo sul letto e l'altra metà penzolante a terra, con braccia e gambe spalancate, la testa verso la parete, i capelli nerazzurri sparsi sui guanciali e una pozza rossa che inzuppava le lenzuola e la camicia da notte. Sentii un odore più intenso di quello dei petali dei fiori nei bacili. Mi avvicinai con lentezza, posai la tazzina di caffè sul comodino, mi chinai su Zulema e la voltai. Allora vidi che si era sparata un colpo di pistola in bocca e che il colpo le aveva squarciato il palato.

Raccolsi l'arma, la ripulii e la misi nel tiretto del cassettone, fra la biancheria di Riad Halabí, dove stava sempre. Poi spinsi il corpo a terra e cambiai le lenzuola. Cercai una bacinella con dell'acqua, una spugna e un asciugamano, tolsi la camicia da notte alla padrona e cominciai a lavarla, perché non volevo che la vedessero in quelle condizioni. Le chiusi gli occhi, le truccai scrupolosamente le palpebre con il *khol*, le pettinai i capelli e la vestii con la sua più bella camicia. Ebbi molte difficoltà a sistemarla di nuovo sul letto, perché la morte l'aveva resa di pietra. Quando ebbi finito di riordinare tutto, mi sedetti accanto a Zulema per raccontarle l'ultima storia d'amore, mentre fuori esplodeva il mattino col rumore degli indiani che arrivavano al villaggio con i bambini, i vecchi e i cani a chiedere l'elemosina, come ogni sabato.

Il capo della tribù – un uomo senza età, vestito con un paio di pantaloni bianchi e un cappello di paglia – fu il primo a raggiungere la casa di Riad Halabí. Voleva le sigarette che il turco dava loro ogni settimana e vedendo la bottega chiusa fece il giro per passare dalla porta del retro, che la notte prima io avevo lasciato aperta. Entrò nel cortile, a quell'ora ancora fresco, attraversò la veranda e si affacciò alla stanza di Zulema. Mi vide dalla soglia e mi riconobbe subito, perché di solito ero io ad accoglierlo dietro il banco della *Perla d'Oriente*. Fece scorrere lo sguardo sulle lenzuola pulite, sui mobili di legno scuro e lucente, sulla toeletta con lo specchio e sulle spazzole d'argento lavorato, sul cadavere della padrona disposto come quello di un santo da cappella con la camicia adorna di pizzi. Notò anche la pila di biancheria insanguinata vicino alla finestra. Mi si avvicinò e senza dire una parola mi posò le mani sulle spalle. Allora sentii di ritornare da molto lontano, con un grido interminabile che mi moriva in gola.

Quando poco dopo irruppe la polizia in assetto da combattimento, aprendo a calci le porte e sbraitando istruzioni, io non mi ero mossa e l'indiano era ancora lì con le braccia incrociate sul petto, mentre il resto della tribù si accalcava nel cortile come un gregge cencioso. Dietro di loro arrivarono gli abitanti di Agua

Santa, bisbigliando, spingendosi, spiando, invadendo la casa del turco, dove non avevano più messo piede dopo la festa di benvenuto al cugino Kamal. Alla vista della scena nella camera di Zulema, il Tenente prese subito in pugno la situazione. Cominciò con lo spaventare i curiosi e fare tacere lo schiamazzo sparando in aria, poi fece uscire tutti dalla camera perché non cancellassero le impronte digitali, come spiegò, e infine mi ammanettò, dinnanzi allo stupore di tutti, compresi i suoi stessi subalterni. Dai tempi in cui facevano uscire i detenuti dal carcere di Santa María per costruire strade, parecchi anni prima, non si era più visto nessuno in manette ad Agua Santa.

– Non muoverti di lì – mi ordinò, mentre i suoi uomini perquisivano la casa in cerca dell'arma, scoprivano la bacinella e gli asciugamani, confiscavano il denaro della bottega e le spazzole d'argento e spingevano via l'indiano che era sempre nella camera e si metteva loro davanti quando si avvicinavano a me. In quel mentre arrivò di corsa la signorina Inés, ancora in vestaglia perché era la sua giornata delle pulizie. Cercò di parlare con me, ma il Tenente non glielo permise.

– Bisogna avvertire il turco! – esclamò la maestra, – ma penso che nessuno sappia dove trovarlo.

Un incrociarsi di rumori, di corse e di ordini alterò l'anima della casa. Calcolai che ci avrei messo due giorni a ripulire il pavimento e a riordinare quello scompiglio. Mi domandavo, senza rammentare affatto che lui era in viaggio, perché Riad Halabí permettesse una tale mancanza di rispetto e neppure quando vidi sollevare il corpo di Zulema avvolto in un lenzuolo, trovai una spiegazione ragionevole. Il lungo grido era sempre lì nel mio petto, come un vento invernale, ma non riuscivo a farlo uscire. L'ultima cosa che notai prima di essere trascinata sulla jeep della polizia, fu il viso dell'indiano chino sul mio per dirmi all'orecchio qualcosa che non intesi.

Mi chiusero in una cella del commissariato, un locale piccolo, caldo. Avevo sete e tentai di chiamare per chiedere un po' d'acqua. Le parole nascevano dentro di me, crescevano, salivano, mi riecheggiavano nella testa e mi si affacciavano alle labbra, ma non riuscivo a cacciarle fuori, le sentivo incollate al palato. Feci uno sforzo per invocare immagini felici: mia madre che mi intrecciava i capelli mentre cantava una canzone, una bambina che cavalcava sul dorso paziente di un puma imbalsamato, le onde che si frangevano nella sala da pranzo dei miei vecchi padroni, le finte veglie funebri con Elvira, la nonna buona. Chiusi gli occhi e mi disposi ad aspettare. Molte ore più tardi un sergente, cui io stessa avevo servito liquore di canna il giorno prima alla *Perla d'Oriente*, venne a cercarmi. Mi lasciò in piedi davanti alla scrivania dell'ufficiale di turno e si sedette lì accanto, su un banco da scolaro, a prendere nota delle dichiarazioni con una lenta e laboriosa scrittura. La stanza era dipinta di verde grigiognolo, c'era una fila di panche metalliche lungo le pareti e una pedana di una certa altezza perché il tavolo del Comandante raggiungesse la debita autorità. Le pale di un ventilatore sul soffitto muovevano l'aria spaventando le zanzare, senza alleviare il caldo, persistente e umido. Ricordai la fontana araba della casa, il suono cristallino dell'acqua che scorreva fra le pietre del cortile, la grossa brocca di succo di ananas che preparava la maestra Inés quando andavo a lezione da lei. Entrò il Tenente e mi si piantò dinnanzi.

– Il tuo nome – latrò e io cercai di dirglielo, ma di nuovo le parole mi si conficcarono in qualche posto e non riuscii a distaccarle.

– Lei è Eva Luna, quella che il turco ha portato da uno dei suoi viaggi. Allora era una bambina. Non ricorda che gliel'ho raccontato, signor Tenente? – disse il sergente.

– Sta' zitto, non lo chiedo a te, stronzo.

Mi si avvicinò con calma minacciosa e mi girò intorno guardandomi da capo a piedi, sorridendo. Era un brunaccio allegro e gagliardo che aveva molto successo fra le giovani donne di Agua Santa. Risiedeva da due anni nel villaggio, era arrivato con la ventata delle ultime elezioni, quando avevano sostituito parecchi funzionari, persino alcuni della polizia, con altri del partito al Governo. Io lo conoscevo, veniva spesso da Riad Halabí e talvolta si fermava a giocare a domino.

– Perché l'hai uccisa? Per derubarla? Dicono che la turca fosse ricca e che avesse un tesoro sepolto nel cortile. Rispondimi, puttana! Dove hai nascosto i gioielli che le hai rubato?

Ci misi un'eternità a ricordare la pistola, il corpo rigido di Zulema e tutto quello che avevo fatto di lei prima dell'arrivo dell'indiano. Compresi infine la vastità della mia sventura e rendendomene conto, la lingua mi si inchiodò definitivamente in gola e non provai neanche più a rispondere. L'ufficiale alzò una mano, spinse il braccio indietro e mi diede un pugno. Non ricordo altro. Mi svegliai nella stessa stanza, legata alla seggiola, sola, mi avevano tolto il vestito. Il peggio era la sete, ah, il succo di ananas, l'acqua della fontana... La luce del giorno se n'era andata e la stanza era illuminata da una lampadina che pendeva dal soffitto, accanto al ventilatore. Tentai di muovermi, ma mi doleva tutto il corpo, soprattutto le bruciature delle sigarette sulle gambe. Di lì a poco entrò il sergente senza la giacca dell'uniforme, con la maglietta sudata e una barba di parecchie ore. Mi ripulì il sangue dalle labbra e mi scostò i capelli dal viso.

– È meglio se confessi. Non credere che il Tenente abbia finito con te, sta appena cominciando... Sai cosa fa certe volte alle donne?

Tentai di dirgli con lo sguardo cos'era accaduto nella camera di Zulema, ma di nuovo la realtà si offuscò e vidi me stessa seduta col viso fra le ginocchia e una treccia arrotolata intorno al collo, mamma, chiamai senza voce.

– Sei più cocciuta di una mula – mormorò il sergente con una sincera smorfia di compassione.

Andò a prendere un po' d'acqua e mi resse il capo affinché bevessi poi bagnò un fazzoletto e me lo passò con cura sui lividi della faccia e del collo. I suoi occhi incontrarono i miei e mi sorrise come un padre.

– Mi piacerebbe aiutarti, Eva, non voglio che continuino a pestarti, ma non comando io qui. Dimmi come hai ammazzato la turca e dove hai nascosto quello che le hai rubato e me la vedo io col Tenente per farti trasferire davanti al giudice dei minorenni. Su, dimmelo... Cosa succede? Sei diventata muta? Adesso ti do ancora un po' d'acqua, così vediamo se recuperi il buon senso e cominciamo a intenderci.

Bevvi tre bicchieri uno dopo l'altro e fu così grande il piacere del liquido freddo che mi scendeva in gola, che sorrisi pure. Allora il sergente mi tolse la corda che mi legava le mani, mi infilò il vestito e mi accarezzò la guancia.

– Poverina... Il Tenente non sarà di ritorno prima di un paio d'ore, è andato a vedere il film e a bersi qualche birra, ma ritornerà, poco ma sicuro. Quando sarà arrivato ti darò una botta per farti svenire di nuovo, così magari ti lascia in pace fino a domani... Vuoi un po' di caffè?

La notizia dell'accaduto raggiunse Riad Halabí molto prima di apparire sui giornali. Il messaggio viaggiò fino alla capitale di bocca in bocca per segreti sentieri, percorse le strade, gli alberghi di malamorte e le botteghe turche, fino a infilarsi nell'unico ristorante arabo del paese, dove oltre ai piatti tipici, alla musica del Medio Oriente e a un bagno di vapore al secondo piano, una creola travestita da odalisca improvvisava una speciale danza dei sette veli. Uno dei camerieri si avvicinò al tavolo dove Riad Halabí gustava un piatto del suo paese e gli comunicò un messaggio dell'aiutante di cucina, un uomo nato nella stessa tribù del capo indiano. Fu così che venne a saperlo il sabato sera, saltò sul camioncino dirigendosi a tutta velocità verso Agua Santa e riuscì ad arrivarci il mattino del giorno dopo, poco prima che il Tenente ricominciasse a interrogarmi.

– Mi consegni la ragazza – pretese.

Nella stanza verdolina, di nuovo nuda e legata alla seggiola, udii la voce del mio padrone e quasi non la riconobbi, per via del tono insolitamente autoritario.

– Non posso lasciare libera una sospetta, turco, capisca la mia posizione – disse il Tenente.

– Quanto costa?

– Va bene. Venga nel mio ufficio che ne parliamo in privato.

Ma era troppo tardi per sottrarmi allo scandalo. Le mie fotografie di fronte e di profilo, con un frego nero sugli occhi, perché non ero ancora maggiorenne, erano state spedite ai giornali della capitale e di lì a poco sarebbero apparse nella cronaca nera sotto lo strano titolo di "Uccisa dal suo stesso sangue", dove venivo accusata di avere assassinato la donna che mi aveva tolta dalla miseria. Conservo ancora un ritaglio, giallo e fragile come un petalo secco, dov'è registrata la storia di quest'orrendo delitto inventato dalla stampa, e l'ho letto così tante volte, che in certi momenti della mia vita mi sono sentita indotta a credere che fosse vero.

– Sistemala un po', che la lasciamo al turco – ordinò il Tenente dopo il colloquio con Riad Halabí.

Il sergente mi lavò alla meglio e non volle infilarmi il vestito, perché era macchiato del sangue di Zulema e mio. Sudavo tanto, che preferì avvolgermi in una coperta bagnata per nascondere la mia nudità e, anche, per rinfrescarmi. Mi aggiustò un po' i capelli, ma il mio aspetto era comunque pietoso. Vedendomi, Riad Halabí cacciò un grido.

– Cos'avete fatto alla mia bambina!

– Non piantare grane, turco, perché sarebbe peggio per lei – lo avvertì il Tenente. – Ricordati che sto facendoti un favore, il mio dovere è di tenerla agli arresti finché tutto non sia chiarito. Chi ti dice che non abbia ucciso tua moglie?

– Lei sa che Zulema era pazza e che si è ammazzata!

– Io non so niente. Il fatto non è provato. Portati via la ragazza e non seccarmi, guarda che posso ancora cambiare idea.

Riad Halabí mi strinse fra le braccia e ci avviammo lentamente verso l'uscita. Varcando la soglia e affacciandoci sulla via, vedemmo assiepati davanti al commissariato tutti gli abitanti e qualche indiano rimasto ad Agua Santa, che osservavano immobili dall'altro lato della piazza. Appena uscimmo dall'edificio e facemmo qualche passo verso il camioncino, il capo della tribù cominciò a battere la terra con i piedi in una strana danza, producendo un suono sordo di tamburo.

– Andatevene tutti a fare in culo prima che vi faccia sgomberare a suon di pallottole! – ordinò il Tenente furibondo.

La maestra Inés non riuscì a trattenersi e, ricorrendo all'autorità conferitale da tanti anni di insegnamento, si fece avanti e guardandolo in faccia gli sputò ai piedi. Che il cielo ti punisca, disgraziato, disse chiaramente per farsi sentire da tutti. Il sergente fece un passo indietro, temendo il peggio, ma l'ufficiale sorrise beffardo e non rispose. Nessun altro si mosse finché Riad Halabí non mi ebbe sistemata sul sedile del veicolo e il motore non fu avviato, allora gli indiani cominciarono a ritirarsi verso il sentiero della foresta e gli abitanti di Agua Santa a disperdersi borbottando maledizioni contro la polizia. Sono cose che succedono quando si fa venire gente da fuori, nessuno di questi sciagurati è nato qui, altrimenti non si comporterebbero con tutta quella boria, si sfogava furente il padrone sul camioncino.

Entrammo in casa. Le porte e le finestre erano aperte, ma fluttuava ancora nelle stanze un'aria di terrore. Erano venuti i ladri – sono state le guardie, dissero i vicini, sono stati gli indiani, dissero le guardie –, sembrava un campo di battaglia, mancavano la radio e la televisione, metà delle stoviglie era rotta, la dispensa in disordine, la merce sparsa e sventrati i sacchi di granaglie, di farina, di caffè e di zucchero. Riad Halabí, reggendomi ancora per la vita, passò sopra i resti del ciclone senza soffermarsi a controllare i danni e mi portò sul letto dove il giorno prima giaceva sua moglie.

– Come ti hanno conciata quei cani... – disse coprendomi.

E allora, finalmente mi ritornarono le parole alle labbra, scaturirono come una cantilena incontrollabile, l'una dopo l'altra, un naso enorme che mi fissava senza vedermi e lei, più bianca che mai, che leccava e succhiava, i grilli del giardino e il caldo della notte, tutti sudavano, sudavano loro e sudavo io, non gliel-'ho detto perché volevo dimenticarlo, comunque lui se n'è anda-to, è sparito come un miraggio, lei l'ha montato e inghiottito, stiamo piangendo Zulema che ci ha portato via l'amore, magro e forte, scuro naso che si cacciava dentro di lei, dentro di me no, solo dentro di lei, credevo che avrebbe ricominciato a mangiare e a chiedermi racconti e a esporre l'oro al sole, ecco perché non ho parlato signor Riad, un colpo di pistola e la bocca le si è spaccata come la sua, Zulema tutta di sangue, i capelli di sangue, la cami-cia da notte di sangue, la casa inondata di sangue e i grilli con quel chiasso tremendo, lei l'ha montato e se l'è inghiottito, lui se n'è scappato via, tutti che sudavano, gli indiani sanno cos'è suc-cesso e anche il Tenente lo sa, gli dica di non toccarmi, di non picchiarmi, glielo giuro, io non ho sentito il colpo di pistola, si è sparata in bocca e si è aperta il palato, io non l'ho uccisa, l'ho ve-stita perché lei non la vedesse così, l'ho lavata, il caffè è ancora nella tazzina, io non l'ho uccisa, l'ha fatto lei, lei da sola, dica che mi lascino libera, che non sono stata io, io non sono stata...

– Lo so, bambina mia; sta' zitta, per favore –. E Riad Halabí mi ninnava piangendo di rabbia e di pena.

La signorina Inés e il padrone mi curarono i lividi con com-presse di ghiaccio e poi tinsero con anilina nera il mio vestito mi-gliore, per il funerale. Il giorno dopo io avevo sempre la febbre e la faccia pesta, ma la maestra insistette perché mi vestissi a lutto da capo a piedi, con calze scure e un velo sul capo, come si usa-va, per assistere alla sepoltura di Zulema, ritardata oltre le venti-quattr'ore regolamentari, per aspettare il medico legale che avrebbe fatto l'autopsia. Bisogna affrontare i pettegolezzi, disse la maestra. Il prete non si fece vedere, perché fosse ben chiaro che si trattava di un suicidio e non di un delitto, come invece mormoravano le guardie. Per rispetto nei confronti del turco e per infastidire il Tenente, tutta Agua Santa sfilò davanti alla tom-ba e ognuno mi abbracciò e mi fece le condoglianze come se io fossi davvero stata la figlia di Zulema e non una sospetta assas-sina.

Due giorni dopo già mi sentivo meglio e riuscii ad aiutare Riad Halabí a riordinare la casa e la bottega. La vita riprese. Non parlammo più dell'accaduto e non pronunciammo più i nomi di Zulema e di Kamal, ma entrambi apparivano fra le ombre del giardino, negli angoli delle stanze, nella penombra della cucina, lui nudo con gli occhi ardenti e lei intatta, abbondante e bianca, senza macchie di sangue o di seme, come se vivesse di morte naturale.

Malgrado le cautele della maestra Inés, la maldicenza cresceva e lievitava e quegli stessi che tre mesi prima erano pronti a giurare che io ero innocente, cominciarono a mormorare perché vivevo da sola con Riad Halabí, sotto lo stesso tetto, senza che fossimo uniti da un vincolo familiare comprensibile. Quando il pettegolezzo si insinuò attraverso le finestre ed entrò nella casa, aveva ormai assunto proporzioni terrificanti: il turco e quella sgualdrina sono amanti, hanno ucciso il cugino Kamal, hanno buttato nel fiume i suoi resti perché la corrente e i piraña li facessero sparire, ecco perché ha smarrito la ragione la povera sposa, e poi hanno ucciso anche lei per restarsene da soli in casa e adesso passano notti e giorni in un baccanale di sesso e di eresie musulmane, pover'uomo, non è colpa sua, quella diavolessa gli ha scombussolato il cervello.

– Io non credo alle stronzate che dice la gente, turco, ma non c'è fumo senza arrosto. Dovrò fare un'altra indagine, le cose non possono rimanere così – minacciò il Tenente.

– Quanto vuole adesso?

– Passa nel mio ufficio e ne parliamo.

Allora Riad Halabí comprese che il ricatto non sarebbe mai finito e che la situazione era arrivata a un punto di non ritorno. Nulla sarebbe più stato come prima, il villaggio ci avrebbe reso la vita impossibile, era tempo di separarci. Me lo disse quella sera, seduto nel cortile accanto alla fontana araba, con la sua impeccabile casacca di batista bianca, scegliendo con cura le parole. Il cielo era chiaro, io potevo distinguere i suoi occhi grandi e tristi, due olive bagnate, e pensai alle belle cose che avevamo condiviso, alle carte e al domino, ai pomeriggi passati a leggere il sillabario, ai film del cinema, alle ore trascorse cucinando insieme... Conclusi che lo amavo di un amore profondo e riconoscente. Una sensazione indefinita mi percorse le gambe, mi schiacciò il petto, mi fece bruciare gli occhi. Mi avvicinai, girai dietro alla seggiola su cui stava, mi misi alle sue spalle e per la prima volta, dopo tanto tempo di convivenza, osai toccarlo. Gli appoggiai le mani sulla schiena e il mento sulla testa. Per un tempo impossibile da calcolare, lui non si mosse, forse intuiva cosa stava per accadere e lo desiderava, perché tirò fuori il fazzoletto del suo pudore e si nascose la bocca. No, quello no, gli dissi, glielo tolsi e lo buttai a terra, poi feci girare la seggiola e mi sedetti sulle sue ginocchia, buttandogli le braccia al collo, stringendomi a lui e guardandolo senza battere ciglio. Odorava di pulito, di camicia appena stirata, di lavanda. Lo baciai sulla guancia rasata, sulla fronte, sulle mani, solide e brune. Ahi, ahi, bimba mia, sospirò Riad Halabí e sentii il suo alito tiepido scendermi per il collo, penetrare sotto la camicetta. Il piacere mi fece accapponare la pelle e mi indurì i seni. Mi resi conto di non essermi mai trovata così vicina a un uomo e di non ricevere da secoli una carezza. Gli presi piano il viso e lo baciai sulle labbra a lungo, imparando la forma strana della sua bocca, mentre un calore improvviso mi accendeva le ossa, mi faceva tremare il ventre. Forse per un istante lottò contro il desiderio, ma subito vi si abbandonò per seguirmi nel gioco ed esplorarmi anche lui, finché la tensione non fu insopportabile e ci scostammo per respirare.

– Nessuno mi aveva baciato sulla bocca – mormorò lui.

– Neppure me –. E lo presi per mano per condurlo nella camera da letto.

– Aspetta, piccola, non voglio farti del male...

– Da quand'è morta Zulema non ho più avuto le regole. È per via dello spavento, dice la maestra... Lei crede che non potrò più avere figli – arrossii.

Restammo insieme tutta la notte. Riad Halabí aveva passato la vita a inventare approcci con un fazzoletto sul viso. Era un uomo cortese e delicato, ansioso di compiacere e di essere accettato, ecco perché aveva studiato tutti i modi possibili di fare l'amore senza usare le labbra. Aveva trasformato le mani e tutto il resto del suo pesante corpo in uno strumento sensibile, capace di far godere una donna fino a colmarla di felicità. Quell'incontro fu così definitivo per entrambi, da poter essere considerato una cerimonia solenne e, invece, si rivelò allegro e giocoso. Entrammo insieme in uno spazio nostro dove non esisteva il tempo naturale e durante quelle ore magnifiche ci fu possibile vivere in completa intimità, senza pensare a null'altro che a noi stessi, due compagni impudichi e giocosi che davano e ricevevano. Riad Halabí era esperto e tenero e quella notte mi diede tanto piacere, che sarebbero passati molti anni e parecchi uomini nella mia vita prima che mi sentissi di nuovo così appagata. Mi insegnò le molteplici possibilità di una donna perché non mi accontentassi mai di meno. Ricevetti grata lo splendido dono della mia stessa sensualità, conobbi il mio corpo, seppi che era nato per quel godimento e non volevo immaginare la mia vita senza Riad Halabí.

– Lasciami rimanere con te – lo pregai all'alba.

– Bimba, ho troppi anni più di te. Quando ne avrai trenta io sarò un vecchio rimbambito.

– Non importa. Approfittiamo del tempo che possiamo passare insieme.

– I pettegolezzi non ci lascerebbero mai in pace. Io ho già vissuto la mia vita, ma tu non hai ancora cominciato la tua. Devi andartene da questo villaggio, cambiare nome, istruirti, dimenticare tutto quello che ci è accaduto. Io ti aiuterò sempre, sei più di una figlia per me...

– Non voglio andarmene, voglio rimanerti accanto. Non dare retta a quello che dice la gente.

– Devi obbedirmi, so perché lo faccio. Conosco il mondo meglio di te. Ci perseguiteranno fino a farci impazzire, non possiamo vivere rinchiusi, non sarebbe giusto per te, sei così giovane –. E dopo una lunga pausa Riad Halabí soggiunse: – C'è una cosa che volevo chiederti da qualche giorno. Sai dove Zulema ha nascosto i suoi gioielli?

– Sì.

– Va bene, non dirmelo. Adesso sono tuoi, ma lasciali dove sono, perché non ne hai ancora bisogno. Ti darò del denaro perché tu possa vivere nella capitale, perché tu possa andare a una scuola e imparare un mestiere, e non dover dipendere da nessuno, neppure da me. Non ti mancherà niente, piccola mia. I gioielli di Zulema aspetteranno, saranno la tua dote quando ti sposerai.

– Non mi sposerò con nessun altro, per favore, non mandarmi via.

– Lo faccio perché ti voglio molto bene, un giorno lo capirai, Eva.

– Non lo capirò mai! Mai!

– Sst... Non parliamone adesso, vieni qui, ci rimangono ancora alcune ore.

Al mattino ci avviammo insieme verso la piazza. Riad Halabí reggeva la valigia di indumenti nuovi che aveva preparato per me e io lo seguivo in silenzio, a testa alta e con lo sguardo di sfida, per non far vedere che stavo per piangere. Era una giornata come tutte le altre e a quell'ora i bambini giocavano per strada e le comari di Agua Santa avevano portato le loro seggiole sul marciapiede, dove si sedevano con un catino in grembo a sgranare mais. Gli occhi del villaggio ci seguirono implacabili sino alla fermata delle corriere. Nessuno mi fece un cenno di saluto, neppure il Tenente, che passò di lì per caso sulla sua jeep e girò la testa, come se non mi avesse vista, fedele alla sua parte del patto.

– Non voglio andarmene – lo supplicai per l'ultima volta.

– Non rendermi le cose più difficili, Eva.

– Verrai a trovarmi in città? Promettimi che verrai presto e che faremo di nuovo l'amore.

– La vita è lunga, bimba, ed è piena di sorprese, tutto può succedere.

– Baciami.

– Non posso, stanno guardandoci. Sali sulla corriera e non scendere per nessun motivo fino alla capitale. Lì prendi un taxi e va' all'indirizzo che hai annotato, è una pensione per signorine, la maestra Inés ha parlato per telefono con la direttrice, lì sarai al sicuro.

Dal finestrino lo vidi col fazzoletto sulla bocca.

Percorsi la stessa strada che avevo percorso anni prima, mezzo addormentata sul camioncino di Riad Halabí. Sfilarono dinnanzi ai miei occhi gli stupendi paesaggi della regione, ma non riuscii a vederli, perché avevo lo sguardo fisso dentro di me, ancora abbagliato dalla scoperta dell'amore. Intuii in quel momento che avrei provato lo stesso sentimento di riconoscenza per tutta la vita, ogni volta che avessi evocato Riad Halabí, ed è stato davvero così. Tuttavia, durante quelle ore tentai di liberarmi dal languore dei ricordi e di raggiungere la freddezza indispensabile per riesaminare il passato e fare un inventario delle mie possibilità. Fino ad allora avevo vissuto agli ordini di altri, affamata di affetto, senz'altro futuro che l'indomani e senz'altra fortuna che le mie storie. Avevo bisogno di fare un continuo sforzo d'immaginazione per supplire a quanto mi era mancato. Persino mia madre era un'ombra effimera che dovevo ridisegnare ogni giorno per non smarrirla nei labirinti della memoria. Ricordai a una a una ogni parola della notte precedente e capii che quell'uomo che avevo amato per cinque anni come un padre e che ora desideravo come un amante, era un sogno impossibile. Mi guardai le mani sciupate dai lavori domestici, me le passai sul viso palpando la forma delle ossa, immersi le dita nei capelli e con un sospiro dissi basta. Ripetei ad alta voce basta, basta, basta. Poi presi dalla borsetta il foglio col nome del pensionato per signorine, lo appallottolai e lo buttai fuori dal finestrino.

Arrivai alla capitale in un momento di grande confusione. Scendendo dalla corriera con la mia valigia, lanciai un'occhiata intorno e notai che accadeva qualcosa di allarmante, i poliziotti correvano rasente i muri o fra le macchine parcheggiate e si udivano spari vicini. Alle domande dell'autista, risposero gridando che ci allontanassimo di lì, perché qualcuno stava sparando con una carabina dall'edificio all'angolo. I passeggeri presero i loro fagotti e si sparpagliarono in fretta in ogni direzione. Io li imitai stordita, non sapevo dove andare, non riconoscevo la città.

Allontanandomi dalla stazione notai che c'era qualcosa di strano nell'aria, l'atmosfera sembrava satura di tensioni, la gente chiudeva porte e finestre, i negozianti tiravano giù le serrande delle botteghe, le strade cominciavano a svuotarsi. Tentai di salire su un taxi per allontanarmi di lì al più presto, ma non uno si fermava e poiché non circolavano neppure gli altri mezzi di trasporto, non mi rimase che continuare a camminare, con le scarpe nuove che mi martirizzavano i piedi. Sentii un rumore di tormenta e sollevando il viso vidi un elicottero che volava nel cielo, come un moscone smarrito. Accanto a me passarono alcune persone frettolose e chiesi loro cosa succedeva, ma nessuno lo sapeva con certezza; colpo di stato, riuscirono a dirmi, come unica spiegazione. Allora io non conoscevo il significato di quelle parole, ma l'istinto mi spingeva ad allontanarmi e proseguii senza una meta, con in mano la valigia che pesava sempre di più. Mezz'ora dopo passai davanti a un albergo dall'aspetto modesto e ci entrai, calcolando che i soldi mi sarebbero bastati per rimanere lì qualche tempo. Il giorno dopo cominciai a cercare lavoro.

Ogni mattina uscivo piena di speranze e ogni sera ritornavo spossata. Dopo avere letto gli annunci sui giornali, mi presentavo in tutti i posti dove offrivano lavoro, ma di lì a qualche giorno capii che, a meno che non fossi disposta a ballare nuda o a intrattenere clienti in un bar, avrei trovato lavoro solo come serva, e ne avevo già abbastanza di quella vita. In qualche momento di sconforto fui sul punto di prendere il telefono e chiamare Riad Halabí, ma mi trattenni. Infine il proprietario dell'albergo, che stava sempre seduto nella portineria e vedeva i miei andirivieni, intuì la situazione e mi offrì il suo aiuto. Mi spiegò che senza una lettera di raccomandazione era difficilissimo trovare un lavoro, soprattutto in quelle giornate di disordini politici, e mi diede un biglietto da visita per una sua amica. Arrivata all'indirizzo, riconobbi i dintorni di calle República e il mio primo impulso fu di scappare via, ma ci pensai meglio e conclusi che a chiedere non avrei perso niente. Tuttavia, non riuscii a individuare l'edificio che cercavo, perché mi ritrovai coinvolta in una sommossa. Parecchi giovani mi correvano accanto, trascinandomi con loro verso la piccola piazza davanti alla chiesa dei Seminaristi. Gli studenti agitavano i pugni, gridavano, scandivano slogan e io lì in mezzo che non capivo cosa diavolo succedesse. Un ragazzo si sgolava accusando il Governo di vendersi all'imperialismo e di tradire il popolo, e altri due si arrampicarono sulla facciata della chiesa per appendere una bandiera, mentre altri ancora gridavano in coro *no pasarán, no pasarán!* In quel mentre spuntò un gruppo di militari che si fece avanti fra percosse e spari. Mi misi a correre cercando un posto dove aspettare che finisse quel tafferuglio nella piazza e mi si calmasse l'affanno. In quel mentre vidi che la porta laterale della chiesa era socchiusa e senza esitare scivolai dentro. Il rumore di fuori arrivava anche lì, ma soffocato, come di un altro tempo. Mi sedetti sulla panca più vicina, e a un tratto mi sentii addosso d'improvviso tutta la stanchezza accumulata in quei giorni, posai i piedi sulla sbarra e appoggiai la testa alla spalliera. A poco a poco la quiete del luogo mi restituì la calma, mi sentii a mio agio in quel rifugio scuro, circondato da colonne e santi immobili, avvolta nel silenzio e nella frescura. Pensai a Riad Halabí e desiderai di averlo accanto, come sempre all'imbrunire negli ultimi anni, quando ci ritrovavamo insieme nel cortile all'ora del tramonto. Il ricordo dell'amore mi fece rabbrividire, ma subito lo allontanai. Più tardi, sentendo che gli echi provenienti dalla strada si erano attenuati e che entrava meno luce attraverso le vetrate, mi resi conto che era trascorso un lungo momento e lanciai uno sguardo intorno. Allora vidi seduta su un altro banco una donna così bella, che per un attimo la confusi con un'apparizione divina. Lei si girò e mi fece un gesto amichevole.

– Anche tu ti sei trovata in quel parapiglia? – domandò la stupenda sconosciuta con voce profonda, avvicinandosi per sedersi vicino a me. – Ci sono sommosse dappertutto, dicono che gli studenti si siano trincerati nell'Università e che alcuni reggimenti si siano sollevati, questo paese è un caos, così la democrazia non durerà a lungo.

La osservai esterrefatta, scrutando la sua struttura di animale da corsa, le lunghe dita sottili, gli occhi drammatici, la linea classica del naso e del mento ed ebbi l'impressione di averla già conosciuta o, almeno, di averla come presagita. Anche lei mi guardò, con un sorriso incerto sulle labbra dipinte.

– Io ti ho già vista...

– Sembra anche a me.

– Ma non sei quella che raccontava le storie... Eva Luna?

– Sì...

– Non mi riconosci? Sono io, Melecio.

– Non può essere... Cos'è successo?

– Lo sai cos'è la reincarnazione? È come rinascere. Diciamo che mi sono reincarnata.

Le toccai le braccia nude, i braccialetti di avorio, un ricciolo dei capelli, con l'emozione rinnovata di trovarmi dinnanzi a un personaggio sorto dalla mia immaginazione. Melecio, Melecio, mi uscì da dentro con tutta la scorta di buoni ricordi legati a quella creatura dei tempi della Signora. Vidi lacrime nere di trucco scivolare lentamente su quel viso perfetto, l'attirai contro di me per abbracciarla, dapprima con timidezza e poi un'incontrollabile allegria, Melecio, Eva, Melecio...

– Non chiamarmi così, adesso il mio nome è Mimì.

– È bello, ti sta bene.

– Come siamo cambiate tutt'e due! Non guardarmi così, non sono una checca, sono un transessuale.

– Un cosa?

– Io sono nato uomo per sbaglio, ma adesso sono donna.

– Come hai fatto?

– Con molte sofferenze. Ho sempre saputo che io non ero come gli altri, ma è stato in carcere che ho deciso di sfidare la natura. Sembra un miracolo che ci siamo incontrate... e proprio in una chiesa. Saranno vent'anni che non entravo in una chiesa – scoppiò a ridere Mimì asciugandosi le ultime lacrime.

Melecio era stato arrestato nel corso della Rivolta delle Puttane, quella memorabile baraonda che lui stesso aveva scatenato con la malaugurata lettera al Ministro degli Interni a proposito delle bustarelle alla polizia. Avevano invaso il cabaret dove lavorava e senza neanche lasciargli il tempo di vestirsi normalmente, se l'erano portato via col bikini di perle e diamanti falsi, con la coda di struzzo rosa, con la parrucca bionda e i sandali argentati. Il suo arrivo al commissariato aveva provocato una bufera di sghignazzate e di insulti, gli avevano dato una batosta fenomenale e l'avevano cacciato per quaranta ore in una cella d'isolamento. Poi lo avevano consegnato a uno psichiatra, che stava sperimentando una cura dell'omosessualità mediante la persuasione emetica. Per sei giorni e sei notti, questi gli propinò una serie di droghe che lo tramortivano, mentre gli presentava fotografie di atleti, ballerini e modelli maschili, con la sicurezza di provocargli un riflesso condizionato di ripugnanza nei confronti dei rappresentanti del suo sesso. Il sesto giorno Melecio, persona di carattere abitualmente pacifico, perse la pazienza, saltò al collo del medico, cominciò a morderlo come una iena e se non gliel'avessero sottratto in tempo l'avrebbe strozzato con le sue stesse mani. Ne dedussero che aveva sviluppato un rifiuto nei confronti dello psichiatra, lo definirono inguaribile, e lo spedirono a Santa María, dove finivano i delinquenti senza speranza di processo e i detenuti politici sopravvissuti agli interrogatori. Creato durante la dittatura del Benefattore e rimodernato con nuove sbarre e nuove celle durante quella del Generale, il carcere aveva una capienza di trecento individui, ma ce ne avevano stipati più di millecinquecento. Melecio fu trasferito con un aereo militare in un villaggio fantasma, prospero ai tempi della febbre dell'oro e agonizzante dopo l'auge del petrolio. Di lì lo portarono, impastoiato come un animale, dapprima su un camioncino e poi su una lancia, sino all'inferno dove avrebbe dovuto trascorrere il resto dell'esistenza. Al primo sguardo capì le proporzioni della sua sciagura. Una parete di poco più di un metro e mezzo di altezza e di lì in su sbarre, con dietro i carcerati che guardavano il verde immutabile della vegetazione e l'acqua gialla del fiume. Libertà, libertà, si sentì invocare quando si avvicinò il veicolo del tenente Rodríguez, che accompagnava la nuova infornata di detenuti per fare la sua ispezione trimestrale. Le pesanti porte metalliche vennero aperte e loro penetrarono fin nell'ultimo cerchio, dove vennero accolti da una folla ululante. Melecio fu portato direttamente nel padiglione degli omosessuali; lì i secondini lo offrirono all'asta ai delinquenti veterani. Ebbe fortuna, in fin dei conti, perché lo lasciarono a El Harén, dove cinquanta privilegiati disponevano di un settore indipendente e si erano organizzati per sopravvivere.

– In quel periodo io non avevo sentito parlare del Maharishi

182

e non avevo nessun aiuto spirituale – disse Mimì tremando nel rievocare quei ricordi, tirando fuori dalla borsetta un'immagine a colori, dove compariva un uomo barbuto in tunica da profeta circondato da simboli astrali. – Mi sono salvata dalla pazzia perché sapevo che la Signora non mi avrebbe abbandonata. Ti ricordi di lei? È un'amica leale, non si è data pace finché non mi ha tirata fuori di lì, ha passato mesi ungendo giudici, muovendo i suoi contatti col Governo e ha addirittura parlato col Generale in persona, per liberarmi.

Quando uscì da Santa María, un anno dopo, Melecio non era neppure l'ombra di se stesso. Il paludismo e la fame gli avevano tolto venti chili, un'infezione al retto lo costringeva a camminare curvo come un vecchio e l'esperienza della violenza lo aveva reso incapace di controllare le emozioni, passava dal pianto al riso isterico senza nessuna transizione. Si era ritrovato libero senza credere a quanto gli stava accadendo, convinto che fosse un trucco per accusarlo di un tentativo di fuga e sparargli alla schiena, ma era così indebolito che si era rassegnato alla sua sorte. Gli fecero attraversare il fiume su una lancia e poi lo portarono in automobile fino al villaggio fantasma. Scendi, frocio, lo spinsero giù, cadde in ginocchio sulla polvere ambrata e rimase lì in attesa del colpo mortale, ma non successe nulla. Udì il motore della macchina che si allontanava, sollevò lo sguardo e si trovò davanti la Signora, che sulle prime non lo riconobbe. Stava aspettandolo con un piccolo aereo preso a nolo e lo portò in volo in una clinica della capitale. Durante quell'anno lei aveva messo da parte denaro col traffico di prostitute per via marittima e lo mise tutto a disposizione di Melecio.

– Grazie a lei sono viva – mi raccontò Mimì. – Ha dovuto andarsene dal paese. Non fosse stato per la mia *mamma*, mi sarei procurato un passaporto col mio nuovo nome di donna e sarei andata a vivere con lei.

La Signora non era emigrata di spontanea volontà, ma per sfuggire alla giustizia, costretta dallo scandalo delle venticinque ragazze morte, rinvenute in una nave diretta a Curazao. Io avevo sentito il fatto un paio di anni prima per radio in casa di Riad Halabí e lo ricordavo ancora, ma non avevo mai pensato che ci fosse coinvolta la dama dall'enorme sedere sotto il cui tetto mi aveva lasciata Huberto Naranjo. I cadaveri erano di ragazze della Dominica e di Trinidad, imbarcate di contrabbando in una stiva ermetica, dove l'aria sarebbe stata sufficiente per dodici ore. A causa di un contrattempo burocratico erano rimaste rinchiuse per due giorni in quell'abitacolo della nave. Prima di partire, le donne ricevevano un pagamento in dollari e la promessa di un buon lavoro. Questa parte dell'affare era di competenza della Signora e lei la svolgeva con onestà, ma all'arrivo nei porti di destinazione venivano confiscati loro i documenti e venivano mandate in bordelli di infima categoria, dove si ritrovavano invischiate in una ragnatela di minacce e di debiti. La Signora, accusata di avere diretto la rete della tratta delle puttane attraverso le isole dei Caraibi, rischiò di finire i suoi giorni in carcere, ma di nuovo amici potenti l'avevano aiutata e fornita di documenti falsi con cui era riuscita a sparire in tempo. Per un paio di anni visse dei suoi introiti, tentando di non attirare l'attenzione, ma il suo spirito creativo esigeva una valvola di sfogo e così finì per organizzare un affare di ammennicoli sadomasochisti, con risultato così buono, che dai quattro punti cardinali le giungevano richieste di cinture di castità per uomo, di fruste a sette code, di collari da cane a uso umano e tanti altri strumenti di umiliazione.

– Presto farà scuro, meglio che ce ne andiamo – disse Mimì.
– Dove abiti?
– Per il momento in un albergo. Sono appena arrivata, questi ultimi anni li ho passati ad Agua Santa, un villaggio sperduto.
– Vieni ad abitare da me, io sono sola.
– Devo trovare la mia strada.
– La solitudine non va bene per nessuno. Andiamo a casa mia e una volta passato questo parapiglia, deciderai come credi meglio, disse Mimì ritoccandosi il trucco davanti a uno specchietto, un po' provata dalle vicissitudini di quella giornata.

Vicino a calle República, a breve distanza dai lampioni gialli e dalle lampadine rosse, c'era l'appartamento di Mimì. Quei duecento metri un tempo dedicati a vizi moderati, erano divenuti un labirinto di plastica e di neon, un centro di alberghi, bar, piccoli caffè e bordelli di ogni genere. Lì si trovavano anche il teatro de la Ópera, il migliore ristorante francese della città, il Seminario e parecchi edifici residenziali, perché nella capitale, come nel resto del territorio, tutto era mescolato. Negli stessi quartieri si vedevano dimore signorili affiancate alle baracche più squallide e ogni volta che i nuovi ricchi tentavano di insediarsi in un quartiere esclusivo, nel giro di un anno si ritrovavano circondati dai tuguri dei nuovi poveri. Quella democrazia urbanistica si estendeva ad altri aspetti della vita nazionale ed è così che talvolta si rivelava difficile stabilire la differenza fra un ministro e il suo autista, perché entrambi sembravano della stessa estrazione sociale, indossavano abiti simili e avevano una disinvoltura che, al primo colpo d'occhio, poteva confondersi con brutte maniere, ma in fondo era consapevolezza della propria dignità.

– Mi piace questo paese – aveva detto una volta Riad Halabí, seduto nella cucina della maestra Inés. – Ricchi e poveri, negri e bianchi, di una sola classe, di una sola nazione. Ognuno si sente proprietario del suolo su cui cammina, niente gerarchie, niente protocolli, nessuno è superiore a un altro per nascita o per fortuna. Io vengo da un posto molto diverso, nella mia terra ci sono molte caste e molte regole, l'uomo nasce e muore sempre nello stesso posto.

– Non si lasci ingannare dalle apparenze, Riad – aveva ribattuto la maestra Inés. – Questo paese è come una torta di pasta sfoglia.

– Sì, ma chiunque può salire o scendere, può essere milionario, presidente o mendicante, secondo i suoi sforzi, la sua fortuna o i disegni di Allah.

– Quando mai si è visto un indiano ricco? Oppure un negro divenuto banchiere o generale?

La maestra aveva ragione, ma nessuno ammetteva che la razza avesse a che vedere con la faccenda, perché tutti si vantavano di essere mulatti. Anche gli immigranti arrivati da tutte le parti del pianeta si erano uniformati senza pregiudizi e dopo un paio di generazioni neppure i cinesi potevano affermare di essere asiatici puri. Solo l'antica oligarchia proveniente da epoche anteriori all'Indipendenza si distingueva per tipo e colore, ma di questo non si parlava mai, sarebbe stata un'imperdonabile mancanza di tatto in una società apparentemente orgogliosa del sangue misto. Malgrado la sua storia di colonizzatori, dittatori e tiranni, quella era la terra promessa, la terra della libertà, come diceva Riad Halabí.

– Qui il denaro, la bellezza o il talento aprono tutte le porte – mi spiegò Mimì.

– Mi mancano le due prime cose, ma credo che la mia smania di raccontare le storie sia un dono del cielo... –. In realtà non ero sicura che la cosa avesse una qualche applicazione pratica, fino ad allora me n'ero servita per dare un po' di colore alla vita e fuggire in altri mondi quando la realtà mi diveniva insopportabile; raccontare mi sembrava un mestiere superato dai progressi della radio, della televisione e del cinema, pensavo che tutto quanto veniva trasmesso o proiettato su uno schermo fosse veridico, mentre i miei racconti erano quasi sempre un accumulo di menzogne, che neppure io sapevo da dove venissero.

– Se questo ti piace, fanne il tuo lavoro.

– Nessuno paga per ascoltare racconti, Mimì, e io devo guadagnarmi da vivere.

– Forse troverai qualcuno disposto a farlo. Non c'è fretta, finché starai con me non ti mancherà niente.

– Non voglio esserti di peso. Riad Halabí mi diceva che la libertà comincia con l'indipendenza economica.

– Presto ti accorgerai che il peso sono io. Ho bisogno di te assai più di quanto tu non ne abbia di me, sono una donna molto sola.

Rimasi con lei quella notte, la successiva e l'altra ancora, e così via per parecchi anni, durante i quali mi strappai dal cuore l'amore impossibile per Riad Halabí, divenni infine donna e imparai a governare il timone della mia esistenza, non sempre nella maniera più elegante, questo è vero, ma bisogna tenere presente che navigavo in acque tempestose.

Mi ero sentita troppo spesso ripetere che era una disgrazia nascere donna, ed ebbi qualche difficoltà a capire lo sforzo di Melecio per diventarlo. Io non ne vedevo il vantaggio da nessuna parte, ma lui lo desiderava e, a tal fine, era pronto a patire ogni genere di tormenti. Sotto la guida di un medico specializzato in quelle metamorfosi, ingeriva ormoni capaci di trasformare un elefante in un uccello migratore, si eliminava i peli con punture elettriche, si mise mammelle e natiche di silicone e si iniettò paraffina dove lo riteneva necessario. Nuda era un'amazzone dai seni splendidi e dalla pelle di bambino, il cui ventre culminava in attributi maschili piuttosto atrofizzati, ma ancora visibili.

– Mi manca un'operazione. La Signora si è informata: a Los Angeles compiono miracoli, possono fare di me una donna davvero, ma sono ancora in fase di sperimentazione e poi costa una fortuna – mi disse Mimì.

Per lei il sesso era il lato meno interessante della femminilità, era attratta soprattutto da vestiti, profumi, stoffe, ornamenti, cosmetici. Godeva dello sfiorarsi delle calze quando incrociava le gambe, del fruscio impercettibile della biancheria intima, della carezza della sua chioma sulle spalle. In quel periodo desiderava un compagno per accudirla e servirla, qualcuno che la proteggesse e le offrisse un affetto duraturo, ma non aveva avuto fortuna. Si trovava sospesa in un limbo androgino. Confondendola con un travestito, taluni l'avvicinavano, ma lei non accettava quei rapporti equivoci, si considerava donna e cercava uomini virili; tuttavia questi ultimi non osavano uscire con lei, pur essendo affascinati dalla sua bellezza, per timore di venire etichettati come froci. Non mancò chi la sedusse e la fece innamorare per vedere com'era nuda e come faceva l'amore, perché trovava eccitante abbracciare quel mostro ammirevole. Se un amante entrava nella sua vita, tutta la casa gli ruotava intorno, e lei si trasformava in una schiava pronta a compiacerlo nelle più azzardate chimere, pur di farsi perdonare il fatto irrefutabile di non essere una femmina completa. In quelle circostanze, quando si piegava e si sottometteva, io tentavo di difenderla dalla sua stessa follia, di ragionare con lei, di allontanarla da quella passione pericolosa. Sei gelosa, lasciami in pace, si irritava Mimì. Quasi sempre il prescelto corrispondeva al tipo castigamatti del maschiaccio robusto, che per qualche settimana la sfruttava, turbava l'equilibrio della casa, lasciava nell'aria le tracce del suo passaggio e provocava un disordine tale da mettermi di pessimo umore e da farmi minacciare di trasferirmi altrove. Ma alla fine la parte più sana di Mimì si ribellava, sapeva riprendersi e scacciare il carnefice. A volte la rottura avveniva con violenza, in altre occasioni era lui che, soddisfatta la curiosità, si stufava e se ne andava, allora lei cadeva malata di delusione. Per un certo tempo, finché non si innamorava di nuovo, ritornavamo entrambe alle incombenze consuete. Io controllavo gli ormoni, i sonniferi e le vitamine di Mimì e lei si occupava della mia istruzione, delle lezioni di inglese, del corso di scuola guida, dei libri, ascoltava storie per strada da portarmi in dono. La sofferenza, l'umiliazione, la paura e la malattia l'avevano segnata a fondo e avevano infranto l'illusione di quel mondo di cristallo in cui avrebbe desiderato vivere. Non era più un'ingenua, per quanto fingesse di esserlo soprattutto come mezzo di seduzione; comunque, nessun dolore, nessuna violenza, erano riusciti a distruggere la sua essenza più intima.

Credo che neppure io fossi molto fortunata in amore, anche se non mi mancavano uomini intorno. Di tanto in tanto soccombevo a qualche passione assoluta che mi sconvolgeva fino al midollo. In tal caso non aspettavo che l'altro facesse il primo passo, prendevo l'iniziativa tentando di ricreare in ogni abbraccio la fe- licità provata con Riad Halabí, ma questo non dava buoni risul- tati. Parecchi scappavano, forse un po' spaventati dalla mia au- dacia, e mi denigravano nei discorsi con gli amici. Mi sentivo li- bera, ero sicura che non potevo rimanere incinta.

– Devi andare dal medico – insisteva Mimì.

– Non preoccuparti, sono sana. Tutto si sistemerà quando la smetterò di sognare Zulema.

Mimì collezionava scatolette di porcellana, animali di pelu- che, bambole e cuscini ricamati da lei nei momenti di ozio. La cucina sembrava una vetrina di apparecchi domestici, e li usava tutti, perché le piaceva cucinare, sebbene fosse vegetariana e si nutrisse come un uccellino. Considerava la carne un veleno mor- tale, secondo uno dei numerosi insegnamenti del Maharishi, il cui ritratto campeggiava nel salotto e la cui filosofia orientava la sua vita. Era un nonno sorridente dagli occhi acquosi, un saggio che aveva ricevuto l'illuminazione divina attraverso le scienze matematiche. I suoi calcoli gli avevano dimostrato che l'universo – e a maggior ragione le creature – erano governati dal potere dei numeri, principi di conoscenza cosmogonica da Pitagora fino ai nostri giorni. Era stato il primo a mettere la scienza dei numeri al servizio della futurologia. Una volta l'avevano invitato al Gover- no per consultarlo su faccende di stato e Mimì si trovava tra la folla che l'aveva accolto all'aeroporto. Prima di vederlo scompa- rire sulla limousine ufficiale, era riuscita a toccargli l'orlo della tunica.

– L'uomo e la donna, non c'è differenza in questo caso, sono modelli dell'universo su scala ridotta, sicché ogni evento sul pia- no astrale è accompagnato da manifestazioni a livello umano e ogni persona sperimenta un rapporto con un determinato ordine planetario secondo la configurazione basilare che porta in sé fin dal momento in cui ha aspirato il primo soffio di vita, capisci? – recitò Mimì tutto d'un fiato, senza neanche respirare.

– Perfettamente – l'assicurai e a partire da quel momento non abbiamo mai avuto problemi, perché quando non ci rimane altro, comunichiamo col linguaggio degli astri.

NOVE

Le figlie di Burgel e di Rupert rimasero incinte nello stesso periodo, sopportarono insieme i disturbi tipici della gravidanza, ingrassarono come un paio di ninfe rinascimentali e diedero alla luce i loro primogeniti a pochi giorni di distanza. I nonni tirarono un profondo sospiro di sollievo perché le creature erano nate senza tare visibili, e festeggiarono l'evento con un doppio battesimo fastoso in cui spesero buona parte dei loro risparmi. Le madri non poterono attribuire la paternità dei figli a Rolf Carlé, come forse segretamente desideravano, perché i neonati odoravano di cera e perché da oltre un anno non avevano il piacere di balloccarsi con lui, non per mancanza di desiderio delle parti in causa, ma perché i mariti si erano rivelati assai più scaltri di quanto lasciavano supporre e non offrirono loro molte occasioni di ritrovarsi da soli. Durante ogni sua sporadica visita alla Colonia, gli zii e le due matrone sommergevano Rolf di premure e i fabbricanti di candele lo colmavano di rumorose attenzioni, ma non gli toglievano gli occhi di dosso, sicché le acrobazie erotiche passarono in secondo piano per motivi di forza maggiore. Tuttavia, di tanto in tanto i tre cugini riuscivano a intrufolarsi in un boschetto di pini o in qualche stanza vuota della locanda e a ridere insieme per un po', rievocando i vecchi tempi.

Col trascorrere degli anni le due donne ebbero altri figli e si abituarono al loro ruolo di spose, ma non persero la freschezza che aveva fatto innamorare Rolf Carlé quando le aveva viste per la prima volta. La maggiore continuò a essere allegra e giocosa,

189

usava un vocabolario da corsaro ed era capace di bere cinque boccali di birra senza scomporsi. La minore conservò quella sottile civetteria che la rendeva così seducente, malgrado non avesse più la fresca bellezza dell'adolescenza. Entrambe avevano conservato l'odore di cannella, chiodo di garofano, vaniglia e limone, la cui sola evocazione riusciva a infiammare l'animo di Rolf, come gli era accaduto a migliaia di chilometri di distanza, quando si era svegliato nel bel mezzo della notte col presentimento che anche loro stavano sognando di lui.

Quanto a Burgel e a Rupert, invecchiavano allevando cani, complicando la digestione dei turisti con straordinarie ricette culinarie, seguitando a litigare per un nonnulla e ad amarsi con buon umore, ogni giorno più incantevoli. La lunga convivenza di anni aveva smussato le differenze rendendoli sempre più simili nel corpo e nell'anima fino a farli sembrare gemelli. Per divertire i nipoti talvolta lei si appiccicava con un po' di colla di farina dei baffi di lana e indossava i vestiti del marito e lui si metteva un reggiseno pieno di stracci e una sottana della moglie, suscitando una festosa confusione fra i bambini. Il regolamento della locanda si rilassò e molte coppie clandestine andavano fino alla Colonia per trascorrere una notte in quella casa, perché gli zii sapevano che l'amore è buono per conservare il legno e alla loro età non avevano più l'ardore di un tempo, malgrado le enormi porzioni di stufato afrodisiaco che consumavano. Accoglievano gli innamorati con simpatia, senza fare domande sulla loro situazione legale, offrendo le migliori stanze e servendo succulente colazioni, riconoscenti perché quegli amplessi proibiti contribuivano al buon mantenimento di mobili e soffitti.

In quel periodo la situazione politica si stabilizzò, dopo che il Governo aveva soffocato i tentativi di sommossa ed era riuscito a controllare la cronica tendenza ai pronunciamenti di certi militari. Il petrolio continuò a sgorgare dalla terra come un inesauribile torrente di ricchezza, assopendo le coscienze e rinviando ogni problema a un ipotetico domani.

Nel frattempo Rolf Carlé era diventato una celebrità errabonda. Aveva girato parecchi documentari che conferirono prestigio al suo nome oltre i confini nazionali. Aveva visitato un po' tutti i continenti e a quell'epoca parlava quattro lingue. Il signor Aravena, promosso direttore dell'emittente televisiva nazionale dopo la caduta della dittatura, lo mandava in cerca di notizie alla fonte, perché gli piacevano i programmi dinamici e audaci. Lo considerava il miglior cineasta della sua squadra e in segreto Rolf era d'accordo con lui. I comunicati della agenzie stampa distorcono la verità, ragazzo mio, è meglio vedere i fatti con i propri occhi, diceva Aravena. Fu così che Carlé filmò catastrofi, guerre, sequestri, processi, incoronazioni di re, riunioni di alti dignitari e altri eventi che lo tennero lontano dal paese. In taluni momenti, quando si ritrovava immerso fino alle ginocchia in una fangaia del Vietnam o aspettava per giornate intere in una trincea del deserto, semisvenuto per la sete, con la cinepresa in spalla e la morte dietro la schiena, il ricordo della Colonia gli restituiva il sorriso. Per lui, quel villaggio da favola aggrappolato su una montagna sperduta dell'America costituiva un rifugio sicuro dove il suo spirito poteva sempre trovare la pace. Lì ritornava quando si sentiva oppresso dalle atrocità del mondo, per sdraiarsi sotto gli alberi a guardare il cielo, rotolarsi per terra con i nipoti e i cani, sedersi di sera in cucina a osservare la zia che rimestava nelle pentole e lo zio intento ad aggiustare i meccanismi di un orologio. Lì dava libero sfogo alla sua vanità sbalordendo la famiglia con il racconto delle sue avventure. Solo dinnanzi a loro si lasciava andare a innocenti pignolerie, perché in fondo si sapeva perdonato in anticipo.

Il suo tipo di lavoro gli aveva impedito di crearsi una famiglia, come reclamava la zia Burgel con sempre maggiore insistenza. Non si innamorava più con la facilità dei vent'anni e cominciava a rassegnarsi all'idea della solitudine, convinto che gli sarebbe stato difficilissimo trovare la donna ideale, pur non essendosi mai chiesto se aveva i requisiti che essa avrebbe preteso, nell'improbabile caso che una tale creatura perfetta comparisse sul suo cammino. Aveva al suo attivo un paio di amori finiti nella frustrazione, alcune amiche leali in diverse città che gli davano il benvenuto col massimo affetto se gli capitava di passare dalle loro parti, e conquiste sufficienti a dargli una buona opinione di se stesso, ma non si entusiasmava più per rapporti passeggeri e già dopo il primo bacio cominciava a distaccarsi. Si era trasformato in un uomo asciutto, con pelle e muscoli tesi, gli occhi attenti circondati da rughe sottili, abbronzato e lentigginoso. L'abitudine ad assistere ad avvenimenti violenti, sempre in prima linea, non era riuscita a renderlo insensibile, era ancora preda delle emozioni dell'adolescenza, cedeva sempre dinnanzi alla tenerezza e lo braccavano di tanto in tanto incubi ricorrenti, frammisti, quest'è vero, a certi sogni felici di cosce rosee e cuccioli di cani. Era tenace, inquieto, instancabile. Sorrideva spesso e lo faceva con sincerità, conquistandosi amici dappertutto. Quando era dietro l'obiettivo dimenticava se stesso, interessato solo a captare l'immagine, a prezzo di qualsiasi rischio.

Un pomeriggio di settembre, incontrai Huberto Naranjo a un angolo di strada. Lui girava lì intorno tenendo d'occhio da lontano una fabbrica di uniformi militari. Era sceso nella capitale per procurarsi armi e stivali – cosa può fare un uomo in montagna senza stivali? – e anche per convincere i capi della necessità di cambiare strategia, perché i suoi ragazzi venivano decimati dall'Esercito. Si era raso la barba e accorciato i capelli, indossava un abito cittadino e reggeva in mano una valigetta discreta. Non assomigliava affatto all'immagine dei manifesti che offrivano una ricompensa per la cattura di un barbuto col berretto nero il quale dal muro sembrava sfidare i passanti. La prudenza avrebbe voluto che facesse finta di non riconoscere neppure la propria madre, qualora l'avesse incontrata, ma io gli spuntai davanti quando forse aveva abbassato un po' la guardia. Disse che mi aveva vista attraversare la strada e che dagli occhi mi aveva subito riconosciuta, malgrado non rimanesse quasi più nulla della creatura che aveva lasciato a casa della Signora parecchi anni prima, affidandogliela come una sorella. Tese la mano e mi prese un braccio. Mi girai spaventata e lui mormorò il mio nome. Tentai di ricordare dove l'avevo visto prima, ma quell'uomo dall'aspetto di impiegato statale, nonostante la pelle bruciata dal sole, non assomigliava per nulla all'adolescente dal ciuffo impomatato e dagli stivaletti con tacco e borchie argentate che era stato l'eroe della mia infanzia e il protagonista delle mie prime fantasie amorose. Allora lui commise il secondo errore.

– Sono Huberto Naranjo...

Gli tesi la mano perché non mi veniva in mente un altro modo per salutarlo ed entrambi arrossimmo. Restammo lì all'angolo della via a guardarci attoniti, avevamo più di sette anni da raccontarci, ma non sapevamo da dove cominciare. Sentii un caldo languore nelle ginocchia e il cuore sul punto di esplodere, d'improvviso si riaccese la passione sopita in così lunga assenza, mi sembrò di non aver mai smesso di amarlo e in trenta secondi mi innamorai di nuovo. Huberto Naranjo viveva da tanto tempo senza una donna. Seppi in seguito che quella privazione di sesso e di affetto era per lui la cosa più difficile da sopportare sulle montagne. A ogni visita in città correva nel primo postribolo che si trovava dinnanzi e per qualche istante, sempre troppo breve, si calava nella fangaia abissale di una sensualità urgente, rabbiosa e in fin dei conti triste, che alleviava appena la fame accumulata senza dargli in realtà nessuna gioia. Quando poteva offrirsi il lusso di pensare a se stesso, sentiva il bisogno di avere fra le braccia una ragazza che fosse solo sua, di possederla completamente, una ragazza che lo aspettasse, lo desiderasse e che gli fosse fedele. E trascurando tutte le regole che imponeva ai suoi combattenti, mi invitò a prendere un caffè.

Quel giorno rincasai tardissimo, come in trance.

– Cosa ti succede? Hai gli occhi più chiari che mai – mi domandò Mimì, che mi conosceva come se stessa e riusciva a indovinare le mie pene e le mie gioie anche a distanza.

– Sono innamorata.

– Di nuovo?

– Adesso è sul serio. Ho aspettato quest'uomo per anni.

– Lo vedo, l'incontro di due anime gemelle. Chi è lui?

– Non posso dirtelo, è un segreto.

– Come sarebbe, che non puoi dirmelo? –. Mi prese per le spalle, alterata. – L'hai appena conosciuto e già ci divide?

– Dài, non arrabbiarti. È Huberto Naranjo, ma non devi mai fare il suo nome.

– Naranjo? Quello di calle República? Perché tanti misteri, allora?

– Non lo so. Mi ha detto che anche una sola parola può costargli la vita.

– L'ho sempre saputo che quello lì sarebbe finito male! Huberto Naranjo l'ho conosciuto quand'era un ragazzino, gli ho studiato le linee della mano e ho visto il suo destino nelle carte, non è fatto per te. Dammi retta, quello è nato per diventare un bandito o un riccone, dev'essere coinvolto in qualche contrabbando, in un traffico di marijuana o in qualche altro affare losco.

– Non ti permetto di parlare così di lui!

In quel periodo abitavamo in una casa vicino al Club de Campo, la zona più elegante della città, dove avevamo trovato una vecchia villetta alla portata dei nostri introiti. Mimì aveva ottenuto più successo di quanto avesse mai sognato ed era diventata così bella da non sembrare vera. La stessa forza di volontà che l'aveva spinta a cambiare la sua natura maschile, la indusse a raffinarsi e a trasformarsi in attrice. Mise da parte tutte le stravaganze che avrebbero potuto passare per volgarità, cominciò a imporsi per l'eleganza degli abiti firmati e del trucco sapiente, ripulì il suo linguaggio, conservando qualche parolaccia solo per i casi di emergenza, trascorse due anni a studiare recitazione in una scuola teatrale e belle maniere in un istituto specializzato nella formazione di regine di bellezza, dove imparò a salire con grazia su un'automobile, a mordere foglie di carciofo senza rovinare la linea tracciata col rossetto e a scendere per le scale trascinandosi dietro un'invisibile stola di ermellino. Non nascondeva di aver cambiato sesso, ma neppure ne parlava. La stampa scandalistica sfruttò quell'aura di mistero, attizzando il fuoco della maldicenza e del pettegolezzo, rendendola celebre. Per la strada, i passanti si giravano a guardarla, le studentesse la prendevano d'assalto per chiederle un autografo, le vennero offerti contratti per teleromanzi e opere teatrali, dove dimostrò un talento istrionico che nel paese non si era più visto dal 1917, quando il Benefattore aveva fatto venire da Parigi Sarah Bernhardt, ormai anziana, ma sempre magnifica anche se doveva reggersi in equilibrio su una sola gamba. La comparsa di Mimì sulla scena garantiva una platea zeppa, perché la gente veniva dalla provincia per vedere quella creatura mitologica che si diceva avesse seni da femmina e fallo da maschio. La invitavano a sfilate di moda, a far parte della giuria di concorsi di bellezza, alle feste di beneficenza. Fece il suo ingresso trionfale nell'alta società al Ballo di Carnevale, quando le famiglie più antiche le diedero una specie di riconoscimento ricevendola nei saloni del Club de Campo. Quella sera Mimì mandò in deliquio gli astanti presentandosi vestita da uomo, con un sontuoso travestimento da re della Thailandia, ricoperta di falsi smeraldi, con me al braccio mascherata da regina. Taluni rammentavano di averla applaudita anni addietro in un sordido cabaret per froci, ma questo, lungi dall'intaccare il suo prestigio, aumentava la curiosità. Mimì sapeva che non sarebbe mai stata accettata come membro di quell'oligarchia che per il momento l'applaudiva, che sarebbe sempre stata considerata solo un pagliaccio esotico per rallegrare le loro feste, ma entrare in quell'ambiente l'affascinava e per giustificarsi sosteneva che era utile alla sua carriera artistica. Qui la cosa più importante è avere conoscenze altolocate, mi diceva allorché la prendevo in giro per quelle velleità.

Il successo di Mimì ci assicurò il benessere economico. Adesso abitavamo davanti a un parco dove le bambinaie portavano a passeggio i figli dei padroni e gli autisti i cani di razza a far pipì. Prima di traslocare, regalò alle vicine di calle República le collezioni di peluche e di cuscini ricamati, e imballò nelle casse le statuine di porcellana fredda fabbricate con le sue stesse mani. Avevo avuto la cattiva idea di insegnarle quell'arte e lei per un lungo periodo si era dedicata nei momenti liberi a preparare la pasta per modellare oggetti bislacchi. Ricorse a un professionista per farsi arredare la nuova casa e l'individuo ebbe quasi un collasso alla vista delle creazioni di Materia Universale. La supplicò di tenerle riposte dove non potessero turbare il suo arredamento e Mimì glielo promise, perché lui era molto cortese, di età matura, con capelli grigi e occhi neri. Fra loro nacque un'amicizia così sincera, che lei si convinse di avere infine trovato il compagno indicato dallo zodiaco. L'astrologia non sbaglia, Eva, nel mio tema zodiacale sta scritto che vivrò un grande amore nella seconda metà della vita...

L'arredatore cominciò a venirci a trovare spesso, influendo definitivamente sulla qualità della nostra vita. Insieme a lui ci avvicinammo a raffinatezze fino ad allora sconosciute, imparammo a scegliere i vini, mentre prima bevevamo vino rosso di giorno e vino bianco di sera, ad apprezzare l'arte, a interessarci agli avvenimenti, alle notizie mondiali. La domenica andavamo a visitare mostre di quadri, musei, oppure a teatro o al cinema d'essai. Con lui assistei per la prima volta a un concerto e l'impressione fu così intensa che non dormii per tre notti, perché la musica mi riecheggiava dentro, e quando riuscii a prendere sonno, sognai che ero uno strumento a corde, di legno biondo con incrostazioni di madreperla e bischeri di avorio. Per parecchio tempo non mi persi nessuna esecuzione dell'orchestra, mi sedevo in un palco al secondo piano e allorché il direttore sollevava la bacchetta e la sala si riempiva di suoni, mi veniva da piangere, non riuscivo a sopportare tanto piacere. La casa era arredata tutta di bianco, con mobili moderni e un paio di particolari antichi, in modo così diverso da come eravamo abituate che per settimane ci aggirammo nelle stanze, smarrite, timorose di spostare qualche oggetto e di non ricordare poi il suo posto esatto o di sederci su una poltrona orientale e schiacciarne la morbidezza delle piume; ma, come lui ci aveva garantito fin dall'inizio, al buon gusto ci si assuefà e successe così anche a noi, che finimmo per burlarci di certe pacchianerie del passato. Un giorno quell'uomo affascinante annunciò che partiva per New York, assunto da una rivista, fece le valigie e si congedò da noi con autentica pena, lasciando Mimì immersa nella desolazione.

– Calmati, Mimì. Se se n'è andato, vuole dire che non era l'uomo del tuo destino. Quello vero arriverà presto – le dissi e la logica inconfutabile di questo ragionamento le recò un poco di conforto.

Col trascorrere del tempo l'armonia perfetta dell'arredamento subì qualche ritocco, ma l'atmosfera della casa divenne più accogliente. Dapprima ci fu il paesaggio marino. Raccontai a Mimì cos'aveva significato per me il quadro dei miei vecchi padroni e lei decise che la causa della mia fascinazione doveva avere un'origine genetica, sicuramente proveniva da qualche avo navigatore che mi aveva lasciato nel sangue l'incontrollabile nostalgia del mare. Poiché la cosa coincideva con la leggenda del nonno olandese, entrambe passammo al setaccio antiquari e aste finché non trovammo un dipinto a olio con scogli, onde, gabbiani e nuvole che comprammo senza esitare e che sistemammo al posto d'onore, distruggendo con disinvoltura l'effetto delle incisioni giapponesi, scelte con tanta cura dal nostro amico. Poi mi acquistai, un po' alla volta, tutta una famiglia da appendere alla parete, antichi dagherrotipi sbiaditi dal tempo: un ambasciatore coperto di medaglie, un esploratore con folti baffi e una doppietta a due canne, un nonno con zoccoli di legno e pipa di ceramica che guardava altero l'avvenire. Quando ebbi una parentela di buon lignaggio, cercammo minuziosamente l'immagine di Consuelo. Io le rifiutavo tutte, ma dopo una lunga peregrinazione ci imbattemmo infine in una giovane delicata e sorridente, vestita di pizzi e protetta da un ombrellino, in un giardino di rose rampicanti. Era abbastanza graziosa per raffigurare mia madre. Durante l'infanzia avevo visto Consuelo solo in grembiule e pantofole, occupata in banali faccende domestiche, ma avevo sempre saputo che in segreto era come la squisita signora con l'ombrellino, perché così si trasformava quando eravamo sole nella stanza di servizio e così desidero ricordarla.

In quegli anni tentai di recuperare il tempo perduto. Frequentavo un corso superiore alla scuola serale per ottenere un diploma che poi non mi servì a nulla, ma allora mi sembrava indispensabile. Lavoravo durante il giorno come segretaria nella fabbrica di uniformi militari e di notte riempivo di racconti i miei quaderni. Mimì mi aveva pregata di lasciare quell'impiego inutile e di dedicarmi solo a scrivere. Da quando aveva visto una coda di gente davanti a una libreria, ad aspettare pazientemente che un baffuto scrittore colombiano, in trionfale tournée, firmasse i suoi libri, mi riempiva di quaderni, di penne e di dizionari. Quello è un buon lavoro, Eva, non dovresti alzarti così presto e non riceveresti ordini da nessuno... Sognava di vedermi dedita alla letteratura, ma io avevo bisogno di guadagnarmi da vivere e a tal fine la scrittura è un terreno piuttosto scivoloso.

Poco dopo aver lasciato Agua Santa ed essermi sistemata nella capitale, mi misi sulle tracce della Madrina, perché l'ultima volta che avevo avuto notizie di lei era malata. Abitava in una stanza nel quartiere antico della città, ospitata da qualche anima buona che l'aveva accolta per compassione. I suoi averi non erano molti, a parte il puma imbalsamato – miracolosamente intatto malgrado il tempo e le vicissitudini – e i suoi santini, perché con il proprio altare in casa, si spende solo in candele e non in preti, come diceva. Aveva perso qualche dente, fra cui quello d'oro, venduto per bisogno, e delle carni opulente rimaneva solo il ricordo, ma conservava la consuetudine alla pulizia e si lavava ancora ogni sera in una bacinella. La mente non le funzionava più, e dovetti rinunciare a farla uscire dal labirinto personale dove si era smarrita, limitandomi ad andarla a trovare spesso per portarle vitamine, pulirle la stanza e rifornirla di dolciumi e acqua di rose, onde potesse profumarsi come un tempo. Cercai di farla ricoverare, ma nessuno mi ascoltò, dissero che non era gravemente malata e che c'erano casi più urgenti, i servizi sanitari non contemplavano situazioni come la sua. Un mattino la famiglia che la ospitava mi telefonò allarmata: la Madrina aveva un accesso di tristezza, piangeva da dodici giorni.

– Andiamo a trovarla, ti accompagno – disse Mimì.

Arrivammo nello stesso istante in cui, esaurita la resistenza alla malinconia, si tagliava la gola con un coltello. Udimmo dalla via il grido che richiamò tutto il vicinato; ci slanciammo nella stanza e la trovammo in una pozza di sangue che si allargava come un lago fra le zampe del puma imbalsamato. Aveva uno squarcio da un orecchio all'altro, ma era viva e ci guardava paralizzata dal terrore. Si era tagliata i muscoli delle mascelle, le si erano ritratte le guance e aveva uno spaventoso sorriso sdentato. Io mi sentii cedere le ginocchia e dovetti appoggiarmi alla parete per non cadere, ma Mimì si inginocchiò vicino a lei, stringendole i lembi della ferita con le lunghe unghie da mandarino, e così arrestò il sangue che ne fuggiva via insieme alla vita, finché non arrivò un'ambulanza. Durante tutto il tragitto, mentre io continuavo a tremare, lei tenne stretti i bordi della ferita. Mimì è una donna stupefacente. I medici dell'ospedale portarono la Madrina in sala operatoria e la rammendarono come un calzino, salvandola per miracolo.

Raccogliendo i suoi averi nella stanza dove abitava, trovai in una borsa la treccia di mia madre, rossa e rilucente come la pelle della surucucú. Era rimasta dimenticata per tutti quegli anni salvandosi così dall'essere trasformata in una parrucca. Me la portai via insieme al puma. Il tentativo di suicidio servì a fare in modo che si occupassero dell'ammalata e non appena fu dimessa dal pronto soccorso, l'internarono nella Casa de Otares. Dopo un mese potemmo andarla a trovare.

– Qui è peggio che nel carcere di Santa María – dichiarò Mimì. – Dobbiamo portarla via.

Legata con una corda a un pilastro di cemento in mezzo a un cortile, insieme ad altre donne dementi, la Madrina non piangeva più, se ne stava silenziosa e immobile, con la sua cucitura intorno al collo. Chiese che le venissero restituiti i suoi santi, perché senza di loro si sentiva sperduta, i diavoli la incalzavano per toglierle suo figlio, il mostro a due teste. Mimì tentò di guarirla con l'energia positiva, come indicava il manuale del Maharishi, ma la malata si rivelò refrattaria alle terapie esoteriche. In quel periodo le cominciò l'ossessione per il Papa, voleva vederlo per chiedergli l'assoluzione dai suoi peccati, e per tranquillizzarla le promisi di portarla a Roma, senza neanche sognare che un giorno avremmo visto il Sommo Pontefice in carne e ossa, che impartiva benedizioni nel tropico.

La portammo via dall'ospizio, la lavammo, le ravviammo i pochi ciuffi di capelli che aveva ancora in testa, la vestimmo con indumenti nuovi e la trasferimmo con tutti i suoi santi in una clinica privata sulla costa, in mezzo a palme, cascate di acqua dolce e voliere di pappagalli. Era un posto per gente ricca, ma l'accettarono malgrado il suo aspetto, perché Mimì era amica del direttore, uno psichiatra argentino. La misero in una camera dipinta di rosa, con vista sul mare e musica di sottofondo, il cui prezzo era piuttosto alto ma lo sforzo valeva la pena, perché, a quanto ricordavo, era la prima volta che la Madrina sembrava contenta.

Mimì pagò il primo mese, ma in seguito l'onere fu mio, e per questo cominciai a lavorare nella fabbrica.

– Non è cosa per te. Devi studiare e diventare una scrittrice – protestava Mimì.

– Non è cosa che si impara studiando.

Huberto Naranjo comparve d'improvviso nella mia vita e allo stesso modo svanì qualche ora dopo senza spiegarne il motivo, lasciandomi un sentore di foresta, di fango e di polvere da sparo. Iniziai a vivere aspettandolo e in quella lunga attesa ricreai spesso il pomeriggio del primo amplesso, quando dopo avere bevuto entrambi un caffè quasi in silenzio, guardandoci con decisione appassionata, mano nella mano ce ne andammo in un albergo, rotolammo insieme sul letto e lui mi confessò che non mi aveva mai voluto bene come a una sorella e che in tutti quegli anni non aveva smesso di pensare a me.

– Baciami, non devo amare nessuno, ma non posso neppure lasciarti, baciami ancora – sussurrò abbracciandomi e rimase con gli occhi di pietra, fradicio di sudore, tremante.

– Dove abiti? Come farò ad avere tue notizie?

– Non cercarmi, ritornerò io quando sarà possibile –. E ricominciò a stringermi come impazzito, con urgenza e goffaggine.

Per un po' di tempo non ebbi notizie di lui e Mimì sentenziò che quello era il risultato della mia arrendevolezza, bisognava farsi supplicare, quante volte me l'aveva detto? gli uomini fanno tutto il possibile per ficcarsi a letto con una e se ci riescono la disprezzano, adesso lui ti considera troppo disponibile, avrai un bell'aspettare, non ritornerà. Ma Huberto Naranjo ricomparve, mi avvicinò per strada, di nuovo andammo in albergo e ci amammo con la stessa passione. A partire da allora, ebbi il presentimento che sarebbe sempre ritornato, anche se ogni volta mi lasciava credere che era l'ultima. Entrò nella mia esistenza fasciato da un'aura di mistero, portando con sé qualcosa di eroico e di terribile. Diedi briglia sciolta all'immaginazione e per questo, credo, mi rassegnai ad amarlo anche nell'incertezza.

– Non sai niente di lui. Di certo è sposato e padre di una mezza dozzina di bambini – borbottava Mimì.

– Hai il cervello rovinato dai romanzi d'appendice. Non tutti gli uomini sono come il cattivo del teleromanzo.

– So quello che dico. Sono stata allevata come un uomo, ho

frequentato una scuola maschile, ho giocato con i ragazzi e ho cercato di seguirli allo stadio e nei bar. Ne so molto più di te, in merito. Forse in altre parti del mondo sarà diverso, ma qui non si può avere fiducia in nessuno di loro.

Le visite di Huberto erano imprevedibili, le sue assenze potevano protrarsi un paio di settimane o parecchi mesi. Non mi telefonava, non mi scriveva, non mi spediva messaggi, e all'improvviso, quando meno me l'aspettavo, mi si parava davanti per la strada, come se sapesse dove andavo e mi aspettasse nascosto nell'ombra. Sembrava sempre una persona diversa, a volte aveva i baffi, o la barba, a volte era pettinato in un'altra maniera, come se fosse travestito. La cosa mi spaventava ma anche mi attraeva, avevo l'impressione di amare diversi uomini simultaneamente. Sognavo un luogo per noi due, desideravo cucinargli i pasti, lavargli gli indumenti, dormire con lui ogni notte, camminare per strada senza una meta fissa, mano nella mano, come due sposini. Io sapevo che era affamato di amore, di tenerezza, di giustizia, di allegria, di tutto. Mi stringeva come se avesse voluto placare una sete vecchia di secoli, mormorava il mio nome e d'improvviso gli si riempivano gli occhi di lacrime. Parlavamo del passato, dei nostri incontri da piccoli, ma non accennavamo mai al presente o al futuro. Talvolta non riuscivamo a stare insieme neppure un'ora, lui sembrava braccato, mi abbracciava con angoscia e se ne andava di corsa. Quando avevamo un po' di tempo, io percorrevo il suo corpo con devozione, lo esploravo, ne contavo le piccole cicatrici, i segni, constatavo che era dimagrito, che le sue mani erano più callose e la pelle più secca, cos'hai qui? sembra una piaga, non è niente, vieni. A ogni addio, mi rimaneva un gusto amaro in bocca, un misto di passione, di rabbia e di qualcosa di simile alla pietà. Per non inquietarlo, certe volte fingevo una soddisfazione che ero lontana dal provare. Era tanto il bisogno di trattenerlo e di farmi amare, che decisi di seguire i consigli di Mimì e non misi in pratica nessuno dei trucchi imparati sui libri didattici della Signora e neppure gli insegnai le sapienti carezze di Riad Halabí, non gli parlai delle mie fantasie, né gli suggerii le corde esatte che Riad aveva sfiorato, perché intuivo che lui mi avrebbe assediata di domande: dove, con chi, quando l'hai fatto? Malgrado spesso, nel periodo della sua adolescenza, si fosse vantato di essere un donnaiolo, o forse proprio perché lo era, con me era morigerato, io ti rispetto, mi diceva, tu non sei come le altre. Come chi? insistevo io e lui sorrideva, ironico e distante. Per prudenza, non gli parlai della mia passione adolescente per Kamal, del mio amore inutile per Riad né degli incontri effimeri con altri amanti. Quando mi interrogò sulla mia verginità, gli risposi: cosa te ne importa della mia verginità, visto che non puoi offrirmi la tua? Ma la reazione di Huberto fu così violenta, che preferii omettere la mia splendida notte con Riad Halabí e inventai che mi avevano violentata i poliziotti di Agua Santa quando mi avevano arrestata per via della morte di Zulema. Ci fu un assurdo alterco e infine lui si scusò, sono un bruto, perdonami, tu non hai colpa, Eva, quelle canaglie me la pagheranno, lo giuro, me la pagheranno.

– Quando avremo la possibilità di stare tranquilli, le cose funzioneranno molto meglio – affermavo io nei miei discorsi con Mimì.

– Se non ti fa felice adesso, non lo farà mai. Non capisco perché rimani con lui; è un tipo stranissimo.

Per un lungo periodo il rapporto con Huberto Naranjo scombussolò la mia esistenza, ero sconvolta, incalzata, angosciata dal desiderio di conquistarlo e di trattenermelo accanto. Dormivo male, avevo incubi atroci, perdevo ogni buon senso, non riuscivo a concentrarmi sul lavoro e sui racconti, cercavo sollievo nei sedativi che sottraevo dall'armadietto dei medicinali e che prendevo di nascosto. Ma il tempo passò e finalmente il fantasma di Huberto Naranjo si ridimensionò, divenne meno onnipresente, si ridusse a dimensioni più sopportabili e allora riuscii a vivere anche per altro, non unicamente per desiderarlo. Continuai ad aspettare le sue visite perché lo amavo e mi sentivo la protagonista di una tragedia, l'eroina di un romanzo, ma riuscii a condurre una vita tranquilla e a continuare a scrivere di notte. Rammentai la decisione presa allorché mi ero innamorata di Kamal, di non soffrire più il bruciore della gelosia, e la mantenni con una fermezza cocciuta e scaltra. Non permisi a me stessa di immaginare che durante quelle separazioni lui cercava altre donne, né di pensare che era un bandito come diceva Mimì; preferivo pensare che si comportasse così per un motivo superiore, che vivesse in una dimensione d'avventura dove io non avevo accesso, un mondo virile retto da leggi implacabili. Huberto Naranjo doveva essere impegnato in una causa per lui più importante del nostro amore. Mi proposi di capirlo e di accettarlo. Coltivavo un sentimento romantico nei confronti di quell'uomo che stava diventando sempre più asciutto, più forte e più silenzioso, ma smisi di fare piani per il futuro.

Il giorno in cui uccisero due poliziotti vicino alla fabbrica dove lavoravo, mi si rinvigorì il sospetto che Huberto avesse a che fare con la guerriglia. Gli avevano sparato addosso, con un mitra, da un'automobile in corsa. Subito si riempì la strada di gente, di pattuglie, di ambulanze, e perquisirono tutto il vicinato. Fecero fermare le macchine della fabbrica, allinearono gli operai nei cortili, frugarono tutto l'edificio e infine ci rilasciarono con l'ordine di rincasare subito, perché tutta la città era in subbuglio. Andai fino alla fermata dell'autobus e lì trovai Huberto Naranjo che mi aspettava. Erano quasi due mesi che non lo vedevo e faticai un po' a riconoscerlo, perché sembrava che fosse invecchiato d'improvviso. Quella volta non provai nessun piacere fra le sue braccia e non tentai neppure di fingere, avevo il pensiero altrove. Poi, seduti sul letto, nudi sulle lenzuola grezze, ebbi la sensazione che ci allontanassimo sempre più e mi dispiacque per entrambi.

– Scusami, non sto bene. Oggi è stata una giornata atroce, hanno ucciso due poliziotti, li conoscevo, erano sempre lì di guardia e mi salutavano. Uno si chiamava Sócrates, figurati che nome per un poliziotto, era un brav'uomo. Li hanno assassinati, sparando loro addosso.

– Li hanno giustiziati – replicò Huberto Naranjo. – Li ha giustiziati il popolo. Non è un assassinio, devi parlare con precisione. Gli assassini sono i poliziotti.

– Cosa? Non dirmi che stai dalla parte del terrorismo.

Mi scostò con fermezza e guardandomi negli occhi mi spiegò che la violenza la esercitava il Governo: non erano forme di violenza la disoccupazione, la povertà, la corruzione, l'ingiustizia sociale? Lo Stato praticava molte forme di abuso e di repressione, quei poliziotti erano sbirri del regime, difendevano gli interessi dei loro nemici di classe e la loro morte era un atto di giustizia; il popolo stava lottando per la propria libertà. Per un bel pezzo non risposi. D'improvviso capii le sue assenze, le cicatrici e i silenzi, la fretta, la sua aria di fatalità e il magnetismo tremendo che emanava da lui, che elettrizzava l'aria intorno e mi attirava come un insetto abbagliato.

– Perché non me l'hai detto prima?

– Era meglio che non lo sapessi.

– Non hai fiducia in me?

– Cerca di capire, si tratta di una guerra.

– Se l'avessi saputo, questi anni sarebbero stati più facili per me.

– Già solo vederti è una follia. Pensa a cosa succederebbe se sospettassero di te e ti interrogassero.

– Io non direi niente!

– Riescono a far parlare i muti. Ho bisogno di te, non posso vivere senza di te, ma ogni volta che vengo a trovarti mi sento colpevole perché metto in pericolo l'organizzazione e le vite dei miei compagni.

– Portami con te.

– Non posso, Eva.

– Non ci sono donne sulle montagne?

– No. È una lotta durissima, ma verranno tempi migliori e potremo amarci diversamente.

– Non puoi sacrificare la tua vita e la mia.

– Non è un sacrificio. Stiamo costruendo una società diversa, un giorno saremo tutti uguali e liberi...

Ricordai il pomeriggio lontano in cui ci eravamo conosciuti, due ragazzini smarriti, in una piazza. Già allora lui si considerava un maschio da capo a piedi, capace di orientare il proprio destino, mentre sosteneva che io ero in svantaggio essendo nata donna e che dovevo accettare tutele e limiti. Ai suoi occhi, io sarei sempre stata una creatura dipendente. Huberto la pensava così da quando aveva l'uso della ragione, era improbabile che la rivoluzione cambiasse quei sentimenti. Capii che i nostri problemi non avevano rapporto con le vicissitudini della guerriglia; se anche lui fosse riuscito a realizzare il suo sogno, non ci sarebbe stata uguaglianza per me. Per Naranjo e per altri come lui, il popolo sembrava fatto solo di uomini; noi donne dovevamo contribuire alla lotta, ma eravamo escluse dalle decisioni e dal potere. In sostanza, la sua rivoluzione non avrebbe mutato la mia sorte, in qualsiasi circostanza io avrei dovuto continuare a farmi strada da sola fino all'ultimo dei miei giorni. Forse in quel momento mi resi conto di combattere una guerra che prometteva di essere lunghissima, per cui era meglio combatterla con allegria, per non passare la vita in attesa dei frutti di un'impossibile vittoria, e rischiare di non essere mai felice. Conclusi che Elvira aveva ragione, dobbiamo essere molto coraggiose, dobbiamo batterci sempre.

Quel giorno ci separammo arrabbiati, ma Huberto Naranjo ritornò due settimane dopo e io stavo aspettandolo, come sempre.

DIECI

L'ascesa del movimento guerrigliero richiamò nel paese Rolf Carlé.

– Per il momento hai finito di fare il turista in giro per il mondo, ragazzo mio – gli disse Aravena dalla sua scrivania di direttore. Era ingrassato molto, era malato di cuore e gli unici piaceri che si concedeva ancora erano quelli della buona tavola, del sigaro e di qualche occhiata ai didietro stupendi e ora intoccabili delle figlie dello zio Rupert, durante le gite alla Colonia, ma gli acciacchi fisici non avevano diminuito la sua curiosità professionale. – La guerriglia sta sollevando un polverone ed è ora che qualcuno vada a controllare la verità. Abbiamo ricevuto tutte le notizie censurate, il Governo mente come pure le radio sovversive. Voglio sapere quanti uomini ci sono sulle montagne, che tipo di armamenti hanno, chi li appoggia, quali sono i loro piani, insomma, tutto.

– Non può trasmettere queste cose per televisione.

– Dobbiamo sapere cosa accade, Rolf. Credo che quegli uomini siano pazzi, ma può darsi che ci ritroviamo un'altra Sierra Maestra proprio sotto il naso e che non la vediamo.

– E se così fosse, cosa farebbe?

– Niente. Il nostro ruolo non consiste nel cambiare il corso della storia, ma semplicemente nel registrare i fatti.

– Non pensava così ai tempi del Generale.

– Qualcosa l'età mi ha insegnato. Va', osserva, filma se puoi e raccontami tutto.

– Non è facile. Non permetteranno che vada a ficcare il naso nei loro campi.

– Ecco perché lo chiedo a te e non a un altro della squadra. Tu sei già stato da loro qualche anno fa. Come si chiamava quel tipo che ti aveva colpito tanto?

– Huberto Naranjo.

– Puoi rimetterti in contatto con lui?

– Non so, magari non esiste più, dicono che l'Esercito ne abbia ammazzati molti e che altri abbiano disertato. Comunque la storia mi piace e vedrò cosa posso fare.

Huberto Naranjo non era morto né aveva disertato, ma più nessuno lo chiamava con quel nome. Adesso era il Comandante Rogelio. Aveva trascorso anni in lotta, senza mai togliersi gli stivali, con un'arma in mano e gli occhi sempre aperti per vedere al di là delle ombre. La sua vita era una sequela di violenze, ma con alcuni momenti di euforia, momenti sublimi. Ogni volta che riceveva un gruppo di nuovi combattenti il cuore gli trasaliva nel petto, come all'incontro con la promessa sposa. Andava ad accoglierli al limite del campo ed eccoli lì, ancora immacolati, ottimisti, tutti sull'attenti come aveva insegnato loro il capo pattuglia, ancora con un'aria cittadina, con vesciche recenti sulle mani, senza i calli dei veterani, con lo sguardo tenero, stanchi ma sorridenti. Erano i suoi fratelli minori, i suoi figli, venivano a lottare e da quell'istante lui era responsabile delle loro vite, doveva tenerne alto il morale, insegnargli a sopravvivere, e renderli solidi come granito, più coraggiosi di un leone, astuti, agili e resistenti affinché ognuno valesse cento soldati. Era bello che fossero lì, sentiva un nodo in gola. Si infilava le mani in tasca e li salutava con quattro frasi brusche, per non tradire l'emozione.

Gli piaceva anche sedersi con i compagni intorno a un fuoco, tutte le volte che era possibile. Non rimanevano mai a lungo nello stesso posto, dovevano esplorare la montagna, muoversi sul terreno come pesci nell'acqua, diceva il manuale. Ma c'erano giornate di ozio, talvolta cantavano, giocavano a carte, ascoltavano musica alla radio come persone normali. Di tanto in tanto lui doveva scendere in città per consultarsi con i suoi contatti, allora camminava per le vie come se fosse stato uno come tutti gli altri, aspirando odori ormai dimenticati, di cibo, di traffico, di spazzatura, osservando con occhi nuovi i bambini, le donne che sfaccendavano, i cani randagi, come se lui fosse uno dei tanti nella folla, come se nessuno lo ricercasse. D'improvviso su un muro vedeva scritto il nome del Comandante Rogelio a caratteri neri e vedendosi crocifisso lì sopra, si ricordava con un misto di orgoglio e di timore che non doveva stare lì, che la sua vita non era come quella degli altri, che era un combattente.

I guerriglieri provenivano per lo più dall'Università, ma Rolf Carlé non tentò di mescolarsi con gli studenti per cercare il modo di raggiungere le montagne. Il suo viso compariva spesso al telegiornale, era assai conosciuto da tutti. Si ricordò del contatto usato anni addietro, quando per la prima volta aveva incontrato Huberto Naranjo agli albori della lotta armata e andò nella bettola del Negro. Lo trovò in cucina, un po' invecchiato, logoro, ma animato dalla stessa energia. Si strinsero la mano con diffidenza. I tempi erano cambiati e adesso la repressione era impresa da specialisti, la guerriglia non era più solo un ideale di ragazzi illusi di cambiare il mondo, ma una battaglia spietata e senza quartiere. Rolf Carlé abbordò l'argomento dopo qualche preambolo.

– Io non c'entro con queste storie – rispose il Negro.

– Non sono una spia, non lo sono mai stato. Non ti ho denunciato in tutti questi anni. Perché dovrei farlo adesso? Parlane con i tuoi capi, di' loro che mi diano una possibilità, che mi lascino almeno spiegare cosa intendo fare...

L'uomo lo guardò a lungo, studiando ogni particolare del suo viso e sicuramente approvò quanto vide, perché Rolf Carlé sentì che cambiava atteggiamento.

– Verrò da te domani, Negro – disse.

Ritornò il giorno dopo e ogni giorno per quasi un mese, finché non ottenne l'appuntamento e poté spiegare le sue intenzioni. Il partito decise che Rolf Carlé poteva essere un elemento utile, i suoi servizi erano buoni, sembrava un uomo onesto, aveva accesso alla televisione ed era amico di Aravena; conveniva contare su una persona come lui e il rischio non sarebbe stato troppo grande se avessero organizzato la faccenda con le debite cautele.

– Bisogna informare il popolo, per vincere ci vogliono alleati – dicevano i dirigenti.

– Non allarmate l'opinione pubblica, non voglio sentire neppure una parola sulla guerriglia, l'annienteremo col silenzio. Sono tutti dei fuorilegge e così verranno trattati – ordinava da parte sua il Presidente della Repubblica.

In questa circostanza, il viaggio di Rolf Carlé verso il campo fu molto diverso da quello precedente, non si trattava di un'escursione con lo zaino in spalla come uno studente in vacanza. Buona parte del tragitto la fece con gli occhi bendati, chiuso nel portabagagli di una macchina, semiasfissiato e in deliquio per il caldo; un'altra parte la percorse di notte attraverso la campagna senza avere il minimo indizio di dove si trovava, le guide si davano il turno e nessuno era disposto a parlare con lui, trascorse due giorni dentro baracche e granai, spostato qua e là senza poter fare domande. L'Esercito, allenato nelle scuole anti-guerriglia, braccava i ribelli, faceva controlli volanti lungo i sentieri, fermava i veicoli, perquisiva tutto. Non era facile varcare i posti di blocco. Nei Centri di Operazione, sparsi in tutto il paese, si concentravano le truppe specializzate. Correva voce che vi fossero anche campi di prigionia e luoghi di tortura. I soldati bombardavano le montagne, lasciando una scia di macerie. Ricordatevi il codice dell'etica rivoluzionaria, redarguiva il Comandante Rogelio, dove passiamo noi non devono esserci abusi, abbiate rispetto e pagate tutto quello che consumate, affinché il popolo capisca la differenza tra noi e i soldati, affinché sappia come vivrà nelle regioni liberate dalla Rivoluzione. Rolf Carlé scoprì che a breve distanza dalle città, dove la vita trascorreva in apparente pace, c'era un territorio in guerra, ma questo era un argomento ufficialmente proibito. Della lotta si parlava solo alle radio clandestine, che mettevano al corrente delle azioni guerrigliere: un oleodotto fatto esplodere, una garitta assaltata, un'imboscata all'Esercito.

Dopo essere stato trasportato come un fagotto per cinque giorni, si ritrovò a salire su per un monte, facendosi strada fra la vegetazione a colpi di machete, affamato, infangato e punto dalle zanzare. Le sue guide lo lasciarono in una radura della foresta con l'ordine di non muoversi per nessun motivo, di non accendere fuoco, né fare rumore. Lì attese senz'altra compagnia che gli strilli delle scimmie. All'alba, quando ormai stava perdendo la pazienza, comparvero due giovanotti barbuti e cenciosi col fucile in mano.

– Benvenuto, compagno – lo salutarono con larghi sorrisi.

– Era ora – rispose lui esausto.

Rolf Carlé girò l'unico lungometraggio che sia mai esistito nel paese sulla guerriglia di quel periodo, prima che la sconfitta mettesse fine al sogno rivoluzionario e la pace restituisse i sopravvissuti alla vita normale, taluni trasformati in burocrati, talaltri in deputati o impresari. Rimase col gruppo del Comandante Rogelio per un certo tempo, spostandosi di notte da un luogo all'altro attraverso un territorio selvaggio e dormendo talvolta di giorno. Fame, stanchezza, paura. La vita era durissima sulle montagne. Si era ritrovato in parecchie guerre, ma quella lotta a base di imboscate, attacchi di sorpresa, solitudine e silenzio, sempre sul chi vive, gli sembrò peggiore. Il numero complessivo dei guerriglieri variava, erano organizzati in piccoli gruppi per potersi muovere con maggiore facilità. Il Comandante Rogelio si spostava dall'uno all'altro, occupandosi di tutto il fronte. Rolf assistette all'addestramento dei nuovi combattenti, aiutò a montare radio e posti di emergenza, imparò a trascinarsi sui gomiti e a sopportare il dolore, e convivendo con loro e ascoltandoli, finì per capire i motivi che spingevano quei giovani a tanti sacrifici. I campi funzionavano con disciplina militare, ma a differenza dei soldati, mancavano di indumenti adeguati, di farmaci, di cibo, di un tetto, di mezzi di trasporto e di comunicazioni. Pioveva per settimane e non potevano accendere un fuoco per asciugarsi, era come vivere in una foresta in fondo al mare. Rolf aveva la sensazione di camminare su una corda floscia sospesa sull'abisso, la morte era lì, vicina, nascosta dietro il prossimo albero.

– Proviamo tutti la stessa cosa, non preoccuparti, ci si abitua – scherzò il Comandante.

Le provviste erano considerate sacre, ma certe volte qualcuno non resisteva alla fame e rubava una lattina di sardine. Le punizioni erano severe, perché non solo bisognava razionare il cibo, ma anche, soprattutto, imparare il valore della solidarietà. Talvolta qualcuno cedeva, scoppiava a piangere, invocando la madre rannicchiato per terra, allora il Comandante si avvicinava, lo aiutava a sollevarsi e faceva con lui una passeggiata dove nessuno potesse vederli, per dargli un conforto discreto. Se scopriva un tradimento, quello stesso uomo era capace di giustiziare uno dei suoi.

– Qui la norma è morire o essere feriti, bisogna essere pronti a tutto. Più difficile è salvarsi la vita, più miracolosa ci parrà la vittoria – disse il Comandante Rogelio a Rolf.

In quei mesi Rolf sentì di invecchiare, il corpo gli si logorava.

Alla fine non seppe più cosa stava facendo né perché, perse il senso del tempo, un'ora gli sembrava una settimana e d'improvviso una settimana sembrava un sogno. Era difficilissimo cogliere l'informazione pura, l'essenza delle cose, intorno a lui c'era un silenzio strano, un silenzio di parole, ma al tempo stesso un silenzio greve di presagi, fitto di rumori della foresta, di grida e di mormorii, di voci remote che giungevano attraverso l'aria, di gemiti e di lamenti di sonnambuli. Imparò a dormire a tratti, in piedi, seduto, di giorno, di notte, quasi incosciente per via della stanchezza, ma sempre all'erta, un sussurro lo faceva trasalire. Lo disgustava il sudiciume, il suo stesso odore, bramava immergersi in acqua pulita, insaponarsi fino alle ossa, avrebbe dato qualsiasi cosa per una tazza di caffè caldo. Negli scontri con i soldati vide morire dilaniati gli stessi uomini con cui aveva spartito una sigaretta la notte prima. Si chinava su di loro con la cinepresa e li riprendeva come un automa, come se si trovasse a molta distanza e guardasse quei corpi attraverso un telescopio. Non posso smarrire la ragione, si ripeteva come tante volte aveva già fatto in situazioni simili. Gli ritornavano in mente le immagini dell'infanzia, il giorno in cui era andato a seppellire i morti nel campo di concentramento, e le visioni recenti di altre guerre. Sapeva per esperienza che tutto lasciava una traccia in lui, che nella sua memoria ogni evento proiettava una macchia e talvolta impiegava molto tempo prima di rendersi conto che un episodio l'aveva segnato profondamente, come se il ricordo si fosse raggelato da qualche parte e d'improvviso, per qualche meccanismo di associazione, gli comparisse dinnanzi agli occhi con intensità intollerabile. Si domandava pure perché rimaneva lì, perché non mandava tutto al diavolo e ritornava in città, perché invece di restare in quel labirinto di incubi, non andava via, a rifugiarsi per qualche tempo nella Colonia, a lasciarsi coccolare dalle cugine fra vapori di cannella, chiodo di garofano, vaniglia e limone. Ma quei dubbi non riuscivano a fermarlo, seguiva i guerriglieri dappertutto, portandosi la cinepresa in spalla, come gli altri portavano le armi. Una sera quattro ragazzi arrivarono reggendo il comandante Rogelio su una barella improvvisata, avvolto in una coperta, che rabbrividiva e si contorceva, avvelenato da uno scorpione.

– Non dobbiamo comportarci come donnette, compagni, nessuno muore per una cosa del genere – mormorò. – Lasciatemi tranquillo, mi passerà da solo.

Rolf Carlé nutriva emozioni contraddittorie per quell'uomo, non si sentiva mai a proprio agio in sua presenza, pensava di non ispirargli fiducia e quindi non capiva perché gli permettesse di svolgere il suo lavoro, lo infastidiva quella severità benché ammirasse quanto sapeva ottenere dai suoi uomini. Dalla città gli arrivavano ragazzi imberbi che in pochi mesi lui trasformava in guerrieri, refrattari alla fatica e al dolore, duri, ma che nutrivano ancora gli ideali dell'adolescenza. Non c'era antidoto per il morso dello scorpione, la cassetta del pronto soccorso era quasi vuota. Rimase accanto al malato coprendolo, facendolo bere, asciugandolo. Di lì a due giorni, quando calò la febbre e il Comandante gli sorrise con lo sguardo capì che malgrado tutto erano amici.

A Rolf Carlé non bastavano le notizie raccolte fra i guerriglieri, gli mancava l'altra parte dell'informazione. Si congedò dal Comandante Rogelio senza tante parole, entrambi conoscevano le regole e sarebbe stato sbagliato parlarne. Senza confidare a nessuno quello che aveva sperimentato sulle montagne, Rolf Carlé si introdusse nei Centri operativi dell'Esercito, accompagnò i soldati nelle scorrerie, parlò con gli ufficiali, intervistò il Presidente e ottenne anche il permesso di assistere agli addestramenti militari. Alla fine aveva migliaia di metri di pellicola, centinaia di fotografie, ore di registrazione, in merito era più informato di chiunque altro nel paese.

– Credi che la guerriglia avrà successo, Rolf?

– Francamente no, signor Aravena.

– A Cuba ci sono riusciti. Hanno dimostrato che si può debellare un esercito regolare.

– Sono passati diversi anni e i gringo non permetteranno nuove rivoluzioni. A Cuba le condizioni erano diverse, lottavano contro una dittatura e avevano l'appoggio popolare. Qui c'è una democrazia zeppa di difetti, ma il popolo ne è orgoglioso. La guerriglia non conta sulla simpatia della gente, e tranne poche eccezioni, è riuscita a reclutare solo studenti nelle università.

– Che ne pensi di loro?

– Sono idealisti e coraggiosi.

– Voglio vedere tutto il materiale raccolto, Rolf – pretese Aravena.

– Svilupperò e monterò la pellicola, sopprimendo quanto non è possibile mostrare adesso. Una volta lei mi ha detto che non siamo qui per cambiare la storia, ma per fornire notizie.

– Non riesco ancora ad abituarmi alla tua pignoleria, Rolf. La tua pellicola potrebbe cambiare il destino del paese?

– Sì.

– Quel documentario deve rimanere nel mio archivio.

– Non deve finire in mano all'Esercito per nessun motivo, sarebbe fatale per gli uomini che stanno sulle montagne. Non voglio tradirli e sono sicuro che neppure lei lo vuole.

Il direttore della Televisione Nazionale fumò il suo sigaro fino a ridurlo a un mozzicone, in silenzio, osservando il proprio discepolo attraverso il fumo senza un accenno di sarcasmo, pensando, rammentando gli anni di opposizione alla dittatura del Generale, rivivendo tutte le emozioni di allora.

– Non ti garba accettare consigli, ma questa volta devi darmi retta, Rolf – disse infine. Nascondi le tue pellicole, perché il Governo sa che esistono e cercherà di impadronirsene con le buone o con le cattive. Sviluppa, taglia, conserva tutto quello che ti sembra necessario, ma ti avviso che è come immagazzinare nitroglicerina. Insomma, forse tra qualche tempo potremo tirare fuori quel documentario e magari fra un decennio potremo anche mostrare il materiale che, a sentire te, cambierebbe la storia.

Rolf Carlé arrivò di sabato alla Colonia con una valigetta chiusa col lucchetto e la consegnò agli zii con la raccomandazione di non parlarne a nessuno e di nasconderla finché lui non fosse tornato a prenderla. Burgel l'avvolse in un telo di plastica e Rupert la sistemò sotto alcune assi della falegnameria senza fare commenti.

Nella fabbrica la sirena fischiava alle sette del mattino, la porta si apriva ed eravamo in duecento, tutte donne, a entrare come un gregge, sfilando davanti alle ispettrici, che ci perquisivano da capo a piedi in previsione di eventuali sabotaggi. Lì si fabbricava dagli stivali dei soldati fino ai galloni dei generali, tutto misurato e pesato, perché neppure un bottone, neppure una fibbia, neppure un pezzo di filo finisse in mani criminali, come diceva il Capitano, in quanto quei porci sono capaci di imitarci le uniformi e di infiltrarsi vestiti come noi per consegnare la patria al comunismo, i maledetti. Gli enormi locali senza finestre erano illuminati da luci al neon, l'aria entrava pressurizzata attraverso tubi disposti sul soffitto, sotto si allineavano le macchine per cucire e a due metri dal pavimento correva lungo le pareti una passerelle stretta dove camminavano i sorveglianti che avevano il compito di controllare il ritmo del lavoro affinché nessuna esitazione, nessun cedimento, neppure il minimo ostacolo nuocesse alla produzione. A quell'altezza c'erano gli uffici, piccoli cubicoli per gli ufficiali, i contabili e le segretarie. Si sentiva sempre un terribile ruggito di cataratta, che costringeva a tenere tappi di cera nelle orecchie e a intendersi a gesti. A mezzogiorno, sopra quel bailamme rintronante, si sentiva la sirena del pranzo che convocava alla mensa, dove servivano un pasto non appetitoso, ma abbondante, simile al rancio dei soldati di leva. Per molte operaie questo era l'unico pasto della giornata e talune ne conservavano una parte da portare a casa, malgrado la vergogna che provavano a passare davanti alle ispettrici con gli avanzi avvolti in un pezzo di carta. Truccarsi era proibito e i capelli bisognava portarli corti o coperti da un fazzoletto, perché una volta l'asse di un bobinatoio aveva preso i capelli di una donna e quando avevano staccato l'elettricità era troppo tardi, le aveva strappato via il cuoio capelluto. Comunque, le più giovani cercavano di rendersi graziose con fazzoletti allegri, gonne corte, un'ombra di rossetto, nel tentativo di attirare l'attenzione di un capo e di cambiare il proprio destino, salendo due metri più su, al balcone delle impiegate, dove lo stipendio e il trattamento erano migliori. La storia mai appurata di un'operaia che così era riuscita a sposarsi con un ufficiale, alimentava l'immaginazione delle più giovani, ma le donne mature non levavano lo sguardo verso tali chimere, lavoravano in silenzio e in fretta per aumentare la paga.

Il Colonnello Tolomeo Rodríguez compariva ogni tanto per un'ispezione. Il suo arrivo raggelava l'aria e intensificava il rumore. In virtù del suo grado e del potere che emanava dalla sua persona non aveva bisogno di alzare la voce né di fare tanti gesti, gli bastava uno sguardo per farsi rispettare. Passava in rassegna, sfogliava i libri contabili, entrava nelle cucine, interrogava le operaie: lei è nuova? cos'avete mangiato oggi? qui fa molto caldo, aumentate la ventilazione, lei ha gli occhi irritati, vada in ufficio a farsi dare un permesso. Nulla gli sfuggiva. Taluni subalterni l'odiavano, tutti lo temevano, si mormorava che persino il Presidente gli desse retta, perché era rispettato dagli ufficiali giovani e in qualsiasi momento avrebbe potuto cedere alla tentazione di pronunciarsi contro il governo costituito.

Io l'avevo sempre visto da lontano, dato che il mio ufficio era in fondo al corridoio e il mio lavoro non richiedeva ispezioni, ma anche a quella distanza riuscivo a sentire la sua autorità. Un giorno di marzo lo conobbi. Stavo guardandolo attraverso il vetro che mi separava dal corridoio e d'improvviso lui si girò e i nostri occhi si incrociarono. Tutto il personale evitava di guardarlo in faccia, nessuno lo fissava negli occhi, ma io riuscii a non battere

ciglio, rimasi attratta dalle sue pupille, ipnotizzata. Mi sembrò
che passasse un lungo momento. Infine lui venne verso di me. Il
rumore mi impediva di sentirne i passi, dava l'impressione di
avanzare galleggiando, seguito a una certa distanza dal segretario
e dal Capitano. Quando il Colonnello mi salutò con un lieve cenno, mi fu possibile notarne da vicino l'imponenza, le mani
espressive, i capelli folti, i denti larghi e uniformi. Era attraente
come un animale selvatico. Quel pomeriggio, all'uscita dalla fabbrica, c'era una limousine scura ferma davanti alla porta e un attendente mi passò un biglietto con un invito, scritto a mano dal
Colonnello Tolomeo Rodríguez, per cenare con lui.

– Il Signor Colonnello attende una risposta – si mise sull'attenti l'uomo.

– Gli dica che non posso, ho già un impegno.

Arrivata a casa, lo raccontai a Mimì, che, passando sopra al
fatto che quell'uomo era nemico di Huberto Naranjo, considerò
la cosa dal punto di vista dei romanzetti d'amore che riempivano
le sue ore di ozio, e concluse che io mi ero comportata bene, fun-
ziona sempre farsi pregare, ripeté come tante altre volte.

– Devi essere la prima donna che gli rifiuta un invito, scommetto che domani tornerà alla carica – pronosticò.

Non fu così. Non seppi più nulla di lui fino al venerdì successivo, allorché fece una visita a sorpresa in fabbrica. Quando
seppi che si trovava nell'edificio, mi resi conto di averlo atteso
per giorni, spiando verso il corridoio, tentando di indovinare i
suoi passi attraverso lo strepito delle macchine per cucire, desi-
derando di vederlo e al tempo stesso temendo la sua comparsa,
con un'impazienza ormai quasi dimenticata, perché dagli inizi
del mio rapporto con Huberto Naranjo non soffrivo più simili
tormenti. Ma il militare non si avvicinò al mio ufficio e quando
risuonò la sirena del mezzogiorno sospirai con un misto di sollievo e di dispetto. Nelle settimane successive pensai ancora a lui
qualche volta.

Diciannove giorni dopo, rincasando, la sera, trovai il Colonnello che stava prendendo il caffè in compagnia di Mimì. Era seduto su una delle poltrone orientali, si alzò e mi tese una mano
senza sorridere.

– Spero di non disturbarla. Sono venuto perché desideravo
parlarle – disse.

– Vuole parlarti – ripeté Mimì, pallida come una delle incisioni appese alla parete.

– È molto che non la vedo e mi sono preso la libertà di venire a trovarla – disse col tono cerimonioso che usava spesso.

– Ecco perché è venuto – soggiunse Mimì.

– Accetterebbe un invito a cena?

– Vuole che tu vada a cena con lui – tradusse di nuovo Mimì al limite della resistenza, perché l'aveva riconosciuto non appena entrato e le erano balzati davanti all'improvviso tanti ricordi: era lui che ogni tre mesi ispezionava il carcere di Santa María ai tempi della sua sciagura. Era sconvolta, anche se pensava che non sarebbe mai riuscito a mettere in rapporto l'immagine di un miserabile recluso a El Harén, malato di paludismo, ricoperto di piaghe e con la testa rasata, con la stupenda donna che ora gli serviva il caffè.

Perché non rifiutai di nuovo? Forse non fu per timore, come credetti allora, avevo voglia di stare con lui. Mi feci la doccia per eliminare la stanchezza della giornata, infilai il vestito nero, mi spazzolai i capelli e mi presentai in salotto, divisa fra la curiosità e la rabbia perché sentivo di stare tradendo Huberto. Il militare mi offrì il braccio con un gesto un po' tronfio, ma io gli passai davanti senza sfiorarlo, sotto lo sguardo desolato di Mimì, che non riusciva ancora a riprendersi dal colpo. Salii sulla limousine sperando che i vicini non vedessero le moto della scorta, e non pensassero che ero diventata l'amante di un generale. L'autista ci portò in uno dei ristoranti più esclusivi della città, una costruzione alla Versailles dove il cuoco andava a salutare i clienti importanti e un vecchio, ornato da una fascia presidenziale e provvisto di una tazzina d'argento, assaggiava i vini. Il Colonnello sembrava a suo agio, ma io mi sentivo come un naufrago fra seggiole di broccato azzurro, vistosi candelabri e un battaglione di camerieri. Mi porsero un menù scritto in francese e Rodríguez, intuendo il mio sconcerto, scelse per me. Mi ritrovai davanti un granchio senza sapere da che parte abbordarlo, ma il cameriere tolse la carne dal guscio e me la mise sul piatto. Dinnanzi alla batteria di coltelli curvi e dritti, di bicchieri a due colori e di lavamani, mi sentii riconoscente per le lezioni di Mimì all'istituto per regine di bellezza e per gli insegnamenti dell'amico arredatore, poiché riuscii a cavarmela senza cadere nel ridicolo, finché non mi presentarono un sorbetto al mandarino fra gli antipasti e la carne. Guardai esterrefatta la minuscola palla sormontata da una foglia di menta e domandai perché servivano i dolci prima del secondo. Rodríguez scoppiò a ridere e quel riso ebbe il potere di cancellargli i galloni sulla manica e togliergli parecchi anni dal viso. A partire da quell'istante tutto fu più facile. Non mi sembrava più un grande della nazione, lo esaminavo sotto quell'illuminazione da reggia e lui volle sapere perché lo guardassi così, al che risposi che lo trovavo molto simile al puma imbalsamato.

– Mi racconti la sua vita, Colonnello – gli domandai al momento del dolce.

Credo che questa richiesta lo stupisse e per un istante lo mettesse in guardia, ma subito dovette rendersi conto che io non ero una spia del nemico, quasi potevo leggerglielo nel pensiero, è solo una poveretta della fabbrica, che parentela avrà con quell'attrice della televisione? bella certo, molto più di questa ragazza malvestita, ero sul punto di invitare l'altra, ma dicono che sia una checca, difficile crederci, comunque non posso correre il rischio di farmi vedere con un pervertito. Finì per parlarmi della sua infanzia nella tenuta di famiglia in una regione aspra, desertica, steppe spazzate dal vento, dove l'acqua e la vegetazione hanno un valore particolare e la gente è forte, perché vive nell'aridità. Non era un uomo della parte tropicale del paese, aveva ricordi di lunghe cavalcate nella pianura, di mezzogiorni caldi e asciutti. Il padre, un capoccia locale, l'aveva fatto entrare nelle Forze Armate a diciott'anni senza domandargli il suo parere, perché tu serva la patria facendoti onore, figliolo, così come si deve fare, gli aveva ordinato. E così lui aveva fatto senza esitare, la disciplina innanzitutto, chi sa obbedire impara a comandare. Aveva studiato ingegneria e scienze politiche, aveva viaggiato, leggeva poco, gli piaceva molto la musica, si confessò frugale, quasi astemio, sposato, padre di tre figlie. Malgrado la fama di severità, quella sera si mostrò di buon umore e infine mi ringraziò per la compagnia, si era divertito, disse, io ero una persona originale, assicurò, per quanto non mi avesse lasciato dire quattro frasi, si era accaparrato tutta la conversazione.

– Sono io che devo ringraziarla, Colonnello. Non ero mai stata in questo posto, è molto elegante.

– Non sarà l'ultima volta, Eva. Potremmo vederci la settimana prossima?

– Per quale motivo?

– Be', per conoscerci meglio...

– Lei vuole venire a letto con me, Colonnello?

Lasciò cadere le posate e per quasi un minuto tenne gli occhi fissi sul piatto.

215

– Questa è una domanda brutale e merita una risposta adeguata – rispose infine. – Sì, è quanto desidero. Accetta?

– No, la ringrazio molto. Le avventure senza amore mi rattristano.

– Non è detto che l'amore sia escluso.

– E sua moglie?

– Chiariamo una cosa, la mia signora non ha nullá a che vedere in questo discorso e non ne parleremo più. Parliamo di noi. Non è giusto che lo dica io, ma posso renderla felice, se voglio.

– Lasciamo da parte le circonlocuzioni, Colonnello. Immagino che lei abbia molto potere, può fare quello che vuole e lo fa sempre, vero?

– Si sbaglia. La mia carica mi impone responsabilità e doveri nei confronti della patria che sono pronto ad assumere. Sono un soldato, non approfitto di privilegi, e soprattutto non di questo genere. Non tento di fare pressione su di lei, ma di sedurla e sono sicuro di riuscirci, perché entrambi siamo attratti l'uno dall'altra. Le farò cambiare opinione e finirà per amarmi...

– Voglia scusarmi, ma ne dubito.

– Si prepari, Eva, perché non la lascerò in pace finché non avrà accettato – sorrise lui.

– In tal caso non perdiamo tempo. Io non intendo mettermi a discutere perché posso rimetterci. Andiamo subito, usciamo in fretta, così poi mi lascerà tranquilla.

Il militare si levò in piedi con la faccia rossa. Subito due camerieri accorsero solleciti a servirlo e dai tavoli vicini si girarono a osservarci. Allora si sedette di nuovo e per un po' rimase in silenzio, rigido e ansimante.

– Non so che tipo di donna sei – disse infine, dandomi del tu per la prima volta. – In circostanze normali accetterei la tua sfida e ce ne andremmo subito da qualche parte, ma voglio che questa storia sia diversa. Non ti supplicherò. Sono sicuro che mi cercherai e, se avrai un po' di fortuna, la mia proposta sarà ancora valida. Telefonami quando avrai voglia di vedermi – disse asciutto Rodríguez porgendomi un biglietto da visita con lo stemma nazionale sul bordo superiore e il suo nome stampato in corsivo.

Quella sera rincasai presto. Mimì fu del parere che mi ero comportata come una pazza, quel militare era un individuo onnipotente e poteva crearci molti problemi. Non avrei potuto essere un po' più cortese? Il giorno dopo rinunciai al mio lavoro, radunai le mie cose e lasciai la fabbrica per fuggire da quell'uomo, che rappresentava tutto quello per cui Huberto Naranjo si giocava la vita da tanti anni.

Non tutto il male viene per nuocere – sentenziò Mimì quando ebbe constatato che la ruota della fortuna aveva fatto un mezzo giro per mettermi sulla strada che, secondo lei, io avrei da sempre dovuto percorrere. – Adesso potrai scrivere sul serio.
Era seduta davanti al tavolo della sala da pranzo con le carte dispiegate a ventaglio, dove poteva leggere che il mio destino era quello di raccontare e che tutto il resto era fatica sprecata, come io stessa avevo sospettato, dopo avere letto *Le mille e una notte*. Mimì sosteneva che ognuno nasce con un dono, tutto sta nello scoprirlo e nell'avere la fortuna di vederlo apprezzato perché ci sono abilità inutili, come quella di un amico suo che era capace di resistere per tre minuti senza respirare sott'acqua, il che non gli era mai servito a niente. Quanto a lei, era tranquilla, perché conosceva già il suo. Aveva appena debuttato in un teleromanzo nel ruolo della malvagia Alejandra, rivale di Belinda, una fanciulla cieca che alla fine riacquistava la vista, come sempre succede in simili casi, per sposarsi col protagonista. I fogli del copione erano sparsi per la casa e lei li imparava a memoria col mio aiuto. Io dovevo recitare le parti di tutti gli altri. (*Luís Alfredo chiude le palpebre per non piangere, perché gli uomini non piangono*.) Abbandònati a questo sentimento... Permetti che paghi io l'operazione ai tuoi occhi, amore. (*Belinda rabbrividisce, teme di perdere l'uomo amato*...) Vorrei essere sicura di te... ma c'è un'altra donna nella tua vita, Luís Alfredo. (*Lui fissa quelle belle pupille senza luce*.) Alejandra non significa nulla per me, lei ambisce solo alla fortuna dei Martínez de la Roca, ma non l'otterrà. Nessuno potrà mai separarci, mia Belinda. (*La bacia e lei si abbandona a quella carezza sublime lasciando intendere al pubblico che forse qualcosa può accadere... o forse no. Movimento dell'obiettivo per mostrare Alejandra che li spia dalla porta, sfigurata dalla gelosia. Spostamento allo studio B*.)
– I teleromanzi sono questione di fede. Bisogna crederci, punto e basta – diceva Mimì tra due frasi di Alejandra. – Se ti metti ad analizzarli, gli togli tutta la magia e li rovini.
Sentenziava che chiunque è capace di inventare drammi come quello di Belinda e di Luís Alfredo, e tanto più potevo farlo io, che per anni li avevo ascoltati in cucina, credendo che fossero

fatti veri e, allorché avevo constatato che la realtà non era come alla radio, mi ero sentita beffata. Mimì mi espose gli indubbi vantaggi di lavorare per la televisione, dove qualsiasi bizzarria trovava spazio e ogni personaggio, per stravagante che fosse, aveva la possibilità di conficcare uno spillo nell'anima inerme del pubblico, effetto che di rado suscitava un libro. Quella sera arrivò con una scorta di dolci e una pesante scatola avvolta in carta colorata. Era una macchina per scrivere. Così comincerai a lavorare, disse. Passammo parte della serata sedute sul letto a bere vino, mangiando pasticcini e discutendo alla ricerca dell'argomento ideale, un viluppo di passioni, divorzi, bastardi, ingenui e malvagi, ricchi e poveri, capace di avvincere lo spettatore fin dal primo istante e di tenerlo prigioniero dello schermo per duecento commoventi puntate. Ci addormentammo nauseate e appiccicose di zucchero e io sognai uomini gelosi e fanciulle cieche.

Mi svegliai all'alba. Era un mercoledì dolce e piovigginoso, in nulla diverso da altri della mia vita, ma lo rammento come un giorno unico, tutto per me. Fin da quando la maestra Inés mi aveva insegnato l'alfabeto, scrivevo quasi ogni sera, ma sentii che quella era una circostanza diversa, qualcosa che avrebbe potuto mutare il mio destino. Mi preparai un caffè forte e mi sistemai davanti alla macchina, presi un foglio di carta liscio e bianco, come un lenzuolo appena stirato per farci l'amore e lo introdussi nel rullo. Allora sentii qualcosa di strano, come una brezza allegra nelle ossa, lungo le vene, sotto la pelle.

Era come se quella pagina mi aspettasse da venti e più anni, come se avessi vissuto solo per quell'istante, e volli che a partire da quel momento il mio unico lavoro fosse quello di acchiappare storie sospese nel vento più soave, per renderle mie. Scrissi il mio nome e subito le parole accorsero senza sforzo, una, un'altra e un'altra ancora. I personaggi uscirono dall'ombra dov'erano rimasti nascosti per anni e comparvero nella luce di quel mercoledì, ognuno col suo viso, la sua voce, le sue passioni e le sue ossessioni. Si riordinarono i racconti conservati nella memoria genetica fin da prima della mia nascita e molti altri che avevo trascritto per anni nei miei quaderni. Cominciai a rammentare eventi molto lontani, recuperai gli aneddoti di mia madre quando vivevamo fra gli idioti, i cancerosi e le mummie del Professor Jones; comparvero un indiano morso da una vipera e un tiranno dalle mani divorate dalla lebbra; ritrovai una zitellona che aveva perso il cuoio capelluto come se gliel'avesse strappato una macchina bobinatrice, un uomo importante sul suo seggiolone di felpa vescovile, un arabo dal cuore generoso e tanti altri uomini e donne le cui vite erano lì alla mia portata perché ne disponessi secondo la mia volontà sovrana. A poco a poco il passato si trasformava in presente e mi impadronivo anche del futuro, i morti acquistavano vita con un'illusione di eternità, si riunivano i dispersi, e tutto quanto era stato sfumato dall'oblio assumeva di nuovo contorni precisi.

Nessuno mi interruppe e passai quasi tutta la giornata a scrivere, così assorta che mi dimenticai persino di mangiare. Alle quattro del pomeriggio vidi spuntare davanti ai miei occhi una tazza di cioccolato.

– Ecco, ti ho portato qualcosa di caldo...

Guardai quella sagoma alta e magra, avvolta in un chimono azzurro ed ebbi bisogno di qualche istante per riconoscere Mimì, perché io mi trovavo in piena foresta all'inseguimento di una bambina dalla chioma rossa. Continuai con quel ritmo senza ricordarmi delle istruzioni: le sceneggiature vanno organizzate secondo due colonne, ogni puntata ha venticinque scene, attenta ai cambiamenti di luogo che sono carissimi e ai colloqui lunghi che confondono gli attori, ogni frase importante va ripetuta tre volte e l'argomento deve essere semplice, partendo dal presupposto che il pubblico è cretino. Sul tavolo si accumulavano pagine disseminate di note, correzioni, geroglifici e macchie di caffè, ma avevo appena cominciato a spolverare i ricordi e a intrecciare i destini, non sapevo dove mi dirigevo né quale sarebbe stato lo scioglimento, ammesso che ce ne fosse uno. Sospettavo che la fine sarebbe sopraggiunta solo con la mia stessa morte e mi sedusse l'idea di essere anch'io un personaggio della storia e di avere il potere di stabilire la mia fine o di inventarmi una vita. L'intreccio si aggrovigliava; i personaggi divenivano sempre più riottosi. Lavoravo – se lavoro si può chiamare quella festa – molte ore al giorno, dall'alba fino a sera. Smisi di badare a me stessa, mangiavo quando Mimì mi nutriva e andavo a dormire perché lei mi portava a letto, ma nel sonno ero sempre immersa in quell'universo novello, tenevo per mano i miei personaggi, per evitare che ne svanissero i delicati tratti e ritornassero nella nebulosa dei racconti che non vengono mai raccontati.

Di lì a tre settimane, Mimì ritenne che era giunto il momento di tentare un uso pratico di quel delirio, prima che sparissi inghiottita dalle mie stesse parole. Ottenne un appuntamento col direttore della televisione per proporgli la storia, perché le sembrava rischioso per la mia salute mentale protrarre quello sforzo se non c'era speranza di vederlo sullo schermo. Il giorno convenuto si vestì tutta di bianco, che secondo il suo oroscopo era il colore adatto alla circostanza, si infilò tra i seni una medaglietta del Maharishi e uscì trascinandomi con lei. Al suo fianco mi sentii come sempre mite e tranquilla, protetta dalla luce di quella creatura mitologica.

Aravena ci ricevette nel suo studio di plastica e vetro, dietro una scrivania imponente che non attenuava il brutto effetto della sua pancia di gaudente. Mi deluse quel grassone dagli occhi da ruminante e con un sigaro consumato a metà, così diverso dall'uomo pieno di energia che mi ero immaginata leggendone gli articoli. Distratto, perché la parte meno interessante del suo lavoro era l'inevitabile circo dello spettacolo, Aravena ci salutò appena senza guardarci in faccia, con gli occhi verso la finestra dove si profilavano i tetti vicini e la nuvolaglia di un prossimo temporale. Mi domandò quanto mancava alla fine della sceneggiatura, diede un'occhiata al fascicolo reggendolo tra le dita bianche e mormorò che l'avrebbe letto quando sarebbe stato un po' libero. Tesi il braccio e recuperai il mio copione, ma Mimì me lo strappò di mano e glielo consegnò di nuovo, e intanto lo costringeva a guardarla, sbattendo le ciglia in uno svolazzo fatale, si inumidiva le labbra dipinte di rosso e gli proponeva di cenare insieme il sabato successivo, solo pochi amici, una riunione intima, disse con quel sussurrare irresistibile che si era inventata per nascondere la voce da tenore con cui era venuta al mondo. Una bruma visibile, un aroma osceno, una salda ragnatela avvolsero l'uomo. Per un lungo momento rimase immobile, col fascicolo in mano, sconcertato, perché suppongo che non avesse mai ricevuto fino ad allora un'offerta di tale lussuria. La cenere del sigaro cadde sul tavolo e lui non se ne accorse.

– Dovevi proprio invitarlo a casa? – rimproverai Mimì mentre uscivamo.

– Voglio che accetti la tua sceneggiatura, anche se fosse l'ultima cosa che otterrò nella mia vita.

– Non penserai di sedurlo...

– Come credi che si ottengano le cose in quell'ambiente?

Il sabato albeggiò piovoso e la pioggia continuò a cadere per tutto il giorno e per tutta la sera, mentre Mimì si affaccendava per preparare una cena frugale a base di riso integrale, considerato ricercato da quando i macrobiotici e i vegetariani avevano cominciato a spaventare l'umanità con le loro teorie dietetiche. Il grassone morirà di fame, borbottavo io tritando carote, ma lei non si scompose, tutta intenta a sistemare fiori nei vasi, accendere bastoncini di incenso, scegliere musica e distribuire cuscini di seta, perché era anche diventato di moda togliersi le scarpe e sedersi per terra. Erano otto gli invitati, tutta gente di teatro, tranne Aravena, che arrivò accompagnato da un uomo dai capelli di rame che si vedeva spesso con la sua cinepresa sulle barricate di qualche remota rivoluzione. Come si chiamava? Gli strinsi la mano con la vaga sensazione di averlo già conosciuto.

Dopo cena, Aravena mi prese da parte e mi confessò la sua attrazione per Mimì. Non era riuscito a dimenticarla, la sentiva come una scottatura recente.

– È la femminilità assoluta, tutti abbiamo qualcosa di androgino, qualcosa del maschio e della femmina, ma lei si è strappata via anche l'ultima traccia dell'elemento maschile e si è costruita quelle curve splendide, è tutta donna, è adorabile – disse asciugandosi la fronte con un fazzoletto.

Guardai la mia amica, così vicina e nota, il volto dipinto con matite e pennellini, i seni e i fianchi rotondi, il ventre piatto, precluso alla maternità e al piacere, ogni linea del corpo costruita con assoluta tenacia. Solo io conosco a fondo la natura segreta di quel personaggio di finzione, creato con dolore per soddisfare i sogni altrui e privato dei propri. L'ho vista senza trucco, stanca, triste, le sono stata vicina durante i momenti di depressione, di malattia, di insonnia e di spossatezza, amo la persona fragile e contraddittoria che c'è dietro le piume e la bigiotteria. In quel momento mi domandai se quell'uomo dalle labbra sporgenti e dalle mani gonfie avrebbe saputo cercare in lei fino a scoprire la compagna, la madre, la sorella, che è davvero Mimì. Dall'altra estremità del salone lei colse lo sguardo del nuovo ammiratore. Ebbi l'impulso di fermarla, di proteggerla, ma mi trattenni.

– Su, Eva, racconta una storia al nostro amico – disse Mimì lasciandosi cadere accanto ad Aravena.

– Come la desidera?

– Maliziosetta, no? – insinuò lei.

Mi sedetti con le gambe incrociate all'indiana, chiusi gli occhi e per qualche secondo lasciai vagare la mente attraverso le dune di un deserto bianco, come sempre faccio per inventare una storia. Ben presto emersero da quelle sabbie una donna con sottane di taffetà giallo, visioni di paesaggi freddi attinti da mia madre alle riviste del Professor Jones e i giochi creati dalla Signora per le feste del Generale. Cominciai a parlare. Mimì dice che ho una voce speciale per raccontare, una voce che, pur essendo mia, sembra di qualcun altro, come se sgorgasse dalla terra e mi salisse lungo il corpo. Sentii che la stanza perdeva i suoi contorni, sfumata tra i nuovi orizzonti che io evocavo. Gli invitati tacquero.

– *Erano tempi duri nel sud. Non nel sud di questo paese, bensì del mondo che ha le stagioni al contrario e l'inverno non cade a Natale, come nelle nazioni colte, ma a metà dell'anno, come nelle contrade barbare...*

Quando ebbi finito di parlare, Rolf Carlé fu l'unico a non applaudire insieme agli altri. Poi mi confessò che ci aveva messo un bel po' a fare ritorno da quella pampa australe dove si allontanavano due amanti con una borsa di monete d'oro, e quando lo fece era deciso a trasformare la mia storia in un film prima che i fantasmi di quelle due canaglie si impadronissero dei suoi sogni. Mi domandai perché Rolf Carlé mi era così familiare, non poteva essere dovuto solo al fatto che l'avevo visto alla televisione. Lanciai uno sguardo al passato, qualora me lo fossi già trovato dinnanzi, ma non era così e non conoscevo neppure qualcuno che gli assomigliasse. Mi avvicinai e gli passai un dito sul dorso della mano.

– Anche mia madre aveva la pelle lentigginosa... – Rolf Carlé non si mosse e neppure tentò di fermare le mie dita. – Mi hanno detto che sei stato sulle montagne con i guerriglieri.

– Sono stato in molti posti.

– Racconta...

Ci sedemmo sul pavimento e lui rispose a quasi tutte le mie domande. Mi parlò del suo lavoro, che lo portava da una parte all'altra a osservare il mondo attraverso un obiettivo. Passammo il resto della serata così presi l'uno dall'altra che non ci accorgemmo che tutti gli altri se n'erano andati. Lui fu l'ultimo a congedarsi e credo che lo fece solo perché Aravena se lo rimorchiò via. Sulla soglia annunciò che sarebbe stato assente qualche giorno per riprendere i tumulti di Praga, dove i cecoslovacchi affrontavano a sassate i carrarmati invasori. Volli salutarlo con un bacio, ma lui mi strinse la mano con un cenno del capo che mi sembrò piuttosto solenne.

Quattro giorni dopo, quando Aravena mi diede un appuntamento per firmare il contratto, seguitava a piovere e nel suo lussuoso studio avevano sistemato secchi per raccogliere gli sgocciolii del soffitto. Come mi spiegò il direttore senza preamboli, la sceneggiatura non era neppure remotamente scritta secondo i modelli consueti, in realtà era tutto un guazzabuglio di personaggi bizzarri, di aneddoti inverosimili, mancava di un autentico impianto romanzesco, i protagonisti non erano belli né vivevano nell'opulenza, era quasi impossibile seguire il filo degli eventi, il pubblico si sarebbe perso, insomma gli sembrava una baraonda e nessuno con un po' di cervello avrebbe corso il rischio di produrlo, ma lui l'avrebbe fatto perché non resisteva alla tentazione di scandalizzare il paese con quelle scempiaggini e perché Mimì gliel'aveva chiesto.

– Continua a scrivere, Eva, sono curioso di sapere come finirà questa sfilza di spropositi – disse salutandomi.

Le inondazioni cominciarono al terzo giorno di pioggia e al quinto il Governo decretò lo stato di emergenza. Le catastrofi a causa del brutto tempo erano cosa consueta, nessuno pensava a ripulire i canali di scarico e ad aprire i tombini, ma questa volta il temporale superò ogni immaginazione. L'acqua trascinò giù dai colli le baracche, fece straripare il fiume che attraversa la capitale, si cacciò nelle case, portò via le automobili, gli alberi e metà dello stadio. Gli operatori della Televisione Nazionale salirono su canotti di gomma e ripresero gli alluvionati sui tetti delle abitazioni, dove aspettavano con pazienza di essere recuperati dagli elicotteri militari. Seppure terrorizzati e affamati, molti cantavano, perché sarebbe stata una stupidaggine aggravare la situazione lamentandosi. La pioggia cessò di lì a una settimana, grazie allo stesso metodo empirico usato anni addietro per combattere la siccità. Il Vescovo portò il Nazareno in processione e tutti uscirono al seguito pregando e facendo voti sotto gli ombrelli, dinnanzi alle beffe degli addetti all'Istituto Meteorologico, i quali si erano messi in contatto con i colleghi di Miami e potevano garantire che, secondo le rilevazioni dei palloni sonda e la quantità di nuvole, l'acquazzone sarebbe durato altri nove giorni. Invece, il cielo si ripulì tre ore dopo che il Nazareno ebbe fatto ritorno sull'altare della cattedrale, fradicio come un cencio, malgrado il baldacchino con cui avevano tentato di proteggerlo. La sua parrucca si restrinse, gli scivolò un liquido scuro lungo il viso e i più devoti caddero in ginocchio convinti che l'immagine sudasse sangue. La cosa contribuì al prestigio del cattolicesimo e tranquillizzò certi animi inquieti per via dell'avanzata ideologica dei marxisti e dell'arrivo dei primi gruppi mormoni, composti da candidi ed energici giovani con camicie a maniche corte, che si introducevano nelle case e convertivano le famiglie sprovvedute.

Quando fu cessata la pioggia e si fece il conto dei disastri per mettere riparo ai danni e riorganizzare la vita dei cittadini, comparve galleggiando nei pressi della Plaza del Padre de la Patria una bara di modesta fattura, ma in perfette condizioni. L'acqua l'aveva trascinata giù da una baraccopoli del colle a ovest della città, attraverso diverse vie trasformate in torrenti, fino a depositarla intatta in pieno centro. Nell'aprirla vi trovarono dentro una vecchia che dormiva tranquilla. Io la vidi al telegiornale delle nove, telefonai all'emittente per avere i particolari e partii con Mimì alla volta dei rifugi improvvisati dall'Esercito per ospitare i derelitti. Raggiungemmo grandi tende da campagna dove si accalcavano le famiglie in attesa del bel tempo. Molti avevano perso anche i documenti di identità, ma sotto i teloni non regnava la tristezza, quella catastrofe era un buon pretesto per riposare e un'occasione per farsi nuovi amici, avrebbero visto l'indomani come sbrogliarsela, oggi era inutile piangere su quanto l'acqua si era portata via. Lì trovammo Elvira, magra e vispa, in camicia da notte, seduta su un materassino che raccontava a una cerchia di ascoltatori come si era salvata dal diluvio nella sua strana arca. In tal modo recuperai la nonna. Vedendola sullo schermo l'avevo subito riconosciuta, malgrado i capelli bianchi e la mappa di rughe che le aveva trasformato il viso, perché il lungo distacco non le aveva offuscato la mente, in fondo era sempre la stessa donna che mi dava, in cambio di racconti, banane fritte e il diritto di giocare alla morte nel suo feretro. Mi aprii un varco, mi slanciai su di lei e la strinsi con l'urgenza accumulata in quegli anni di lontananza. Invece Elvira mi baciò senza smanie, come se nella sua anima il tempo non fosse trascorso, come se ci fossimo viste il giorno prima e tutte le modificazioni del mio aspetto fossero solo un abbaglio dei suoi occhi stanchi.

– Figurati, uccellino, tutto questo dormire nella cassa perché la morte non mi sorprenda impreparata, per poi farmi sorprendere dalla vita. Non entrerò mai più in una bara, neppure quando mi toccherà andare al cimitero. Voglio che mi seppelliscano in piedi, come un albero.

La portammo a casa. Durante il tragitto sul taxi, Elvira contemplò Mimì, non aveva mai visto niente di simile, disse che era come un'enorme bambola. Più tardi la palpò un po' dappertutto con le sue sapienti mani di cuoca e sentenziò che aveva la pelle più bianca e più tenera di una cipolla, i seni duri come cedri verdi e che profumava della torta di mandorle e di spezie della Pasticceria Svizzera, poi inforcò gli occhiali per osservarla meglio e allora fu sicura al cento per cento che non era una creatura di questo mondo. È un arcangelo, concluse. Anche Mimì simpatizzò con lei fin dal primo istante, perché a parte la sua *mamma*, il cui amore non le era mai venuto a meno, e me, non aveva una sua famiglia, tutti i parenti le avevano voltato le spalle vedendola in un corpo di femmina. Anche lei aveva bisogno di una nonna. Elvira accettò la nostra ospitalità perché glielo chiedemmo con insistenza e perché l'acquazzone si era portato via tutti i suoi beni materiali, tranne il feretro, per il quale Mimì non sollevò obiezioni, sebbene non armonizzasse con l'arredamento. Ma Elvira non lo voleva più. La bara le aveva salvato la vita una volta e non era disposta a correre di nuovo quel rischio.

Pochi giorni dopo ritornò Rolf Carlé da Praga e mi telefonò. Passò a prendermi su una jeep sconquassata, ci avviammo verso il litorale e a metà mattina raggiungemmo una spiaggia dalle acque traslucide e dalle sabbie rosate, molto diversa dal mare irto di onde su cui avevo spesso navigato nella sala da pranzo dei miei vecchi padroni. Sguazzammo nell'acqua e riposammo al sole finché non ci venne fame, allora ci vestimmo e partimmo in cerca di una bettola dove mangiare pesce fritto. Passammo il pomeriggio guardando la costa, bevendo vino bianco e raccontandoci le nostre vite. Gli parlai della mia infanzia, quando facevo la serva in casa altrui, di Elvira salvata dalle acque, di Riad Halabí e di altre cose, ma non accennai a Huberto Naranjo, di cui non parlavo mai, abituata a rispettarne la clandestinità. Da parte sua Rolf Carlé mi raccontò la fame della guerra, la scomparsa del fratello Jochen, il padre impiccato nel bosco, il campo di concentramento.

– È molto strano, non avevo mai tradotto queste cose in parole.

– Perché?

– Non so, mi sembra che siano segreti. Sono la parte più buia del mio passato – disse e poi rimase a lungo in silenzio con gli occhi fissi sul mare e un'espressione assorta negli occhi grigi.

– Che ne è stato di Katharina?

– Ha avuto una morte triste, da sola in un ospedale.

– Sì, è morta, ma non come dici tu. Cerchiamo un bel finale per lei. Era domenica, il primo giorno di sole della stagione. Katharina si è svegliata molto contenta e l'infermiera l'ha fatta sedere in terrazza su una sedia a sdraio, con le gambe avvolte in una coperta. Tua sorella è rimasta a guardare gli uccelli che cominciavano a costruire i nidi sotto le gronde dell'edificio e i nuovi germogli sui rami degli alberi. Era protetta e sicura, come quando si addormentava fra le tue braccia sotto la tavola della cucina, anzi, in quel momento sognava di te. Non aveva memoria, ma il suo istinto conservava intatto il calore che tu le davi e ogni volta che si sentiva felice, mormorava il tuo nome. Così era in quel momento, ti chiamava allegramente, quando l'anima le è volata via senza che se ne accorgesse. Poco dopo è arrivata tua madre a trovarla, come tutte le domeniche, e l'ha trovata immobile, sorridente, allora le ha chiuso gli occhi, l'ha baciata sulla fronte e ha comprato una bara da promessa sposa, dove l'ha adagiata sopra il lenzuolo bianco.

– E mia madre, hai un bel destino anche per lei? – domandò Rolf Carlé con la voce rotta.

– Sì. Dal cimitero è rincasata e ha visto che i vicini avevano messo fiori in tutti i vasi perché non si sentisse sola. Il lunedì era il giorno per fare il pane e lei si è tolta il vestito buono, si è messa il grembiule e ha cominciato ad apparecchiare la tavola. Si sentiva tranquilla, perché tutti i suoi figli stavano bene, Jochen si era trovato una buona moglie e aveva formato una famiglia in qualche angolo del mondo, Rolf viveva la sua vita in America e adesso Katharina, infine libera dalle pastoie del corpo, poteva volare a suo piacimento.

– Secondo te, perché mia madre non ha mai accettato di venire a vivere con me?

– Non so... Forse non vuole allontanarsi dal suo paese.

– È vecchia e sola, starebbe molto meglio nella Colonia con i miei zii.

– Non tutti hanno voglia di emigrare, Rolf. Lei sta bene lì a badare al suo giardino e ai suoi ricordi.

UNDICI

Per una settimana i giornali parlarono solo dello sconvolgimento provocato dalle inondazioni, e se non fosse stato per Rolf Carlé, il massacro di un Centro di Operazioni dell'Esercito sarebbe passato quasi sotto silenzio, sommerso dalle acque tumultuose del diluvio e dalle connivenze del potere. Un gruppo di detenuti politici si erano ribellati e dopo essersi impadroniti delle armi dei secondini, si erano trincerati in un settore dell'edificio. Il Comandante, uomo dalle iniziative repentine e dall'animo impavido, non aveva chiesto istruzioni, semplicemente aveva dato ordine di annientarli e le sue parole erano state prese alla lettera. Li avevano attaccati con armi pesanti, avevano ucciso un numero indeterminato di uomini e i sopravvissuti erano stati radunati in un cortile e finiti senza pietà. Quando ai secondini era passata la sbronza di sangue ed erano stati contati i cadaveri, avevano capito che sarebbe stato difficile spiegare quel comportamento all'opinione pubblica e che non sarebbero neppure riusciti a confondere i giornalisti sostenendo che si trattava di voci senza fondamento. I colpi di mortaio avevano ucciso gli uccelli in volo e dal cielo erano caduti volatili morti nel raggio di parecchi chilometri, cosa impossibile da giustificare perché più nessuno era disposto a credere a nuovi miracoli del Nazareno. Come indizio supplementare, un fetore implacabile usciva dalle fosse comuni saturando l'aria. Come primo provvedimento, non fu permesso a nessun curioso di avvicinarsi e si tentò di coprire la zona con un manto di solitudine e di silenzio. Il Governo non aveva avuto altra scelta che appoggiare la decisione del Comandante. Non si possono aggredire le forze dell'ordine, sono cose che mettono in pericolo la democrazia, biascicò furibondo il Presidente nell'intimità del suo studio. Allora improvvisarono la spiegazione secondo cui i sovversivi si erano ammazzati fra loro e ripeterono la panzana così tante volte, che finirono per crederci loro per primi. Ma Rolf Carlé la sapeva troppo lunga su quelle faccende per accettare la versione ufficiale, e senza attendere che Aravena gliel'ordinasse, si cacciò dove altri non si erano azzardati. Seppe una parte della verità dai suoi amici sulle montagne e il resto lo verificò con gli stessi secondini che avevano sterminato i detenuti e cui bastò un paio di birre per parlare, perché non riuscivano più a sopportare la morsa della cattiva coscienza. Tre giorni dopo, quando cominciava a svanire l'odore dei cadaveri ed erano ormai stati spazzati via gli ultimi uccelli decomposti, Rolf Carlé possedeva prove irrefutabili dell'accaduto ed era pronto a lottare contro la censura, ma Aravena lo avvertì di non farsi illusioni, per televisione non si poteva azzardare neppure una parola. Ebbe il primo litigio col suo maestro, gli diede del pauroso e del corrivo, ma l'altro fu inflessibile. Allora andò a parlare con un paio di deputati dell'opposizione e mostrò loro pellicole e fotografie, affinché vedessero i metodi usati dal Governo per combattere la guerriglia e le condizioni subumane dei detenuti. Quel materiale venne esibito al Congresso, dove i parlamentari denunciarono il massacro e pretesero che le tombe venissero aperte e i colpevoli processati. Mentre il Presidente assicurava al paese di essere pronto ad andare fino in fondo nell'indagine, anche se questo avesse dovuto costargli la carica, una squadra di soldati improvvisava un campo sportivo asfaltato e piantava una doppia fila di alberi per coprire le fosse, i rapporti si smarrivano nei labirinti dell'amministrazione giudiziaria e i direttori di tutti i mezzi di comunicazione venivano convocati al Ministero degli Interni e diffidati dal diffamare le Forze Armate. Ma Rolf Carlé continuò a insistere con una tenacia che finì per vincere la prudenza di Aravena e le risposte evasive dei deputati, i quali approvarono almeno una tiepida ammonizione al Comandante e un decreto che ordinava che i detenuti politici fossero trattati secondo la Costituzione, che avessero processi pubblici e scontassero la pena nelle carceri e non nei centri speciali, dove nessuna autorità civile aveva accesso. Come risultato, nove guerriglieri rinchiusi nel forte El Tucán furono trasferiti nel carcere di Santa María, provvedimento non meno atroce per loro ma che servì a chiudere il caso e a impedire che esplodesse lo scandalo, impantanato nell'indifferenza collettiva.

La stessa settimana Elvira annunciò che c'era un fantasma nel cortile, ma non le prestammo attenzione. Mimì era innamorata e io ascoltavo tutto a metà, troppo presa dalle passioni turbolente della mia sceneggiatura. La macchina per scrivere ticchettava tutto il giorno senza lasciarmi tempo per occuparmi delle solite incombenze.

– C'è un'anima in pena in questa casa, uccellino – insistette Elvira.

– Dove?

– Si affaccia dalla parete del retro. È lo spirito di un uomo, sarebbe bene premunirsi, secondo me. Domani stesso comprerò il liquido contro le anime.

– Glielo farai bere?

– No, piccola, che idea! È per lavare la casa. Bisogna passarlo sulle pareti, sui pavimenti, ovunque.

– È un lavoro pesante. Non lo vendono in confezione spray?

– Ma no, piccola, questi modernismi non funzionano con le anime defunte.

– Io non ho visto niente, nonna...

– Io sì, gira vestito come un uomo ed è bruno come san Martín de Porres, ma non è umano, quando lo vedo mi si accappona la pelle, uccellino. Dev'essere qualche smarrito che cerca una via, forse non è ancora completamente morto.

– Forse, nonna.

Ma non si trattava di un ectoplasma vagante, come si venne a sapere quello stesso giorno quando il Negro suonò il campanello ed Elvira, spaventata alla sua vista, cadde seduta a terra. L'aveva mandato il Comandante Rogelio e girava per la via cercandomi senza osar domandare di me per non attirare l'attenzione.

– Ti ricordi di me? Ci siamo conosciuti all'epoca della Signora, io lavoravo nella bettola di calle República. La prima volta che ti ho vista eri una mocciosa – si presentò.

Inquieta, perché Naranjo non aveva mai usato intermediari ed erano tempi in cui era meglio non fidarsi di nessuno, lo seguii fino a un distributore di benzina nei sobborghi della città. Il Comandante Rogelio ci aspettava in un deposito di pneumatici. Ebbi bisogno di parecchi secondi per abituarmi al buio e individuare quell'uomo che avevo tanto amato e che ora sentivo lontano. Non ci eravamo visti da parecchie settimane e non avevo avuto modo di raccontargli i mutamenti occorsi nella mia vita. Dopo esserci baciati fra i bidoni di combustibile e le latte di olio da motore, Huberto mi chiese una cartina della fabbrica, perché intendeva rubare uniformi per vestire da ufficiali diversi suoi uomini. Aveva deciso di introdursi nel carcere di Santa María per liberare i compagni e, inoltre, sferrare un colpo mortale al Governo e umiliare l'Esercito in modo indimenticabile. I suoi piani subirono un colpo allorché gli annunciai che non potevo collaborare con lui, perché avevo lasciato il mio lavoro e non avevo più accesso ai locali dell'edificio. Ebbi la brutta idea di raccontargli la cena al ristorante col Colonnello Tolomeo Rodríguez. Mi resi conto che ne fu adiratissimo, perché cominciò a farmi domande molto cortesi, con un risolino beffardo che conosco bene. Restammo d'accordo di vederci la domenica al Giardino Zoologico.

Quella sera, dopo avere ammirato se stessa nella relativa puntata del teleromanzo, in compagnia di Elvira, per la quale il fatto di vederla in due posti al tempo stesso era una prova in più della sua natura celestiale, Mimì venne in camera mia ad augurarmi la buonanotte, come faceva sempre, e mi sorprese mentre tracciavo linee su un foglio di carta. Volle sapere di cosa si trattava.

– Non cacciarti nei guai! – esclamò atterrita quando seppe del progetto.

– Devo farlo, Mimì. Non possiamo continuare a disinteressarci di quanto accade nel paese.

– Ma sì che possiamo, finora l'abbiamo fatto, ecco perché stiamo bene. E poi qui a nessuno interessa niente di niente, i tuoi guerriglieri non hanno la minima possibilità di trionfare. Pensa a come abbiamo cominciato, Eva! Io ho avuto la sfortuna di nascere donna in un corpo di uomo, mi hanno perseguitata come un frocio, mi hanno violentata, torturata, messa in prigione e guarda dove sono adesso, tutto per merito mio. E tu? L'unica cosa che hai fatto è stato lavorare e lavorare, sei bastarda, con un miscuglio di sangue di tutti i colori, senza famiglia, nessuno ti ha educata né ti ha vaccinata o ti ha dato qualche vitamina. Ma siamo andate avanti. Vuoi buttare via tutto?

In un certo senso era vero che in quel periodo eravamo riuscite a sistemare qualche conto in sospeso con la vita. Eravamo state così povere, che non conoscevamo il valore del denaro e ci scivolava dalle mani come sabbia, ma adesso guadagnavamo abbastanza per offrirci certi lussi. Ci credevamo ricche. Io avevo ricevuto un pagamento anticipato per la sceneggiatura, somma che mi sembrava favolosa e che mi pesava in tasca. Da parte sua, Mimì si considerava nel migliore periodo della sua esistenza. Aveva finalmente raggiunto l'equilibrio perfetto delle pillole multicolori e si sentiva bene in quel corpo, come se fosse stato suo fin dalla nascita. Nulla rimaneva dell'antica timidezza e poteva persino scherzare su quanto prima la faceva arrossire. Oltre al ruolo di Alejandra nella serie televisiva, stava provando il personaggio del Cavaliere di Eón, un travestito del secolo diciottesimo, agente segreto, che aveva trascorso l'esistenza servendo tutti i re di Francia vestito da donna ed era stato scoperto solo quando ne avevano vestito il cadavere, a ottantadue anni di età. Possedeva tutte le doti per interpretarlo e il più celebre drammaturgo del paese aveva scritto la commedia appositamente per lei. A renderla felicissima era il fatto che credeva di avere infine trovato l'uomo segnalato dall'astrologia, colui che l'avrebbe seguita negli anni della maturità. Da quando frequentava Aravena le erano rinate le illusioni della prima gioventù; non aveva mai avuto una relazione così, lui non esigeva nulla, la colmava di doni e di lusinghe, la portava nei luoghi più frequentati dove tutti potessero ammirarla, badava a lei come un collezionista a un'opera d'arte. Per la prima volta tutto va bene, Eva, non cacciarti nei guai, mi supplicò Mimì, ma io sfoderai gli argomenti tante volte ascoltati in bocca a Huberto Naranjo e risposi che eravamo due creature marginali, condannate a lottare per ogni briciola e anche se avessimo spezzato le catene che ci legavano fin dal nostro primo giorno di vita, sarebbero pur sempre rimasti da abbattere i muri di un carcere più vasto, perché non bastava modificare le circostanze personali, ma si doveva cambiare tutta la società. Mimì ascoltò il mio discorso sino alla fine e quando parlò lo fece con la sua voce d'uomo e una risoluzione nei gesti che contrastava con i merletti color salmone dei polsini della vestaglia e i riccioli della chioma.

– Tutto quello che hai detto è una solenne ingenuità. Nel caso improbabile che il tuo Naranjo trionfi con la sua rivoluzione, sono sicura che di lì a poco si comporterebbe con la stessa prepotenza di tutti gli uomini che arrivano al potere.

– Non è vero. Lui è diverso. Non pensa a se stesso, ma al popolo.

– Così è adesso, perché non gli costa niente. È un fuggiasco sperduto nella foresta, ma bisognerebbe vederlo se fosse al governo. Guarda, Eva, gli uomini come Naranjo non possono compiere mutamenti definitivi, modificano solo le regole, ma il gioco è lo stesso. Autorità, competenza, bramosia, repressione, è sempre la solita solfa.

– Se non ce la fa lui, allora chi?

– Tu e io, per esempio. Bisogna cambiare l'anima del mondo. Ma, per fare questo, ci manca molto e visto che sei decisa, non posso lasciarti da sola, sicché verrò con te allo zoo. Quell'imbecille ha bisogno di una pianta non della fabbrica delle uniformi, ma del carcere di Santa María.

L'ultima volta che il Comandante Rogelio l'aveva vista, si chiamava Melecio, aveva gli attributi di un uomo normale e lavorava come professore di italiano in una scuola di lingue. Malgrado Mimì comparisse spesso sulle pagine delle riviste e alla televisione, lui non la riconobbe, perché viveva in un'altra dimensione, lontanissimo da quelle frivolezze, schiacciando vipere nel folto e maneggiando armi da fuoco. Molte volte io l'avevo immaginato insieme alla mia amica, ma lui proprio non se l'aspettava di vedere vicino alla gabbia delle scimmie quella donna vestita di rosso la cui bellezza lo lasciò frastornato e capovolse i suoi pregiudizi sull'argomento. No, non si trattava di un frocio travestito, era una femmina olimpica capace di mozzare il fiato a un drago.

Per quanto fosse impossibile che Mimì passasse inosservata, tentammo di confonderci nella folla, passeggiando fra bambini altrui e buttando granoturco ai colombi come qualsiasi famiglia durante l'uscita domenicale. Al primo tentativo del Comandante Rogelio di teorizzare, lei lo bloccò con una di quelle filastrocche riservate ai casi disperati. Gli disse chiaramente che tenesse per sé i suoi discorsi, perché lei non era ingenua quanto me; che accettava di aiutarlo per questa volta, per liberarsi di lui il più presto possibile e con la speranza che gli sparassero e finisse a capofitto nell'inferno, e non seguitasse a rompere le scatole; ma che non era disposta a tollerare che per di più la indottrinasse con le sue idee cubane, che se ne andasse in malora, perché lei aveva già abbastanza problemi senza bisogno di occuparsi di una rivoluzione che non la riguardava, cosa si era immaginato? a lei non interessava un fico secco il marxismo né quella ghenga di barbuti ribelli, voleva solo sopravvivere in pace e sperava che l'avesse capita, altrimenti gliel'avrebbe spiegato in un altro modo. Poi si sedette, con le gambe accavallate, su una panchina di cemento per disegnargli una piantina con una matita per gli occhi sulla copertina del libretto di assegni.

I nove guerriglieri trasferiti dal forte El Tucán si trovavano nelle celle di punizione di Santa María. Imprigionati sei mesi prima, avevano resistito a tutti gli interrogatori, che non avevano vinto la loro determinazione di tacere né il loro desiderio di ritornare sulle montagne a continuare la lotta. Il dibattito al Congresso li aveva portati sulla prima pagina dei giornali e innalzati al rango di eroi agli occhi degli studenti dell'Univeŕsità, i quali riempirono la città di manifesti con le loro facce.

– Non se ne deve parlare più! – ordinò il Presidente, fiducioso nella poca memoria della gente.

– Dite ai compagni che li libereremo – ordinò il Comandante Rogelio, fiducioso nell'audacia dei suoi uomini.

Da quella prigione era fuggito anni addietro solo un bandito francese, il quale era riuscito a raggiungere il mare lungo il fiume, navigando su una zattera improvvisata di cadaveri rigonfi di cani, ma da allora in poi nessuno ci aveva provato. Sfiniti dal caldo, dalla mancanza di cibo, dalle malattie e dalla violenza che pativano in ogni istante della reclusione, i detenuti comuni non avevano neppure la forza di attraversare il cortile, figuriamoci di avventurarsi nella foresta, nel caso improbabile di una fuga. I prigionieri speciali non avevano nessuna possibilità di riuscirci, a meno di non esser capaci di aprire porte di ferro, sopraffare secondini armati di mitra, attraversare tutto l'edificio, scavalcare il muro, nuotare fra i piraña lungo un fiume impetuoso e penetrare nella giungla: il tutto a mani nude e all'ultimo stadio dello sfinimento. Il Comandante Rogelio non ignorava quei colossali ostacoli, tuttavia garantì impassibile che li avrebbe liberati e nessuno dei suoi uomini ebbe dubbi sulla sua promessa, soprattutto non ne ebbero i nove reclusi nelle celle di punizione. Una volta che fu riuscito a dominare la rabbia iniziale, gli venne l'idea di usarmi come esca per attirare il Colonnello Tolomeo Rodríguez in un trabocchetto.

– Va bene, purché non gli facciano del male – dissi.

– Si tratta di sequestrarlo, non di ucciderlo. Lo tratteremo come una fanciulla per scambiarlo con i compagni. Perché ti interessa tanto quell'uomo?

– Per niente... Ti avverto che non sarà facile coglierlo di sorpresa, gira armato e ha i suoi guardaspalle. Non è uno stupido.

– Credo che non si porterà dietro la scorta se deve uscire con una donna.

– Stai chiedendomi di andare a letto con lui?

– No! Solo che tu gli dia un appuntamento dove ti indicheremo e che lo distragga. Noi arriveremo subito. Un'operazione pulita, senza spari né scandali.

– Deve fidarsi di me e non è possibile al primo incontro. Ho bisogno di tempo.

– Credo che quel Rodríguez ti piaccia... Scommetto che vuoi fare l'amore con lui – cercò di scherzare Huberto Naranjo, ma la voce gli uscì rabbiosa.

Non risposi, perché distratta dal pensiero che sedurre Rodríguez avrebbe potuto rivelarsi molto interessante, sebbene a dire il vero non sapessi se sarei stata capace di consegnarlo ai suoi nemici o se, al contrario, avrei tentato di avvisarlo. Come diceva Mimì, non ero ideologicamente pronta per quella guerra. Sorrisi senza accorgermene e forse fu quel sorriso misterioso a cambiare i piani di Huberto, che decise di ritornare al primo progetto. Mimì sentenziò che la cosa equivaleva a un suicidio, conosceva il sistema di vigilanza, i visitatori venivano annunciati per radio e se si trattava di un gruppo di ufficiali, come Naranjo pretendeva di travestire i suoi uomini, il direttore si sarebbe recato di persona ad aspettarli all'aeroporto militare. Neppure il Papa sarebbe entrato nel carcere senza un controllo di identità.

– Allora dobbiamo introdurre armi per i compagni – disse il Comandante Rogelio.

– Tu dai i numeri – si beffò Mimì. – Ai miei tempi sarebbe stato difficilissimo, perché perquisivano chiunque all'entrata e all'uscita, ma ora è impossibile, hanno un'apparecchiatura per individuare i metalli. Anche se inghiottissi l'arma, te la scoprirebbero.

– Non importa. Li farò uscire di lì in un modo o nell'altro.

Nei giorni dopo l'incontro al Giardino Zoologico, si abboccò con noi in diversi luoghi per precisare i particolari, che, a mano a mano che si sommavano nella lista, mettevano in evidenza la follia del progetto. Nulla riuscì a dissuaderlo. La vittoria è dei più audaci, replicava quando gli segnalavamo i pericoli. Io disegnai la pianta della fabbrica delle uniformi e Mimì il carcere, calcolammo i movimenti dei secondini, imparammo le loro consuetudini, e studiammo persino l'orientamento dei venti, la luce e la temperatura di ogni ora del giorno. Durante quegli incontri Mimì fu contagiata dall'entusiasmo di Huberto e perse di vista la meta finale, scordò che si trattava di liberare i prigionieri e finì per considerare il tutto come un gioco da salotto. Affascinata, tracciava piani, compilava liste, immaginava strategie, senza badare ai rischi, in fondo convinta che tutto sarebbe rimasto un'intenzione, senza mai venir attuato, come tante altre cose della nostra storia nazionale. L'impresa era così audace, da meritare di giungere in porto. Il Comandante Rogelio si sarebbe mosso con sei guerriglieri, scelti fra i veterani e i prodi, per accamparsi insieme agli indiani nelle vicinanze di Santa María. Il capo della tribù aveva offerto di far loro attraversare il fiume e di guidarli nella foresta, pronto a collaborare dopo che l'Esercito si era scagliato sul suo villaggio lasciandosi dietro una scia di capanne bruciate, di animali sventrati e di ragazze violentate. Si sarebbero messi in contatto con i prigionieri mediante un paio di indiani, addetti alla cucina del carcere. Il giorno convenuto i detenuti dovevano essere pronti a disarmare alcuni secondini e scivolare fino al cortile, dove il Comandante Rogelio e i suoi uomini li avrebbero liberati. La parte più debole del piano, come aveva indicato Mimì senza che fosse necessaria nessuna esperienza per arrivare a quella conclusione, era che i guerriglieri riuscissero a uscire dalle celle di sicurezza. Quando il Comandante Rogelio fissò come data ultima il martedì della settimana successiva, lei lo guardò fra le lunghe ciglia di pelo di visone e in quel momento ebbe la prima intuizione che si trattava di una faccenda seria. Una simile risolutezza non poteva essere presa alla leggera, sicché tirò fuori i tarocchi, gli ordinò di tagliare il mazzo con la mano sinistra, distribuì le carte secondo le regole dell'antica cultura egiziana e si accinse a leggere il messaggio delle forze soprannaturali, mentre lui la osservava con una smorfia sarcastica, borbottando che doveva essere pazzo ad affidare l'esito di quell'impresa a una creatura così stravagante.

– Non può essere di martedì, ma di sabato – decise lei quando girò il bagatto e uscì capovolto.

– Sarà quando lo dirò io – rispose lui esprimendo chiaramente il suo parere su quel delirio.

– Qui dice sabato e tu non sei in grado di sfidare i tarocchi.

– Martedì.

– Il sabato pomeriggio metà dei secondini vanno a spassarsela nel bordello di Agua Santa e l'altra metà guarda la partita di baseball alla televisione.

Questo fu l'argomento decisivo a favore della cartomanzia. In quel momento, mentre discutevano alternative, mi ricordai della Materia Universale. Il Comandante Rogelio e Mimì sollevarono lo sguardo dalle carte e mi osservarono perplessi. Fu così che, senza essermelo proposto, mi ritrovai insieme a una mezza dozzina di guerriglieri, tutti intenti a impastare porcellana fredda in una capanna indiana a breve distanza dalla casa del turco dove avevo trascorso i migliori anni dell'adolescenza.

Entrai ad Agua Santa su una macchina sconquassata con una targa rubata, guidata dal Negro. Il luogo non era molto cambiato, ma la via principale si era un po' ingrandita, si vedevano case nuove, parecchie botteghe e qualche antenna della televisione, ma rimanevano immutabili il frinire dei grilli, l'afa implacabile del mezzogiorno e l'incubo della foresta che cominciava sul bordo della strada. Tenaci e pazienti, gli abitanti sopportavano la calura e il logorio degli anni, quasi isolati dal resto del paese da una vegetazione senza misericordia. In linea di massima, non dovevamo fermarci nel villaggio, la nostra destinazione era l'abitato degli indiani a metà strada da Santa María, ma quando vidi le case con i tetti di tegole, le vie lucidate dall'ultima pioggia e le donne sedute sulle seggiole di vimini sul limitare della soglia, tornarono i ricordi con una forza invincibile e supplicai il Negro di passare davanti alla *Perla d'Oriente* solo per lanciare un'occhiata, sia pure da lontano. Tante cose si erano deteriorate in quel tempo, tanti erano morti o erano partiti senza congedarsi, e immaginavo la bottega irrimediabilmente trasformata in un fossile, rovinata dall'usura e dalle beffe dell'oblio, ecco perché mi stupì di vederla sorgere dinnanzi ai miei occhi come un miraggio illeso. La facciata era ricostruita, i caratteri dell'insegna dipinti recentemente, la vetrina piena di attrezzi agricoli, commestibili, pentole di alluminio e due nuovissimi manichini con parrucche bionde. C'era una tale aria di rinnovamento, che non mi fu possibile resistere e scesi dall'automobile per affacciarmi alla porta. Anche l'interno era stato rinnovato con un bancone moderno, ma i sacchi di granaglie, i rotoli di stoffe a poco prezzo e i boccali di caramelle erano come quelli di prima.

Riad Halabí stava facendo i conti vicino alla cassa, vestito con una casacca di batista, e si copriva la bocca con un fazzoletto bianco. Era lo stesso che io conservavo nella memoria, neppure un minuto era trascorso per lui, era intatto come certe volte si conserva il ricordo del primo amore. Mi avvicinai con timidezza, commossa dalla stessa tenerezza dei diciassette anni, quando mi ero seduta sulle sue ginocchia per chiedergli il regalo di una notte d'amore e offrirgli quella verginità che la Madrina misurava con una corda con sette nodi.

– Buongiorno... Ha delle aspirine? – fu l'unica cosa che riuscii a dire.

Riad Halabí non sollevò lo sguardo né scostò la matita dal libro contabile e mi indicò con un cenno l'altra estremità del bancone.

– La chieda a mia moglie – disse con un biascichio del labbro leporino.

Mi girai, sicura di trovare la maestra Inés trasformata nella consorte del turco, così come avevo immaginato spesso che sarebbe finalmente accaduto, ma vidi invece una ragazza che non doveva avere più di quattordici anni, una brunetta bassa con la bocca dipinta e un'espressione ossequiosa. Comprai l'aspirina pensando che anni addietro quell'uomo mi aveva respinta perché ero troppo giovane e in quel momento la sua attuale moglie doveva ancora avere il latte sulle labbra. Chissà quale sarebbe stata la mia sorte se gli fossi rimasta accanto? Ma di una cosa sono sicura: a letto mi avrebbe resa molto felice. Sorrisi alla ragazzina dalla bocca rossa con un miscuglio di complicità e di invidia e me ne andai senza scambiare neppure uno sguardo con Riad Halabí, contenta per lui che aveva un aspetto felice. Da quel momento in poi lo ricordo come il padre che davvero è stato per me; quell'immagine gli si attaglia molto meglio che quella dell'amante di una sola notte. Fuori il Negro ruminava la sua impazienza, quella sosta non era inclusa fra gli ordini ricevuti.

– Squagliamocela. Il Comandante ha detto che nessuno doveva vederci in questo villaggio di merda dove tutti ti conoscono – mi redarguì.

– Non è un villaggio di merda. Sai perché si chiama Agua Santa? Perché c'è una sorgente che purifica i peccati.

– Piantala.

– È vero, se ti bagni in quell'acqua ogni colpa svanirà.

– Per favore, Eva, sali in macchina e andiamocene di qui.

– Non così in fretta, c'è ancora una cosa che devo fare, ma dobbiamo aspettare il buio, è più sicuro...

La minaccia del Negro di piantarmi lì sulla strada fu inutile, perché quando mi viene in testa un'idea, di rado cambio parere. Del resto, la mia presenza era indispensabile per liberare i prigionieri, sicché non solo dovette acconsentire, ma gli toccò pure scavare una buca dopo il tramonto del sole. Lo guidai dietro le case fino a un terreno irregolare, coperto da una folta vegetazione e gli indicai un punto.

– Dobbiamo dissotterrare una cosa – gli dissi e lui obbedì perché pensò che, a meno che il caldo non mi avesse spappolato il cervello, anche quello doveva fare parte del piano.

Non fu necessario affannarsi troppo, la terra argillosa era umida e soffice. A poco più di mezzo metro di profondità trovammo un involto di plastica ricoperto di muffa. Lo pulii con l'orlo della camicetta e senza aprirlo me lo infilai nella borsetta.

– Cosa c'è dentro? – volle sapere il Negro.

– La dote di una sposa.

Gli indiani ci accolsero in un'ellisse sgombra dove ardeva un fuoco, una fonte di luce nel buio denso della foresta. Un vasto tetto triangolare di rami e di foglie serviva da riparo comune e sotto erano appese parecchie amache a diversi livelli. Gli adulti indossavano qualche indumento, abiti acquistati nel contatto con i villaggi vicini, ma i bambini giravano nudi, perché nelle stoffe sempre pregne di umidità si moltiplicavano i parassiti e cresceva un muschio pallido, causa di numerose malattie. Le ragazze portavano fiori e piume alle orecchie, una donna allattava il figlio con un seno e con l'altro un cagnolino. Osservai quei visi, cercando in ognuno la mia immagine, ma trovai solo l'espressione quieta di chi evita ogni domanda. Il capo fece due passi avanti e ci salutò con un lieve inchino. Aveva il corpo dritto, gli occhi grandi e ben discosti, la bocca carnosa e i capelli tagliati come un casco rotondo, con una tonsura sulla nuca dove esibiva le cicatrici di molti tornei a colpi di clava. Lo identificai subito, era l'uomo che ogni sabato guidava la tribù a chiedere l'elemosina ad Agua Santa, quello che un mattino mi aveva trovata seduta accanto al cadavere di Zulema, quello stesso che aveva fatto portare la notizia a Riad Halabí e che quando mi avevano arrestata si era piantato davanti al posto di guardia scalciando sulla terra come su un tam-tam. Desideravo sapere come si chiamava, ma il Negro mi aveva già spiegato che non dovevo chiederglielo; per quegli indiani il nome è qualcosa di intimo, considerano un'aberrazione chiamare un estraneo col suo nome o permettere che questi lo faccia, sicché era meglio che mi astenessi da presentazioni che potevano venire male interpretate. Il capo mi guardò senza mostrare segni di emozione, ma ebbi la certezza che anche lui mi aveva riconosciuta. Ci fece cenno di seguirlo e ci condusse in una capanna senza finestre, con un odore di stracci bruciacchiati, senza altri mobili che due sgabelli, un'amaca e una lampada a cherosene.

Secondo le istruzioni dovevamo aspettare il resto del gruppo, che ci avrebbe raggiunti poco prima della sera del venerdì convenuto. Domandai di Huberto Naranjo, perché mi ero immaginata che avremmo trascorso quei giorni insieme, ma nessuno seppe darmi sue notizie. Senza spogliarmi mi buttai sull'amaca, turbata dallo schiamazzo incessante della foresta, dall'umidità, dalle zanzare e dalle formiche, dal timore che i serpenti e i ragni velenosi si arrampicassero su per le corde o fossero annidati nel soffitto di foglie di palma e mi cadessero addosso durante il sonno. Non riuscii a dormire. Passai le ore interrogandomi sui motivi che mi avevano condotta fin lì, senza arrivare a nessuna conclusione, perché i miei sentimenti per Huberto Naranjo non mi sembrarono un motivo sufficiente. Mi sentivo sempre più lontana dai tempi in cui vivevo solo per i furtivi incontri con lui, girando come una lucciola intorno a un fuoco sfuggente. Credo di avere accettato di partecipare a quell'avventura solo per mettermi alla prova, per vedere se condividendo quella guerra insolita riuscivo ad avvicinarmi di nuovo all'uomo che un tempo avevo amato senza chiedergli nulla. Ma quella notte ero sola, rattrappita in un'amaca infestata dalle cimici che puzzava di cane e di fumo. Non lo facevo neppure per convinzione politica, perché pur avendo fatti miei i postulati di quell'utopica rivoluzione e pur commuovendomi dinnanzi al coraggio disperato di quel gruppetto di guerriglieri, intuivo che erano già sconfitti. Non potevo eludere quel presagio di fatalità che mi ronzava intorno da qualche tempo, una vaga inquietudine che si trasformava in bagliori di lucidità quando mi trovavo dinnanzi a Huberto Naranjo. Malgrado la passione che ardeva nello sguardo di lui, riuscivo a vedere che tutto gli si deteriorava intorno. Per fare colpo su Mimì ripetevo i suoi discorsi, ma in realtà pensavo che la guerriglia era un progetto impossibile nel paese. Non volevo immaginare la fine di quegli uomini e dei loro sogni. Quella notte, insonne nel rifugio degli indiani, mi sentivo triste. Calò la temperatura ed ebbi freddo, allora uscii e mi accoccolai vicino ai resti del fuoco per passare la notte. Pallidi raggi, appena percepibili, filtravano attraverso il fogliame e notai, come sempre, che la luna mi tranquillizzava.

All'alba udii svegliarsi gli indiani sotto il tetto comune, ancora intorpiditi nelle amache, che chiacchieravano e ridevano. Alcune donne andarono a prendere dell'acqua e i bambini le seguirono imitando le grida degli uccelli e degli animali della foresta. Col sopraggiungere del mattino riuscii a vedere meglio il villaggio, una manciata di capanne macchiate dello stesso colore del fango, oppresse dall'alito della foresta, circondate da un tratto di terra coltivata dove crescevano yucca e mais e qualche banano, unici beni della tribù, spogliata per generazioni dalla rapacità altrui. Quegli indiani, poveri come i loro avi degli inizi della storia americana, avevano resistito alle incursioni dei colonizzatori senza perdere del tutto le loro usanze, la lingua e gli dei. Degli alteri cacciatori che una volta erano stati, rimanevano solo individui miseri, ma le lunghe sciagure non avevano cancellato il ricordo del paradiso perduto né la fede nelle leggende che promettevano di recuperarlo. Sorridevano ancora spesso. Possedevano qualche gallina, due maiali, tre piroghe, attrezzi per la pesca e quei rachitici campi sottratti alla malerba con uno sforzo immane. Passavano le giornate a cercare legna e cibo, a intrecciare amache e cesti, a intagliare frecce da vendere ai turisti sul bordo della strada. A volte qualcuno andava a caccia e, se aveva fortuna, ritornava con un paio di uccelli o con un piccolo giaguaro che spartiva fra i suoi, ma che lui non assaggiava per non offendere lo spirito della preda.

Andai col Negro a sbarazzarci dell'automobile. La portammo nel folto e la facemmo precipitare in un dirupo insondabile, al di là dello schiamazzo dei pappagalli e dell'indifferenza delle scimmie, dove la vedemmo rotolare giù senza strepito, nel silenzio delle foglie gigantesche e delle liane ondeggianti e scomparire divorata dalla vegetazione, che si chiuse su di essa nascondendo ogni traccia. Nelle ore successive, arrivarono a uno a uno i sei guerriglieri, tutti a piedi e per vie diverse, con la compostezza di chi ha vissuto a lungo nell'avversità. Erano giovani, risoluti, sereni e solitari, avevano la mascella decisa, l'occhio penetrante, la pelle brunita dall'intemperie e i corpi segnati da cicatrici. Non parlarono con me più nel necessario, i loro gesti erano parchi, per evitare ogni spreco di energia. Avevano nascosto parte delle armi e non le avrebbero recuperate fino al momento dell'assalto. Uno di loro penetrò nella foresta guidato da un indigeno, per andarsi ad appostare sulla sponda del fiume e osservare il carcere con un binocolo; altri tre si avviarono verso l'aeroporto militare dove bisognava sistemare gli esplosivi, secondo le istruzioni del Negro; gli ultimi due organizzarono quanto necessario per la ritirata. Tutti svolsero i loro incarichi senza fretta né commenti, come se si trattasse di cose di tutti i giorni. All'imbrunire arrivò dal sentiero una jeep e corsi ad accoglierla, augurandomi che fosse finalmente Huberto Naranjo. Avevo pensato molto a lui, con la speranza che un paio di giorni insieme avrebbero potuto cambiare completamente il nostro rapporto e, con un po' di fortuna, restituirci quell'amore che un tempo aveva colmato la mia vita e che oggi sembrava sbiadito. L'ultima cosa che potevo immaginare era che dal veicolo scendesse Rolf Carlé con uno zaino e la sua cinepresa. Ci guardammo sconcertati, perché nessuno dei due si aspettava di vedere l'altro in quel luogo e in quella circostanza.

– Cosa fai qui? – domandai.

– Vengo a cercare notizie – sorrise lui.

– Quali notizie?

– Quelle che ci saranno sabato.

– Ma... Come lo sai?

– Il Comandante Rogelio mi ha chiesto di filmare tutto. Le autorità cercheranno di far passare sotto silenzio la verità e io sono venuto per vedere se posso raccontarla. E tu, perché sei qui?

– Per fare la pasta.

Rolf Carlé nascose la jeep e partì con la sua squadra seguendo i passi dei guerriglieri, che dinnanzi alla cinepresa si coprivano la faccia con fazzoletti per non essere in seguito riconosciuti. Nel frattempo io mi dedicai alla Materia Universale. Nella penombra della capanna, su un telo di plastica disteso sul suolo di terra battuta, misi insieme gli ingredienti come avevo imparato dalla mia padrona iugoslava. Alla carta bagnata aggiunsi in parti uguali farina e cemento, mescolai con acqua e lavorai fino a ottenere una pasta consistente di un colore grigio, come latte di cenere. La spianai con una bottiglia dinnanzi allo sguardo attento del capo della tribù e di parecchi bambini, che chiacchieravano nella loro lingua musicale, gesticolando e facendo smorfie. Preparai una pasta densa e flessibile e me ne servii per avvolgervi le pietre, di forma ovale. Dovevo imitare una granata a mano dell'Esercito: trecento grammi di peso, dieci metri di azione, venticinque di portata, metallo scuro. Sembrava una piccola guanábana matura. A confronto con l'elefante dell'India, i moschettieri, i bassorilievi delle tombe faraoniche e altre opere confezionate dalla iugoslava con quello stesso materiale, la falsa granata era semplicissima. Tuttavia dovetti fare parecchie prove, perché non avevo più pratica e le mie dita erano impacciate. Allorché ebbi ottenuto le proporzioni esatte, calcolai che non ci sarebbe stato tempo per preparare le granate, lasciarle indurire, colorarle e aspettare che la vernice si asciugasse, allora mi venne in mente di dipingere la pasta per evitare di doverla dipingere dopo, asciutta. Ma mescolandola con la pittura perdeva elasticità. Presi a mormorare maledizioni e a grattarmi impaziente le punture delle zanzare fino a farle sanguinare.

Il capo degli indiani, che aveva seguito ogni fase del procedimento con la massima curiosità, uscì dalla capanna e ritornò di lì a poco con una manciata di foglie e un mestolo di creta. Si accoccolò vicino a me e si mise a masticare le foglie con pazienza. A mano a mano che le trasformava in pappetta, le sputava nel recipiente, con la bocca e i denti che gli divenivano neri. Poi spremette quella poltiglia in uno straccio, ottenne un liquido scuro e oleoso, come sangue vegetale e me lo offrì. Incorporai gli sputacchi a un po' di pasta e vīdi che l'esperimento funzionava, asciugandosi rimaneva di un colore simile alla granata originale e non alterava le virtù ammirevoli della Materia Universale.

Col buio ritornarono i guerriglieri e dopo avere spartito con gli indiani qualche pezzo di cassava e di pesce cotto, si sistemarono per dormire nella capanna che era stata loro assegnata. La foresta diventò densa e nera, come un tempio, si abbassarono le voci e persino gli indiani parlavano sussurrando. Poco dopo arrivò Rolf Carlé e mi trovò seduta davanti alla legna che ardeva ancora, con le braccia intorno alle gambe e la faccia nascosta fra le ginocchia. Si chinò accanto a me.

– Cosa ti succede?

– Ho paura.

– Di cosa?

– Dei rumori, di questo buio, degli spiriti maligni, dei serpenti e delle altre bestie, dei soldati, di quanto faremo sabato, di finire ammazzata con tutti gli altri...

– Anch'io ho paura, ma questa impresa non me la perderei per nulla al mondo.

Gli presi la mano e gliela serrai forte per qualche istante, la sua pelle era calda ed ebbi l'impressione rinnovata di conoscerlo da mille anni.

– Siamo proprio due stupidi! – tentai di ridere.

– Racconta una storia per distrarci – chiese Rolf Carlé.

– Come ti piacerebbe?

– Qualcosa che tu non abbia raccontato a nessuno. Inventala per me.

"C'era una volta una donna il cui mestiere era quello di raccontare storie. Andava ovunque offrendo la sua merce, racconti di avventura, di suspense, di orrore e di lussuria, tutto al prezzo giusto. Un mezzogiorno di agosto si trovava nel centro di una piazza, quando vide avanzare verso di lei un uomo altero, magro e rigido come una spada. Era stanco, con un'arma in spalla, coperto della polvere di posti lontani e quando si fermò lei avvertì un odore di tristezza e seppe subito che quell'uomo veniva dalla guerra. La solitudine e la violenza gli avevano conficcato schegge di ferro nell'anima e l'avevano privato della facoltà di amarsi. Tu sei quella che racconta storie? domandò lo straniero. Per servirla, rispose lei. L'uomo tirò fuori cinque monete d'oro e gliele mise in mano. Allora vendimi un passato, perché il mio è pieno di sangue e di lamenti e non mi serve per procedere nella vita, sono stato in così tante battaglie, che ci ho smarrito persino il nome di mia madre, disse. Lei non poté rifiutare, perché temeva che lo straniero crollasse nella piazza trasformato in una manciata di polvere, come accade a chi è privo di bei ricordi. Gli fece segno di sedersi lì accanto e vedendo i suoi occhi da vicino si sentì prendere dalla compassione e provò il desiderio potente di stringerlo fra le braccia. Cominciò a parlare. Tutta la sera e tutta la notte costruì un bel passato per quel guerriero, mettendo al suo servizio la propria vasta esperienza e la passione che lo sconosciuto aveva suscitato in lei. Fu un lungo racconto, perché volle offrirgli un destino romanzesco e dovette inventarlo tutto, dalla nascita fino al giorno presente, i suoi sogni, gli aneliti e i segreti, la vita dei genitori e dei fratelli e persino la geografia e la storia della sua terra. Giunse infine l'alba e alle prime luci del giorno lei constatò che l'odore della tristezza era scomparso. Sospirò, chiuse gli occhi e sentendosi l'anima vuota come quella di un neonato, capì che nell'ansia di compiacerlo gli aveva offerto la propria memoria, non sapeva più cos'era suo e quanto ora apparteneva a lui, i loro passati si erano ormai intrecciati. Era sprofondata nel suo stesso racconto e non poteva più riprendersi le parole, ma non voleva neppure farlo e si abbandonò al piacere di fondersi con lui nella medesima storia..."

Quando ebbi finito di parlare, mi alzai, mi scrollai la polvere, le foglie dai vestiti e me ne andai nella capanna a distendermi sull'amaca. Rolf Carlé rimase seduto davanti al fuoco.

All'alba del venerdì arrivò il Comandante Rogelio, così silenzioso che i cani non abbaiarono quando entrò nel villaggio, ma i suoi uomini se ne accorsero, perché dormivano con gli occhi aperti. I guerriglieri lo accolsero con scherzi grossolani e con pacche sulla schiena e mi fu possibile vedere quanta fiducia nutrivano in lui, perché a partire da quel momento la tensione calò, come se la sua presenza fosse garanzia di vita per gli altri. Recava con sé in una valigia le uniformi, piegate e stirate con cura, i galloni, i berretti e gli stivali regolamentari. Andai a cercare un campione delle mie granate e glielo misi in mano.

– Bene – approvò lui. – Oggi faremo arrivare la pasta nel carcere. Non farà scattare l'apparecchiatura per scoprire i metalli. Questa notte i compagni potranno fabbricarsi le armi.

– Sapranno farle? – domandò Rolf Carlé.

– Credi che potevamo dimenticare questo particolare? – si mise a ridere il Comandante Rogelio. – Abbiamo comunicato le istruzioni e sicuramente avranno già le pietre. Devono solo rivestirle e lasciarle asciugare per qualche ora.

– Bisogna tenere la pasta avvolta nella plastica perché non si secchi. La superficie va incisa con un cucchiaio e lasciata indurire. Asciugandosi diventa scura e assomiglia al metallo. Speriamo che non si dimentichino di mettere le false spolette prima che faccia presa – spiegai.

– In questo paese c'è di tutto, persino pasta da pane per fabbricare armi. Nessuno crederà alle mie riprese – sospirò Rolf Carlé.

Due ragazzi del villaggio remarono su una piroga fino al carcere e consegnarono un sacco agli indiani della cucina. Fra caschi di banane, pezzi di yucca e un paio di formaggi, c'era la Materia Universale, col suo aspetto innocente di pane crudo, che non attrasse l'attenzione delle guardie, abituate a ricevere modesti commestibili. Nel frattempo i guerriglieri esaminarono ancora una volta i particolari del piano e poi aiutarono la tribù a portare a termine i preparativi. Le famiglie impacchettarono i loro miseri averi, legarono le galline per le zampe, raccolsero provviste e attrezzi. Sebbene non fosse la prima volta che si vedevano costretti a emigrare in un altro punto della zona, erano desolati, perché avevano vissuto parecchi anni in quella radura della foresta, era un buon posto, vicino ad Agua Santa, alla strada e al fiume. Il giorno dopo avrebbero dovuto abbandonare i seminati, perché non appena i soldati avessero scoperto la loro complicità nella fuga dei prigionieri, la rappresaglia sarebbe stata feroce; per motivi molto meno gravi si scagliavano come un cataclisma sugli abitanti indigeni, distruggendo tribù intere e cancellando ogni ricordo del loro passaggio sulla terra.

– Povera gente... Sono ormai così pochi! – dissi.

– Anche loro avranno una parte nella rivoluzione – affermò il Comandante Rogelio.

Ma agli indiani non interessava la rivoluzione né nient'altro che provenisse da quella razza esecrabile, non riuscivano neppure a ripetere quella parola così lunga. Non condividevano gli ideali dei guerriglieri, non credevano nelle loro promesse, ma ne capivano i motivi e se avevano accettato di aiutarli in quel progetto le cui conseguenze non erano capaci di misurare, era stato perché i militari erano loro nemici e volevano vendicare qualcuna delle molteplici sventure sofferte nel corso degli anni. Il capo della tribù aveva capito che per quanto si fossero tenuti ai margini, la truppa li avrebbe considerati responsabili, perché il villaggio era vicinissimo al carcere. Non avrebbero concesso loro la possibilità di spiegarsi, sicché se dovevano comunque sopportare una persecuzione, era meglio che fosse per una buona causa. Avrebbe collaborato con quei barbuti silenziosi, che almeno non rubavano il cibo né mettevano le mani addosso alle loro figlie, e poi sarebbe scappato. Con parecchie settimane di anticipo aveva deciso la strada da seguire, addentrandosi tra il fogliame, con la speranza che l'impenetrabile vegetazione fermasse l'avanzata dell'Esercito e li proteggesse ancora per un po'. Così era stato per cinquecento anni: persecuzioni e stermini.

Il Comandante Rogelio mandò il Negro con la jeep a comprare un paio di capre. La sera ci sedemmo con gli indiani intorno al fuoco, arrostimmo gli animali sulle braci e stappammo qualche bottiglia di rum, tenuta da parte per quest'ultima cena. Fu un bell'addio, malgrado l'inquietudine che impregnava l'atmosfera. Bevemmo con moderazione, i ragazzi intonarono qualche canzone e Rolf Carlé suscitò ammirazione con certi trucchi di magia e con le fotografie della sua macchina, prodigioso apparecchio capace di espellere subito le immagini degli indiani attoniti. Infine due uomini si accinsero a montare la guardia e noi ce ne andammo a riposare, perché ci aspettava un'impresa pesante.

Nell'unica capanna disponibile, illuminata dalla lampada a cherosene che occhieggiava in un angolo, i guerriglieri si sistemarono a terra e io sull'amaca. Mi ero immaginata che avrei trascorso quelle ore da sola con Huberto, non eravamo mai stati insieme tutta una notte, comunque mi sentii soddisfatta della sistemazione; la compagnia dei ragazzi mi tranquillizzò e ruscii infine a dominare i timori, a rilassarmi e ad appisolarmi. Sognai di fare l'amore dondolandomi su un'altalena. Vedevo le mie ginocchia e le mie cosce fra lo svolazzare dei pizzi e del taffetà di sottane gialle, salivo all'indietro sospesa nell'aria e vedevo sotto il sesso possente di un uomo che mi aspettava. L'altalena si fermava un istante nell'aria, io sollevavo il viso verso il cielo, che era diventato di porpora e poi scendevo velocemente a impalarmi. Aprii gli occhi spaventata e mi ritrovai avvolta in una nebbia calda, udii i suoni conturbanti del fiume in lontananza, il clamore degli uccelli notturni e le voci degli animali nel folto. Il tessuto ruvido dell'amaca mi pungeva la schiena attraverso la camicetta e le zanzare mi tormentavano, ma non riuscii a muovermi per scacciarle, ero stordita. Mi immersi di nuovo in un sopore pesante, fradicia di sudore, sognando questa volta di navigare su una nave stretta, avvinta a un amante il cui viso era coperto da una maschera di Materia Universale, che mi penetrava a ogni spinta delle onde, lasciandomi piena di lividi, tumefatta, assetata e felice, baci tumultuosi, presagi, il canto di quella foresta illusoria, un molare d'oro offerto come pegno d'amore, un sacco di granate che esplodevano senza rumore cospargendo l'aria di insetti fosforescenti. Mi svegliai di soprassalto nella penombra della capanna e per un istante non seppi dove mi trovavo né cosa significava quel rabbrividire nel ventre. Non comparve, come altre volte, il fantasma di Riad Halabí che mi accarezzava dall'altro capo della memoria, ma la sagoma di Rolf Carlé seduto a terra davanti a me, con la schiena appoggiata contro lo zaino, una gamba piegata e l'altra distesa, le braccia conserte sul petto, che mi osservava. Non mi fu possibile distinguere i suoi lineamenti, ma vidi il brillio degli occhi e dei denti che mi sorridevano.

– Cosa succede? – sussurrai.

– Quello che succedeva a te – rispose lui, sempre a bassa voce per non svegliare gli altri.

– Credo di aver sognato...

– Anch'io...

Uscimmo silenziosamente, ci avviammo verso il piccolo spiazzo in mezzo al villaggio e ci sedemmo accanto alle braci moribonde del fuoco, circondati dal mormorio instancabile della foresta, illuminati dai tenui raggi di luna che attraversavano il fogliame. Aspettammo insieme l'alba del sabato.

Allorché cominciò a schiarire, Rolf Carlé si recò a prendere dell'acqua per preparare il caffè. Io mi alzai e mi sgranchii, il corpo mi doleva come se mi avessero presa a botte, ma mi sentivo infine rappacificata. Allora vidi che avevo i pantaloni macchiati da un'aureola rossiccia e la cosa mi stupì, erano molti anni che non mi succedeva, me n'ero quasi dimenticata. Sorrisi contenta, perché seppi che non avrei più sognato Zulema e che il mio corpo aveva superato la paura dell'amore. Mentre Rolf Carlé soffiava sulle braci per ravvivare il fuoco e appendeva la caffettiera a un gancio, andai nella capanna, presi una camicetta pulita dalla borsa, me ne feci dei pezzi per usarli come pannolini e mi avviai al fiume. Ritornai con i vestiti bagnati, cantando.

Alle sei del mattino tutti erano pronti per iniziare quella giornata decisiva nelle nostre vite. Ci congedammo dagli indiani e li vedemmo allontanarsi silenziosi, portandosi dietro i bambini, i maiali, le galline, i cani, i fagotti, sperdendosi tra il fogliame come una fila di ombre. Dietro rimasero solo quelli che avrebbero aiutato i guerriglieri ad attraversare il fiume e che li avrebbero guidati nella ritirata attraverso la foresta. Rolf Carlé fu uno dei primi ad andarsene con la cinepresa sotto il braccio e lo zaino sulla schiena. Anche gli altri uomini se ne andarono, ognuno con il suo compito.

Huberto Naranjo si congedò da me con un bacio sulle labbra, un bacio casto e sentimentale, sta' attenta, anche tu, vattene dritta a casa e cerca di non attirare l'attenzione, non preoccuparti, tutto andrà bene, quando ci rivedremo? dovrò nascondermi per un certo tempo, non aspettarmi, un altro bacio e io gli buttai le braccia al collo e lo strinsi forte, strofinandogli il viso contro la barba, con gli occhi umidi perché stavo dicendo addio anche alla passione condivisa per tanti anni. Salii sulla jeep, dove il Negro mi aspettava col motore in moto per condurmi a nord, in un villaggio distante dove avrei preso una corriera per la capitale. Huberto Naranjo mi fece un cenno con la mano ed entrambi sorridemmo nello stesso tempo. Mio ottimo amico, che non ti succeda niente di male, ti voglio tanto bene, mormorai, sicura che lui stesse balbettando la stessa cosa, pensando che era un bene potere contare l'uno sull'altra ed essere sempre vicini per aiutarsi e proteggersi, in pace perché il nostro rapporto era cambiato ed era diventato come avrebbe sempre dovuto essere, pensando che eravamo due compagni, due fratelli inseparabili, lievemente incestuosi. Fai attenzione anche tu, ripetemmo.

Tutto il giorno viaggiai sopportando le scosse del veicolo, che sobbalzava lungo un'insidiosa strada fatta per i camion da carico e rovinata dalle piogge, che aprivano nell'asfalto buchi dove si annidavano i serpenti. A una svolta della strada, la vegetazione si aprì d'improvviso in un ventaglio di verdi impossibili e la luce del giorno divenne bianca, per lasciare posto all'illusione perfetta del Palazzo dei Poveri, ondeggiante a quindici centimetri dalle foglie che ricoprivano il terreno. L'autista fermò la corriera e noi passeggeri ci portammo le mani al petto, senza osare di respirare durante i brevi secondi che durò il sortilegio, prima che sfumasse dolcemente. Scomparve il Palazzo, la foresta ritornò al suo posto, il giorno riacquistò la trasparenza quotidiana. L'autista mise in moto il motore e ce ne ritornammo ai nostri sedili, esterrefatti. Nessuno parlò fino alla capitale, dove arrivammo molte ore dopo, perché ognuno stava cercando il senso di quella visione. Neppure io seppi interpretarla, ma mi sembrò quasi naturale, perché l'avevo vista anni addietro sul camioncino di Riad Halabí. In quella circostanza ero semiaddormentata e lui mi aveva scossa quando la notte si era illuminata delle luci del Palazzo, entrambi eravamo scesi ed eravamo corsi verso la visione, ma le ombre l'avevano avvolta prima che fossimo riusciti a raggiungerla. Non potevo distogliere il pensiero da quello che sarebbe successo alle cinque del pomeriggio nel carcere di Santa María. Sentivo un'intollerabile oppressione alle tempie e maledicevo quella morbosità che mi tormenta con i peggiori presagi. Che vada tutto bene, che vada tutto bene, aiutali, chiesi a mia madre come sempre facevo nei momenti cruciali e ancora una volta constatai che il suo spirito era imprevedibile, talvolta sorgeva senza preavviso facendomi una grande paura, ma in circostanze come quella, allorché la chiamavo con urgenza, non dava nessun segno di avermi udita. Il paesaggio e il caldo soffocante mi riportarono alla memoria i miei diciassette anni, quando avevo fatto quel percorso con una valigia piena di indumenti nuovi, l'indirizzo di un pensionato per signorine e la recente scoperta del piacere. In quelle ore avevo voluto prendere in mano il mio destino e da allora molte cose mi erano accadute, avevo l'impressione di avere vissuto più vite, di essere diventata fumo ogni notte e di essere rinata al mattino. Tentai di dormire, ma i cattivi presentimenti non mi lasciavano in pace e neppure il miraggio del Palazzo dei Poveri era riuscito a togliermi il sapore di zolfo che avevo in bocca. Una volta Mimì aveva esaminato i miei presentimenti alla luce delle prolisse istruzioni del manuale del Maharishi e aveva concluso che non dovevo crederci perché non annunciano mai qualche evento importante, solo fatti insignificanti, e invece quando mi accade qualcosa di fondamentale, arriva sempre di sorpresa. Mimì aveva dimostrato che la mia rudimentale capacità divinatrice era del tutto inutile. Fa' che tutto vada bene, supplicai di nuovo mia madre.

Arrivai a casa sabato sera in condizioni disastrose, sporca di sudore e di polvere, in un taxi che mi portò dalla stazione delle corriere fino alla porta, passando lungo un parco illuminato da lampioni all'inglese, il Club de Campo con le sue file di palme, le dimore di milionari e ambasciatori, i nuovi edifici di vetro e metallo. Ero su un altro pianeta, a incalcolabile distanza da un villaggio indigeno e da quei giovani dagli occhi febbricitanti pronti a battersi fino alla morte con granate finte. Vedendo illuminate tutte le finestre della casa ebbi un istante di panico immaginando che la polizia mi aveva preceduta, ma non riuscii ad allontanarmi, perché subito Mimì ed Elvira mi aprirono. Entrai come un robot e mi lasciai cadere su una poltrona col desiderio che tutto succedesse in un racconto uscito dal mio cervello offuscato, che non fosse vero che a quella stessa ora Huberto Naranjo e Rolf Carlé e gli altri potessero essere morti. Guardai il salotto come se lo vedessi per la prima volta e mi sembrò più accogliente che mai, con quella mescolanza di mobili, gli improbabili antenati che mi proteggevano dalle cornici appese alle pareti, e in un angolo il puma imbalsamato con la sua fierezza immutabile, malgrado tante miserie e tanti svariati sconvolgimenti accumulati nel suo mezzo secolo di esistenza.

– Che bello essere qui... – mi uscì dall'anima.

– Cosa è mai successo? – mi domandò Mimì dopo aver controllato se ero tutta intera.

– Non lo so. Io li ho lasciati intenti nei preparativi. La fuga era prevista per le cinque, prima che mettessero i detenuti nelle celle. A quell'ora dovevano scatenare una sommossa nel cortile per distrarre le guardie.

– Allora dovrebbero averlo già annunciato alla radio o alla televisione, ma non hanno detto nulla.

– Meglio così. Se li avessero ammazzati lo sapremmo già, ma se sono riusciti a scappare il Governo rimarrà muto finché non riuscirà a rabberciare la notizia.

– Queste giornate sono state terribili, Eva. Non riuscivo a lavorare, mi sono ammalata di paura, pensavo che tu fossi finita prigioniera, morta, morsa da un serpente, mangiata dai piraña. Maledetto quell'Huberto Naranjo, non so perché ci siamo cacciate in questa pazzia! – esclamò Mimì.

– Ah, uccellino, hai una faccia così sparuta! Io sono per le vecchie leggi, non mi piacciono i disordini. Perché mai una ragazza deve cacciarsi in faccende da uomini, dico io? Non ti ho dato limoni tagliati a croce per questo – sospirò Elvira mentre andava e veniva per la casa servendo caffelatte, preparando il bagno e la biancheria pulita. – Una bella sciacquata profumata di tiglio è la cosa migliore per far passare le paure.

– Meglio se faccio una doccia, nonna...

La novità che mi erano tornate le mestruazioni dopo tanti anni venne festeggiata da Mimì, ma Elvira non ci vide motivo per rallegrarsi, era una sudiceria e per fortuna lei aveva superato l'età di quelle turbolenze, sarebbe meglio se le creature umane facessero le uova come le galline. Tirai fuori dalla borsa il pacchetto dissotterrato ad Agua Santa e lo posai sulle ginocchia della mia amica.

– Cos'è?

– La dote per il tuo matrimonio. Vendili, così potrai operarti a Los Angeles e sposarti.

Mimì aprì l'involto sporco di terra e ne emerse una scatola corrosa dall'umidità e dai tarli. Sollevò il coperchio, e le rotolarono sulla gonna i gioielli di Zulema, rilucenti come se fossero stati appena puliti, l'oro più giallo di prima, smeraldi, topazi, granati, perle, ametiste sfavillanti di nuova luce. Quei monili che sembravano miseri ai miei occhi quando li esponevo al sole nel cortile di Riad Halabí, ora avevano l'aspetto del dono di un califfo fra le mani della donna più bella del mondo.

– Dove li hai rubati? Non ti ho insegnato il rispetto e l'onestà, uccellino? – sussurrò Elvira spaventata.

– Non li ho rubati, nonna. In mezzo alla foresta c'è una città tutta d'oro. D'oro sono i ciottoli per le vie, d'oro le tegole delle case, d'oro le carrette del mercato e le bancarelle nelle piazze, e sono d'oro anche i denti di tutti gli abitanti. Lì i bambini giocano con pietre colorate, come queste.

– Non li venderò, Eva, li porterò. L'operazione è un'atrocità. Tagliano tutto e poi ti fanno un buco da donna con un pezzo di budella.

– E Aravena?

– Mi ama così come sono.

Elvira e io cacciammo una doppia esclamazione di sollievo. Avevo sempre pensato con angoscia a quell'operazione il cui risultato finale può essere solo una beffarda imitazione della natura, e a Elvira l'idea di mutilare l'arcangelo appariva sacrilega.

La domenica sul presto, mentre eravamo ancora addormentate, squillò il campanello di casa. Elvira si alzò brontolando e trovò sulla soglia un tipo con la barba lunga, che trascinava uno zaino, con un marchingegno nero in spalla e i denti che gli brillavano sul viso scuro di polvere, di fatica e di sole. Non riconobbe Rolf Carlé. Mimì e io sopraggiungemmo in quell'istante in camicia da notte e non fu il caso di far domande, perché il sorriso era eloquente. Veniva a cercarmi, deciso a nascondermi finché gli animi non si fossero acquietati, perché era sicuro che la fuga avrebbe scatenato un putiferio dalle conseguenze imprevedibili. Temeva che qualcuno del villaggio mi avesse vista e che mi identificasse come quella stessa che anni prima lavorava alla *Perla d'Oriente*.

– Te l'avevo detto che non dovevamo cacciarci nei guai! – si lamentò Mimì, irriconoscibile senza il suo trucco da battaglia.

Mi vestii e preparai una valigetta con qualche vestito. Nella via c'era l'automobile di Aravena, l'aveva imprestata a Rolf all'alba, quando questi si era recato a casa sua per consegnargli parecchi rullini e la notizia più incredibile degli ultimi anni. Il Negro l'aveva condotto fin lì e poi si era portato via la jeep con la missione di farla scomparire perché da essa non potessero risalire al proprietario. Il direttore della Televisione Nazionale non era abituato a levarsi all'alba e allorché Rolf gli ebbe raccontato di cosa si trattava, credette di essere ancora invischiato in un sogno. Per riprendersi aveva buttato giù mezzo bicchiere di whisky e si era acceso il primo sigaro della giornata, poi si era seduto per riflettere su cosa fare con quanto si ritrovava fra le mani, ma l'altro non gliene aveva lasciato il tempo e gli aveva chiesto le chiavi della macchina perché il lavoro non era ancora concluso. Aravena gliele aveva consegnate, con le stesse parole di Mimì, non cacciarti nei guai, figliolo. Mi ci sono già cacciato, gli aveva risposto Rolf.

– Sai guidare, Eva?

– Ho frequentato la scuola guida, ma non ho pratica.

– Mi si chiudono gli occhi. A quest'ora non c'è traffico, va'
piano e prendi la strada per Los Altos, verso la montagna.

Un po' spaventata, mi sistemai al volante di quella nave tap-
pezzata di cuoio rosso, avviai il contatto con dita insicure, accesi
il motore e partimmo fra uno scossone e l'altro. Di lì a due minuti il mio amico si era addormentato e non si svegliò finché non lo
scrollai due ore dopo per domandargli che direzione bisognava
prendere a un incrocio. Così quella domenica arrivammo alla
Colonia.

Burgel e Rupert ci accolsero con l'affetto impetuoso e rumo-
roso che evidentemente era loro proprio e si misero a preparare
un bagno per il nipote, che malgrado il sonnellino in macchina
aveva l'espressione sconvolta di uno sopravvissuto a un terremo-
to. Rolf Carlé stava riposando in un nirvana di acqua calda quando sopraggiunsero frettolose le due cugine, piene di curiosità
perché era la prima volta che lui arrivava con una donna.

Ci incontrammo tutt'e tre nella cucina e per mezzo minuto ci
squadrammo, ci confrontammo e ci valutammo, all'inizio con naturale diffidenza e poi con la massima buona volontà, da una
parte due opulente signore bionde dalle gote di pesca, con sottane di panno ricamato, camicette inamidate e grembiulini di pizzo
che usavano per fare colpo sui turisti; dall'altra io, assai meno
graziosa. Le cugine erano come me le immaginavo dalla descri-
zione di Rolf, sebbene di dieci anni più adulte, e fui contenta che
ai suoi occhi rimanessero fisse in un'adolescenza eterna. Credo
che capissero al primo colpo d'occhio di trovarsi dinnanzi a una
rivale e si stupissero che io fossi tanto diversa da come erano –
forse si sarebbero sentite lusingate se Rolf avesse scelto una come
loro – ma poiché entrambe erano buone misero da parte la gelosia e mi accolsero come una sorella. Andarono a cercare i bambini e mi presentarono ai mariti, grossi, bonaccioni, odorosi di candele. Poi aiutarono la madre a preparare il pasto. Poco dopo, seduta a tavola e circondata da quella tribù in ottima salute, con un
cucciolo di cane poliziotto ai piedi e un pezzo di pernice con pu-
rea di patate dolci in bocca, mi sentii così lontana dal carcere di
Santa María, da Huberto Naranjo e dalle granate di Materia Uni-
versal, che quando accesero la televisione per vedere le notizie e

comparve un militare che raccontava dettagliatamente la fuga dei nove guerriglieri, dovetti fare uno sforzo per capirne le parole.

Sudato e messo alle strette, il direttore del carcere annunciò che un gruppo di terroristi armati di bazooka e mitra, aveva sferrato un attacco con elicotteri, mentre all'interno dell'edificio i criminali avevano bloccato i secondini con bombe. Con una bacchetta indicò il piano dell'edificio e spiegò minuziosamente i movimenti degli implicati, dal momento in cui avevano abbandonato le celle fino a quando si erano persi nella foresta. Non riuscì a spiegare com'erano riusciti a procurarsi le armi malgrado le macchine per individuare i metalli, sembrava opera di magia, le granate erano semplicemente spuntate fra le loro mani. Il sabato alle cinque del pomeriggio, mentre li portavano alle latrine, avevano brandito gli esplosivi davanti ai secondini e avevano minacciato di farli esplodere tutti insieme se non si arrendevano. Secondo quanto disse il direttore, pallido di insonnia e con una barba di due giorni, i secondini di turno in quel settore avevano opposto una coraggiosa resistenza, ma non avevano avuto scelta e avevano deposto le armi. Questi servitori della patria – attualmente ricoverati presso l'Ospedale Militare con divieto di ricevere visitatori e tantomeno giornalisti – erano stati feriti selvaggiamente e poi chiusi in una cella, sicché non avevano potuto dare l'allarme. Nello stesso tempo i complici avevano provocato un tumulto fra i prigionieri nel cortile e le squadre di sovversivi all'esterno avevano tagliato i fili dell'elettricità, fatto saltare la pista di atterraggio dell'aeroporto a cinque chilometri di distanza, reso impraticabile la strada di accesso ai veicoli motorizzati e rubato le lance delle pattuglie. Poi avevano lanciato funi e arpioni da roccia sulle muraglie, e avevano appeso scale di corda facendo fuggire i detenuti, terminò il militare con la bacchetta tremebonda in mano. Un annunciatore con la voce petulante lo sostituì per confermare che era ovvio un intervento del comunismo internazionale, la pace del continente era in gioco, le autorità non si sarebbero concesse tregua finché non avessero acciuffato i colpevoli e scoperto i complici. La notizia finiva con un breve comunicato: il Generale Tolomeo Rodríguez era stato nominato Comandante in Capo delle Forze Armate.

Fra un sorso e l'altro di birra, lo zio Rupert commentò che avrebbero dovuto spedire tutti quei guerriglieri in Siberia, per vedere se l'avrebbero trovata di loro gradimento, non si era mai saputo che qualcuno fosse riuscito a scavalcare il muro per andare dai comunisti, lo facevano sempre per scappare nell'altro senso, e come vanno le cose a Cuba? lì non hanno neanche la carta igienica e non vengano a contarmela con la salute, l'educazione, lo sport e quelle fandonie che in fin dei conti non servono a niente al momento di pulirsi il culo, brontolò. Una strizzata d'occhi di Rolf Carlé mi fece capire che era preferibile astenersi da ogni commento. Burgel cambiò canale per vedere la puntata del teleromanzo, interrotto la sera prima, quando la malvagia Alejandra era rimasta a spiare dalla porta socchiusa Belinda e Luís Alfredo che si baciavano con passione, così mi piace, adesso fanno vedere i baci da vicino, prima era una truffa, gli innamorati si guardavano, si prendevano le mani e proprio quando stava per cominciare il meglio ci mostravano la luna, quante lune abbiamo dovuto sopportare! e si rimaneva con la voglia di vedere quello che veniva dopo, guardate, Belinda muove gli occhi, a me sembra che in realtà non sia cieca. Fui sul punto di raccontarle i segreti della sceneggiatura, tante volte provata con Mimí, ma per fortuna non lo feci, altrimenti avrei infranto tutte le sue illusioni. Le due cugine e i mariti continuarono a seguire la televisione, mentre i bambini dormivano sulle poltrone e fuori la notte era quieta e fresca. Rolf mi prese per un braccio e mi portò a fare una passeggiata.

Uscimmo nelle viuzze tortuose di quell'insolito villaggio di un altro secolo, racchiuso in una montagna del tropico, con le case linde, i giardini fioriti, le vetrine con orologi a cucù, il minuscolo cimitero con le tombe allineate in perfetta simmetria, tutto rilucente e assurdo. Ci fermammo a un incrocio dell'ultima via per osservare la volta del cielo e le luci della Colonia stesa ai nostri piedi sulle pendici della montagna, come un vasto tappeto. Quando ormai non si udivano più i nostri passi sul marciapiede, ebbi la sensazione di trovarmi in un mondo neonato, dove il suono non era ancora stato creato. Per la prima volta ascoltavo il silenzio. Fino ad allora c'erano stati rumori nella mia vita, talvolta quasi impercettibili come il sussurrare dei fantasmi di Zulema e di Kamal o il mormorare della foresta all'alba, talaltra assordanti, come la radio nelle cucine della mia infanzia. Sentii la stessa esaltazione che provavo nel fare l'amore o nell'inventare racconti e volli catturare quello spazio muto per conservarlo come un tesoro. Aspirai l'odore dei pini, in preda a quel nuovo piacere. Poi Rolf Carlé cominciò a parlare e l'incantesimo svanì, lasciandomi la stessa frustrazione che da bambina avevo provato quando una manciata di neve mi era diventata acqua fra le mani. Mi raccontò la sua versione dell'accaduto nel carcere di Santa María, di cui era riuscito a filmare una parte, mentre l'altra gliel'aveva riferita il Negro.

Il sabato pomeriggio il direttore e metà dei secondini si trovavano nel bordello di Agua Santa, proprio come aveva detto Mimì, così ubriachi che all'udire l'esplosione dell'aeroporto avevano creduto che fosse l'ultima notte dell'anno e non si erano neanche infilati i pantaloni. Nel frattempo Rolf Carlé si avvicinava all'isolotto su una piroga, insieme alla squadra nascosta sotto una pila di foglie di palma, e il Comandante Rogelio e gli uomini in uniforme si presentavano alla porta principale facendo suonare la sirena, con uno schiamazzo da circo equestre, dopo avere attraversato il fiume su una lancia sottratta alle guardie al molo. Non c'erano autorità per impartire ordini e nessuno li aveva fermati, perché quei visitatori sembravano ufficiali di alto grado. A quella stessa ora i guerriglieri ricevevano in cella l'unico pasto della giornata, attraverso uno spiraglio nelle porte metalliche. Uno di loro prese a lamentarsi di spaventosi dolori al ventre, muoio, aiuto, mi hanno avvelenato e subito i suoi compagni, da dentro, si erano uniti alla gazzarra, assassini, assassini, state ammazzandoci. Due secondini erano entrati per far tacere il malato e l'avevano trovato con una granata in ogni mano e una tale risolutezza negli occhi, che non avevano neanche osato fiatare. Il Comandante aveva preso i compagni e i complici della cucina senza sparare un solo colpo, senza violenza e senza fretta, e li aveva trasportati con la stessa imbarcazione fin sull'altra riva, dove si erano addentrati nella foresta guidati dagli indiani. Rolf aveva filmato con un teleobiettivo e poi era scivolato giù per il fiume sino al punto dove doveva incontrarsi col Negro. Mentre si dirigevano a tutta velocità verso la capitale, i militari non si erano ancora messi d'accordo per bloccare la strada e iniziare l'inseguimento.

– Mi rallegro per loro, ma non so a cosa ti serviranno le pellicole se tutto è censurato.

– Le faremo vedere – disse.

– Tu sai che genere di democrazia è questa, Rolf, col pretesto dell'anticomunismo non c'è più libertà di quanta ce ne fosse ai tempi del Generale...

– Se ci vietano di comunicare la notizia, come hanno fatto nel caso del massacro nel Centro di Operazioni, racconteremo la verità nel prossimo teleromanzo.

– Cosa dici?

– La tua sceneggiatura prenderà il via non appena sarà terminata quella scempiaggine sulla cieca e il milionario. Devi sbrogliartela per introdurre la guerriglia e l'assalto al carcere nella trama. Io ho una valigia di filmati sulla lotta armata. Molti potranno servirti.

– Non lo permetteranno mai...

– Fra venti giorni ci saranno le elezioni. Il prossimo presidente cercherà di mostrarsi tollerante e sarà prudente con la censura. Comunque, si può sempre accampare il pretesto che è solo finzione e poiché il teleromanzo è molto più popolare del telegiornale, tutti verranno a sapere cos'è successo a Santa María.

– E io? La polizia mi domanderà come ho saputo tutte quelle cose.

– Non ti toccheranno perché equivarrebbe a riconoscere che dici la verità – replicò Rolf Carlé. – E a proposito di storie, ho pensato a lungo al significato del racconto di quella donna che vende un passato a un guerriero...

– Ci stai ancora pensando? Vedo che sei un uomo dalle reazioni lente...

Le elezioni presidenziali si svolsero nell'ordine e nella calma come se l'esercizio dei diritti repubblicani fosse stato una lunga consuetudine e non il miracolo più o meno recente che era in realtà. Fu il trionfo del candidato dell'opposizione, così come aveva pronosticato Aravena, il cui fiuto politico, lungi dal diminuire con l'età, si era affinato. Di lì a poco Alejandra morì in un incidente automobilistico e Belinda riacquistò la vista e si sposò, avvolta in metri e metri di tulle bianco e incoronata di diamanti falsi e fiori d'arancio di cera, col primattore Martínez de la Roca. Il paese cacciò un profondo sospiro di sollievo, perché era stata una terribile prova di pazienza, sopportare le sventure di quei personaggi ogni giorno per quasi un anno. Ma la Televisione Nazionale non concesse tregua ai pazienti spettatori e subito lanciò il mio teleromanzo, che in uno slancio sentimentale intitolai *Bolero*, in omaggio a quelle canzoni che avevano popolato le ore della mia infanzia e che mi erano servite da base per tanti racconti. Il pubblico fu colto di sorpresa fin dal primo episodio e non riuscì a riprendersi dalla batosta durante i successivi. Credo che nessuno capì a cosa mirasse quella strampalata storia, erano abituati alla gelosia, alla rabbia, all'ambizione o, almeno, alla verginità, ma niente di tutto questo appariva sugli schermi e ogni sera si addormentavano con l'animo turbato da una baraonda di indiani avvelenati, imbalsamatori su seggiole a rotelle, maestri impiccati dagli alunni, ministri che defecavano su seggioloni di felpa vescovile e altre truculenze che non resistevano a nessuna logica e che si sottraevano alle leggi note del teleromanzo commerciale. Malgrado lo sconcerto suscitato, *Bolero* spiccò il volo e di lì a poco successe che certi mariti rincasassero presto per non perdere la puntata giornaliera. Il Governo avvertì il signor Aravena, riconfermato nell'incarico di direttore per il suo prestigio e la sua abilità da vecchia volpe, che badasse alla morale, ai buoni costumi e al patriottismo, motivo per cui vennero tagliate talune attività licenziose della Signora e nascosta l'origine della Rivolta delle Puttane, ma il resto rimase quasi intatto. Mimì ebbe un ruolo importante, e interpretò se stessa con tale abilità, che divenne l'attrice più popolare della compagnia. Alla sua fama contribuì la confusione sulla sua natura, perché vedendola sembrava poco probabile che un tempo fosse stata maschio o, peggio ancora, che lo fosse rimasta in qualche dettaglio anatomico. Non mancò chi attribuì il trionfo ai suoi amori col direttore del Canale, ma siccome nessuno dei due si prese la briga di smentire, il pettegolezzo morì di morte naturale.

Io scrivevo ogni giorno un nuovo episodio, completamente immersa nel mondo che creavo col potere assoluto delle parole, trasformata in una creatura dispersa, riprodotta sino all'infinito, vedendo il mio stesso riflesso in molteplici specchi, vivendo innumerevoli vite, parlando con molte voci. I personaggi divennero così reali, che comparvero in casa tutti nello stesso tempo, senza rispetto dell'ordine cronologico della storia, i vivi insieme ai morti e ognuno con tutte le sue età sul gobbo, sicché mentre Consuelo-bambina sgozzava le galline, c'era una Consuelo-donna nuda che si scioglieva i capelli per confortare un moribondo, Huberto Naranjo girava per il salotto in pantaloni corti ingannando gli sprovveduti con pesci senza coda e d'improvviso spuntava al secondo piano col fango della guerra sugli stivali da comandante, la Madrina avanzava ancheggiando altera come nei suoi anni migliori e incontrava se stessa, senza denti e con un rammendo sul collo, intenta a pregare sulla terrazza davanti a un capello del Papa. Tutti si aggiravano per le stanze creando confusione nelle faccende di Elvira, che si sfiniva a discutere con loro e a rassettare il disordine da uragano che seminavano al loro passaggio. Ah, uccellino, toglimi questi lunatici dalla cucina, sono ormai stanca di scacciarli a colpi di scopa, si lagnava, ma vedendoli di sera calati nei loro ruoli sullo schermo, sospirava orgogliosa. Finì per considerarli parte della famiglia.

Dodici giorni prima di cominciare a registrare le puntate sulla guerriglia, ricevetti una notifica del Ministero della Difesa. Non compresi perché mi convocavano in quel luogo, invece di mandarmi un paio di agenti della Polizia Politica sulle loro inconfondibili automobili nere, ma non dissi neanche una parola a Mimì o alla nonna per non spaventarle e non riuscii neppure ad avvertire Rolf, che si trovava a Parigi a riprendere i primi negoziati di pace del Vietnam. Avevo atteso quella brutta notizia fin da quando avevo fabbricato le granate di Materia Universale, qualche mese prima, e in fondo preferivo affrontarla una buona volta, per liberarmi di quella diffusa inquietudine che sentivo sulla pelle come un bruciore. Coprii la macchina per scrivere, riordinai le carte, mi vestii con l'angoscia di chi si prova un sudario, mi annodai i capelli sulla nuca e uscii di casa, congedandomi con un cenno dagli spiriti che rimanevano dietro di me. Arrivai all'edificio del Ministero, salii su per una doppia scala di marmo, varcai porte di bronzo vigilate da guardie con pennacchi sul berretto e mostrai i miei documenti a un usciere. Un soldato mi guidò lungo un corridoio con passatoia, superammo una porta con lo stemma nazionale e mi ritrovai in una stanza impreziosita da tendaggi e lampade di cristallo. Sulle vetrate della finestra c'era Cristoforo Colombo immobilizzato per l'eternità con un piede sulla costa americana e l'altro sulla sua scialuppa. Allora vidi il Generale Tolomeo Rodríguez dietro un tavolo di mogano. La sua figura massiccia si stagliava in controluce tra la flora esotica del Nuovo Mondo e lo stivale del conquistatore. Lo riconobbi subito per via dell'impressione di vertigine che mi fece vacillare, sebbene impiegassi parecchi secondi ad abituare la vista e a distinguere gli occhi da felino, le mani lunghe e i denti perfetti. Si levò in piedi, mi salutò con una cortesia un po' presuntuosa e mi fece sedere su una delle poltrone. Si accomodò vicino a me e chiese del caffè a una segretaria.

– Si ricorda di me, Eva?

Come averlo dimenticato, se poco tempo dopo il nostro unico incontro e grazie al turbamento che quell'uomo mi aveva causato avevo abbandonato la fabbrica e cominciato a guadagnarmi da vivere scrivendo storie? I primi minuti trascorsero in banalità, io sul bordo del sedile, reggendo la tazzina con mano incerta e lui tranquillo, che mi osservava con un'espressione indecifrabile. Esauriti gli argomenti di cortesia, entrambi rimanemmo in silenzio durante una pausa che per me fu intollerabile.

– Perché mi ha chiamata, Generale? – domandai infine, senza più riuscire a trattenermi.

– Per farle una proposta – e proseguì informandomi, sempre con tono dottorale, che aveva il fascicolo completo di quasi tutta la mia vita, dai ritagli di giornale sulla morte di Zulema, fino alle prove della mia recente relazione con Rolf Carlé, quel cineasta polemico che anche i Servizi di Sicurezza tenevano d'occhio. No, non stava minacciandomi, al contrario, lui era mio amico, o meglio, mio incondizionato ammiratore. Aveva controllato la sceneggiatura di *Bolero*, dove comparivano, fra tante altre cose, dettagli scabrosi sulla guerriglia e su quella sciagurata fuga di detenuti dal carcere di Santa María. – Lei mi deve una spiegazione, Eva.

Fui sul punto di raccogliere le ginocchia sulla poltrona di cuoio e di affondare il viso tra le braccia, ma rimasi tranquilla, a guardare il disegno del tappeto con un'attenzione esagerata, senza rintracciare nel mio vasto archivio di fantasie qualcosa di adatto per rispondere. La mano del Generale Tolomeo Rodríguez mi sfiorò appena la spalla, non avevo nulla da temere, me l'aveva già detto, e inoltre, non avrebbe interferito nel mio lavoro, potevo continuare il mio teleromanzo, non aveva neppure obiezioni nei confronti di quel Colonnello della puntata cento e otto, tanto simile a lui, aveva riso a vederlo e il personaggio non era male, se la cavava abbastanza bene, perché, questo sì, bisognava stare molto attenti all'onore sacro delle Forze Armate, non era cosa con cui scherzare. Aveva un'unica obiezione, che aveva già manifestato al Direttore della Televisione Nazionale in un recente colloquio, bisognava modificare quella pagliacciata delle armi di pasta ed evitare qualsiasi accenno al postribolo di Agua Santa, che non solo metteva in ridicolo i secondini e i funzionari del presidio, ma che era completamente inverosimile. Stava facendomi un favore ordinandomi quel cambiamento, sicuramente il teleromanzo ci avrebbe guadagnato molto se si fosse aggiunto qualche morto e qualche ferito da entrambe le parti, sarebbe piaciuto al pubblico e si sarebbe evitata quella buffonata inammissibile in eventi di tale gravità.

– Quanto lei propone sarebbe più drammatico, ma il fatto è che i guerriglieri sono fuggiti senza violenze, Generale.

– Vedo che lei è meglio informata di me. Non stiamo a discutere di segreti militari, Eva. Spero che lei non mi costringa a prendere provvedimenti, segua il mio consiglio. Mi permetta di dirle, fra l'altro, che ammiro il suo lavoro. Come ló svolge? Come scrive, intendo dire?

– Faccio quello che posso... La realtà è un guazzabuglio, non è possibile soppesarla o decifrarla, perché tutto accade contemporaneamente. Mentre lei e io parliamo qui, alle sue spalle Cristoforo Colombo sta scoprendo l'America e quegli stessi indiani che lo accolgono sui vetri della finestra, sono sempre nudi nella foresta, a poche ore da quest'ufficio, e lo saranno ancora fra cent'anni. Io tento di farmi strada nel labirinto, di mettere un po' di ordine fra tanto caos, di rendere l'esistenza più tollerabile. Quando scrivo racconto la vita così come a me piacerebbe che fosse.

– Da dove prende le idee?

– Dalle cose che accadono e da certe altre che sono accadute prima che io nascessi, dai giornali, da quello che dice la gente.

– E dalle pellicole di quel Rolf Carlé, presumo.

– Lei non mi ha convocata per parlare di *Bolero*, Generale, mi dica cosa vuole da me.

– Ha ragione, il teleromanzo è già stato discusso col signor Aravena. L'ho convocata perché la guerriglia è stata debellata. Il Presidente ha l'intenzione di mettere fine a una lotta tanto dannosa per la democrazia e tanto costosa per il paese. Presto annuncerà un piano di pacificazione e offrirà l'amnistia ai guerriglieri che deporranno le armi e saranno disposti ad accettare le leggi e integrarsi alla società. Posso anticiparle dell'altro, il Presidente pensa di legalizzare il Partito Comunista. Non sono d'accordo su questo provvedimento, devo ammetterlo, ma non sta a me sollevare obiezioni contro il Potere Esecutivo. Comunque, devo avvertirla che le Forze Armate non permetteranno mai che interessi stranieri diffondano idee pericolose fra il popolo. Difenderemo con le nostre vite gli ideali dei fondatori della Patria. In poche parole, stiamo facendo una proposta eccezionale ai guerriglieri, Eva. I suoi amici potranno fare ritorno alla normalità – concluse.

– I miei amici?

– Mi riferisco al Comandante Rogelio. Credo che la maggior parte dei suoi uomini accetterà l'amnistia se lui lo fa, ecco perché ho voluto spiegarle che questa è una via di uscita onorevole, l'unica occasione, non gliene concederò altre. Ho bisogno che qualcuno di sua fiducia ci metta in contatto e quella persona può essere lei.

Lo guardai negli occhi per la prima volta durante quel colloquio e tenni lo sguardo fisso, convinta che il Generale Tolomeo Rodríguez avesse smarrito la ragione se pretendeva che conducessi il mio fratello in trappola. Caspita, le burle del destino, non molto tempo fa Huberto Naranjo mi ha chiesto di fare la stessa cosa con te, pensai.

– Vedo che non ha fiducia in me... – mormorò senza abbassare lo sguardo.

– Non so di cosa stia parlando.

– Per favore, Eva, ho bisogno che almeno non mi sottovaluti. So della sua amicizia col Comandante Rogelio.

– Allora non mi chieda una cosa del genere.

– Gliela chiedo perché è una proposta equa, a loro può salvare la vita e a me risparmia tempo, ma capisco i suoi dubbi. Venerdì il Presidente annuncerà questi provvedimenti al paese, spero che allora lei mi crederà e che sarà disposta a collaborare per il bene di tutti, specialmente di quei terroristi, che non hanno altra scelta che la pacificazione o la morte.

– Sono guerriglieri, non terroristi, Generale.

– Li chiami come vuole, non cambia il fatto che sono dei fuorilegge e che io, pur disponendo di tutti i mezzi per eliminarli, sto invece lanciando loro un salvagente.

Accettai di pensarci, calcolando che così avrei guadagnato tempo. Per un momento mi venne in mente Mimì intenta a esplorare la posizione dei pianeti nel firmamento e a decifrare cabale nelle carte per pronosticare il futuro di Huberto Naranjo: l'ho sempre detto, quel ragazzo finirà per diventare un riccone o un bandito. Non riuscii a evitare un sorriso, perché forse l'astrologia e la cartomanzia si sbagliavano ancora. D'improvviso mi passò davanti la fugace visione del Comandante Rogelio al Congresso della Repubblica che combatteva da una poltrona di velluto le stesse battaglie che ora capeggiava con un fucile sulle montagne. Il Generale Tolomeo Rodríguez mi accompagnò fino alla porta e, salutandomi, mi trattenne la mano fra le sue.

– Mi sono sbagliato sul suo conto, Eva. Per mesi ho aspettato con impazienza una sua telefonata, ma sono molto orgoglioso e mantengo sempre la parola data. Avevo detto che non avrei tentato di fare colpo su di lei e non l'ho fatto, ma adesso me ne pento.

– Si riferisce a Rolf Carlé?

– Suppongo che sia una cosa temporanea.

– Io spero che sia per sempre.

– Nulla è per sempre, mia cara, solo la morte.

– Tento di vivere la vita come mi piacerebbe che fosse... come un romanzo.

– Allora non ho speranze?

– Temo di no, comunque grazie per la sua galanteria, Generale Rodríguez –. E sollevandomi in punta di piedi per raggiungere la sua altezza marziale, gli scoccai un rapido bacio sulla guancia.

FINALE

Come avevo diagnosticato, Rolf Carlé è un individuo dalle reazioni lente in certe cose. Quell'uomo, così rapido quando si tratta di captare un'immagine con la cinepresa, è piuttosto goffo quanto alle sue emozioni. A trenta e più anni di esistenza aveva imparato a vivere in solitudine e si intestardiva a difendere le proprie abitudini, malgrado i sermoni miranti a esaltare le virtù domestiche che gli ammanniva la zia Burgel. Forse per questo ci mise tanto ad accorgersi che qualcosa era mutato quando mi aveva sentita raccontare una storia seduta per terra fra cuscini di seta.

Dopo la fuga da Santa María, Rolf Carlé mi aveva portata in casa dei suoi zii alla Colonia ed era ritornato quella notte stessa alla capitale, perché non riusciva a tenersi lontano dalla baraonda che si scatenò in tutto il paese quando le radio della guerriglia cominciarono a diffondere le voci dei fuggiaschi che intonavano slogan rivoluzionari e si beffavano delle autorità. Esausto, insonne e affamato, passò i quattro giorni successivi intervistando tutte le persone coinvolte nel caso, dalla matrona del postribolo di Agua Santa e dal deposto direttore del carcere, fino al Comandante Rogelio in persona, che riuscì a comparire per venti secondi sugli schermi televisivi, con una stella sul berretto nero e la faccia coperta da un fazzoletto, prima che venisse interrotta la trasmissione per guasti tecnici, come si disse. Il giovedì convocarono Aravena alla Presidenza dove ricevette il severo ammonimento di controllare la sua squadra di giornalisti se voleva conservare il posto. Non è straniero quel Carlé? No, Eccellenza, è nazionalizzato, controlli i documenti. Ah, comunque lo avverta di non intervenire in faccende di sicurezza interna, perché potrebbe rimpiangerlo. Il direttore chiamò il suo protetto nel proprio ufficio, dove si rinchiuse con lui per cinque minuti e il risultato fu che quello stesso giorno Rolf fece ritorno alla Colonia con precise istruzioni di rimanere lì, in disparte finché non si fosse spento ogni mormorio intorno al suo nome.

Entrò nella vasta casa di legno, dove non erano ancora arrivati i turisti del fine settimana, con grida di saluto, come sempre faceva, ma senza lasciare modo alla zia di cacciargli in bocca la prima razione di torta né ai cani di leccarlo da capo a piedi. Uscì subito a cercarmi, perché da parecchie settimane un fantasma dalle sottane gialle lo molestava nel sonno, tentandolo, sottraendosi, scottandolo, elevandolo alla gloria qualche istante prima dell'alba allorché riusciva ad abbracciarlo dopo averlo braccato per molte òre, e facendolo sprofondare nello sdegno quando si svegliava solo, sudato, invocante. Era ormai ora di dare un nome a quel turbamento ridicolo. Mi trovò seduta sotto un eucalipto, in apparenza intenta a scrivere la mia sceneggiatura ma in realtà spiando dalla sua parte con la coda dell'occhio. Feci in modo che la brezza muovesse la stoffa del mio vestito e che il sole del pomeriggio mi conferisse un aspetto di quiete, molto diverso da quello della donna vorace che lo tormentava di notte. Per qualche minuto sentii che mi osservava da lontano. Credo che decise infine di porre fine alle circonlocuzioni, e si accinse a espormi il suo punto di vista con la massima chiarezza, per quanto nei limiti delle norme di cortesia che gli erano consuete. Si avvicinò a lunghi passi e subito mi baciò come succede nei romanzi romantici, come io aspettavo che facesse da un secolo e come stavo scrivendo qualche momento prima nell'incontro dei miei protagonisti in *Bolero*. Approfittai della vicinanza per fiutarlo di nascosto e così identificai l'odore del mio compagno. Allora capii perché fin dalla prima volta avevo creduto di averlo già conosciuto. In fin dei conti, tutto si riduceva al fatto elementare di avere trovato il mio uomo, dopo tanto vagare alla sua ricerca. Sembra che lui avesse sentito lo stesso effetto e che probabilmente fosse giunto a una conclusione simile, sebbene con qualche riserva, se teniamo presente il suo temperamento razionale. Continuammo ad accarezzarci e a sussurrarci quelle parole che solo i nuovi amanti osano pronunciare perché sono ancora immuni dal pregiudizio del ridicolo.

Dopo che ci fummo baciati sotto l'eucalipto calò il sole, cominciò a far buio e subito diminuì la temperatura, come sempre accade di sera su queste montagne. Allora andammo leggeri come piume a comunicare la bella notizia del nostro amore nuovo di zecca. Rupert si recò immediatamente ad avvertire le figlie e poi in cantina a cercare bottiglie di vino di annata, mentre Burgel, emozionata al punto di mettersi a cantare nella sua lingua di origine, cominciava a tritare e a condire gli ingredienti dello stufato afrodisiaco e nel cortile esplodeva una gazzarra fra i cani, che furono i primi a percepire le nostre vibrazioni raggianti. Venne apparecchiata la tavola per un magnifico banchetto, con le stoviglie della festa, mentre i fabbricanti di candele, interiormente tranquillizzati, brindavano alla felicità dell'antico rivale, e le due cugine andavano bisbigliando e ridendo a sprimacciare la trapunta e a sistemare fiori freschi nella migliore stanza degli ospiti, quella stessa dove anni addietro avevano improvvisato le prime lezioni di voluttà. Al termine della cena familiare, Rolf e io ci ritirammo nella stanza che ci avevano preparato. Entrammo in una camera vasta, col caminetto dove ardevano ciocchi di biancospino e un letto alto, coperto dalla trapunta più arieggiata del mondo e da una zanzariera che pendeva dal soffitto, bianca come il velo di una sposa. Quella notte e tutte le notti che seguirono ci unimmo con un ardore senza tregua finché il legno della casa non acquistò il brillio rifulgente dell'oro.

E continuammo ad amarci per un ragionevole lasso di tempo, finché l'amore non si logorò e si disfece in brandelli.

O forse le cose non andarono così. Forse la fortuna fece sì che ci trovassimo fra le mani un amore eccezionale e io non avessi più bisogno di inventarlo, ma solo di vestirlo a festa perché durasse nella memoria, secondo il principio che è possibile costruire la realtà a misura dei nostri desideri. Ho esagerato un po', dicendo per esempio che la nostra luna di miele era stata eccessiva, che aveva cambiato lo spirito di quel villaggio da operetta e l'ordine della natura, che le viuzze si erano animate di sospiri, che le colombe avevano fatto il nido negli orologi a cucù, che in una notte erano fioriti i mandorli del cimitero e che le cagne dello zio Rupert erano andate in calore fuori stagione. Scrissi che durante quelle settimane benedette, il tempo si allungò, si avvoltolò su se stesso, si srotolò come il fazzoletto di un mago e questo bastò perché Rolf Carlé – con la solennità ridotta in polvere e la vanità finita sulla luna – esorcizzasse i suoi incubi e riprendesse a cantare le canzoni dell'adolescenza e perché io ballassi la danza del ventre imparata nella cucina di Riad Halabí e raccontassi, fra risate e sorsi di vino, molte storie, inclusa qualcuna con un finale felice.

INDICE

Sempre in "Universale Economica"

Ursula Hegi, *Come pietre nel fiume*

Amy Tan, *Il circolo della fortuna e della felicità*

33 scrittrici raccontano. *Seconda pelle*. Quando le donne si vesto-
no. A cura di K. Dunseath

Ryszard Kapuściński, *Lapidarium*. In viaggio tra i frammenti della storia

Maruja Torres, *Amor America*. Un viaggio sentimentale in America Latina

Peter Handke, *Prima del calcio di rigore*

Furubayashi Takashi, Kobayashi Hideo, *Le ultime parole di Mishima*.
A cura di E. Ciccarella

Manuel Vázquez Montalbán, *Storie di padri e figli*

Pino Cacucci, *In ogni caso nessun rimorso*

Georg Diez, *Beatles contro Rolling Stones*

Hannah Arendt, *La banalità del male*. Eichmann a Gerusalemme

Richard Sennett, *L'uomo flessibile*. Le conseguenze del nuovo ca-
pitalismo sulla vita personale

Umberto Galimberti, *Gli equivoci dell'anima*. Opere VII

Eugenio Borgna, *Malinconia*

Lucio Russo, *La rivoluzione dimenticata*. Il pensiero scientifico greco
e la scienza moderna. Prefazione di M. Cini. Nuova edizione am-
pliata

Alexander Lowen, *Il linguaggio del corpo*

Jerome Bruner, *La cultura dell'educazione*. Nuovi orizzonti per la
scuola

Christopher Lasch, *La ribellione delle élite*. Il tradimento della democrazia

Howard Gardner, *Educare al comprendere*. Stereotipi infantili e ap-
prendimento scolastico

Richard Middleton, *Studiare la popular music*. Introduzione di F.
Fabbri

Marco Tullio Giordana, Claudio Fava, Monica Zapelli, *I cento passi*

Marcela Serrano, *L'albergo delle donne tristi*

Oliviero Toscani, *Non sono obiettivo*

David Trueba, *Aperto tutta la notte*

John le Carré, *Single & Single*

Martin Winckler, *La malattia di Sachs*

Nadine Gordimer, *Un'arma in casa*

Rossana Campo, *Mentre la mia bella dorme*

Philip K. Dick, *Vita breve e felice di uno scrittore di fantascienza*.
Postfazione di L. Sutin

Paolo Rumiz, *La secessione leggera*. Dove nasce la rabbia del profondo Nord

Francesco Gesualdi (Centro nuovo modello di sviluppo), *Manuale per un consumo responsabile*. Dal boicottaggio al commercio equo e solidale. Nuova edizione

Kevin Bales, *I nuovi schiavi*. La merce umana nell'economia globale

Eugenio Borgna, *Come se finisse il mondo*. Il senso dell'esperienza schizofrenica

Karl R. Popper, *Miseria dello storicismo*. Introduzione di S. Veca

Roman Jakobson, *Saggi di linguistica generale*. Cura e introduzione di L. Heilmann

Jan Kott, *Shakespeare nostro contemporaneo*. Prefazione di M. Praz

Edward W. Said, *Orientalismo*. L'immagine europea dell'Oriente

Marcela Serrano, *Antigua, vita mia*

David Trueba, *Quattro amici*

Darwin Pastorin, *Tempi supplementari*. Partite vinte, partite perse

Salvatore Natoli, *L'esperienza del dolore*. Le forme del patire nella cultura occidentale

Paolo Rossi, *I filosofi e le macchine 1400-1700*

Paul K. Feyerabend, *Contro il metodo*. Abbozzo di una teoria anarchica della conoscenza. Prefazione di G. Giorello

Karl Barth, *L'Epistola ai Romani*. Cura e introduzione di G. Miegge

Francesco La Licata, *Storia di Giovanni Falcone*. Con una nota di G.C. Caselli

Umberto Galimberti, *Psiche e techne*. L'uomo nell'età della tecnica. Opere XII

Manuel Vázquez Montalbán, *L'uomo della mia vita*

Ryszard Kapuściński, *Ebano*

Charles Bukowski, *Il Capitano è fuori a pranzo*

Haruki Murakami, *A sud del confine, a ovest del sole*

Jonathan Coe, *L'amore non guasta*

Stewart O'Nan, *Mi chiamavano Speed Queen*

Silvia Di Natale, *Kuraj*

Paolo Crepet, Giancarlo De Cataldo, *I giorni dell'ira*. Storie di matricidi. Nuova edizione

J.G. Ballard, *Super-Cannes*

Amos Oz, *Lo stesso mare*

Angela Vallvey, *A caccia dell'ultimo uomo selvaggio*

Pierre Lévy, *L'intelligenza collettiva*. Per un'antropologia del cyberspazio

Lella Costa, *In tournée*. Prefazione di G. Strada

Gianfranco Bettin, Maurizio Dianese, *Petrolkiller*. In appendice: i documenti segreti delle aziende chimiche

Stephen Jay Gould, *Bravo Brontosauro*. Riflessioni di storia naturale

Ahmed Rashid, *Talebani*. Islam, petrolio e il Grande scontro in Asia centrale

Marcela Serrano, *Nostra Signora della Solitudine*

Asha Phillips, *I no che aiutano a crescere*. Presentazione di G. Bollea

Erri De Luca, *Montedidio*

Pino Cacucci, *Ribelli!*

Domenico Starnone, *Via Gemito*

Ivana Castoldi, *Meglio sole*. Perché è importante bastare a se stesse

bell hooks, *Tutto sull'amore*. Nuove visioni. A cura di M. Nadotti

Jesper Juul, *Il bambino è competente*. Valori e conoscenze in famiglia

Gianni Celati, *Cinema naturale*

India Knight, *La mia vita su un piatto*

Hermann Broch, *La morte di Virgilio*

Hugo Claus, *La sofferenza del Belgio*

Gabriella Turnaturi, *Tradimenti*. L'imprevedibilità nelle relazioni umane

Claude Lévi-Strauss, *Le strutture elementari della parentela*. A cura di A.M. Cirese

Salvatore Natoli, *La felicità*. Saggio di teoria degli affetti

Stampa Grafica Sipiel - Milano, marzo 2003